나는 기생이다

나는 기생이다

『소수록』 읽기

정병설 지음

문학동네

| 머리말 |

돌아가신 작은할아버지께는 첩이 있었다. 작은할아버지는 이십 년 이상 중풍으로 누워 계셨는데, 그 곁에는 언제나 작은할머니가 앉아 있었다. 첩은 볼 수 없었다. 그러다 오랫동안 병간호로 고생만 하시던 작은할머니가 먼저 돌아가셨다. 첩은 그제야 나타났다. 집안에 유일한 혈육을 끼쳐두고도 집으로 들어오지 못했던 첩이 아흔을 바라보는 늙은 남편의 병수발을 위해 여든이 다 된 몸을 이끌고 집으로 들어온 것이다.

그 첩 할머니는 원래 진주 기생이었다고 했다. 파리보다 기생이 셋 많다는 속담까지 전하는 진주의 기생. 그래도 진주 기생이라고 하면 의기 논개의 후예인데, 일반인들에게는 그저 파리처럼 성가시고 기분 나쁜 존재에 불과했다. 그 할머니는 집안 사람 누구에게도 호의를 기대하지 않아서인지 손자뻘인 내게도 아주 깍듯했고, 전혀 흩뜨린 모습을 보이지 않았다. 자그만 얼굴에 젊을 때는 참 예뻤으리라는 생각이 드는 그 할머니는 가정 파괴자가 아니었다. 오히려 시대의 피해자였다. 축첩을 용인한 사회, 바로 그 시대의 피해자인 것이다. 기생첩 할머니의 깊은 속이야기를 듣고 싶었다.

칠 년 전 강의중에, 학생들에게 내용이 잘 알려지지 않은 몇 가지 자료들의 제목을 주고 조사해오라는 과제를 내준 적이 있다. 과제물을 읽던 나는 한 보고서, 국립중앙도서관에 소장된 『소수록』을 조사한 보고서를 보고 흥분을 감출 수 없었다. 기생의 생애를 담은 장편 가사 한 편이 있었던 것이다. 기생이 자신의 생애를 길게 술회한 것은 일찍이 본 적은 물론 들은 적도 없었다. 서둘러 전문을 구해 읽었다. 놀랍게도 자료 전체가 기생과 관련된 글이었다. 기생첩 할머니가 자기 얘기, 자기 사정을 생생히 들려주는 듯했다.

하지만 『소수록』에는 출전을 잘 알 수 없는 어려운 표현들이 너무 많았다. 게다가 원본 자체에도 오기가 적지 않아 정확한 이해에 도달하기가 더욱 힘들었다. 그때 이미 자료 전부를 컴퓨터에 입력하고 되는대로 주석까지 달아놓았지만 책으로 간행하지 못했던 이유가 바로 여기에 있었다. 지난 칠 년 동안 『소수록』의 잘 모르는 부분들을 머릿속에 담아두고 다른 책들을 읽어나가면서 하나 둘 그 뜻을 찾아나갔다. 또한 한국학 전공자들의 연구 모임인 '문헌과 해석'에 출석하여 주석한 것들을 일부 발표하면서 회원들의 도움을 받기도 했고, 강의를 통해 논의를 보충하거나 내용을 가다듬기도 하였다. 아직도 미흡한 곳이 적지 않다. 하지만 더 미루느니 이제는 출간하여 독자들의 질정을 받는 편이 낫겠다는 생각이 들었다.

이 책은 내 연구 역정에 중요한 전기가 되었다. 무엇보다 이 작업을 통해 작품 주석의 중요성을 깨달았다. 하지만 이 모든 것은 안정된 연구 환경 없이는 불가능하다. 시간강사로 미래에 대한 불안감을 안고 대전으로, 청주로 떠돌던 사람을 대학교로 불러주신 분들이 그래서 새삼 더 고맙다. 지금은 나도 학교를 옮기고 선생님은 퇴임하여 학교를 떠났지만, 명지대학교 국어국문학과 이용남 명예교수님께 감사드린다. 그리고 연구의 울타리를 만들어주시고 각별히 아껴주신 명지학원 유영구 이사장님께도 감사드린다. 또 기생에 관해 여러 가지 도움 말씀을 주신 안대회, 김종서, 김영진 선생 등 '문헌과 해석' 회원들과 원고를 읽고 도와준 송재연, 백승호, 채윤미 등 우리 대학원 학생들에게도 사의를 표한다. 물론 좋은 자료를 선

뜻 내주신 원광대학교 박순호 교수님과 박철상 선생께도 인사를 빠뜨릴 수 없다.

마지막으로 이 책을 맡아주신 강태형 사장님과 출판과정 내내 후원을 아끼지 않은 문학동네 편집위원 신수정 선생께 감사드린다. 사장님은 이 책의 제목을 정하셨다. 내 얘기를 듣고는 단번에 제목으로 '나는 기생이다'가 어떻겠냐고 했다. 정곡을 찌르는 느낌이었다. 나는 일말의 망설임도 없이 동의했다. 이 제목이 1920년대 기생들이 만든 잡지인 『장한長恨』에 실린 한 짧은 글의 제목이기도 했다는 사실을 안 것은 최근의 일이다. 바쁜 일정에도 성심성의껏 원고를 만져준 편집부에도 고마움을 전한다.

2007년 6월

처음 『소수록』을 소개한 학생을 떠올리며, 정병설 쓰다

차례

| 들어가기 전에 |

기생의 눈, 기생의 목소리

"기생 죽은 넋"이라는 말이 있다. 기생의 우아하고 당당한 자태를 나타낸 말로 기생은 죽어도 볼품이 있다는 것이다. 반면 "기생의 자릿저고리"라는 말도 있다. 자릿저고리란 잠잘 때 입는 저고리, 즉 잠옷이다. 기생의 잠옷은 머릿기름과 화장 분으로 지저분하기 마련이다. 외모가 단정치 못하고 말씨가 간사한 사람을 이렇게 부른다. 이처럼 기생에게는 미美와 추醜의 모순적 이미지가 공존한다.

기생은 존재 자체가 모순적이다. 천인이면서도 우아함을 뽐내고, 하층이지만 높은 교양 수준과 예술성을 자랑하였다. 누구나 꺾을 수 있는 꽃이지만, 아무나 가까이 할 수 없는 자기 영역이 있었다.

기생을 보는 시각 역시 모순적이다. 한편에서는 저급한 창녀라고 무시하고, 다른 한편에서는 수준 높은 예술인으로 선망한다. 남자들은 기생을 멸시하면서도 가까이 하고자 했고, 여성들은 얕보면서도 질투하고 경계하였다. 기생 아닌 다른 여성들에게 기생은 가정의 적이자 사랑의 라이벌이었다.

또한 기생은 조선사회의 모순을 대표한다. 욕망의 절제를 강조한 유교적 조선 사회에서, 결코 사라지지 않고, 오히려 더욱 번성한, 욕망의 상징이었던 것이다.

조선사회에서 기생은 숫자로 보나 역할로 보나 무시할 수 없는 사회적 비중을 차지했다. 특히 음악, 무용, 문학 등의 문화적 기여는 다른 어떤 집단보다 월등했다. 사정이 이런데도, 그들에 대한 자료는 많지 않다. 기생에 대한 모순적 인식처럼 자료도 모순적이다. 사랑과 욕망의 대상으로서의 기생에 대한 언급과 기록은 적지 않지만, 그들의 생활이나 목소리를 직접 들을 수 있는 자료는 거의 찾을 수 없다. 문집이나 야담에 기생 이야기가 거의 빠지지 않고, 소설은 물론 한시, 시조, 가사에서도 쉽게 그 존재를 찾아볼 수 있지만, 그들의 구체적인 생활상을 담은 자료나 생생한 목소리를 담은 글은 거의 찾아볼 수 없다.

한국문학사에서 황진이나 매창 등의 기생 작가가 남긴 시조, 한시는 가장 중요한 고전의 하나로 대접받았지만, 전하는 작품이 적을 뿐만 아니라, 모두 몇 줄에 지나지 않는 짧은 시편들이어서 기생의 실상을 알기에는 크게 부족한 감이 있다.

기생 연구에 있어서 가장 중요한 업적을 남긴 김동욱 선생조차 「이조기녀사서설」에서 기생의 "문학작품이라야 유명씨분有名氏分은 시조 이십여 수와 수십 수의 한시 정도이고 긴 장편이 없는 것이 유감이다"라고 말했을 정도이다. 그나마 그 짧은 시편들은 대부분 자신의 개인적인 생활 감정을 담기보다, 상대 남성에 대한 감정을 보여줄 뿐이어서 아쉬움을 더한다. 기생 연구는 자료 때문에도 더 진척되기 어려웠다.

기생은 그들이 처한 모순적 상황, 가슴 깊이 새겨진 모욕, 씻을 수 없는 상처 때문에라도 필시 강한 표현 욕구를 느꼈을 것이고, 작품들을 많이 썼을 것이다. 하지만 아쉽게도 전해지는 것은 거의 없다. 이렇게 볼 때 이 책에서 처음 본격적으로 소개하는 『소수록』을 비롯한 일련의 기생 관련 작품들은 대단히 중요한 가치를 지닌다. 특히 「기생명선자술가」 「군산월애원가」 「녹의자탄가」 등 몇 편의 기생가사와 「기생이 본 다섯 유형의 남자」 등은 기생의 진심과 육성을 들을 수 있는 매우 귀중한 자료다. 앞서 말한 기생 시조, 기생 한시 외에, 장편의 기생가사로 「원부사怨夫詞」 「자운가紫雲歌」 「홍도상사가紅桃相思歌」 「별별상사가別別相思歌」 「청루원별곡靑樓怨別曲」 「서상추사西廂秋思」 등이 있긴 하지만, 이들은 작가가 밝혀져 있지 않을 뿐만 아니라, 작품 수준도 보잘것없다. 기생의 진정이 잘 드러나 있지 않은 것이다. 이 책에 실린 『소수록』을 비롯한 일련의 자료는 김동욱 선생이 학수고대하던 '긴 장편'이라 할 수 있다.

이 책은 국립중앙도서관에 소장된 『소수록』과 서울대학교 규장각, 고려대학교 도서관, 미국 버클리 대학 아사미문고 및 개인 소장의 기생 관련 작품을 번역, 주석, 해설한 것이다. 특히 『소수록』은 전책을 완역하였다. 다른 작품들의 구체적인 자료 해설은 개별 항목으로 미루고, 여기서는 『소수록』에 대해서만 간단히 언급한다.

『소수록』은 본문 총 125면의 한 권짜리 한글 필사본으로, 소제목이 붙은 열네 편의 작품이 있다. 이는 모두 기생과 관련된 것들로 장편 가사, 토론문, 시조, 편지글 등 다양한 양식의 작품이다. 이들 모두는 종전에는 접할 수 없었던 기생의 생생한 목소리를 들려주는 작품들로, 말하자면 『소수록』은 일종의 기생 문학 작품집인 셈이다. 열네 편의 작가는 해주 기생 명선, 종순, 청주 기생 정도만 밝혀져 있으며, 그 편자 역시 분명하지 않다. 다만 책 끝에 "갑오 정월 이십오일 동긱필셔"라는 필사기가 있어서, 필사자가 '동객'이라는 사실과 필사년이 갑오년임은 알 수 있다. 동객은 '東客' '洞客' '僮客' 등 여러 가지로 해석될 수 있겠는데, 대개 기생집 주위를 떠돈 남자로 볼 수 있을 듯하며, 갑오년은 작품 내용과 이 책이 도서관에 들어간 시기로 볼 때 1894년이 분명하다. 수록 작품들은 대체로 19세기 중후반에 창작된 것으로 보인다.

우리는 이제 새로 찾은 기생 시문들을 통해 조선 기생들의 생생한 목소리를 들을 수 있게 되었다. 기생들은 작품을 통해 자신의 감정과 욕망을 거침없이 드러내고 있다. "하늘의 이치를 지키고 인간의 욕망을 없애라存天理滅人慾"는 경구를 구두선처럼 외우던 조선시대에, 이들 작품처럼 개인의 욕망이 표 나게 드러난 것은 좀처럼 만날 수 없다. 거침없이 다른 어떤 것보다도 돈이 최고라고 말한다거나, 눈을 흘긴 작은 원한까지도 모두 갚아주겠다는 정도는 그 한두 예에 불과하다.

욕망과 함께 드러난 기생의 주장은 참으로 단순하다. 한마디로 '기생도 사람이다'라는 말이다. 기생이 이 뻔한 말을 되풀이할 수밖에 없었던 이유는 뻔한 말조차 무시되고 부정되던 세상을 살았기 때문이다. 기생의 외침은 비단 남성들에게만 향한 것이 아니었다. 같은 여자들도 다를 바 없었다. 남성들이 기생을 해어화解語花 곧 '말하는 꽃'으로 보았다면, 여성들은 이들을 '여우'로 지목하였다. 꽃이건 여우건 기생을 물화物化하고 타자화한 것은 마찬가지였다. 그랬기에 그들은 거듭 '나는 기생이다' '나도 사람이다' 외쳤던 것이다.

| 일러두기 |

1. 이 책은 크게 번역해설편과 원문주석편의 두 부분으로 나누어진다. 작품의 주석은 두 부분 모두에 두었으나 가급적 중복은 피하였다. 중복으로 인하여 주석을 두지 않은 부분에 대해서는 색인을 통해 확인할 수 있도록 하였다.

2. 번역은 가능한 한 원문의 구기와 율격을 살리고자 하였다. 하지만 이해가 어려운 부분이나 오류가 있는 부분은 임의로 풀고 고쳤다. 미심쩍은 부분은 원문주석편을 참고하기 바란다.

3. 번역해설편의 장절 소제목은 필자가 임의로 붙인 것이다. 원문주석편에 원제목을 따로 제시하였다.

4. 원본에는 오자를 수정한 부분이 적지 않다. 원문주석편은 수정된 내용을 반영하였으며, 원 표기와 견주어볼 만한 수정사항은 주석을 통해 따로 밝혔다.

5. 괄호 속의 한자는 필자가 임의로 넣은 것이다. 단 제2부의 「외입장이 격식」과 「기생잔치의 현장」, 곧 『염요』는 원본이 한글과 한자가 섞인 국한문혼용체로 되어 있다.

6. 각 자료의 출전은 아래와 같다.

제1부 기생의 일생

해주 기생 명선의 인생 : 『소수록』 제1편

군산월의 애원 : 박순호 교수 소장 『별교사』 중 「군산월애원가」

가련하다 첩의 신세 : 서울대학교 규장각 소장 『소원성취문』 중 「별실자탄가」

늙은 기생의 노래 : 서울대학교 규장각 소장 『장편가집』 중 「녹의자탄가」

제2부 기생놀음의 현장

기생집에서 노는 법 : 고려대학교 도서관 소장 『악부』 중 「외입장이 격식」

기생잔치의 현장 : 미국 버클리 대학교 아사미문고 소장 『염요』

기생의 출석부 : 『소수록』 제14편

제3부 기생이 보는 눈, 기생을 보는 눈

기생이 본 다섯 유형의 남자 : 『소수록』 제2편

기생, 요물인가 보배인가 : 『소수록』 제3편

기생의 몸 : 『소수록』 제7편 및 제4편

제4부 기생과 편지

그리워하다 죽어버려라 : 『소수록』 제5편 및 제6편

날 데려가주오 : 『소수록』 제11편, 제12편, 제13편

벼락처럼 만나고 번개처럼 헤어지다 : 『소수록』 제8편

시조로 나눈 사랑 : 『소수록』 제9편, 제10편

『소수록』 원본 차례

번호	원제	원본 시작 면수	분량(면)
1	ᄎᆞᆫ ᄒᆡ영 명긔 명션이라	1	33
2	ᄌᆞᆼ안 호걸이 회양ᄒᆞᆫ당ᄒᆞ여 여슈ᄉᆞᆷ명긔로 논ᄎᆞᆼ가지미라	34	18
3	ᄎᆞᆼ순이라	52	4
4	찬일도미ᄋᆡ타가 탄미문감탄셩이라	56	2
5	ᄃᆡ가졍 ᄉᆡᄌᆞᄒᆞ여 작구압가인셔라	58	4
6	답ᄌᆞᆼ	62	7
7	수ᄉᆞᆷ셩ᄎᆞᆼ이 회양한당ᄒᆞ여 탄화로 졉불ᄂᆡ라	69	7
8	쳥누긔우긔라	76	6
9	단ᄎᆞᆼ 화답이라	82	2
10	답죠라	84	1
11	쳥ᄂᆞᆼ가인한ᄎᆞᆼ가	85	21
12	단ᄎᆞᆼ이라	106	1
13	답이라	107	11
14	ᄒᆡ영 명긔 졈고 호명긔라	118	7

제1부

기생의 일생

기생의 일생은 수학기, 현업기, 퇴임기의 세 시기로 나누어볼 수 있다. 어린 시절 기적에 이름을 올리면, 동기童妓로 교방敎坊에서 기생수업을 받는다. 그러다 가관加冠, 곧 머리를 얹게 되면, 정식 기생이 된다. 본격적으로 기업妓業에 뛰어드는 것이다. 잔치나 의례에 참가하고 늘 남자를 상대해야 하는 고달픈 일상이다. 그러다가 좋은 남자를 만나면 첩이 된다. 첩 노릇도 고달프기는 일반이다. 낯선 집안, 낯선 환경에다, 집안은 물론 주위의 멸시, 천대, 외면을 이겨내야 하기 때문이다. 그렇다면 첩 못 된 기생은 좋은가. 그 역시 고달프다. 가난과 사회적 냉대가 기다리고 있다.

아래 소개된 것들 중에 첫 작품인 「기생명선자술가」는 해주 기생 명선이 첩이 되기까지의 인생 역정을 절절히, 그러면서도 경쾌하게 그린 것이다. 그의 회고는 첩 되기에 성공한 데서 끝나고 있어서 일단은 해피엔딩이다. 적어도 여기까진 그렇다. 하지만 결혼생활이 행복했을지는 의심스럽다. 대부분의 기생 출신의 첩들이 그리 행복한 결혼생활을 누리지 못하기 때문이다.

두번째 작품의 주인공 군산월은 아예 첩도 못 된 기생이다. 첩으로 데려가마 약속한 남자한테 배신을 당한 것이다. 근엄한 안동 선비 김진형은 유배지의 고달픔을 기생 군산월로 달래다가, 막상 유배에서 풀려나자 군산월을 배신한다. 유배에서 풀려나면 "데려가 첩으로 삼으마" 했던 약속을 저버린 것이다. 그것도 서울로 데리고 돌아가던 행로 중간에서 버렸다.

세번째 작품인 「별실자탄가」는 첩 된 이후의 삶이 얼마나 고달픈지 잘 보여주고 있다. 명선의 후일담도 대개 이와 같을 것이다. 그러면 첩이 안 되면 될 것 아닌가. 이어지는 「녹의자탄가」를 보면 첩 못 된 노기老妓도 첩 된 기생 못지않게 고달픈 신세임을 알 수 있다.

해주 기생 명선의 인생

이 작품에는 '해주 감영의 명기 명선이 지었노라'는 제목이 붙어 있다. 작가는 명선인 셈이다. 명선은 작품 내에서 1845년에 열여섯 살이라고 말하고 있다. 1830년생이다. 일고여덟의 어린 나이에 기방에 나갔고 겨우 열두 살에 남자랑 처음 잠자리를 가졌다고 했다.

명선은 당시를 회상하며 "어디 당한 예절인지 짐승과 일반이라"고 말한다. 짐승과 다를 바 없는 자기 처지를 냉소한 것이다. 그런데 이 말은 통렬한 사회 비판이기도 하다. 세상의 다른 어떤 것보다 예절을 중시하는 조선사회에서, 입만 열면 예절을 말하는 양반들이, 이렇게 파렴치한 일을 벌인다는 것이다. 기생의 자의식과 비판의식을 동시에 드러낸, 한국문학사 어디에서도 찾기 힘든 통렬한 경구이다.

손님이 몰려와 돈을 내밀어도 명선은 "푼돈냥에 허신할까" 하며 거부한다. 손님들이 마음에 차지 않았던 것이다. 그러다 열여섯 살에 박동 사또의 동생 김진사를 만나 사랑에 빠지지만, 사랑은 오래가지 못했다. 『춘향전』의 이도령처럼 사또가 벼슬이 갈려 서울로 돌아가게 되자, 둘도 이별을 맞는 것이다. 김진사는 "다시 부르마" 하지만, 그 말을 믿기는 어렵다. 이런 말은 손님들이 기생에게 으레 하는 말이기 때문이다. 김진사는 뱃속에 '한양동이'만 남기고 떠나버렸다.

명선은 밥도 못 먹고 잠도 못 자며, 자나 깨나 춘하추동 일 년 열두 달 김진사만 생각한다. 명선의 상사가가 이 작품에서 상당한 비중을 차지하고 있는데, 달거리(월령체)나 판소리 등 다양한 양식이 차용되고 있다. 이렇게 김진사만 기다리던 명선에게 반가운 소식이 전해진다. 서울로 오라는 기별이다.

무엇보다 반가운 소식을 접한 명선은 이때껏 길러준 어

머니를 걱정하고 위로한다. 모든 일이 잘 풀렸으니, 한양동이가 비록 서자지만 잘되면 방어사 벼슬은 할 수 있고, 남편은 양반이니 잘되면 황해도 감사, 못 되어도 해주 판관은 할 것이라며 기뻐한다. 그렇게 되면 자신은 물론 어머니도 황해도 감사의 재산을 마음대로 쓸 수 있고, 이전에 받은 은덕도 이전에 맺힌 원한도 한순간에 모두 갚을 수 있을 것이라며 어머니를 위로한다. "한술 밥의 작은 은덕 눈을 흘깃 작은 원한 마음대로 못 갚을까" 라는 구절은 기생의 쌓인 울분과 욕망을 단적으로 보여준다.

어머니를 위로한 명선은 서울로 향하는데, 여정은 해주－청단역－연안－배천－벽란도－주파현－개성－장단－동파역－임진강－파주－미륵불－혜음령－벽제－고양－홍제원－모화현－영은문－서울로 이어진다. 해주에서 서울로 가는 일반적인 여정이다. 기쁨을 가누지 못하는 명선의 여정은 서울에 도착하면서 끝이 난다.

이어 결사가 붙어 있는데, 자기 동료 기생들에게 던지는 조언이다. 괜히 돈 많은 외입장이에게 혹하지 말고, 또 멋 부리고 힘자랑하는 관청의 서리나 장교치들에게 몸을 맡기지 말라고 충고한다. 그러면서 좋은 사람 만나 절의를 지키며 사는 것이 최고라고 한다. 사실 이 말은 충고라기보다는 자랑이다.

이 작품이 서울까지의 여정을 그린 데서 끝난 것으로 볼 때, 창작 시기도 대략 이 무렵인 듯하다. 창작 연대는 1847년으로 추정된다.

이 작품은 상사가, 달거리, 노정기, 판소리, 잡가 등 여러 선행 문학양식과 표현을 잘 활용한 명편이다. 적재적소에 삽입된 다양한 고사와 능란하고 발랄한 말솜씨는 이 작품의 가치를 더욱 높이고 있다. 무엇보다 기생이라는 소외된 하층민의 자의식과 욕망을 생생한 목소리로 담아내고 있다는 점에서, 한국문학사의 걸작이라고 할 수 있다.

여자로 태어나다

천지개벽하여 만물이 생겨나고
사람이 태어난 후 고금 영웅을
날날이 헤어보니 한둘이 아니어든
이내 몸 어이하여 남자는 마다하고 일개 여자 되어 나며
공명현달功名顯達 효제충신孝悌忠信은 남자의 할 일이나
거안제미擧案齊眉[01]하여 지아비 섬김은 여자의 떳떳한 일

01 거안제미 아내가 남편을 공경하여 밥상을 눈높이까지 올려서 바치는 일.

해설

명선은 자기 반생半生의 서술을 시작하면서 천지개벽과 수천 년 역사부터 언급하고 있다. 서두 부분을 이렇게 거창하게 시작하는 것은 조선시대 가사, 문장에서 흔히 보인다. 그 의식의 근저에 스스로를 우주적 질서와 유구한 역사 속에 위치짓고자 하는 심리를 읽을 수 있다. 특히 우주와 인류 역사 전체에서 볼 때 한갓 미물에 불과한 인간이, 그것도 인간사회에서도 멸시받는 기생이, 스스로를 그 질서 속에 당당히 위치짓고자 하는 데서 명선의 인간적 각성을 엿볼 수 있다.

기생이 되다

이내 행사 생각하니 호부호모呼父呼母01 겨우 하니

산과 물 가르치고 저적저적 걸음할 때 초무初舞02 검무劍舞 고이하다

명선으로 이름하여 칠팔 세에 기생되니 이르기도 이르구나

명월明月 같은 이내 얼굴 선연嬋娟03 하여 명선인가

명만천하名滿天下04 큰 이름이 선종신善終身05 할 명선인가

사또에게 수청들랴 부인 행차 시종하랴

이십이 늦잖거든 십이 세에 성인成人06 하니

어디 당한 예절인지 짐승과 일반이라

남녀의 결혼에는 집안 지체 중요한데

순사또 가마 타고 서울로 돌아가니

운명의 정定함인가 월하노인月下老人07 지시런가

갑자기 부귀하면 상서롭지 않다더니 무슨 복이 이러하리

이는 모두 기생으로 세상 나온 내 자신의 잘못이라

01 **호부호모** '아빠' '엄마'를 부르는 것.
02 **초무** 기생 춤의 하나. 춤판에서 맨 먼저 추는 춤.
03 **선연** 아리땁다.
04 **명만천하** 온 세상에 이름이 가득 참.
05 **선종신** 편히 죽음.
06 **성인** 결혼, 여기서는 성관계의 의미.
07 **월하노인** 배필을 점지해준다는 전설의 노인.

명선은 홍길동처럼 서류庶流일 수도 있다. '아버지' '어머니'를 '겨우' 했다는 데서 짐작할 수 있다. 그리고 일고여덟 살의 어린 나이에 기생이 되었다. 이 나이에 기생이 되는 것은 당시로서는 드문 일이 아니다. 일제시대 간행된 「예단일백인藝壇一百人」(1914, 매일신보)이나 『조선미인보감朝鮮美人寶鑑』(1918)에도 십 세 이하 칠팔 세의 동기童妓를 적지 않게 볼 수 있다.

열두 살 어린 나이에 남자와 잠자리를 가졌다는 것 역시 당시로서는 드문 일이 아니다. 『소수록』에서 여러 번 인용된 중국소설 『성세항언醒世恒言』에 수록된 「기름장수가 으뜸 기생을 차지하다賣油郎獨占花魁」라는 이야기에는, 명나라의 기방 풍속이 잘 나타나 있는데, 열세 살 기생은 시화試花, 열네 살은 개화開花, 열다섯 살은 적화摘花라 부른다고 했다. 열세 살은 맛보기 꽃이고, 열네 살은 활짝 핀 꽃, 열다섯 살은 따낸 꽃이라는 말이다. 남자와 잠자리를 가지기에 열세 살은 아직 이르고, 열네 살이 적당하며, 열다섯 살은 여염집에서는 어린 나이지만 기생집에서는 오히려 때가 지났다고 본다는 것이다.

명선과 잠자리를 함께 한 사람은 당시 황해도 관찰사일 것이다. 명선이 열두 살 때라면 당시의 황해도 관찰사로는 조두순趙斗淳, 1796~1870과 서염순徐念淳, 1800~1859이 있었다. 그런데 조두순은 1월에 벼슬이 갈려 서울로 올라갔으므로, 서염순일 가능성이 높다. 이들이 어린아이와 잠자리를 가졌다고 해서 섣불리 이들을 비난하기도 어렵다. 조선 후기에 민중의 아픔을 가장 잘 이해한 학자로 알려진 연암 박지원조차 어린 기생과의 잠자리를 별 문제 삼지 않았을 정도로 그것은 당시 관행이었기 때문이다. 박지원은 안의 현감을 지낼 때, 벗 박제가가 자기 고을에 들르자, 열세 살 난 어린 기

기생검무 일제시대 엽서

생을 데리고 자게 한 바 있다.

하지만 양반들에게는 대수롭지 않은 일이었다 해도, 어린 명선에게 그것은 자신을 짐승으로 여기게 할 정도로 수치스러운 일이었다. 그런 극도의 모욕과 수치 속에서도 명선은 한편, 그것을 하나의 기회로 보고 있었다. 그 잠자리를 자신의 일생을 맡길 수 있는 든든한 후원자와의 만남으로 여겼던 것이다. 여기서 우리는 기생의 존재적 모순과, 그들이 운명에 순응해가는 과정을 볼 수 있다.

하지만 명선의 기대는 바로 깨지고 말았다. 관찰사가 곧 서울로 돌아간 것이다. 너무 일찍 찾아온 복은 상서롭지 못한 법이다. 명선의 생각이 그랬다.

동기 일제시대 엽서

해주 기생 연희(蓮姬)

국립중앙도서관에 소장된 송정옥(宋鼎玉, 1801~?)의 『산창만록山窓漫錄』에는 저자가 만나 사랑한 해주 기생 연희의 이야기가 있다. 연희는 열두 살 때 연안 부사 조운로가 머리를 얹었고(加髻), 열다섯 때 관찰사의 동생에게 강간을 당했다고 한다. 기생의 정조를 우습게 알던 이인수의 짓이었다. 이인수가 억지로 연희를 굴복시키고 보니 연희는 처녀였다. 이를 본 이인수는 연희를 단념했다. 저자는 그 이듬해 연희를 만났다면서 연희의 인생 유전을 간략히 서술하고 있다. 이로 보면, 머리를 얹는다는 것이 반드시 성관계를 의미하지는 않는 듯하며, 기생으로서 정조를 지키고자 하는 이도 드물지 않았던 듯하다. 명선은 연희와 같은 해주 명기의 전통을 잇고 있는 것이다.

기생으로 놀다

돌아서니 북춤이요 던져 추니 구락[01]이라
서왕모 요지연에 반도를 올리는 듯
헌선도獻仙桃[02] 한 자락을 가볍게 춤을 추고
홍문연 큰 잔치에 항장의 날랜 칼이
한 고조를 향하는 듯 항장무[03] 춤을 추니
남철릭[04] 붉은 갓에 기생 행색 고이로다
세피리에 긴소리요 단장구[05]에 잡가로다
규방 행실 무엇인지 사귀나니 남자로다

01 **구락** 즉 포구락(抛毬樂). 기생춤의 하나. 공을 던지며 춤을 춘다.

02 **헌선도** 중국 전설의 선녀 서왕모 잔치를 배경으로 삼은 기생춤. 반도는 복숭아.

03 **항장무** 한나라 시조 유방과 항우가 대결하는 역사를 배경으로 한 춤. 한나라의 건국 시조인 유방(劉邦) 곧 한고조(漢高祖)는 처음에 항우(項羽)만 힘이 못했다. 그런 그가 먼저 함곡관을 파하여 관중(關中)의 패자가 되려는 뜻을 보이자, 항우가 낌새를 알아채고 유방을 공격하려 했다. 이 정보를 들은 유방은 위기를 모면하기 위하여 먼저 홍문으로 와서 항우에게 사죄했다. 그 사죄 잔치가 바로 '홍문연 큰 잔치'이다. 유방의 뜻을 안 항우의 모사(謀士) 범증(范增)이 항우의 종제(從弟)인 항장을 시켜, 검무를 추다가 기회를 엿보아 유방을 죽이라고 하였다. 유방의 한나라가 중국을 통일하느냐 못하느냐가 항장의 칼끝에 있었다. 항장무는 이 긴박한 장면을 춤으로 나타낸 것이다. 항장의 시도는 실패로 끝났다. 항우의 아저씨인 항백(項伯)이 항장의 뜻을 알아차리고 함께 검무를 추며 항장의 기도를 막았기 때문이다. 항백은 이미 유방측과 내통하고 있었다.

04 **남철릭** 남색 철릭. 철릭은 군복의 일종.

05 **단장구** 작은 장구를 가리키는 듯.

희망이 깨진 명선은 자포자기의 심정으로 기생놀음에 몸을 던진다. "돌아서니 북춤이요 던져 추니 구락이라"는 그 급격한 선회를 표현한 절창이다. 율동감과 속도감이 기막히다. 이 부분에는 기생놀음에 몰입된 명선의 심정이 잘 나타나 있다. 그러면서도 '규방 행실'이야 그럴 수 없겠지만, 자신은 기생이니 남자만 사귄다고 자조한다.

기생들은 수준 높은 시조나 가사 외에 저급의 잡가나 판소리는 부르지 않았다고 한다. 잡가는 저급 기생이라 할 수 있는 삼패의 전유물이었다.

포구락 정현석, 『교방가요』, 국립중앙도서관

헌선도 정현석, 『교방가요』, 국립중앙도서관

향장무 정현석, 『교방가요』, 국립중앙도서관

남철릭과 호수를 꽂은 갓 이팔찬, 『리조복식도감』

정노식은 『조선창극사』(1940)에서 기생으로서 잡가나 판소리를 입 밖에 낸다면 기생의 신분은 아주 파멸이라고 말했다. 그런 것을 명선은 절망의 상황에서 불렀던 것이다.

이름을 날리다

춘광이 얼풋하여 삼오십오[01] 다다르니
일성一城 중 허다 호객豪客[02] 구름처럼 모여드니
부자 석숭石崇[03]의 좋은 가마에 옛 남군을 맞이하나
평원군객平原君客 삼천 인에 스무 명을 고르는 듯[04]
향 훔치는 너희 무리[05] 뜻 맞는 이 전혀 없고 머리 아픈 꼴이로다
얻자는 것 무엇이며 보자는 것 더욱 괴怪타
천금이 꿈속이라 푼돈냥에 허신許身할까
기생이라 웃지 마소 눈 속의 송백松柏일세
풍채 문장 자랑 마소 당나라 미남 선비 두목지에 비할쏜가[06]

01 삼오십오 3×5 즉 15세.
02 호객 남자 손님.
03 석숭 중국 진(晋)나라의 부자. 부자의 대명사로 곧잘 인용된다. 금곡원(金谷園)을 지어 자주 성대한 잔치를 베풀었다.
04 평원군 중국 전국시대 조(趙)나라의 평원군은 빈객이 많기로 유명하다. 한창 때는 빈객이 무려 수천 명에 달했다. 마침 진(秦)나라가 한단을 포위하여 초나라에 구원을 청하러 가게 되었는데, 빈객 중에 문무를 겸비한 자 스무 명을 뽑으려고 했지만, 열아홉 명을 뽑고 한 명을 채우지 못했다. 이때 모수(毛遂)가 스스로를 천거하여 발탁되었고 후에 모수는 큰 공을 세웠다. 이것이 이른바 모수자천(毛遂自薦)이다.
05 향 훔치는 너희 무리 '향 훔치는'은 곧 투향(偸香). 절옥투향(竊玉偸香). 슬며시 여자를 훔치는 남자들.
06 두목지 당나라의 시인 두목(杜牧). 자(字)가 목지(牧之). 두목은 시는 물론이고 잘생긴 인물로도 유명하다. 그가 승상 우승유(牛僧儒)를 따라 양주(揚州)에서 근무할 때 종종 청루를 출입했는데 기생들 사이에 이름이 높았다. 그가 술에 취해 양주의 거리를 지나가면 그를 사랑하는 기생들이 사랑의 표시로 귤을 던졌는데 기생들이 던진 귤로 그의 수레는 금방 가득 찼다고 한다. 이를 취과양주귤만거(醉過揚州橘滿車)라고 한다. 명선은 원문에서 "양주에 던진 귤이 그대 수레에 미칠쏜가"라고 적고 있다.

남자 믿고 뒤따르다 배신당한 두십낭杜十娘이
물에 빠져 죽은 것도 사람 모른 허물이라[07]
수나라 기생 홍불기紅拂妓가 위국공을 얼핏 보고
늦은 밤 남장하고 영웅 뒤를 따른 것도[08]
그 누구를 위爲탄 말가
궁벽하고 좁은 땅에 사람 없는 탓이로다

07 두십낭 중국소설 『경세통언警世通言』 「두십낭노침백보상杜十娘怒沈百寶箱」의 주인공. 제목은 두십낭이 화가 나 보물상자를 물에 던졌다는 뜻이다. 두십낭은 기생이지만 한 남자를 종신토록 섬기고자 하는 뜻을 두었다. 이갑(李甲)이라는 남자를 만나 그를 믿고 몸을 맡겼는데, 이갑이 한 강남 상인의 꾐에 빠지고 말았다. 기생은 돈만 바라는 요물이라는 것이다. 이갑의 배신을 알게 된 두십낭은 실망 끝에 이갑 앞에서 자기가 벌어들인 엄청난 금은보화를 모두 물에 던지고, 자신도 물에 빠져 죽었다.

08 홍불기 수나라 말기의 권상(勸相) 양소(楊素)의 시기(侍妓). 양소를 찾아온 이정(李靖)의 인물됨을 한눈에 알아보고, 바로 남자로 변장하고 밤중에 그를 찾아가 따랐다. 후에 이정은 오나라를 치고 위국공(衛國公)이 되었다. 홍불기는 영웅을 알아보는 여성의 전형이 되었다. 『규염객전』.

해설

열다섯 살에 명선은 해주에서 가장 인기 있는 기생이 된다. 남자들이 돈을 싸들고 몰려들지만 마음에 드는 사람은 하나도 없다. 그들은 기껏해야 몸만 탐내는 속물들이다. "보자는 것 더욱 괴타"에서 남자들이 보자는 것은 다름아닌 음부陰部다. 이 책 제2부 「기생집에서 노는 법」 중에 '처음 나온 기생 말 묻는 격식'을 보면 알 수 있다. 풍채, 인물, 문장, 어느 하나로도 명선의 마음을 사로잡지 못하고, 그저 몸만 찾는 남자들이다. 명선은 좁은 땅에 인물 없음을 한탄한다.

기다리던 님을 만나다

흘러가는 백구광음白駒光陰[01] 어느덧 이팔二八[02]이라
아리따운 이내 태도 고일[03] 님 바이 없네
여자가 한 품으면 오월에도 서리 날고
지성으로 기도하면 하늘도 응한다니 내 정성에 감동한 듯
대청 도광 이십오 년 흑룡청사黑龍靑蛇[04] 서로 만나
박동 사또 좌정하니, 사또 막내 김진사님
나이가 이십여二十餘요 문장은 이백李白[05]이라
풍류 재모는 사마상여司馬相如[06] 일반이요
집안까지 딱 맞기는 정원화鄭元和[07]와 방불토다

01 백구광음 빨리 흐르는 세월. 백구는 백구지과극(白駒之過隙)에서 나온 말. 백구지과극은 흰 망아지가 달려가는 모습을 문틈으로 본다는 뜻으로, 스쳐 지나는 세월을 비유한 것이다. 광음은 세월이다.

02 이팔 2×8 곧 16세.

03 고일 사랑할.

04 흑룡청사 검은 용과 푸른 뱀. 이것이 연도를 나타낸 것이라면, 임진년과 을사년 즉 1832년과 1845년이 될 것이다. 여기서는 연도를 나타낸 것이라기보다 그냥 어울리는 한 쌍의 남녀를 상징한 것으로 읽는 것이 좋을 듯하다.

05 이백 당나라 시인 이태백(李太白).

06 사마상여 전한 시대의 문인. 탁문군(卓文君)과의 고사가 유명하다. 탁문군이 과부가 되어 친정에 돌아와 있을 때, 사마상여가 탁문군의 아버지 탁왕손(卓王孫)의 초청으로 집안 잔치에 온다. 사마상여는 거문고로 「봉구황鳳求凰」이라는 곡조를 연주하는데, 이는 봉새가 황새를 구한다는 뜻으로 짝을 찾는다는 의미가 담겨 있다. 문군은 상여의 거문고 소리에 반하여, 밤중에 담을 넘어 집을 빠져나와, 상여의 집으로 가서 그의 아내가 되었다. 탁문군은 술을 빚어 팔고 사마상여는 음식을 나르는 어려운 생활을 하면서도 그들은 사랑을 포기하지 않았다. 결혼을 반대하던 탁왕손도 결국 둘의 관계를 인정하였다. 그런데 후에 상여가 무릉(茂陵)에 사는 어떤 여자와 정을 나누자, 문군이 「백두음白頭吟」이라는 시를 지어 헤어질 뜻을 비쳤다. 이에 상여가 무릉의 여인을 포기하였다. 『사기』 「사마상여열전」.

07 정원화 당나라 형양공(滎陽公)의 아들로 기생 이와(李娃, 이왜라고도 읽는다)와의 사랑으로 유명하다. 정원화는 과거를 보러 장안(長安)으로 갔다가 기생 이와를 만나 그에게 푹 빠진다. 함께 일 년을 지내다보니 가진 돈이 다 떨어졌는데, 그러자 이와와 기생어미가 그를 내쫓았다. 쫓겨난 정원화는 거리를 떠돌다 우연히 아버지를 만나는데 아들의 타락한 모습에 화가 난 아버지는 아들을 심하게 때려 거의 죽음에 이르게 한다. 가까스로 살아난 정원화는 다시 유리걸식을 하며 살아간다. 그러다 우연히 이와가 그를 보게 되고, 이와는 부귀한 양가의 자제를 이렇게 만든 자신의 행동

어와 반가울사 나의 진짓 소원이라

화조월석花朝月夕[08] 사른 애와 양신가절楊新佳節[09] 쌓인 시름 오늘에야 풀어볼까

양정兩情이 합의하니

송나라 화괴낭자花魁娘子 기름장수 따르는 듯[10]

구운몽의 계섬월이 양소유를 만나는 듯

소원이 부합하니 딴 일은 꿈속이라

날로 심한 이내 정을 님도 나와 일반이라

춘하추동 사시절四時節에 때로 더욱 간절토다

을 반성하며, 그를 구하여 보살펴주고 또 결혼하여 살뜰히 내조한다. 나중에 과거에 급제하고 높은 벼슬에 오르게 된 정원화가 아버지를 찾아가자, 성공한 아들을 본 아버지는 그간의 경위를 듣고 이와가 기생임에도 불구하고 며느리로 받아들인다. 그리고 정원화의 벼슬이 높아짐에 따라 이와는 견국부인(汧國夫人)이라는 봉호까지 얻는다. 이 이야기는 전기, 희곡, 소설 등으로 다양하게 변개되어 유통되었는데, 남자 주인공의 이름을 정원화라 한 것이 적지 않다. 또 이와의 자(字)가 아선(亞仙)이어서 이아선으로 부르기도 한다. 『태평광기』「이와전」 등.

08 화조월석 꽃 핀 아침, 달 뜬 저녁.

09 양신가절 버드나무가 다시 새로운 색을 띠는 좋은 계절. 곧 봄.

10 화괴낭자 중국소설 『성세항언醒世恒言』「매유랑독점화괴賣油郎獨占花魁」의 주인공. 송나라 신요금(莘瑤琴)은 금나라의 침입으로 남쪽으로 피난을 가면서 부모님과 헤어진다. 남송의 수도인 임안(臨安, 현재의 절강성 항주)으로 온 신요금은 어떤 사람의 꾐에 빠져 청루에 팔리는데, 청루에서는 미랑(美娘)이라고 불린다. 미랑은 처음에는 기생 노릇을 하지 않으려고 애를 쓰지만 어쩔 수 없는 처지라고 생각한 다음에는 좋은 남자를 만나 백년해로하기를 꿈꾼다. 아름다운 미랑은 점점 인기가 높아져 화괴낭자라 불린다. '꽃 중에 우두머리'라는 뜻이다. 당시 임안에는 매유랑(賣油郎) 곧 기름을 파는 남자 진중(秦重)이 있었는데, 역시 가족과 이산하고 남송으로 피난 온 자였다. 성실히 기름을 팔며 살아가던 진중은 미랑을 한번 보고는 그녀에게 푹 빠진다. 그는 단 하룻밤이라도 미랑과 함께 보낼 수 있기를 소원하였다. 그래서 열심히 돈을 모았다. 그리고 어렵사리 미랑과 하룻밤을 보내게 되었는데, 그날 밤 미랑은 밖에서 크게 취해 돌아온다. 미랑은 사람도 알아보지 못할 정도였고 먹은 것을 토하는 등 크게 괴로워하였다. 진중은 자기가 몇 년 모은 돈을 하룻밤에 쓰는 날 이런 일이 벌어졌는데도 지극 정성으로 미랑을 돌보았다. 진중의 정성에 감동한 미랑은 진중이 비록 미천한 기름장수이지만 호감을 갖기 시작하였다. 후에 미랑은 복주태수(福州太守)의 아들 오팔(吳八)에게 능욕을 당하고 길에 버려졌다. 오팔이 무뢰한이라는 것을 알고 만나주지 않자 앙심을 품고 욕을 보인 것이다. 마침 진중이 버려진 미랑을 발견하여 극진히 간호하였고, 진중의 정성에 감동한 미랑은 자기 돈 수천 금을 기방에 내고 몸을 빼 진중과 결혼하였다.

대청 도광 25년, 청나라 도광 25년, 곧 1845년, 방년 열여섯의 명선은 드디어 기다리던 님을 만났다. 그 님은 관찰사인 형을 따라온 이십대 중반의 미남 재사才士 김진사이다. 명선은 김진사에 푹 빠졌다.

작품에서 박동 사또로 불리는 관찰사는 1845년 황해도에 부임한 김정집金鼎集, 1808~1859인 듯하다. 김정집은 숙종 계비繼妃인 인원왕후의 아버지 김주신金柱臣의 후손으로, 숙종은 김주신에게 박동(현 서울 종로구 견지동)에다 삼백마흔 칸의 저택을 하사했다고 전한다. 짐정집은 또한 조선인 최초의 신부인 김대건을 체포한 것으로 잘 알려져 있으며, 『석세유고石世遺稿』라는 문집을 남기고 있다.

또 원문에서는 김진사를 사또의 "계지"라고 했다. '막내'라는 뜻인데, 김정집은 부임 직전인 1844년에야 장남 창희를 낳았다. 이렇게 보면 사또 '계지'는 아들이 아닌 동생 중집中集으로 보아야 할 듯하다.

김중집은 1819년생으로 이때 이미 진사였다. 연령이나 지위가 작품 내의 김진사와 일치한다. 김중집은 나중에 임실 현감을 지냈다.

이별 소식을 듣다

백 년을 길이 맺어 청산같이 늙지 말자
살아생전 이 세상에 이별 말자 원願이러니
좋은 때는 빨리 가고 조물주가 시기하여
적막 여름 다다라서 일진광풍 일어나니
푸른 하늘 무너지고 탄탄 평지 꺼지도다
생각 밖에 경질되니
청천백일 밝은 날에 뇌성벽력 내리는 듯
생각잖은 이내 간장 뭇 바늘로 찌르는 듯
먹지 않은 술이 취코 눈 뜨고 가위 눌림
피차에 듣는 눈물 네 줄 폭포 되었도다
하늘은 어두워져 불러도 대답 않고
귀신이 곁에 있어도 이내 병 못 고친다

좋은 일은 수이 가니 정한 날이 얼마 되리
수레를 재촉하여 부인 행차 내보내니
촌촌이 끊는 간장 곳곳이 상심처라

해설

김진사와의 사랑은 오래가지 못했다. 사또가 갑자기 경질되어 서울로 올라가게 되었기 때문이다. 당시 황해도 관찰사 김정집은 1845년 1월에 발령을 받아, 1846년 6월에 경질되었다. 김진사를 김중집으로 보면 명선과의 만남은 길어야 일 년 남짓일 것이다. 작품에 나타난 기간과 계절도 이와 다르지 않다.

이별의 때가 오다

그리저리 날 당하니
행렬의 나발 소리 나의 가슴 터지는 듯
근 한 달 주린 몸을 가마에 실어 담아
청단에 작별하니
받히느니 피가래요 흐르나니 피눈물이로다
예로 있는 청간포는 푸르잖아 붉어 있고
슬픔 모를 돌장승도 날 위하여 눈물진다

"집 사놓고 기별하마 배반 말고 올라오라"
"깨끗이 기다리리니 잊지 말고 데려가오"

오늘밤 이 이별을 그 무엇에 비比찬 말가
한숨으로 장단 삼고 눈물로 성음成音하여
별가 한 곡 이른 말이

사랑이 거짓말이 날 사랑이 거짓말이
오매사복寤寐思服[01] 하시단 말 그 더욱이 거짓말이
진실로 그 말씀 같을진대 두고 어이

01 **오매사복** 자나 깨나 생각함.

무정코 야속하오
울며 감쳐 잡은 소매 차마 어이 떨쳐 가오
역지사지 생각하면 나는 정녕 못 하올 듯
아마도 님의 뜻 내 정만 못하니 그를 서러

부디 편히 가오 장정단정長亭短亭[02] 편히 가오
천금같이 중한 몸을 실섭 말고 편히 가오
아마도 객창에 잔등殘燈[03]을 대하면 내 마음 알 듯

이른 새벽 행차 군령 나의 넋이 흩어진다
눈물 뿌려 하직하고 손을 나눠 이별시에

"잘 있거라"
"보중하오"
"설마 다시 또 못 보랴"

애간장은 끊어지고 밝던 눈 흐려진다
형장군 자객으로 진시황 죽이려고
진나라 들어갈 제 역수에서 이별한 듯[04]

02 장정단정 먼 길이든 가까운 길이든. 옛날 중국에는 도로에 십 리마다 장정을 세웠다. 고로 십리장정(十里長亭)이라는 말이 있으며, 여행시 휴식처가 되었다. 성 가까이 있는 것은 송별의 장소로 쓰였다.
03 잔등 희미한 등불.
04 형장군 형가(荊軻)를 가리킨다. 그는 연나라 태자 단(丹)의 지휘로 진시황을 죽이는 자객으로 보내졌다. 그는 진나라로 들어가기 전, 역수(易水)에서 친구들과 헤어지면서 노래를 불렀는데, 그 노래가 유명하다. "바람이 스산하도다, 역수가 차구나. 장사가 떠나가도다, 다시 오지 못하리風蕭蕭兮 易水寒 壯士一去兮 不復還" 하지만 형가의 시도는 실패로 끝나고 만다. 비장함으로 인해 널리 인용되는 고사다. 『사기』 「자객열전」.

송나라 휘종 흠종 금나라 포로 되어
북으로 떠나갈 제 여러 신하 하직는 듯
말이 웬 말이오 가시단 말 웬 말이오
진정이요 실말[05]이요 사랑 겨워 기롱이요
대금 일성 한소리에 삼혼三魂이 꽉 막히고 칠백七魄이 흩날린다
실날같은 이내 목숨 흐른 물에 던진다면
혼은 따라가련마는 차마 그리 못하기는
뱃속에 끼친 혈육 남녀는 미분未分이나 님이 끼친 혈육이라
살고 싶어 죽잖으며 죽지 말자 살았던가
모는 말 빨리 가니 약대 길이 멀잖도다
창해역사滄海力士[06] 철퇴 빌려 앞산을 때리고자
비장방費長房[07]의 도술 배워 축지하여 따르고자
삼각산[08]이 어느 곳가 푸른 산이 그곳인가
가는 님 가게 두고 있는 나 있게 하니
있고 싶어 내 있으며 가고자 님 가시는가
세勢 부득이 그러하니 피차 상심 일반이라
울어 흐른 저 냇물은 가뭄에는 그치련만
님 이별에 드는 눈물 끊일 적 없으리라

05 실말 실없는 말.
06 창해역사 진시황을 죽이려다 실패한 장사.
07 비장방 진나라 갈홍(葛洪)의 『신선전神仙傳』에 나오는 축지법을 하는 인물.
08 삼각산 서울 북한산의 다른 이름.

흐린 정신 수습하여 집을 찾아 돌아올 제
초원장제草原長堤 긴 언덕에 목동의 피리 소리 님이 나를 부르는 듯
평연 광야 너른 들에 농부의 메나리[09]도 님이 나를 찾는 듯
일모청산日暮青山[10] 저문 날에 어느 곳에 주무시며
고등잔월孤燈殘月[11] 적막시에 첩의 생각 얼마 할지
옥빈홍안玉鬢紅顔[12] 듣는 눈물 님의 곳에 뿌리고자
여관에 잠 못 이뤄 전전輾轉[13]이 뒤척일 제 첩의 심사 아르실 듯
너른 요 긴 베개에 한숨 탄식 섞어 쉴 제
님의 심회 생각하니 얼마 못지 아니실 듯
두고 가신 생각이요 가져가신 잠일진져
얻고자 생각이요 자고자 잠 못 드니
야속할사 님의 모양 눈에 암암뿐이로다

애수장탄 긴 소리로 별가 일곡 이른 말이

이별한 그 듯날에 사랑은 터 없어도
구회 심장에 가득한 정은 남아
주야에 끊일 동 모르고 살 동만 알았더라

09 **메나리** 농부들이 주로 부르던 슬픈 정조의 노래.
10 **일모청산** 해 저문 깊은 산.
11 **고등잔월** 외로운 등불과 지는 달.
12 **옥빈홍안** 옥 같은 귀밑머리와 붉은 얼굴. 즉 젊고 예쁜 얼굴.
13 **전전** 뒤척이는 모양.

속절없이 그림자를 대하여 서울을 바라보니
적막 공방에 사르느니 간장이요
사람 없어 쓸쓸한 밤 흐르느니 눈물이라

먼 산 기러기 사라지고 강물엔 고기 잠겼으니[14]
아득한 먼 소식이 바람에 슬피 울고 눈이 어두울이로다

14 날씨가 추워진다는 뜻.

이별일을 받아놓고 근 한 달을 근심으로 굶다시피 했는데, 마침내 이별일이 되었다. 명선은 가마를 타고 김진사의 행차를 따라 나섰다. 그러나 해주 동쪽 청단青丹에 이르자 작별을 고하지 않을 수 없었다. 관물인 기생은 임의로 자기 소속 지역을 벗어날 수 없었기 때문이다.

그 마지막 밤의 기억은 잊을 수 없다. 이 장면에 이르러 명선은 "오늘밤이 이별을 그 무엇에 비찬 말가"라고 하면서, 시점을 현재화한다. 회고이지만 너무도 생생해서 현재형을 취하지 않을 수 없는 것이다. 현재형은 둘의 대화를 통해 더욱 분명히 나타난다. 서로 상대의 사랑을 확인하고자 하는 것이다.

피를 토하고 피눈물을 흘리다보니 푸른 물도 붉게 보이고 저 멀리 돌장승조차 눈물을 흘리는 것으로 보인다. 그 극도의 슬픔은 세 편의 시조로 승화된다. 노래 부르지 않을 수 없는 감정의 고양을 경험하고 있는 것이다. 세 시조는 명선의 창작이라 보기는 어렵다. 거의 유사한 작품들이 여러 시조집에 실려 있기 때문이다. 또 세 시조들은 모두 종장 마지막 구가 없다. 실제 시조창은 이처럼 마지막 구를 부르지 않는다. 시조집에도 이렇게 기록된 것이 많다. 종장 마지막 구가 없는 시조는 실제로 불린 것이라는 느낌을 강하게 준다.

김진사는 다음날 새벽 다시 출발한다. 이제는 더 따라갈 수도 없다. 따라가고 싶지만 따라가지 못하고, 가시는 길을 끝까지 보고 싶지만 산이 막혀 얼마 보지도 못한다. 멀리 산모롱이를 돌아가는 행렬을 끝까지 지켜본 다음에도 한참을 멍하게 서 있었다. 정신을 차려 집으로 돌아오니, 다시 해가 저문다. 저 멀리 목동의 피리 소리도, 농부의 메나리 소리도, 모두 님의 소리로만 들리고, 님 생각에 잠을 이루지 못한다. 뒤척이다보니 어느새 밤은 지나고, 님의 품에 안겨 자던 잠자리에 자기 홀로 남겨져 있다. 그 쓸쓸함을 "이별한 그 듯날에"라는 시조로 표현하고 있다. 그러다 훌쩍 철이 바뀌었다. 어느새 선선한 가을이 된 것이다.

사시사철 님 그리며

흐르는 절기 어느덧 강가에 가을바람 일어나고
먼 바다에도 가을색 일어나니
시원한 기운과 맑은 하늘은
수심 찬 사람의 몽혼夢魂을 놀래이고

초목草木은 떨어지고 백설白雪이 만산滿山인데
눈꽃은 사창紗窓[01]에 뿌리이고
외론 등잔은 헤음 없이 꺼지렬 제
짧은 담뱃대 손 가운데 벗이 되고
얇은 옷은 한몸을 둘렀으니
비취翡翠 이불 자연 처량하고
원앙베개[02] 한없이 적막토다
이때 심사 어이 눈물은 그 얼마나 흘렸을 듯하며
한숨은 그 몇 번이나 쉬었을 듯하리오

01 사창 비단을 붙여 바른 고급 창.
02 원앙베개 원앙을 수놓은 부부용의 베개.

대저 추동秋冬도 저렇거든
하물며 꽃이 다시 피어 만화방창萬花方暢[03]한 때
처처 녹음綠陰은 개개 득의得意하며
수벌과 암나비 꽃 사이에 쌍쌍雙雙하고
남南에서 온 제비는 옛 기상이 구구하여 득의함을 자랑시에
그 수심愁心 단장인斷腸人의 심회 얼마나 온전하며

갈수록 더 심하여
유월 삼경三更[04]의 찌는 듯 더운 기운은
심간心肝에 이는 화를 비롯고
때 없는 궂은비는 단장斷腸 눈물 더하는 듯

이는 이른바 상사相思 상심傷心이요

03 만화방창 온갖 꽃이 흐드러진.
04 유월 삼경 양력으로 7, 8월경의 한밤.

일 년 열두 달 님 그리며

정월 대보름이 세인世人이 즐기지 아님이 아니로되
청사초롱 달구경과 들놀음 다리밟기에
님이 없음이 이 곧 나의 한이요

이월 중춘仲春 답청踏青[01]이 세인이 즐기지 아님이 아니로되
백마금편白馬金鞭으로 왕손王孫[02]이 돌아오지 못함이
이 곧 나의 한이요

삼월 삼짇날 곡강曲江[03] 뱃놀이가 세인이 즐기지 아님이 아니로되
멀리서 배를 타고 님이 오지 못함이
이 곧 나의 한이요

사월 초파일 관등觀燈에 환히 불 밝힌 성城이 세인이 즐기지 아님이 아니로되
일월음양등日月陰陽燈과 쌍쌍원앙등雙雙鴛鴦燈[04]이
이 곧 나의 한이요

오월 단오 그네 타기에 배꽃이 흩날림이

01 **답청** 봄에 파랗게 돋아난 풀 밟기. 교외로 나가 산책하는 것을 뜻한다.
02 **왕손** 왕의 자손. 여기서는 귀한 님을 뜻함.
03 **곡강** 당나라 때 과거에 합격한 진사들이 곡강에서 큰 잔치를 베풀었는데 이를 곡강연(曲江宴)이라 한다.
04 **일월음양등 쌍쌍원앙등** 짝을 이룬 해와 달, 한 쌍 원앙 모양의 등.

기생 봄놀이 신윤복, 『혜원전신첩』, 간송미술관

세인이 즐기지 아님이 아니로되
색색 눈부신 옷으로 님께 보이지 못함이 이 곧 나의 한이요

유월 유두에 광석천廣石川05 물구경이 세인이 즐기지 아님이 아니로되
물이 한번 흘러 돌아오지 않듯
떠난 님이 돌아오지 않음이 이 곧 나의 한이요

칠월 칠석에 은하 상봉이 세인이 즐기지 아님이 아니로되
벽란도 임진강06에 오작교가 끊어졌음이

05 **광석천** 해주 북부에 있는 시내 이름.
06 **임진강** 서울과 해주를 가로막고 있는 강.

이 곧 나의 한이요

팔월 한가위 달구경이 세인이 즐기지 아님이 아니로되
님의 옥 같은 얼굴과 저 달을 바꾸지 못함이
이 곧 나의 한이요
구월 중양이 세인이 즐기지 아님이 아니로되
단풍숲 술 취한 이 가운데
님의 몸을 잡지 못함이 이 곧 나의 한이요

시월 보름 첫눈 구경이 세인이 즐기지 아님이 아니로되
한 말 술로 님의 흥을 돕지 못함이
이 곧 나의 한이요

십일월 눈 속 매화가 세인이 즐기지 아님이 아니로되
내 몸의 향기로 님에게 쏘이지 못함이
이 곧 나의 한이요

십이월 제석[07]이 세인이 즐기지 아님이 아니로되
송구영신으로 예를 보내며
해를 끝내지 못함이 이 곧 나의 한이요

십이가절十二佳節과 삼백육십일이 나의 즐길 날이 없으니
이는 이른바 수시隨時 상심이요

07 제석 한 해의 마지막 날.

무엇을 봐도 떠오르는 님

또는 밥을 대한즉
거안제미하여 맛난 밥을 님에게 올리지 못함이
이 곧 나의 한이요

술을 대한즉
옥잔의 향기로운 술과 안주로 님에게 올리지 못함이
이 곧 나의 한이요

부드러운 비단옷을 대한즉
옥처럼 곱고 향그러운 몸으로 님의 몸에 붙이지 못함이
이 곧 나의 한이요

꽃을 대한즉
함소함태含笑含態[01]한 나의 모양을 님에게 뵈이지 못함이
이 곧 나의 한이요

이는 이른바 견물생심[02]이요

01 함소함태 교태로운 모양.
02 견물생심 일반적인 의미는 물건을 보면 욕심이 생긴다는 뜻인데, 여기서는 어떤 사물을 봐도 그리운 마음이 인다는 뜻으로 쓰였다.

님 그리운 밤

또는 낮도 낮이려니와 달포 밀린 잠은 정히 세월에 잠겨 있고
식음을 전폐하니 흐린 정신은 안개 속에 빠졌는 듯
가는 옥비녀는 베개를 대신하고
네 폭 치마는 이불 요를 겸하도다
버려둔 등잔은 스스로 꺼지고자
서쪽으로 기운 달빛은 사창에 비치이며
희미한 밤중에 뉘가 있는 듯 불러도 응함이 없고
은하수 총총하고 온 세상 고요한 한밤중에
북에서 온 기러기는 쌍쌍이 놀고
남에서 온 까막까치 좌우로 지저귈 제
끓는 심회는 취한 듯 어린 듯 아득한 정신은 비몽사몽이라
잊고자 하나 잊히지 아니하고
생각지 말자 하나 생각이 앞서 나니
헴 없는 찬 눈물은 꽃뺨을 적시이고
연기 없이 이는 화로 세 치 간장 녹았도다

서글피 일어 앉아 단가 일곡 이른 말이

그 말이 거짓말이 유사유몽有思有夢01 거짓말이
꿈에 보고 반겼단 말 그 더욱이 거짓말이
아마도 수다몽불성愁多夢不成02이매 꿈 못 이뤄

백사만사와 희노애락이 한 일도 상심 아니 되는 곳이 없으니
이러 하고 얼마 하여 공산空山의 해골들과 이웃할는지

이는 이른바 상사상심이라

01 유사유몽 자꾸 생각하면 꿈에 보인다.
02 수다몽불성 근심이 많아 꿈 못 이룸.

어머니 걱정

이리저리 생각하니 인자하신 우리 부모 근심하신 시절이라
천하 대죄 삼천 중에 불효막대 알지마는[01]
예로부터 지금까지 하나하나 헤아리니
헌칠한 장부라도 충효쌍전忠孝雙全[02] 드물거든
하물며 이내 일신 소소한 일 여자라 절節과 효孝를 갖추 할까
여자의 원부모遠父母[03]는 나 혼자뿐 아니오니
죽은 줄로 생각하고 존체를 보중하오

01 천하의 삼천 가지 죄 가운데서 불효가 가장 큰 죄라는 뜻. 『효경孝經』에 있는 공자의 말.
02 **충효쌍전** 충효를 모두 갖춤.
03 **원부모** 시집간 여자는 친정 부모를 멀리해야 한다는 뜻.

님께 보이고픈 나의 절개

한나라 소중랑蘇中郎[01]은 흉노 포로 되었어도 굴복 않고 돌아왔고

남송의 악무목岳武穆[02]은 우국충정 다했으니

고금이 현격懸隔하고 남녀야 틀리지만 절개야 다를쏜가

우뚝한 수양산에 백이숙제伯夷叔齊[03] 청풍비淸風碑요

혈인담 남은 비석 대련 소련 것이로다

귀천을 말을 마소 절효야 씨 있을까

문자 뉘 만드신지 기생 기자妓字 고이토다

무심할사 미물이나 관우 타던 적토마는 오나라에 주려 죽고

최목사 기른 충견 주인 따라 죽었으니[04]

금수도 저렇거든 하물며 사람 되어 절개야 모를쏜가

01 소중낭 이름은 소무(蘇武). 한나라 초 중랑장(中郞將)으로 흉노에 사신으로 갔다가 포로가 되었다. 흉노 임금이 그를 항복시키려고 하였으나 굴하지 않고 온갖 고초를 겪다가 십구 년 만에야 고향으로 돌아왔다. 그는 흉노의 땅 북해(北海)에 있을 때, 기러기(鴻雁) 다리에 편지를 매어 고향집에 소식을 전했다고 한다. 이로부터 기러기는 '소식' 또는 '소식을 전해주는 사람' 의 상징으로 쓰였다.

02 악무목 이름은 악비(岳飛, 1103~1142). 금나라의 침략에 대항하여 죽음을 무릅쓰고 싸운 송나라의 영웅. 지금도 중국의 민족 영웅이다. 악비 이야기는 여러 양식의 문학작품으로 형상화되었는데, 『대송중흥연의大宋中興演義』가 대표적이다. 이는 조선시대에 이미 『무목왕정충록』으로 번역되었다.

03 백이와 숙제 주나라 무왕(武王)이 은나라의 난(亂)을 평정한 것을 신하가 군왕을 치는 것이라며 반대한 충신들이다. 그들은 주나라가 중국의 종주(宗主)가 되자 수양산에 숨어들어가 나오지 않았고, 주나라에서 나는 곡식은 먹지 않겠다며 고사리만 캐 먹었다고 한다.

04 최목사와 충견 최목사는 고려 말 해주 목사 최영유(崔永濡). 그는 홍건적의 난을 만나, 먼저 못에다 관인(官印)을 던지고 그 다음 돌에다 혈서를 남긴 후 자신도 몸을 던져 죽었다고 한다. 후인들은 이 못을 투인담(投印潭)이라 부른다. 최목사가 죽은 후 통인(通引) 한 명과 함께 그가 기르던 개도 따라 죽었다. 마을 사람들은 이들을 나란히 묻어주었는데, 맨 아래에 있는 개 무덤을 충견총(忠犬塚)이라고 부른다. 『여지도서輿地圖書』「해주海州」.

기생이라 웃지 마소
님 위한 굳은 마음 도끼날도 무섭잖소
손총병[05]도 문 닫고서 손님 발길 사양하니 오는 손을 내 알쏜가
부질없이 보지 마소
진나라 부자 석숭 가득 쌓인 큰 재산도 생각이 바이 없네
흩어진 검은 머리 얼굴을 덮어 있고
때 묻은 도랑치마[06] 가는 허리 둘렀으니
십오야[07] 밝은 달이 떼구름에 싸였는 듯
못 속에 핀 연꽃이 폭우를 만났는 듯
절개 있는 이내 행사 우리 님께 들리고자
앙상 여윈 이내 모양 우리 님께 보이고자

05 손총병 『손자병법』으로 널리 알려진 손빈(孫臏). 제나라의 군사(軍師). 일찍이 벗 방연(龐涓)과 함께 병법을 배웠으나, 방연이 그의 재주를 시기하여 모략을 꾸미는 바람에 형벌을 받았다. 그래서 문을 닫고 숨어 지냈는데, 나중에 복수하였다.
06 도랑치마 무릎이 드러날 만큼 짧은 치마.
07 십오야 보름날 밤.

여기서 명선의 목소리가 달라진다. 위기가 닥친 것이다. 위기는 신관 사또의 수청 명령이다. 그는 위기 앞에서 절개를 내세우며 저항한다. 명선은 자신의 절개가 멀리 중국의 소중랑, 악무목, 백이숙제 등과 상통할 뿐만 아니라, 가까이 해주에서도 그 전통을 찾을 수 있음을 말하고 있다.

백이와 숙제는 새 왕조를 거부하고 수양산으로 숨어들어간 충신들이다. 그런데 명선이 살았던 해주에도 수양산이 있다. 해주는 백이숙제의 충절을 이은 곳이라는 자부심이 있는 곳이다. 해주 수양산 아래에는 '청성묘'라는 사당이 있어서 백이숙제에게 제사를 드렸고, 청성묘 앞에는 "백세청풍百世清風"의 네 글자가 새겨진 비석이 있다.

명선은 또 대련大連과 소련小連을 소개하고 있는데, 이들은 『예기』에 나오는 부모님의 삼년상을 잘 치러 공자님한테 칭찬을 받았다는 효자다. 이들은 『예기』에 "동이 사람東夷之子"이라고 되어 있는데, 해주 광석천 동편에는 1759년 감사 조명정趙明鼎이 이들을 위해 세운 비석이 있다.

충절의 고향 해주, 그곳의 기생 명선이, 기생이라고 절효를 버릴 수 없다. 그래서 "귀천을 말을 마소 절효야 씨 있을까"라며, 자신의 절개를 주장한다. 『삼국지』의 명장 관우의 애마도, 또 고려 말기 해주 목사인 최영유의 충견도 충절로 칭송을 받는데, 자기는 그래도 사람인데, 어찌 절개를 말하지 못 하겠냐고 항변하는 것이다.

마음이 정해졌으니 이제 행동으로 보일 때다. 기생의 절개를 비웃을 세상 사람들을 향해 '웃지 말라'고 못을 박고, 자신에게 닥칠 시련에 대해 '도끼날도 무섭지 않다'며 마음을 가다듬는다. 돈의 유혹과 관부의 명령을 거부한 명선의 마음 한구석에는, 자신의 절개를 님이 알아주기를 바라는 마음이 있다.

새 사또가 와도 굽히지 않는 절개

구관 사또 올라가고 새 사또 부임하니
칭하느니 사또 명령 조르는 곳 허다토다
단련鍛鍊한 누른 칼이 집불을 두려하며
님 향한 일편단심 칼날 밑에 굽힐쏜가
좋은 집에 뜻 없으니 좋은 옷 밥 생각할까
벼락 위엄 발發치 마오 사생을 두리잖소
이리저리 막아내니 일신 난감 괴롭도다

다시 어머니

인자하신 우리 자당 이내 몸 기르실 제
단출한 그 살림에 남과 같이 기르노라
사또 오면 의복 걱정 시종 들 땐 치장 걱정
상점 가서 외상 얻기 친구 찾아 도구 빌기
고운 의복 골라내어 줄여 고쳐 내 옷 짓기
성한 의복 못 입으며 여화여옥如花如玉[01] 기르실 제
어디 다쳐 흠 날세라 풀한 옷에 쓸릴세라
천신만고 길러내어 바라는 것 무엇인고
삼사십이 지나가고 이팔 세상 다다르니[02]
아리따운 이내 딸로 감사 사위 못 얻으며 판관 수청 근심하랴
주야 고대 바라더니 생각잖은 이내 행사 여망 없이 이리 되니
문전門前이 쓸쓸하고 쇠끈이 돌아서니
십수 년 기른 은혜 허지虛地로 돌아가고
어미의 무한 시름 불효가 막대로다

01 여화여옥 꽃처럼 옥처럼.
02 삼사십이 이팔 12살, 16살.

해설

위기마다 맨 먼저 떠오르는 사람이 어머니다. 기생은 어머니도 기생인 경우가 많다. 여기서 명선이 말하는 어머니가 친모인지, 기생어미라 할 양모인지 분명하지는 않지만, 어머니의 지극한 정성을 그린 것으로 보아, 친모로 생각된다. 그리고 아버지에 대한 얘기가 일절 없는 것으로 보아, 명선은 기생의 딸로 홀어머니에 의해 키워진 듯하다. 그러니 어머니에 대한 감정도 각별했을 것이다.

명선의 어머니는 명선에게 정성을 다한다. 어머니가 천신만고를 마다않고 정성을 다 쏟은 이유는 명선을 좋은 곳에 시집보내기 위해서이다. 황해도 관찰사의 첩실로 들어가지 못한다면, 그 아래 해주 판관의 첩이라도 되길 바라는 것이다. 그런데 명선은 김진사의 헛된 약속만 믿고 죽으려 들고 있다. 그나마 생계수단인 쇠꾼, 곧 손님까지 받지 않아 생계마저 막막하게 되었다.

어머니의 지극 정성을 그린 부분은 판소리 한 토막을 듣는 것 같다. 여러 사실들을 쭉 나열하는 형식과 율격이 『흥부가』의 놀부 심술 대목을 연상케 한다.

한양동이의 출생

다수다병多愁多病[01] 내 기질에 밥 못 먹고 잠 못 자니 내 한 몸도 무겁거든
값없이 중한 네 몸 무사할 줄 몰랐더니 십 삭에 몸을 푸니
어화 즐거울사 옥 같은 남자로다
우는 소리 우렁차고 이마가 풍영豐盈하니
헌헌한 장부 기상 진사님을 상대한 듯
높은 코 모난 입과 별 같은 눈동자와
누에 같은 긴 눈썹은 엄연히 님이로다
남자 아녀 여자라도 님의 기출 귀하려던
하물며 네 모양이 아버지를 닮았으니
사랑흡고 귀하기가 그 무엇에 비찬 말가
삼종의탁三從依託 좋을시고
천금같은 너를 보니 잡생각이 바이 없다

좋은 벼슬 못 바라나 소년 급제 취재取才 넘겨
수문장, 훈련訓練 주부, 선전관, 구군 찾아
변방 장수 이력 닦아 방어사야 못할쏜가

01 **다수다병** 근심 많고 병 많은.

수 삼 삭 지나가니 꼼틀꼼틀 누에 놀듯
너울너울 잉어 놀듯 혼자 보기 절통하다
님과 같은 너를 보니 님 본 듯 반갑거든
진사님이 너를 보면 나와 같이 사랑할 듯
나는 네게 뜻 붙이니 사랑처나 있거니와
가뜩하신 너의 부친 날 못 보와 병 되는 중 네 생각이 오죽하랴 죽게 된 상황에서 한 가닥 희망은 한양동이다. 한양동이는 한양 김진사의 피붙이다. 한양동이가 태어났으니 김진사도 명선을 저버리지 않으리라. 게다가 생긴 것도 아버지를 쏙 닮았는데, 어찌 외면할 수 있겠는가. 명선은 갓 태어난 아기에게 벌써부터 장래를 기대고 있다.

명선의 기대는 현실적이며 동시에 이상적이다. 양반 자식이지만 어머니가 기생인 서출이라 바랄 수 있는 것은 무과밖에 없다. 그래서 "좋은 벼슬 못 바란다"고 했다. 어려서 무과에 급제하고, 무관으로 선발되어 수문장, 훈련원 주부의 벼슬을 거쳐 왕명을 전하는 선전관과 구군을 거쳐, 서자로서 기대할 수 있는 최고직인 방어사까지 하기를 바라는 것이다. 하지만 이는 쉽게 이를 수 있는 것이 아니다. 실제로 아주 좋은 벼슬들이기 때문이다. 실제로는 기생첩의 서출은 제대로 거두지 않는 경우가 많다.

더 읽기

미친한 사람의 꿈

18세기 이야기책『어수신화』에는 서울 재상가 행랑채에 사는 가난한 부부의 꿈을 볼 수 있는 우스개가 하나 있다. 명선의 희망과 견주어 읽을 수 있다. 제목은「중이 두 사람의 축원을 그치게 하다僧止兩祝」이다.

한 중이 서울 구경을 왔는데 저물녘 사직단 윗길에 이르자 통행금지 때가 되어버렸다. 할 수 없이 어떤 재상가 행랑 굴뚝 옆에 숨어 날 새기를 기다렸다.

한밤중에 이르자 행랑방 부부가 나누는 말소리가 들렸다. 남자가 처에게 "우리가 매일 밤 관계를 가지면서도 정혈精血만 낭비하고 아들도 하나 얻지 못했으니 이제 치성을 드리고 관계를 맺자" 했더니, 아내가 좋다고 했다. 축원을 외기 전에 여자가 남편에게 어떤 자식을 원하는지 물었다. 남자는 풍채 좋고 지략 많으며 건장한 남아를 낳아 관청에서 일하면서 후한 녹봉을 받아 잘 살기를 바란다고 했다. 남자가 처에게 또 물으니, 여자는 예쁘고 영리한 여아를 낳아 시부모 없는 집 며느리가 되어 물 쓰듯 돈을 쓰며 친정에도 도움 주기를 바란다고 했다. 이에 관계를 가지면서 관계한 채로 축문을 외웠다. 남자가 먼저 축문을 읊기를,

"성조도감成造都監 신령전神靈前에 대마구종大馬驅從 조성지원造成之願이오. 색장구종色掌驅從 조성지원이오. 행수사령行首使令 조성지원이오. 인배사령引陪使令 조성지원이오. 고직방직庫直房直 조성지원이오. 기수뇌자旗手牢子 조성지원이오. 기총대총旗摠隊摠 조성지원에, 이로부터 소원 따라 조성조성 하여지이다."

하니 여자가 또,

"삼신점지三神點指로 제석전帝釋前 수청시녀隨廳侍女 점지지원點指至願이오. 선정각시善釘閣氏 점지지원이오. 전갈비자傳喝婢子 점지지원이오. 찬색항아饌色姮娥 점지지원이오. 아기유모阿只乳母 점지지원이오. 모전분전말루하毛廛粉廛抹樓下 점지지원이오. 의녀무녀醫女巫女 점지지원이오. 수모중매首母仲媒 점지지원이니, 한번 양정陽精을 받아 원을 따라 점지하소서."

하였다. 이 모습을 훔쳐보던 중이 흥분이 되어 자기 물건을 만지면서 축원을 외다 양물陽物이 그만 창문을 찢고 방으로 들어가고 말았다. 그것을 본 행랑방 부부가 놀라 급히 축원을 멈추었다.

행랑방 부부의 소원은 명선에 비할 때 참으로 소박하다. 구종은 말몰이꾼이니 대마구종이나 색장구종은 그중 좋은 자리이고, 말단 하급직인 사령 가운데 으뜸인 행수사령이나 당상관 이상의 높은 벼슬아치를 인도하는 인배사령, 비록 지위는 낮지만 재물을 관리하기에 이권이 작지 않은 창고지기나 방지기, 이밖에 기수, 뇌자, 기총, 대총 등의 하급 군관이 되어, 관청에서 녹봉이나 받고 살기를 바라는 것이다.

여자의 경우, 수청시녀, 선정각시, 전갈비자, 찬색항아, 아기유모는 모두 하인이다. 대개 궁중에서 일하며 지위 높은 상전을 가까이 모시는 자리이다. 찬색항아처럼 식사 준비 등 물품구매권을 가진 좋은 자리도 있다. 이밖에 모전과 분전의 마누라처럼 서울 중심 상권이라 할 수 있는 종로 부근에 있는 모피나 화장품 가게의 여주인이나, 기생으로도 일급이고 급료도 다른 직종보다 높은 의녀, 독자적인 경제 능력이 있는 무녀, 결혼식에서 신부의 의복 치레를 돕는 수모와 결혼 중매인까지 희망하고 있다. 요컨대 안정적인 수입이 있는 자리를 바라는 것이다.

이들 직업이 상층 양반의 눈에는 미천하고 하잘것없이 보일지 몰라도,

많은 사람들은 그것조차 부러워하였던 것이다. 이런 이야기를 보면, 조선 사회에서 기생도 마냥 억압받는 천인이라고 불쌍하게만 볼 일은 아닌 듯 싶다.

서울로 오라는 기별을 듣다

정녕 말씀하신 언약 주야 고대 바라더니
맑고 높은 가을 하늘 교군轎軍[01] 가마 보내시니
미덥기도 미더울사 천년불개千年不改[02] 군자의 말 오늘에야 믿부도다
진실로 겨울 가면 따뜻한 봄 돌아오고
오르막이 지나가면 내리막이 있다는 말
나를 두고 이름인 듯
행장을 수습하여 부모 전에 하직하니
절의도 무겁지만 불효 역시 가볍잖다

01 **교군** 가마꾼.
02 **천년불개** 천년이 지나도 바꾸지 않음.

해설

김진사는 떠날 때 '집 사놓고 기별할 터이니 배신하지 말고 올라오라'고 했다. 하지만 명선은 그 말을 온전히 믿을 수 없었다. 손님이 기생 말을 믿기 어려운 것처럼, 기생도 손님 말을 곧이 믿을 수 없기 때문이다. 그런 명선이기에 김진사가 보낸 가마를 보고서야, 비로소 마음을 놓게 된다. 군자가 한번 말을 꺼내면 천년토록 변치 않는다는 속담이 오늘에야 믿긴다고 했다. 불신 속을 살아야만 했던 기생이 신의를 깨닫는 순간이다.

드디어 서울로 가게 되었지만, 어머니를 홀로 두고 가는 터라 마음 한편이 무겁다.

어머니에게 남기는 말

어머님 서러 마오
다시 못 올 내 길 되며
못 오게 된다 한들 삼백팔십 리 얼마 멀며
혼자 있을 내 살림에 아니 와서 계시려오

무릇 탕자 오입객의 여간 재물 부러 마오
부잣집 자식 돈 많은 남자 가리며 어찌 얻소
부형父兄 있는 남의 자식 오입하고 해웃칠[01] 제
집안 것을 도적하며 친구 벗을 속여오니 도둑 사기 아니오며
아전 서방 장교치를 더욱이 아니 할 것이
제 것 아닌 나라 재산 호탕한 체 남용타가 얼마 아녀 발각되면
족징한다 압류한다 엄형 수감 유배한다
제 즐겨서 한 일이나 내 탓으로 된 일이니
패가망신 그 모양이 이내 허물 아니 될까

01 **해웃칠** 화대를 해웃돈 또는 해웃값이라 한다. 따라서 해우친다는 말은 화대를 낸다는 뜻이 된다. 해웃은 해의(解衣)로 표기하는 경우가 많다.

이곳에서 지내려면 허황하여 될 일 없고
그 일 저 일 당찮으니 이 일 저 일 다 버리고
구름 따라 바람 따라 우리 님 따라가면
앞날이 구만 리라 부귀행락 한 있을까

추도기秋到記 황감급제黃柑及第 알성장원謁聖壯元 증광제增廣製와
갖가지 과거시험 뉘 막아 못할쏜가
첫 벼슬로 주사 한림 옥당으로 응교 대교
당상堂上으로 동지 승지 승진하여 참의 참판
외임外任[02]으로 황해 감사
동상방東上房이 내 방이요 감영 재물 내 것이라
금의환향錦衣還鄉 아니 되면 아무리 못하여도
첫 벼슬 능참봉에 장악 주부 사복 판관
남북부南北部 길을 찾아
외임으로 현감 군수 승진하여 목사 부사
해주 판관 하시기는 떨어진 당감투라

02 외임 지방 관아의 벼슬자리.

시정고施政庫의 허다 물건 보역고保役庫 쌓인 꿀엿
도장소導掌所 받은 돈과 상정고詳定庫 저치미儲置米를
쓰실 대로 못 쓰시며 자실 대로 못 자실까
이만 냥 넘는 녹봉 다라도 쓰시소서
한술 밥의 작은 은덕 눈을 흘깃 작은 원한 마음대로 못 갚을까
서러 말고 계시다가 올라가서 기별커든 가마 타고 오시소서

좋은 말로 위로한 후 옥 같은 한양동이를 옆에 안고 가마 타니
남악 선녀 그림 속에 한 아들을 더한 듯[03]
부자유친 천정이라 철없는 어린것도 좋아라고 날뛰거든
하물며 이내 간장 울고자 끊이고자
님 그려 병 된 마음 뜬구름 헤쳐내고 청천靑天을 바라는 듯
대한大旱 칠년 왕가뭄에 단비를 만난 듯

03 남악 선녀 여기서 남악 선녀는 당나라 조안(趙顔)이 그림 속에서 얻었다는 진진을 가리킨다. 조안은 자신이 얻은 그림 속의 미녀를 직접 만나고 싶어했다. 화공에게 물어보니, 그림 속 미녀의 이름은 진진인데, 백일 동안 이름을 계속 부르면 그림 밖으로 나올 것이라고 답했다. 조안은 그렇게 했고, 과연 진진이 나왔다. 조안은 진진과 결혼하여 잘 살았다. 진진에게는 아들 하나가 있었는데 두 살 되던 해 조안의 친구가 조안에게 이 아기가 요물이니 죽여야 한다고 했다. 조안이 친구의 말에 솔깃해하는 것을 알게 된 진진은 자신이 원래 남악 지선(地仙)이라면서 이제 의심을 받으니 차라리 그림 속으로 들어가는 게 낫겠다며 그림 속으로 들어가버렸다. 그림을 다시 보니 애초 그림에서 아이 하나가 보태진 것 외에는 달라진 것이 없었다.

서울로 떠나기 전에 명선은 어머니에게 몇 마디 당부를 한다. 서러워 마시고 자기가 못 오더라도, 해주에서 서울의 거리가 삼백팔십 리밖에 안 되니 어머니가 자주 다녀가시라는 말이다. 물론 쉽지 않은 일이다. 거리도 거리지만, 기생첩의 어미가 딸네 집을 출입한다는 것이 당치 않기 때문이다.

명선의 어머니는 대갓집의 첩이 된 딸에게 벌써부터 불안한 마음을 내비쳤던 듯하다. 딸이 대갓집에서 받을 멸시와 냉대가 염려되었던 것이다. 그래서 차라리 해주의 돈 많은 남자나 아전 장교의 아내가 되길 희망했던 모양이다.

이에 명선은 돈 많은 남자는 얻기도 어렵지만 얻는다 해도 그 돈이 모두 속인 재물이니 어찌 떳떳하겠냐고 한다. 또 아전과 장교는 공금을 유용하여 호탕한 체하지만 기실 그것은 모두 나랏돈을 도둑질한 것이니, 그런 남자를 얻는 것은 도둑을 돕는 것과 다를 바 없다고 했다.

반면 김진사님은 능력이 있으니 갖가지 과거시험을 보아 출세할 것이고, 요직을 전전하다 잘되면 황해도 관찰사도 할 수 있고, 설사 그만 못해도 해주의 판관 정도는 하지 않겠냐고 말한다. 명선은 김진사와 함께 다시 고향 해주로 돌아올 꿈을 꾸고 있는 것이다. 금의환향이다.

이렇게만 되면 어머니도 관찰사나 판관의 권력과 부를 마음껏 누리실 수 있을 것이니 얼마나 좋겠냐고 위로한다. 명선은 또 그때가 오면 평소의 은혜와 원한을 모두 갚으라고 한다. "한술 밥의 작은 은덕 눈을 흘깃 작은 원한 마음대로 못 갚을까"는 세상에 대한 기생의 원망이 단적으로 드러난 구절이다. 욕망의 절제를 중시하던 조선시대 문학작품에서, 이처럼 거침없는 욕망의 표출은 좀처럼 찾아볼 수 없다. 통렬한 구절이다.

명선의 남편으로 추정되는 김중집은 나중에 벼슬이 임실 현감에 그치고 말았다. 그것도 부임하자 곧 죽고 말았는데, 1855년 6월에 부임하여, 이듬해인 1856년 7월 서른여덟 살의 나이로 병사하였다. 명선과는 길어야 십 년 함께 산 셈이다.

서울로의 노정기

팔 힘 있고 키 큰 종놈 뒤채[01] 잡아 부축하고
엽실曄實[02]한 토산마[03]는 실수할 염려 없다
아기 유모 장옷 씌워 가마 태워 앞세우고
구름처럼 비처럼 빠르게 몰아갈 제
청단역에 숙소하고 연안 배천 지나서서 벽란도碧瀾渡 배를 타니
칠월 칠석 호시절에 까막까치 다리 놓아 은하수를 건너는 듯
총망한 이내 걸음 여울 당한 물살이요 시위 떠난 살이로다
주파현注波峴 넘어서서 개성부開城府 다다르니 두문동杜門洞이 여기로다
고려에 충성하여 조선을 섬기잖은 칠십이 인 고려 충신
백이숙제 본받아서 불식주속不食周粟[04]하였던가
백이숙제 채미가採薇歌[05]가 은은히 들리누나
선죽교 핏자국은 포은선생圃隱先生 정혈精血이라
충절은 일반이니 내가 우러를 곳이라
동성東城 거리 앞에 있네 새벽길 이어 가자
널문이 닫지 마소 종소리가 들리잖나
장단長湍이 머도 멀다 지나서니 동파東坡로다
임진강 맑은 물에 몸의 때를 씻고 가세

01 뒤채 가마나 상여 따위에 달린 채의 뒷부분.
02 엽실 엽엽(曄曄)하고 튼튼한.
03 토산마 황해도 토산에서 나는 명마.
04 불식주속 주나라 곡식은 먹지 않았다는 뜻. 백이숙제가 새 왕조인 주나라에서 나는 곡식은 먹지 않고 수양산으로 들어가 고사리만 캐 먹었다는 이야기에서 나온 말.
05 채미가 백이와 숙제가 고사리를 캐 먹으며 불렀다는 노래.

삼백팔십 리 이리 먼가 청산녹수青山綠水 한이 없다
파주현坡州縣 자지 말자 읍 이름 고이하다[06]
미륵불 제 계시니 님 위해 축원할까
잔버들 꺾지 마소 님의 말을 매어볼까
혜음령惠陰嶺 높아 마소 삼각산三角山이 저기로다
벽제碧蹄에 말 몰아라 고양참高陽站 늦어 간다
봉화烽火 들고 문 닫으면 지척에 계신 님을 차마 어이 그려 자리
홍제원弘濟院 요기하고 모화현慕華峴 넘어가니
영은문迎恩門 두 기둥은 님이 나와 마주 선 듯
삼각산이 청수한 중 북악北岳이 고이하다
남산이 앞을 막고 한강이 수구水口 되니 억만년 왕기지王基地라[07]

파주 미륵불

06 파주의 '파' 자를 깨뜨릴 파(破)로 생각하고 사랑이 깨질 것을 염려한 듯. 실은 '고개 파(坡)' 의 파주(坡州)임.
07 왕기지 왕조의 기틀이 되는 땅.

해설

노정기路程記는 지도 역할을 하는 글이다. 문학작품에서는 인물의 여정을 구체적으로 보여주는 여행기의 구실을 한다. 독자에게는 와유臥遊 즉 누워서 즐기는 여행의 기쁨을 맛보게 한다. 이 글은 짧은 노정기를 이용하여 얼른 님을 만나고 싶어하는 명선의 조급한 마음을 보여줄 뿐만 아니라, 그 틈틈이 명선의 절개 다짐도 보여준다. 고려의 수도인 개성에 와서 조선왕조가 들어선 후 조선 섬기기를 거부하고 두문동에 숨은 고려 충신 칠십이 인과 포은 정몽주를 회상한 부분에서 명선의 다짐을 잘 읽을 수 있다.

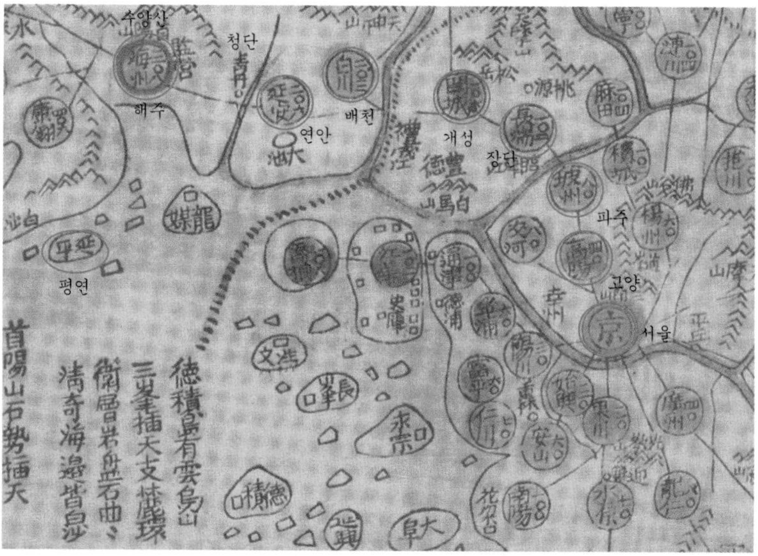

해주에서 서울로 「해좌전도」, 서울대학교 규장각

상봉의 기쁨

태평성대 이 천지에 님과 나와 이별 없이 백세무양百歲無恙[01] 지내고자
낙창공주樂昌公主 쪼갠 거울 대보름날 둥글었고
풍성酆城에 나뉜 명검名劍 연평진延平津서 합쳤도다
초양대楚陽臺[02]의 재세인연再世因緣 내 아니 부럽거든
두십낭의 투강사投江事를 절개라 이를쏜가

어와 벗님네야 이내 말 웃지 마소
낙양성 도리원桃李園[03]에 꽃시절이 매양이며
폈다 지는 화류계에 오입객을 믿을쏜가
웃음 파는 우리 처지 견국부인 못 바라나 우선 상봉 즐겁도다

01 **백세무양** 백년 동안 탈 없도록.
02 **초양대** 초 회왕과 무산 선녀의 이야기. 운우지락(雲雨之樂) 곧 '구름과 비의 즐거움'의 고사로 유명하다. 초나라 회왕이 꿈에 무산(巫山)의 선녀를 만나 하룻밤을 함께 지냈다. 헤어질 때 선녀가 "첩은 무산의 남쪽에 있는 높은 언덕에 사는데 아침에는 구름이 되고 저녁에는 비가 되어 아침저녁으로 양대 아래에 나타나겠습니다"라고 말했다. 송옥(宋玉), 「고당부高唐賦」.
03 **도리원** 이백의 유명한 문장, 「봄밤 도리원에서 잔치를 베풀다春夜宴桃李園序」의 배경. "천지는 만물의 여관이요, 세월은 백대의 과객이다夫天地者 萬物之逆旅 光陰者 百代之過客"라는 말이 유명하다.

님과 만나는 장면이다. 그런데 만남의 순간부터 장래를 걱정한다. 그만큼 명선의 지위는 불안하다. 자기와 김진사의 상봉이 운명이라는 것을 입증이라도 하듯, 상봉을 역사적, 전설적 고사와 연결짓고 있다. 중국 진나라 낙창공주 부부는 만약 나라가 망해 헤어지게 되면 정월 보름날 시중에서 만나자고 하면서 구리거울을 둘로 나누어 가졌다. 과연 둘은 헤어졌고 나중에 거울을 합할 수 있었다. 또 두 보검인 용천검과 태아검이 각각 주인을 찾아 나뉘었다가 태아검을 가진 사람이 연평진을 지날 때 갑자기 칼이 허리에서 나와 물로 들어갔고, 강 속의 용천검과 합쳐져서 용이 되어 날아갔다는 고사가 있는데, 명선은 김진사와의 상봉을 이런 운명적 만남과 빗대고 있다.

그러니 초나라 회왕이 양대에서 선녀를 만나 사랑을 나누었다는 유명한 운우지락 이야기도 부럽지 않으며, 한 남자만을 사랑하며 살겠다고 결심했다가 남자가 배신하자 강에 빠져 죽은 기생 두십낭의 지조도 사람을 알아보지 못한 탓으로 웃어넘길 수 있는 것이다.

명선은 절개를 말하다가, 이내 이것이 기생으로서는 분에 넘는 것임을 깨닫고, '이내 말 웃지 마소' 라고 항변한다. 우리 신세가 비록 항상 웃는 낯빛으로 남자를 섬기는 기생에 불과하지만, 그래서 견국부인 이와처럼 기생으로 대갓집에 환영을 받기는 어렵다 해도, 님이 불러 상봉하니 그것만으로도 기쁘다고 했다.

벗에게

대개 너희 타고난 바

꽃다운 얼굴과 난초 같은 자질은

양귀비를 살찌다 나무랄 것이요

죽순처럼 희고 긴 손가락과 아리따운 발걸음은

한나라 미인 조비연趙飛燕을 가볍다 웃을지라[01]

맑은 소리 멋진 춤은 일세一世를 기울일 것이요

푸른 띠에 붉은 치마 버들 허리 옥살결은

가히 청루靑樓의 기관奇觀[02] 됨이 정히 부끄럽지 아니하니

탁 트이고 다정한 타고난 성품이며

초승달 눈썹 분 바른 얼굴은 필부의 애를 사르고

교언영색巧言令色은 범부凡夫의 마음을 썩여

화류세계 기와집에 아무나 함께 반생을 지낼까 하였더니

능히 화류계를 벗어나 차분히 절부節婦의 일을 무난히 본받으니

만일 서진西晉 때에 태어났던들

정숙한 예절을 명기名妓 녹주[03]에게 사양하며

01 조비연 한나라 성양후(成陽侯) 조임(趙臨)의 딸로 후에 성제(成帝)의 후(后)가 되었다. 몸이 매우 가벼워 비연(飛燕) 곧 '나는 제비'라는 이름이 붙었다. 성제가 좋아하여 궁에 들어가 첩여(婕妤)가 되었고 허후(許后)가 폐위되자 황후가 되어 황제의 총애를 독차지했다. 성제가 죽고 다음 임금 애제(哀帝)까지 죽자 폐위되어 서인(庶人)이 되었고 이에 자살하였다.

02 청루 기관 기생집의 기이한 볼거리.

03 녹주 유명한 부자 석숭의 가기(家妓). 석숭에게는 아름다우며 피리를 잘 부는 가기(家妓) 녹주(綠珠)가 있었는데, 손수(孫秀)라는 사람이 녹주를 간절히 원했지만 석숭이 거절했다. 이에 손수는 석숭을 모함하였고, 마침내 관리가 석숭을 잡으러 왔다. 이때 녹주는 석숭 앞에서 죽는 것이 낫겠다며 누각에서 떨어져 죽었다. 『진서晉書』「석숭전」 및 『세설신어世說新語』「구극仇隙」.

아국我國 춘향의 이름이 홀로 악부樂府[04]에 올랐으리오
진실로 홍윤弘演이 배를 갈라 자기 임금의 간을 집어넣은 것과[05]
예양豫讓이 숯을 삼켜 벙어리가 된 것은 세상에 흔한 일이라[06]
불길 속에서도 예법을 지킨 백희伯姬[07]와
죽을 위기에도 규범을 따른 환비와 우열을 다툴 듯
그 절개를 의논할진대
백이숙제 굶어 죽은 수양산 높은 봉이 어찌 높다 하겠으며
그 뜻을 생각할진대
연평대해延平大海를 어찌 푸르다 하리오마는
안타까울사 형산의 백옥白玉은 알아주는 이 없어 궤에 감추이고
말하는 앵무새도 새장에 들고 말았으니
이 세상에 태어나 너의 옥부향신玉膚香身을 접하지 못하며
신비의 옥로玉露를 맛보지 못할진대
세상에 난 것이 허수하고
죽어도 너로 말미암아 죽지 못한즉
죽어도 죽는 것이 가련하도다
만일 해주 호객豪客 가운데 일분 다정한 재자才子가 있을진대

04 악부 여기서는 판소리.
05 홍윤 중국 춘추시대 위나라 사람. 사신으로 외국에 나간 사이 북방 민족의 침략을 받아 자기 임금인 의공(懿公)이 살해당했다. 외적은 의공의 살을 먹고 간만 남겨두었는데, 홍윤은 고국에 돌아와 그 참혹한 모습을 보고 통곡하며 자기가 임금의 옷이 되어주겠다면서 자신의 배를 갈라 내장을 꺼낸 다음 의공의 간을 자신의 배에 넣고 죽었다고 한다. 이 이름에서 '演'은 '윤'으로 읽는다.
06 예양 중국 전국시대의 지사. 선비는 자기를 알아주는 사람을 위해 죽는다는 신념을 가지고, 자기 주군의 복수를 위해, 온몸에 칠을 하고 숯을 삼켜 문둥이 벙어리 행세를 하면서 복수의 기회를 엿보았다. 복수에는 실패했지만 많은 사람들이 그의 뜻을 높이 샀다. 『사기史記』「자객열전刺客列傳」.
07 백희 중국 춘추시대 송나라 공공(恭公)의 부인으로, 여자는 부모(傅母) 없이는 밤에 대청 아래로 내려가지 않는다는 예법에 따라, 궁중에 불이 났는데도 부모(傅母)를 기다릴 뿐 피하지 않다가 타 죽었다. 『열녀전列女傳』.

너로 말미암아 상심전망傷心全亡할 자 몇이 될 동 알리오마는
세상은 날로 험악하고 사람은 예와 다른지라
저의 평범한 육신과 어리석은 정신으로
기생의 정취情趣와 본심을 아는 자 뉘 있으리오
생각한 바 하릴없이 빈 방에서 늙어 죽을 뿐이요
취하는 바 붉은 입술과 새하얀 치아라
황혼낙일黃昏落日에 목양牧羊하는 아이가 왕손王孫인 줄 뉘 알겠으며[08]
저라산 아래에서 땔감 팔던 여자가 월나라 미녀 서시일 줄 뉘 알리오
백리해百里奚[09]의 뜻이 구태여 진秦나라에 있지 않았으나
그 깊은 뜻을 아는 자 없다 하거니와
대저 어찌하면 니들로 하여금 후세에 녹을 먹게 하리오
또 이로써 지아비를 배반하며 정부情夫 찾아 담장 넘는
음부淫婦와 나찰녀羅刹女[10]를 부끄럽게 하노라

08 목양하는 아이 중국 진나라 때 항우는 양 치던 아이를 초나라 회왕으로 옹립하였다. 그가 나중에 의제(義帝)가 된다. 하지만 의제가 항우의 뜻을 거스르게 되자 항우는 의제를 죽인다. 이 일은 항우가 천하의 인심을 잃는 중요한 계기가 된다.

09 백리해 중국 춘추시대 우나라의 대부(大夫)로 나라가 망할 때 초나라의 포로가 되었다. 진나라 목공이 그가 어질다는 말을 듣고 양 가죽으로 몸값을 치르고 그를 빼내어 그에게 나라의 정치를 맡겼다. 백리해는 나중에 진나라가 서융(西戎)의 패자(覇者)가 되는 데 크게 기여했다.

10 나찰녀 여자 나찰. 사람의 고기를 즐겨 먹으며, 큰 바다 가운데 산다고 한다.

님과의 상봉을 끝으로 명선의 회고는 사실상 끝난다. 그래서 이 마지막 부분은 사실상 군더더기라는 느낌을 지울 수 없다. 돌연 동료 기생들에게 던지는 충고가 이어지는데, 여기서는 명선의 목소리도 사뭇 달라진다. 바로 앞에서는 '어와 벗님네야' 하면서 친숙하게 부르던 것이 여기서는 '대개 너희 타고난 바'를 비롯하여 '벗님'이 아니라 '너희'라고 부르고 있다. 또 '~하리오' '~하노라'의 종결어미를 사용하여 유학자의 훈계조 목소리를 취한다. 이런 이유들로 해서 이 부분을 명선이 아닌 제삼자의 서술로 본 견해도 있다.

이 부분은 크게 네부분으로 나뉘어 있는데, 첫 단락은 기생의 아리따운 모습을 그리고 있고, 둘째 단락은 기생의 절개를 말하고 있으며 셋째 단락은 기생이 이렇게 훌륭한데도 알아주는 사람이 없는 쓸쓸한 현실을 서술하고 있고, 마지막 단락에서는 글 쓴 동기를 밝히고 있다.

글 쓴 동기는 동료 기생들이 남자를 잘 만나 후손이 벼슬에 올라 녹을 먹을 수 있게 하는 데 있다고 했다. 해주 기생 명선을 모델로 제시한 셈이다. 또 방종과 음란을 일삼는 기생들을 경계하기 위해서라고도 했다. 명선의 절개가 산 교재가 될 수 있을 것이다.

군산월의 애원

군산월君山月은 함경도 명천의 기생이다. 열아홉에 서울에서 유배 온 선셋의 홍문관 교리 김진형1801~1865을 만났다. 김진형은 유배지에서의 괴로움과 외로움을 군산월로 달랬다. 그리고 군산월은 김진형의 인품을 믿고 장래를 의탁했다. 김진형이 당장은 유배객이지만 곧 풀려날 것이고, 그러면 자신을 첩으로 거두어간다고 했기 때문이다. 김진형은 풀려나면 다시 높은 벼슬에 오를 것이고, 설사 그렇지 못하더라도 여생을 의지할 만하다고 생각한 것이다. 하지만 군산월의 기대는 여지없이 깨지고 말았다.

김진형은 1853년 7월 12일 명천 귀양길에 올랐다. 그리고 한 달이 채 못 된 8월 6일 배소에 도착한다. 그런데 도착한 배소는 뜻밖에 삼천 석 부잣집이다. 게다가 명천의 고을 원은 김진형을 감시하기는커녕 오히려 기생들을 불러다가 위로잔치까지 베풀어준다. 이런 뜻밖의 환대 외에도 명천 선비들이 서울에서 온 학사에게 배우기를 청하여 문밖으로 나가지도 못할 정도로 바쁜 나날을 보낸다. 이 와중에 근처에 있는 관북의 금강산이라 불리는 명산 칠보산을 유람하는데, 여기서 군산월과 장래를 약속한다. 김진형의 유배생활은 차라리 유람생활이라 할 수 있을 정도이다.

이런 유람생활도 잠시, 다음달인 9월 8일 김진형은 방면되고, 이 소식은 같은 달 21일 명천에 들려온다. 김진형은 신변 정리를 한 후 10월 6일 배소를 떠난다. 귀로에 고을 원의 배려로 군산월을 대동하는데, 유배객이 기생까지 끼고 간다는 말을 들을까봐 군산월은 남장男裝을 시킨다. 그런데 스무 날 이상의 여행 끝에 안변에 이른 김진형은 10월 28일 군산월을 고향으로 돌려보낸다. 참으로 어이없는 일이다. 첩으로 데려가마 약속한 남자가 스무 날이나 험한 길을 데리고 다니다가 행로에서 여자 혼자 돌아가라니 군산월의 배신감과 분노가 얼마나 컸을지 짐작하고도 남는다. 군산월은 그 배신감과 분노를 '애원' 이라는 제목을 붙여 가사로 풀어내었다. 「군산월애원가」다. 해주 기생 명선의 노래가 성공의 자축가라면, 명천 기생 군산월의 노래는 실패의 자탄가인 셈이다.

김진형은 자신의 명천 유배 경험을 한문일기 「북천록北遷錄」으로 서술하였고, 또 「북천가北遷歌」를 지어 토로하였다. 먼저 이 두 자료에 나타난 군산월의 모습을 살펴보자.

이들 자료에 등장한 군산월은 그저 말하는 꽃이다. 「북천가」에는 칠보산 유람 때 본 군산월의 모습이 환상적으로 묘사되어 있다. 김진형이 산수 구경에 정신이 팔린 사이 동행한 기생들이 갑자기 사라진다. 그러다 어디선가 노랫소리가 들려와 찾아보니, 저 멀리 구름 위인 듯 해성대海星臺 위에 올라앉아, 고운 옷 차려입고 단풍나무 한 가지 꺾어쥐고, 기생들이 노래를 부르고 있다. 김진형은 그 모습에 혹해 "군산월 앉은 거동 아조 분명 꽃이로다" 라고 말했다. 그리고 이런 군산월을 차라리 안 보면 좋았을 것을 보니 반하지 않을 수 없다고 하면서, 나중에 "이천 리 절새絶塞 중에 단정히 몸 가지고 행동을 잘한 것이 아무쪼록 네 덕이라" 고 말한다.

군산월과 김진형의 만남은 길어야 채 삼 개월이 못 된다. 하지만 군산월은 그에게 큰 기대를 걸었다. 김진형은 여러 번 장래에 대해 굳은 약속을 했다. 책임지겠다는 약속이다. 책임지겠다는 사람이 돌아가는 길에 데리고 간다고 하니, 약속을 지키는 것으로 생각할 수밖에 없었다. 그런데 스무 날 동안 김진형을 모시고 안변에 도착하니 돌아가라 한다. 약속을 지키지 못해 미안하지만 기생첩을 데려갈 형편이 아니니 집으로 돌아가라고 한다. 더구나 「북천가」에서 김진형은 제주 목사 장대장의 이야기를 들려주며 단호히 애기愛妓 군산월을 끊었음을 자랑스레 얘기한다.

> 닭 울 때에 세수하고 군산월을 깨워내니
> 몽롱한 깊은 잠에 이슬에 젖은 거동

괴怪코도 아름답고 유정하고 무정하다
"옛 일을 이를 게니 네 잠깐 들어봐라
이전에 장대장이 제주 목사 지낸 후에
정들었던 수청 기생 버리고 나왔더니
바다를 건넌 후에 차마 잊지 못하여
배 잡고 다시 가서 기생을 불러내어
비수 빼어 버린 후에
돌아와 대장되고 만고 영웅 되었으니
나는 본래 문관이라 무병과 다르기로
너를 도로 보내는 게 이것이 비수로다"

장대장은 칼로 애기를 죽여 미련을 끊었지만 자기는 문관이라 그렇게는 못하고 그저 돌려보낸다는 말이다. 끔찍한 말이다. 배신으로 생각 마라, 돌려보내주는 것만으로도 고맙게 생각하라는 말이다. 김진형에게 군산월은 그런 존재였던 것이다.

김진형의 「북천가」는 일찍이 그의 고향인 안동을 중심으로 널리 읽혔다. 여성들 사이에서 많이 읽혔는데, 여성 가사 향유자들은 김진형의 이러한 비정한 배신에 대해 어떤 거부 반응도 보이지 않고 작품을 즐겼다고 한다.

한편 「군산월애원가」는 전하는 작품이 거의 없다. 그리 많이 읽히지 않은 듯하다. 학계에 소개된 지도 얼마 되지 않았다. 하지만 이 작품을 통해 비로소 김진형과 군산월의 관계를 일방향이 아닌 양방향에서 볼 수 있게 되었다. 군산월을 그저 남자의 풍류 편력 대상 정도로 돌리는 「북천가」의 시각을 교정할 수 있게 된 것이다.

「군산월애원가」는 원광대학교 박순호 교수가 소장한 가사집 『별교사』에 실려 있다. 『별교사』에는 표제와 같은 제목의 가사 한 편과 「남산동 이진사 효행록」이라는 가사체 소설이 함께 수록되어 있다. 『별교사』 역시 경북 지역에서 나온 책으로 보이는데, 함경도 명천 기생 군산월의 작품이 어떻게 이 지역까지 전해졌는지 의심스럽다. 어쩌면 「북천가」의 인기 속에서 제삼자

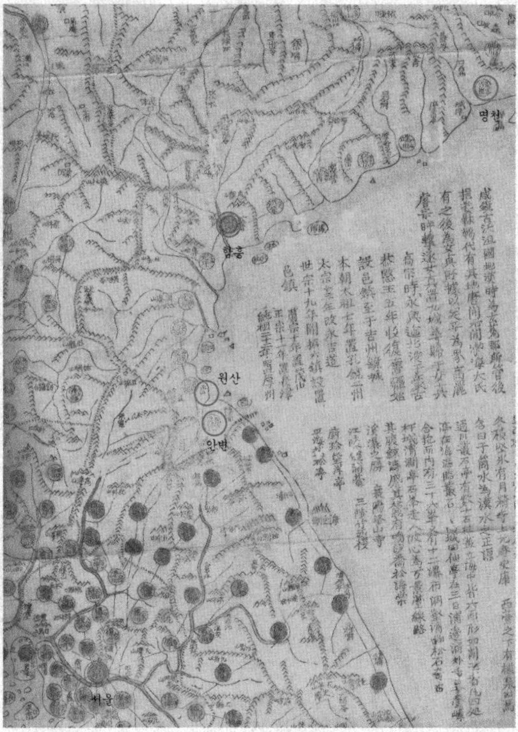

군산월의 행로 「해좌전도」, 서울대학교 규장각

가 군산월을 의탁해서 지은 것인지도 모르겠다. 남이 붙인 듯한 제목 「군산월애원가」에서도, 작품 내에서 스스로를 '군산월'이라 부른 것에서도, 또 실제로 석 달이 못 되는 유배기간인데 유배 온 지 일 년 만에 고향을 향해 섰다고 말하는 본문 내용을 볼 때, 그 가능성을 엿볼 수 있다. 설사 그렇다 해도 이 작품이 보여주는, 기생측에서 본 시각은 여전히 의미 있다 할 것이다.

* 자료 복사본을 보내주신 박순호 교수님께 다시 감사드린다.

머리풀이

어와 기박할사 창녀 운명 기박할사
고이하다 양반 행실 이다지도 무정하오

세상에 이별 리자離字 이별마다 처량하다
역수의 장사 이별 번상의 군사 이별
하교의 붕우 이별 호지의 소군 이별
이별 이별마다 슬프거든
하물며 유정 이별 사람마다 슬프거든
하물며 유정 이별 사람마다 하겠는가
생초목에 불이 타네

해설

노래는 이별의 아픔을 말함으로써 시작된다. 이별은 그 어떤 것이든 슬프다. 자객 형가처럼 죽음을 각오하고 진시황을 시해하러 길을 떠나며 친지들과 나눈 비장한 이별도, 군역을 위하여 번상되어 올라가는 군사가 식구들과 나눈 이별도, 당나라 송지문의 시 "하교에서 작별을 나누지 못하니 강가의 나무들도 멀리 아쉬워하네河橋不相送 江樹遠含情"로 잘 알려진 하교河橋에서의 친구 이별도, 한나라 미녀 왕소군이 흉노에게 볼모로 잡혀갈 때 친지 벗들과 나눈 이별도, 어떤 경우에도 이별은 슬프다.

자신의 이별도 다르지 않다고 했다. 하물며 이 이별은 유정 이별, 곧 사랑하는 사람과의 이별이니 어떻겠냐고 했다. 그래서 생초목에 불이 탄다고 했다. 군산월의 억울함과 분노가 하나로 응축된 표현이다.

기생의 절개

내 본래 기생이나 행실이야 기생일까
십구 세 이내 나이 일부종사一夫從事 하자 하고
절개가 높았기로 본관 수청 아니하고
규방 깊이 몸을 두고 이전 역사 살펴보니
남원의 춘향이는 절행이 높았기로
옥중에 죽게 될 때 어사 소식 반가워라
평양의 옥단춘은 어사 이별 몇 달인고
연광전 큰 잔치에 걸인으로 오신 사람
낭군인 줄 알았구나

해설

군산월은 자신의 절개부터 말한다. 자기 노래가 세상 사람들에게 기생이 남자를 유혹하려다 실패한 이야기 정도로 받아들여질까 염려한 것이다. 때문에 자신이 비록 기생이긴 하지만 여자의 바른 행실을 공부하고 그것을 충실히 따른 여성임을 밝히고 있다. 군산월의 모델은 소설 『춘향전』의 춘향이와 『옥단춘전』의 옥단춘이다. 모두 굳은 심지로 절개를 지킨 기생들이다. 『옥단춘전』은 배경만 평양으로 바꾼, 『춘향전』과 흡사한 작품이다.

김교리와의 만남

김학사 이번 유배 학사의 액운인가
이내 몸에 연분 있어 연분 찾아 오셨는가
연분이 중重코 중해 하느님이 불렀는가
전생에 연분 있어 임금님이 보내신가

칠보산 첫 대면에 언약이 굳으시니
칠보산 행차 후에 본집에 돌아와서
나으리 모시기를 예의로 모셨다네
육례六禮는 못 했으나 사군체법事君體法 다를쏜가

김진형은 유배객의 신분이지만 명천에서 일류 명사로 대접받았다. 다산 정약용의 경우로도 잘 알려져 있지만, 유배객이 지역민으로부터 학자로서 좋은 대접을 받는 일은 드물지 않았다. 특히 함경도처럼 일류 학자가 드문 변방에서는 중앙에서 온 학자가 더욱 우대받았다. 김진형이 그렇고, 함경도 부령으로 유배간 김려1766~1821도 그랬다. 이들은 유배지에서 기생을 첩으로 두고 지냈는데, 김려는 유배객의 시중을 드는 이런 여인들을 배수첩配修妾이라 부른다고 했다.

이렇게 좋은 대접을 받던 어느 날 고을 원이 칠보산 유람을 가자고 제안한다. 칠보산 유람은 8월 25일 입산하여 8월 28일 하산하는 일정이었다. 추석이 지난 지 얼마지나지 않은 이때는 단풍의 절정기다. 금강산에 비견되는 칠보산의 단풍 구경에는 육십 명이 넘는 명천의 유지들이 동행하여 아주 성대한 지역 잔치가 되었다. 김진형은 배소에 도착 후 곧 군산월을 알았지만, 칠보산 유람을 계기로 군산월에게 푹 빠지게 된다. 이 가사에서 군산월은 칠보산에서 처음 김진형을 만났다고 말한다. 김진형은 칠보산에서 군산월에게 장래를 약속했고, 군산월은 육례 곧 정식 혼례는 올리지는 못한 첩 신세지만, 남편을 섬기는 법도만큼은 처와 다를 바 없이 엄히 가졌다고 했다.

김교리의 해배

천은이 망극하사 죄 짐을 벗으시고
해배解配하라 분부하니 나으리 거동 보소
북향하여 사배四拜하고 문서를 손에 들고
본관本館에 들어가서 희희낙락 즐겨하고
행장을 수습하니

본관本官이 하는 말이
"본관을 하직하니 군산월은 어이하고 가시려 하나이까?"

학사가 하는 말이
"군산월을 여기 두고 고향에 돌아간들 오매불망 어이할꼬
언약이 있었으니 데리고 가오리다"

본관의 성덕盛德 보소 남복男服 주고 노자 주며
행차 길에 하는 말이
"뫼시고 잘 가거라
천리강산 큰 길 위에 김학사 꽃이 되어
객회客懷를 위로하고 조심하여 잘 가거라"

군산월 그 말 듣고 일희일비一喜一悲 그지없다
천 리 타향 가자 하니 부모 동생 그리워라
아니 가자 생각하니

이왕에 김학사의 천첩賤妾이 되었으니
아무리 천첩인들 삼종지도三從之道 모를쏜가

가족들과의 이별

유쾌한 체 표정 짓고
부모 동생 손을 잡고 은근히 위로하되
"이왕에 김학사를 군자로 섬겼으니
김학사 해배하여 고향에 돌아가니
불경이부不更二夫 이내 절개 나도 이제 가나이다
아무리 기생이나 행실이야 다를쏜가
여자 행실은 원부모遠父母라
출가외인 생각 말고 만세 만세 잘 계시며
별 탈 없이 지내시면
타향에 몸을 떠나 천 리 만 리 먼먼 길을
다시 와서 보오리다"

부모의 하는 말이
"오냐 오냐 그리 해라 오냐 오냐 잘 가거라
네 성품 내 알듯이 못 가라 하겠느냐
아무리 자식인들 사군체법 생각하고
불원천리不遠千里 가려 하니 내 어찌 말릴쏜가"

남복男服으로 갈아입고 추풍秋風에 말을 타고
고향을 떠나가니 고향이 하직일세
나으리 나선 풍채 기쁨이 도도하여
"어서 오라 급히 가자

눈보라 고이하니 그 속에 너의 몸이 상하기 쉬우리라"

유배온 지 일 년 만에 고향을 향해 서니
시간이 빠르기가 일각一刻이 여삼추如三秋라

김교리의 변심

연약한 계집 몸이 여러 날 길에 나서
노독路毒이 심하구나
내 온 길 생각하니 전생인가 몽중인가
주막에 잠을 자고 아침에 조반 후에
행장을 수습하여 한술 뜨고 일어서니
나으리 거동 보소 변색하고 하는 말이
"가련하고 어여쁘다 너를 처음 만날 적에
언약이 금석金石 같고 인정人情이 태산 같아
춘풍 삼월 꽃 필 적과 유월 훈풍 좋은 때와
온갖 슬픔 요란하고 심사가 뒤숭하며
고향 생각 간절할 때
주야로 너를 데려 객의 회포 위로하며
고향 산천 같이 가서 슬하에 두잤더니
지금 와 생각하니 난처하고 어려워라
내 본래 잘못하여 너를 이제 속였으니
섭섭히 알지 말고 좋게 좋게 잘 가거라"

군산월이 깜짝 놀라 눈물짓고 하는 말이
"이게 차마 웬 말이요 버릴 심사 계시거든
칠보산 행차 때에 아예 멀리 하지
무단히 언약 맺고
몇 번을 몸을 굽히던 그 정이 태산 같아

허다 사람 다 버리고 험코 험한 먼먼 길에
모시고 왔더니
그다지도 무정하오 그다지도 야속하오
돌아가라 분부하니
불사이군不事二君 충신 절개 나으리 하실 바요
불경이부不更二夫 굳은 절개 소녀의 직분이라
초수오산楚水吳山 험한 길에 이별하고 돌아가면
적적한 빈 방 안에 독수공방獨守空房 어이 하며
십구 세 이내 광음 속절없이 되었구나
연연한 이내 몸을 몇천 리 휼쳐다가
사고무친四顧無親 타도타향他道他鄉 귀로망망歸路茫茫 이내 행지行止
이다지도 버리시오"

나으리 하는 말이
"지난날 깊은 정을 이별이 당도하니
철석鐵石 아닌 이내 간장 점점이 녹아나고 검은 머리 백발 될 듯
내 마음이 이렇거든 연연한 너의 마음 오죽하며 오죽할까"

만단으로 위로하고 누누이 위로하여
"다시 보자 수이 보자 명년 삼월 꽃 피거든
내 한번 갈 것이니 부디 좋게 잘 가거라
남자의 평생 일을 미리 기필 못 하나니
다시 어찌 못 볼쏘냐"

군산월이 하는 말이

"가련하오 이내 신세 처량하오 이내 신세 다시 어찌 보오리까
이천리 천애天涯 밖에 영令을 어겨 오시리까
다시 보자 당부하면 나으리께 악담이요
영이별 하자 하니 소녀 신세 그만이라
귀양 곧 아니시면 북쪽으로 어이 오며
소녀 곧 아니시면 이별할 이 뉘이시리"

이 길로 돌아가면 촛불 켠 빈 방 안에
의탁할 곳 없는 신세 뉘를 믿고 살자 말고
해하성垓下城 가을밤에 우미인虞美人[01]이 처량하고
벽수碧水 청산 저문 날에 정부情婦 심회 처량하고
앞 남산 상상봉上上峰에 망부석望夫石 슬프도다
칠월칠석 오작교烏鵲橋에 견우직녀 부러워라

김학사 하는 말이
"선비의 졸한 몸이
곱고 고운 너의 자색 아름다운 너의 얼굴
사랑하기 부끄럽고 이별하기 야속하다
박절하고 섭섭하나 무사히 돌아가서
간절한 너의 심장 부디 상케 마라"

01 우미인 중국 한나라 고조인 유방과 다투었던 항우의 애첩. 유방 군대에 포위되자 항우와 마지막 술잔을 나누고 자결하였다.

"이별주를 먹어봐라"

주인을 불러내어 술 한 잔 들러잡고

"먹어봐라"
"잡으시오"

눈물이 흘러내려 반 잔 술이 한 잔 되고
한 잔 술이 넘쳤구나
다감다감 돌아서서 남북으로 향해 설 제
또다시 당부하되

"잘 가거라"
"잘 가시오"

군산월이 거동 보소
추파를 넌짓 들어 학사 풍채 다시 보고
웃으며 허락하나 그 웃음이 진정인가
어이없는 웃음 되어 눈물이 솟아나니
울음 바뀐 웃음이라

해설

군산월을 데리고 서울로 돌아가던 김진형은 어느 날 아침 갑자기 태도를 바꾸어 군산월더러 집으로 돌아가라고 한다. 약속을 지키지 못한 것은 미안하지만, 아무래도 선비가 적소謫所에서 기생을 데리고 돌아간다는 것은 감당할 수 없는 일이라는 것이다. 이 말에 군산월의 기대는 완전히 깨지고 말았다. 김진형은 다시 돌아오마 말하지만, 그것이 지켜지지 않을 헛약속임은 군산월도 너무도 잘 알고 있다. 김진형의 매몰찬 행동은 안변 사또조차 무정하다 비판할 정도이다. 그러면서도 안변 사또는 군산월 대신 안변 기생 봉선이를 붙여서 철령까지 모셔가게 한다.

군산월의 탄식

소상강 기러기가 짝을 잃고 날아간 듯
무릉도원 복숭아꽃 광풍에 떨어진 듯
두 뺨에 눈물 날려 붉은 치마 수놓은 듯
복숭화꽃 비 맞은 듯
한 걸음에 돌아보고 두 걸음에 다시 보고
걸음마다 돌아보니
산천도 낯이 없고 일월도 빛 잃은 듯

아침에 떠난 길이 일락서산日落西山 달이 뜨니
하루 온 길 생각하니 몇 리나 되었던고
아래 주막 떠나와서 초초 전진前進 종일 길이
웃 주막이 숙소 되네
사고무친 주막 방에 무정한 밝은 달은
화장창 높았는데
난간에 비겨 전후사를 생각하니
어이없고 기가 막혀 숙맥이 방불하다

혼잣말로 하는 말이
"이곳이 어디메요 북녘이냐 남녘이냐
고향이냐 타향이냐 전생이냐 이생이냐
김학사가 무정턴가 군산월이 박복턴가"

이곳에서 죽자 한들 죽는 줄을 뉘가 알며
설운 사정 뉘가 알꼬
시름으로 눈물로 밤새우고
외로운 이내 몸이 어디로 가잔 말고
백설은 분분하고 낙엽은 만산滿山한데
남북이 분간 없고 산도 설고 물도 선데
갈 곳이 아득하여 오던 길 생각하니
범연히 지내왔다
이럴 줄 알았다면 익히나 보올 것을
이 지경이 뜻밖이라
고향에 돌아간들 부모 동생 어이 보며
원근 친척 어이 볼꼬
이내 신세 자위하고 근근이 돌아가서
절행을 지키고서 일부종신一夫終身하리라

홍안이 백발 되고 무릎이 귀 넘도록
세월을 보내시니 그 아니 장할쏜가

배신당한 군산월의 비애가 절절하다. 득의양양 떠나갔다가 배신당해 돌아오면 그를 본 친지들은 동정하거나 아니면 내심 비웃을 수도 있다. 이 생각 저 생각에 정신없이 발길을 돌리면서도 김진형만 생각하며 절개를 지키고 생을 마치겠다는 각오를 말하지만, 기약 없는 수절이라 힘이 빠진 말이다.

그런데 마지막의 두 줄은 누구한테 한 말인지 분명하지 않다. 홍안이 백발 되고 무릎이 귀 넘는다는 말은 '오래도록' 또는 '늙어 죽도록'의 뜻인데, 군산월한테 한 말이면 군산월이 그렇게 오래 살았다는 말이 된다. 이렇게 보면 이 부분은 앞부분과 다른 제삼자의 총평인 셈이다.

김진형은 해배 후 1855년 홍문관 부교리가 되었고, 사헌부 장령, 장악원정을 거쳐, 1857년에는 당상관에 이르렀다. 그리고 이후 동부승지, 좌부승지, 초산 도호부사 등을 지냈다. 김진형이 말년에 군산월을 고향에 데려와 함께 오래 잘살았는지도 모르겠다.

가련하다 첩의 신세

양반의 첩이 된 명선이나 그렇지 못한 군산월이나 모두 희망은 양반집 첩이다. 변변찮은 남자 만나면 고생길이 훤하고, 첩 못 된 노기老妓는 생계조차 막막하기 일쑤기 때문이다. 하지만 첩이 되었다고 해서 행복한 것만은 아니다.

기생은 세상의 따가운 시선을 면할 수 없다. 그나마 모여 있을 때는 서로 의지할 수 있어 외롭지는 않지만, 남의 집에 가고 보면 외톨이 신세를 각오해야 한다. 세상의 부정적 시선, 온 가족의 멸시와 외면을 감수해야 하는 것이다. 게다가 유일하게 믿고 기대던 남편마저 저버리면 설 자리는 어디에도 없다.

어떤 집에 첩이 들어오면 대개는 본처만 불쌍하게 여긴다. 하지만 첩의 신세 역시 그 못지않게 애처롭다. 첩 역시 가해자가 아니라 피해자인 것이다. 그렇다면 사태의 책임은 남편에게 있는가. 하지만 그렇다고만 할 수도 없는 것이, 제도적으로 축첩을 허용하고 있기 때문이다.

조선은 법률에 규정된 바 일부일처一夫一妻 사회다. 하지만 한 남편에 한 아내는 처에 국한된 것일 뿐, 축첩은 국법이 용인한 바다. 첩을 호적에까지 등재했던 것이다. 그러니 탕자나 오입객이 아닌, 서경덕, 이언적, 주세붕, 조식, 이황, 이이와 같은 조선의 대표적인 유학자들 역시 첩을 얻었다. 당시에도 색에 탐닉하는 엽색형 축첩까지 좋게 보지는 않았지만, 양반사회에서 축첩은 여러 이유로 공공연히 이루어지고 있었다.

첩이란 무엇인가? 간단하게 말하면, 정식 혼례를 올리지 않은 아내이다. 약혼하고 폐백을 주고받는 절차 없이 들인 사람인 것이다. 『예기』에 "폐백을 갖추고 결혼한 자는 처가 되고 정식 절차 없이 그냥 급히 집에 들어와 사는 자는 첩이 된다聘則爲妻 奔則爲妾" 고 했다. 기생 월매의 딸 춘향이 남원 부사의 아들 이몽룡에게 자신에게는 당치도 않은 육례六禮 즉 정식 혼례 절차를 그토록 집요하게 요구한 것도 이런 까닭 때문이다. 춘향은 스스로를 기생이 아니라고 생각했기에, 기생첩으로 취급받을 수 없다고 여겼던 것이다.

첩은 작은집, 작은마누라, 작은계집, 시앗, 첩실妾室, 별실別室, 측실側室, 부실副室, 소실小室, 추실簉室, 소가小家, 별가別家, 별방別房, 별관別館, 가직家直, 여부인如夫人, 잉첩媵妾, 적국敵國 등으로 불렸다. '시앗 싸움에 돌부처도 돌아앉는다' 는 속담이 있다. 한 남자를 두고 벌이는 첩들 또는 처첩의 애정 다툼이 얼마나 치열하기에 무심한 돌부처도 돌아앉는다고 했을까. 조용한 집 안에서 벌어지지만 그 싸움은 사활을 건 전쟁이었던 것이다. 오죽하면 본처가 첩을 적국이라고 불렀겠는가.

첩이라고 모두 같은 처지는 아니다. 양가 출신이면 양첩良妾, 노비·기생·창녀 등 천인 출신이면 천첩賤妾이다. 물론 양첩은 드물고, 첩 가운데 십중팔구는 기생첩 즉 기첩妓妾인 것이 현실이다. 소설에서는 고관의 딸이 첩으로 들어가는 일도 빈번하지만, 이런 귀첩貴妾은 현실에서는 거의 찾아볼 수 없다.

이밖에 근대 이후 생긴 것으로 학생첩이 있다. 본처들은 기생첩보다 학생첩을 더 무서워했다고 하는데, 기생첩은 첩으로서 자기 분수를 잘 알 뿐만 아니라 돈이 떨어지면 물러나는 경우가 많지만, 학생첩은 아예 본처를 몰아내고 정처로 들어앉으려 들었기 때문이다.

첩은 호칭부터 처와 다르다. 처는 '수원댁' 처럼 '출신지+댁' 으로 불리지만, 첩은 그렇지 못하여 '대구집' 처럼 '출신지+집' 으로 불린다. 박윤원朴允源, 1734~1799은 「첩을 경계하는 글戒側室文」(『근재집』 권23)에서, 첩은 남편을 '군君' 이라 부르고 본처를 '여군女君' 이라고 부른다고 했는데, '여군' 은 '마님' 을 가리키는 말일 것이다. 처와 첩의 위계가 이처럼 현격했던 것이다.

조선시대에 첩의 수는 대단히 많았고, 따라서 꽤 비중 있는 사회집단이었으나, 사회적 약자인 그들은 집단적 목소리는 물론 개인적 발언조차 제대로

할 수 없었다. 그들은 그들이 응당 받아야 할 이해와 위로 대신 질타와 훈계만을 들을 뿐이었다.

첩에 대한 조선사회의 시각은 문집에 실린 여러 가훈류 들만 봐도 쉽게 알 수 있다. 박윤원의 윗글을 보면, 첩은 아무런 권리도 없이 의무만 강요될 뿐이며, 일말의 동정도 받지 못하고 집안 재앙의 근원으로 따가운 눈초리만 받을 뿐이다. 양반의 사랑을 받았다고는 하나 본래 천인임을 명심하라, 남편 집에 절대 순종하라, 사치스럽고 방종한 기녀로 지내다 왔다고 해서 계속 사치하지 말라, 게으르지 말라, 태생이 천인이라 해도 양반집에 들어왔으니 양반집의 법도에 따라 순결을 지키고 집안의 법도를 어지럽히지 말라 등등, 첩은 뭐 하나 볼 것 없는 사악하고 하찮은 존재로 인식되었다.

그들의 고통은 자식에게까지 이어졌다. 자식들은 모두 홍길동 신세다. 이긍익1736~1806의 『연려실기술』에는 "국속國俗에 서얼은 아비를 아비라고 부르지 못하고 어미를 어미라고 부르지 못하며 적출의 형제자매를 다 제 칭호로 부르지 못하여 노비와 같으니, 천하에 어찌 아비 없는 아들이 있을까? 윤리 기강에 어긋나는 일이다. 『춘추』에도 적서의 구분이 명기되어 있기는 하나 그것은 적서로 나눈 것일 뿐 엄한 차별은 아니었다"라고 말하고 있다. 당시에 이미 커다란 사회 문제였던 것이다.

다음에 소개할 「별실자탄가別室自歎歌」는 첩의 신세를 첩 자신의 목소리를 통해 생생히 그려낸 흥미로운 작품이다. 물론 이 작품의 화자가 정말 기생 출신인지는 분명하지 않다. 하지만 서두 부분에 기생첩으로 짐작되는 여러 발언들이 보이며, 첩의 대부분이 기생 출신이라는 사실, 그리고 천첩으로서 기생첩이 아래 작품의 첩과 별다를 바 없는 처지라는 점에서, 기생 출신 첩의 목소리라고 봐도 무방할 듯싶다.

이 작품은 서울대학교 규장각에 소장된 『소원성취문』에 수록되어 있다. 「별실자탄가」의 작가와 창작 연도는 알 수 없으며, 필사 연도는 1909년이다.

가리마 쓴 기생 검정 가리마는 일급 기생의 상징이었다. 「보론」 참조. 일제시대 엽서

불쌍한 첩의 신세

어와 벗님네야 별실 사적事蹟 들어보소
천지 창조시에 각색 만물 마련할 제
오행정기며 음양지리陰陽之理로 비조飛鳥 곤충 쌍을 짓고
춘삼월 호시절에 초목 군생지물群生之物이
모두 기뻐 즐기면서 쌍비 쌍쌍 왕래하며
해마다 새끼 쳐서 제 근본 번성하는데
우리는 어인 팔자로 제 짝을 못 짓고 나며
남의 님과 결혼하여 상사 회포 속상하며
유정랑을 그리면서 무심한 곳 살게 되며
평생에 눈엣가시 더부살이 어렵구나
잘 만나도 그뿐이요 못 만나도 한가지라
집 정한 첩 좋다 하나 첩 구실 극난이라
처첩이 부부지정은 동시 일반이나
위계가 현격하니 분한 일 많고 많다

난처한 별실 처지

음전하고 진중하면 대가 세다 논란이요
새침하고 얌전하면 방자하다 돌리이고
조용 않고 떠들면은 거만하다 수군수군
똑똑하고 어여쁘면 여우라 별명이요
능수능란 은근하면 흉측하다 별명이요
맵시 있고 간드러지면 방정맞다 쓴 말이요
생그럽고 민첩하면 간물奸物로 지목하고
경우 밝고 눈치 빠르면 얄밉다 통문 돌고
정직하고 씩씩하면 밥맛이라 삐죽삐죽
여기 좇고 저기 좇아 득인심得人心 하려 한즉
고맙단 말 하나 없이 미쳤다 흉을 보며
순진하고 무던하면 물어미라 지목일세
잘한다는 말이 없고 칭찬 들을 일이 없네

남편과의 관계

이러한 시비 중에 남편 하나 믿고 사니
남편은 눈치 없나 애석하여 사랑하니
무관한 남이라도 대혹大惑이라 왁자하고
무슨 일에 성이 나면 생트집 한다 하며
자식 조카 꾸짖으면 첩의 참소 의심하고
음식 의복 나무라면 변했다고 치치거리고
감기라도 앓게 되면 소범상所犯傷[01]이라 지목하고
병도 의논하지 않고 형방패독산荊防敗毒散[02]이 당제當劑[03]라며
제 명 짧아 극락 가면 첩에 곯아 일찍 갔다 하네

01 **소범상** 과도한 남녀관계로 생긴 병.
02 **형방패독산** 감기 등의 유행성 열병 등에 주로 쓰이는 처방약.
03 **당제** 합당한 약.

해설

주위의 따가운 시선 속에서 첩이 믿을 것은 오로지 남편뿐이다. 그런데 남편이 첩을 불쌍히 여겨 사랑하면 무관한 남조차도 사내가 첩에게 빠졌다고 욕을 한다. 남편이 화라도 내면 사람들은 첩에 빠져 공연히 트집을 잡는다고 하고, 자식 조카라도 꾸짖으면 첩이 일러바쳐 그랬을 것으로 의심하고, 옷 트집 밥 트집이라도 하면 첩 때문에 사람이 변했다고 욕한다는 것이다. 심지어 남편이 병들거나 일찍 죽어도 모든 원인을 첩에게 돌린다. 첩을 만악의 근원으로 보는 것이다. 답답한 노릇이다.

결사

이렇듯 답답한 일을 하늘에나 빌어볼까
그런대로 살려 하니 치받느니 화기로다
남의 물건들도 그러한지 이 물건 첩 구실은
여염 부녀 살림하듯 일시도 놀 틈 없고
아이 낳으면 젖 먹이고 종의 일을 도와주며
골몰히 사노라니 행락이 무엇인지

더 읽기

기생첩의 자살

다음 이야기는 기생첩의 지위가 얼마나 불안한지 잘 보여준다.

한 재상이 경상도 관찰사를 지내다 왔는데, 돌아온 지 수년 후에 아들이 그곳 기생을 사랑하여 첩으로 데려 왔음을 알았다. 이에 재상은 아들을 꾸짖고 기생을 돌려보내라고 했다. 기생을 돌려보내고 온 아들에게 재상은 기생이 무슨 말을 하더냐고 물었다. 아들은 기생이 다음 시를 남겼음을 말했다.

낙동강 위에서 처음 님을 만났고	洛東江上初逢君
보제원 앞에서 님을 이별하누나	普濟院頭又別君
복숭아꽃 땅에 지면 꽃은 곧 사라지니	桃花落地紅無跡
언제 어디에선들 님 생각하지 않으리	烟月何時不憶君

재상은 이 시를 듣고 기생이 죽을 것 같아서, 사람을 시켜 불러오게 했다. 하지만 이미 때는 늦었다. 기생은 벌써 벼랑에서 떨어져 죽었던 것이다. 이후 재상 아들도 곧 병들어 죽었고, 재상은 이 일로 벼슬을 버리고 말았다. 조선 후기 야담집 『파수록』에 실려 있다.

늙은 기생의 노래

첩 신세가 고단하다면 첩조차 못 된 기생은 어떻게 살아갔을까. 가난한 남자의 처가 되어 근근이 살아갈 수도 있지만, 그저 혼자 늙어갈 수도 있다. 이른바 『신독재수택본 전기집』에는 「남편 없는 기생의 탄식寡妓嘆」이라는 한문글이 있다. 늙은 기생이 말년을 당해 호사롭고 오만했던 과거를 회한하며 관에 구휼을 청하는 원정原情 형식의 글이다.

얼굴과 몸을 사업수단으로 삼다보니, 늙으면 자연 가치가 떨어지고 나중에는 생계도 해결하기 어려운 지경이 된다. 첩 못 된 기생은 자신의 경험을 살려 색주가를 운영하기도 한다. 안민영의 『금옥총부』에는 두 명의 해주 기생이 등장하는데, 그중 '삼증'은 황해도 감사의 애기愛妓로 해주 감영 앞에서 주막을 운영하고 있다고 했다.

유몽인의 『어우야담』에는 노기老妓에 대한 속설 하나가 소개되어 있다. "삼공일여三空一餘"라는 말이 그것인데, 노기가 되면 세 가지는 사라지고 한 가지만 남는다는 뜻이다. 사라지는 세 가지는 재산, 몸, 명성이고, 남아 있는 한 가지는 감언甘言이라 했다. 노기는 말재주 외에는 볼 것이 없다는 말이다.

다음에 소개되는 「노기자탄가」는 첩 못 되고 늙어버린 노기의 회한을 담은 노래이다. 마지막에 화자는 후배들에게 늙어 후회하지 말고 일찍 남자를 골라잡을 것을 권한다. 하지만 앞서 본 것처럼 남자 정한 기생들도 그 신세 난처하고 고단하기 그지없으니 기생의 운명은 애초부터 극난極難이라 하겠다. 작품의 원제목은 「녹의자탄가」이며, 19세기 말에 편찬된 것으로 추정되는 『장편가집長篇歌集』(서울대학교 규장각 소장)에 실려 있다. 제3부 '기생의 몸'에 있는 「늙는 것의 슬픔이여」와 유사하다.

평양 기생 가슴에 기성권번(箕城券番), 곧 평양기생조합 소속임을 나타내는 띠를 두르고 있다. 일제시대 엽서

기생으로 팔려가다

천지만물 생긴 후에 오직 사람 최귀最貴하다
우리 부모 기르실 제 지극 정성 어떻던고
온갖 병을 보살피며 아파하며 염려로다
계집자식 편애하기 사람마다 일반이라
한 살 두 살 십여 세에 용모자색 어여쁘니
집안 재산 저뿐이요 가빈家貧 신세 말 못 되니
상자相者에게 관상하니
"단명하고 팔자 궂다"
평생 팔자 내어보니
"타성가他姓家의 양녀로다
교방으로 들어가서 영락없는 기생 신세"
우리 부모 망령으로 기가妓家 자매自賣하오시니
녹의홍상綠衣紅裳 곱게 입고 관가 출입 무상無常하다

기생으로 이름을 떨치다

동반동기同班童妓 무수하니 춤과 노래 배우리라
한 해 두 해 흘러가니 탐화광접探花狂蝶[01] 험도 하다
천대받기 한 맺히나 십벌지목十伐之木 어찌 하리
중매 없이 혼인하니 성명이나 내 알던가
출청수절出廳守節 없었으니 우리 낭군 그 몇인고
청가묘무淸歌妙舞 절등絶等하니 경향京鄕에 명기 득명得名
금은보화 노리개며 금수문단錦繡紋緞 의복치레
금비녀 옥지환玉指環을 형형색색 갈마들여
백천만금百千萬金 재물이야 장중출입帳中出入 몇번인고
화용월태花容月態 제일이니 장부 간장 다 녹인다

01 **탐화광접** 꽃을 찾는 미친 나비. 호색한을 가리킴.

교방의 동기가 되어 노래와 춤을 배운다. 그러다 꽃을 찾는 미친 나비들의 험한 꼴을 다 보고, 세상의 천대를 다 견디면서도, '열 번 찍어 안 넘어가는 나무 없다' 는 십벌지목의 기생 신세라 어쩔 수 없이 자포자기하며 산다. 기생이 남자를 만나 성명을 묻는 것도 어리석은 일, 수청 들며 수절 운운하는 것도 분에 넘친 짓. 이 남자 저 남자 상대한 남자가 부지기수다. 이렇게 명기로 이름을 떨치자, 금은보화로 만든 노리개, 화려한 수를 놓은 비단옷, 금비녀와 옥가락지, 만금의 재물로 호사스런 생활을 할 수 있게 되었다. 이것이 노기의 한창때 모습이었다.

늙은 기생의 노래

늘 봄날로 알았더니 이십 삼십 잠깐이라
동원도리편시춘東園桃李片時春은 나를 두고 이름이라
색태 믿고 거만타가 인심조차 잃었구나
분분호접紛紛胡蝶 날아가니 어느 친구 날 찾으리
구시월 적막초옥寂寞草屋에 소슬바람 차도 차다
세간 즙물 찾아 파니 의복인들 오죽하랴
외론 등잔 찬 자리에 홀로 누워 탄식하되
이리 될 줄 알았으면 초년시에 마음잡아
착실 낭군 몸 맡기어 부부지락 아니할까
"머리에 서리 내리니 그 한을 어찌 하리오" 하는 말은 모두
나를 두고 이름이요
날짐승 길버러지도 다 쌍쌍 있건마는
이런 팔자 어이하여 만사 막혀버렸는고
여자는 정절이란 성인 훈계 내가 혼자 모르던가
음란죄로 지옥죄를 어찌 하면 면할쏜가
전생에서 무슨 죄로 이생에도 이러한가
후생에도 볼 것 없어 금수만도 못하도다

해설

덧없는 세월은 빨리도 간다. 인기에 취해 향락에 취해 어느덧 젊은 시절이 훌쩍 지나갔다. 인생이 언제나 봄날이겠는가. 동원東園의 복숭아꽃도 봄 한때뿐 아니겠는가. 꽃이 지자 분분히 날던 나비도 떠나가고, 손님이 사라지자 생계부터 걱정이다. 세간을 다 팔아 생계를 잇게 되니 사치는커녕 옷조차 변변찮다. 차라리 한창때 사내 하나 잡아 첩이나 되었으면 하지만 후회는 이미 소용없다. 남은 것은 죽음뿐, 저승에서도 음란죄에 걸려 고생할 일만 남은 것이다.

음란죄 처벌 장면 감로탱, 부분, 선암사

후배들 듣거라

이봐 우리 동반네야 나를 보고 훈계하소
아무리 창기 돼도 마음 하나 변치 마라
흔연 충기忠妓 예도 많고 의리 기생 지금 있다
행음行淫하는 천기賤妓라도 몸 간수는 더 어렵다
신의信義를 주장하면 자연 절개 있느니라
삼십 전에 마음잡아 남편 하나 골라 얻고
남편 따라 화합하면 생자생녀生子生女 재미로다
제 인사만 잘 차리면 어상어하御上御下[01] 일반이라
한숨짓고 눈물 나니 노래 한 장 부르리라

반 너머 늙었으니 다시 젊든 못하리라
이후랑은 늙지 말고 매양 이만 하여고져
백발아 네 짐작하여 더디 늙게 하여세라

01 어상어하 위를 섬기고 아래를 부리는 일.

기생은 후배들에게 자기 전철을 밟지 말 것을 권한다. 그러면서 기생이 꼭 지켜야 할 한 가지 덕목을 말하는데, 그것은 바로 신의다. 남자를 상대하는 기생이 여염집 규수와 같은 절개를 주장하지는 못하겠지만 신의만 지킨다면 자연 절개가 있다고 말할 수 있다는 것이다. 다시 말해서 기생의 절개는 자기를 사랑하는 사람과의 약속을 지키는 것이라는 말이다. 이것이 바로 '기생식 절개'이며, 여염집 규수의 절개와 다른 부분이다.

야담에 전하는 조선 영조 때 병마절도사 우하형의 첩 이야기는 이런 기생식 절개를 잘 보여준다. 우하형은 원래 가난한 무인으로 평안도 변방에서 근무했는데, 거기서 퇴기로 수급비 노릇을 하던 여자를 얻어 살았다. 임기가 끝나 고향에 돌아갈 때가 되자 퇴기는 우하형에게 한평생 모은 돈을 주며 고향으로 가지 말고 서울로 가서 벼슬자리를 알아보라고 권했다. 퇴기는 "저는 본래 천한 몸이라 선달님을 위해 혼자 살면서 수절하기는 어렵습니다. 남의 집에 일시 몸을 의탁하여 있다가 선달님이 우리 도의 원님으로 오시면 당장 달려가 뵙겠습니다" 하였다. 이후 퇴기는 홀아비 장교 집에 가서 살림을 살아주었다. 그러다 우하형이 평안도 어떤 고을의 원님이 되었다는 소식을 듣자 장교와 작별하고 당장 우하형에게 달려갔다. 장교는 퇴기의 알뜰한 살림살이에 감복하여 함께 살기를 바랐지만 퇴기의 뜻을 막을 수는 없었다. 우하형에게 간 퇴기는 떡하니 안방을 차고 앉아 그를 조종하여 우하형을 더 높은 벼슬에 오르게 했다. 우하형의 자손들은 퇴기의 은공을 잊지 않고 오래도록 정성껏 제사 지냈다고 한다. 『동패낙송』 등에 실려 있다.

우하형의 첩은 기생식 절개를 잘 보여준다. 이 가사의 노기도 풍부한 세상 경험을 바탕으로 기생에게 어울리는 윤리규범을 명확히 정의하고 있는 것이다.

제2부

기생놀음의 현장

"콩볶은이하고 기생첩은 옆에 두고는 못 견딘다"는 속담이 있다. 콩볶은이는 옆에 있으면 배가 고프지 않아도 괜히 손이 간다. 심심풀이로 먹기 좋기 때문이다. 기생첩도 옆에 두면 공연히 희롱하게 된다. 기생놀음은 뭇놀이 가운데 대표다. 그런데 이 기생놀음의 주체는 기생이 아니다. 기생은 그저 놀이 대상에 불과하다. 아래 소개하는 글들은 그러한 기생의 위상을 잘 보여준다.

아래 글은 세 장으로 구성되어 있다.

첫째는 '기생집에서 노는 법'이다. 기생집은 아무나 들어갈 수 있는 곳이 아니다. 또 돈이 있다고 권력이 세다고 잘 놀 수 있는 것도 아니다. 그곳 생리를 잘 아는 자가 잘 놀 수 있는 것이다. 서울의 기생집은 조선 후기부터 이미 독특한 기방 풍속이 있었던 것으로 알려져 있다. 그 풍속을 소개한 글이 '기생집에서 노는 법'이다.

두번째 '기생잔치의 현장'에서는 서울 기방과는 구분되는 지방의 기생놀음이 소개된다. 지방 기생놀음의 중심축을 이루고 있었던 아전, 장교 등의 하급 관리들이 기생과 어떻게 놀았는지 볼 수 있다.

마지막은 '기생의 출석부'이다. 기생은 관청에서 관리되는 대상이다. 관리 대상인 만큼 명부가 없을 수 없다. 그런데 기생의 명부는 놀이 대상의 명부이다. 놀이 대상인 만큼 명부도 놀이 형식에 걸맞게 되어 있다.

기생집에서 노는 법

아래 자료의 원제목은 「외입장이 격식」이다. 외입장이에 대해서는, 이능화의 『조선해어화사』 제1장에서 이렇게 말하고 있다. "연소年少하고 호탕하며 떠돌아다니는 성격을 가져 청루靑樓 기방에 몸이 빠진 자를 세속에서는 외입장外入匠 혹은 외렵장外獵匠이라 하였으니, 즉 밖에서 엽색을 일삼는 자를 말한다. 장匠이라는 뜻은 기技에 능한 데서 나온 말이다." 또 같은 책 제34장에서는 "각 전殿의 별감別監, 포도군관捕盜軍官, 궁가宮家의 청지기 및 무사武士는 항간에서 이르는바 사처소四處所 외입장이다"라고 하였다. 외입장이는 드문드문 기방을 출입하는 손님이 아니라 기방을 제집 출입하듯 하는 사람이라고 할 수 있다.

외입장이와 비슷한 말로 왈짜가 있다. 유몽인1559~1623의 『어우야담』을 보면, 왈짜는 서울 사람들이 화류계의 협객을 부르는 말이라고 했다. 이러쿵저러쿵 말이 많기 때문이다.

외입장이든 왈짜든 이들이 서울 화류계의 주인공이다. 그래서 이 외입장이가 기생서방이 되는 경우가 많았다. 이능화는 "서울 기생은 그 뒷바라지를 해주는 놈이 있으니 이름하여 기생서방이라고 한다. 무릇 기생의 의식주는 모두 기생서방이 해댄다. 그리고 고객이 있으면 그 밤을 손님에게 양보하고, 없으면 잠자리를 같이한다. 당초에는 관청에 기생을 두고 그 기생이 서방 가지는 것을 금했는데, 뒤로 내려오면서 점점 기강이 해이해져서 기생이 서방을 가지게 되었다. 기생이 서방을 가진 것은 조선조 중엽에 이미 있었던 일이다" 하면서, 대원군 집권 이후에는 제도적으로 아예 사처소 외입장이들은 기생서방이 되게 하고, 승정원과 의금부의 노복들은 삼패기생인 더벅머리의 서방만 되게 했다고 전한다.

이렇게 기방 출입을 업으로 삼는 자들이 있고, 또 기생을

별감 「원행을묘정리의궤」, 서울대학교 규장각

거느린 건장한 남자들이 있다보니, 자연 싸움이 나지 않을 수 없었다. 이에 그것을 조정하는 관습이 만들어졌으니, 그것이 바로 외입장이 격식이다. 기생집에서 노는 데 '돈이면 그만이지' 라고 생각할 수도 있겠지만, 실상 까다로운 법도가 있었던 것이다. 이 법도도 모르고 기생집에 들어갔다간 기생 앞에 앉아보기도 전에 한량 악소배惡少輩에게 맞고 쫓겨날 수도 있었다.

서울 기생방의 까다로운 법도가 언제부터 만들어졌는지 정확히는 알 수 없다. 몇 가지 일화로 미루어 짐작할 수 있을 뿐이다.

우선 『계압만록』의 한 일화를 들어보자. 이 일화는 숙종 임금을 주인공으로 하여 서울 기생집의 습속을 소개한 것이다. 원래 종로 육의전은 청루 곧 기생집이었다고 한다. 그리고 거기에는 멍석말이裹席之罰의 풍속이 있었다고 한다. 왈짜들이 기생과 어울릴 때 실언을 하면 실언한 사람을 자리에 말아 거꾸로 세우는데, 잘못하면 죽기도 했다고 한다. 이 말을 들은 숙종이 하루는 변장을 하고 청루에 와서 고의로 실언을 했더니, 왈짜들이 달려들어 벌을 주려고 했다. 그때 좌우에서 임금이라고 밝히자 왈짜들이 혼비백산했다는 것이다. 멍석말이 풍속이 숙종 때 일이라면 17세기 후반에 이미 서울에 기생방 법도가 있었다는 말이 된다.

또 『차산필담』배전, 1843~1899을 보면 종로의 청루가 효종 숙종 연간, 즉 17세기 중후반에 북벌 수행에 필요한 인재를 구하기 위해 허가되었음을 등장인물의 입을 빌려 말하고 있다.

기생방 법도에 관한 좀더 밀착된 기록은 한 세기 후인 18세기 말과 관계된다. 이능화는 그 예로 "근세의 양반 외입장이 가운데 으뜸"인 서춘보徐春輔, 1766~1825를 소개하고 있다. 춘보가 열다섯 살 때, 신랑이 쓰는 초립草笠을 쓰고 밤에 기생집으로 갔다. 먼저 와 있던 악소배들이 멀리서 그가 오는 것을 보고 나이 어린 것을 업신여겨서 일제히 방 안에 가로누웠다. 그 인물됨을 시험하고자 했던 것이다. 이에 춘보가 방문을 열고 말하기를, "나는 기생집으로 알고 왔는데, 이곳이 활인서活人署의 전염병동傳染病棟이라도 된단 말이냐?" 하였다. 화가 난 불량배들이 일제히 일어나 "너무 이르지 않은가?" 하였다. 기방 출입하기에 너무 어리지 않느냐는 이 조롱에 춘보가 답하기를, "나는 벌써 저녁밥을 먹고 왔다" 하였다. 한 떼의 악소배들에게 혼자서 대든 셈이다. 모두 그 기백에 탄복해서 자기들 무리 속에 들어오기를 허락했다. 이후 춘보는 외입장이가 되었고 또 기생서방이 되어 평생 기생으로 울타리를 삼고 풍류로 세월을 보냈다고 한다.

『조선해어화사』에는 "춘보 당시에 기생집에 드나드는 데에는 인사하는 법을 비롯해서 여러 가지 까다로운 법도가 있어서 자칫 잘못하면 풍파가 일어나고 또 잘하면 봄바람이 돌았다. 그 방면에 어두운 문외한이 처음으로 기생집에 들어갔다가 불량배에게 매를 맞아서 머리가 터지고 뼈가 부러지는 자가 많았다"고 적고 있다. 기생방에 엄격한 법도가 있음을 분명히 말하고 있는 것이다.

서춘보는 좌의정 서지수徐志修의 손자로 삼도통제사, 포도대장을 역임한 순조 때의 무장이다. 명가 자제로 기생집에 출입했다는 것만으로도 선비들

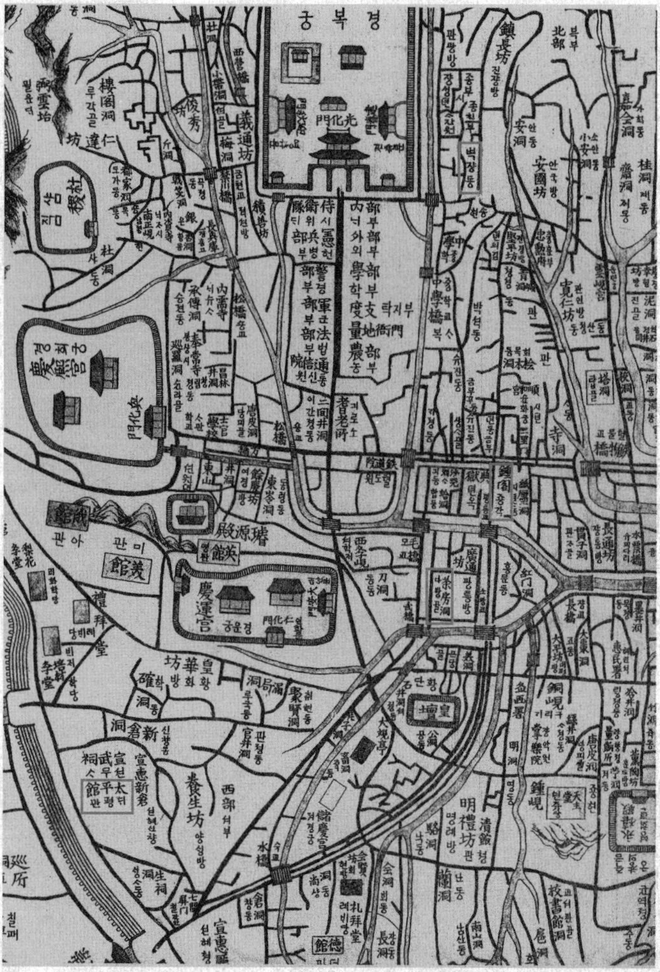

서울의 기생집 조선 전기에는 태평관 부근, 17세기 후반에는 종로, 18세기에는 벽장동 등에 기생집이 있었다는 기록이 보인다. 다동 곧 다방골은 조선 말에 기생집으로 유명해, 늦잠 자는 것을 '다방골 잠'이라 부를 정도였다. 밤새 주연에 시달린 기생들이 아침 일찍 일어나기 어려웠기 때문이다. 「한성부지도」, 『Transaction』(1902) 수록.

의 물의를 일으킬 수 있는데, 악소배들에게 봉변을 당할 수도 있는 그런 기방을 괘념치 않고 당당히 출입한 것이다. 서춘보의 무인적 기질이 엿보이는 대목이다.

서춘보와 유사한 인물로는 『계서야담』에 나온 이일제李逸濟를 들 수 있다. 이일제는 판서 이기익李箕翊, 1654~1739의 손자로, 호방한 성격을 가져 공부는 하지 않고, 십사오 세에 기방에 들어가 악소배들을 한 손에 제압했다고 한다. 그 역시 나중에 무장이 되었다.

서울 기생방의 이러한 독특한 풍속은 18세기 후반의 문인 강이천1768~1801의 「한경사漢京詞」에도 보인다. 강이천은 기생집에서 다른 패거리의 손님을 만나면 통성명은 하지 않고 "평안호"를 묻는다고 적고 있다. "평안호"는 기생집의 독특한 인사법이다. 기생집 특유의 인사법과 법도는 이밖에도 19세기 판소리계소설 『계우사』 및 20세기 역사소설인 벽초 홍명희1888~1968의 『임꺽정』에도 생생히 그려져 있다.

서울 기생방의 법도는 일제 침략이 시작되고 기생 제도가 변질되면서 사라졌는데, 1920년대 조선어연구회에서 펴낸 월간잡지 『조선어』를 보면 그 사정을 짐작할 수 있다. 이 잡지는 일본인에게 조선어를 가르치기 위해 만든 것인데, 여기 '고등조선어회화' 란에는 여러 상황을 설정한 '한국어 대화' 가 있다. 이 가운데 1926년 10월호와 11월호에 「서울의 밤京城의夜」 시리즈 가운데 하나로 서울 기생집 상황이 설정되어 있다. 수원 사는 김씨와 서울의 이씨 두 사람이 서울의 기생집을 찾아가는 상황이다. 김씨와 이씨는 기생집을 찾아가며 기생집의 격식에 대해 얘기하는데, 이씨는 자기도 대강 들어서 알 뿐, 이제는 기생들조차 모르는 일이 되어버렸다고 한다. 20세기 초에 이미 그런 격식이 서서히 사라지고 있었던 것이다. 이 글의 저자는 일본인을 대상으로 한 조선어 교육에 많은 일을 한 이완응李完應, 1887~1949이다.

아래 소개하는 「외입장이 격식」은 고려대학교 도서관에 소장된 『악부』에 실려 있다. 이 글에는 네 개의 소제목이 있는데, '기생집 들어가는 격식'

'대선 책망하는 격식' '처음 나온 기생 말 묻는 격식' '기생 양주兩主 욕뵈는 것' 이 그것이다. 기생집 들어가는 데도 격식이 있고, 손님들끼리 싸우는 데도 격식이 있으며, 처음 나온 기생 놀리는 데도 격식이 있고, 기생과 기생서방을 혼내주는 데도 격식이 있다는 것이다.

『악부』의 편자는 위관韋觀 이용기李用基이다. 이용기에 대해서는 알려진 바가 거의 없다. 『악부』 앞부분에는 손진태의 소개글이 있는데, 위관은 1933년 또는 1934년쯤에 칠십여 세의 고령으로 별세했다고 한다. 그러니 그는 1860년대 초에 태어났을 것이다. 이용기는 서울 사람으로 어릴 때부터 풍류를 좋아하여 일생을 외입장이로 시종했다고 한다. 「외입장이 격식」을 쓰기에 누구보다 적임자라 할 것이다. 이용기는 『악부』와 함께 『연구집聯句集』을 남겼다고 전하며, 『조선무쌍 신식요리제법』(1924)이라는 요리책을 편찬하기도 했다.

기생집 들어가는 격식

바깥손님[01] 들어가자.

안손님 두로—

안손님이 없고 하인만 있으면 "두롭시요"라고 한다.

바깥손님 평안호?

안손님 평안호?

바깥손님 무사한가?

기생 평안헙시요?

바깥손님이 중치막 앞자락을 떡 헤치고 앉아서 담뱃대를 딱딱 털어서 좋은 담배 한 대를 붙인 후,

바깥손님 좌중에 통할 말 있소.

안손님 네, 무슨 말이오?

바깥손님 주인 기생 소리 들읍시다.

안손님 좋은 말이오. 같이 들읍시다.

바깥손님 여보게.

기생 네.

바깥손님 시조 부르게.

기생 네.

기생이 시조 한 장 부르고 나면,

01 막 들어가려고 하는 손님. 안손님은 이미 들어와 있는 손님. 바깥손님과 안손님 등의 인물 표식은 희곡 형식으로 바꾸기 위해 번역자가 만든 것이다.

안손님 시조 청한 친구한테 통할 말 있소.

바깥손님 네, 무슨 말이오.

안손님 나머지 시조는 두었다 듣는 청 좀 합시다.

바깥손님 청 듣다뿐이오.

안손님 여보게.

기생 네.

안손님 시조 삼 장을 다 듣잤더니 친구가 청을 하시니 나머지 시조는 이 담에 나 오거든 하라기 전에 하랐다.

기생 네.

객 수고했네.

바깥손님이 담배 먹던 것을 털고 한 대를 붙여서,

바깥손님 주인 사람 담배 메기오.

하며 준 후에 안손님 하고 다른 말은 책망 들을까봐 별량 없고, 혹 기생을 데리고 실없는 말을 하되,

바깥손님 그 동안 더 예뻤구나, 누가 핥아주지.

이런 희롱을 몇 마디 하다가 나올 때 일어서 돌아서며

바깥손님 [안손님에게] 뵙시다.

기생에게는 "보세",

안손님이나 기생이 대답을 하든지 말든지 이처럼 인사하고 나온다.

이왕에는 승지 참판이나 사알司謁 사약司鑰[02]이나 노래 선생 외에는 해라를 못하고, 누구든지 외입장이는 다 하게를 한다.

02 사알 사약 모두 액정서(掖庭署)에 딸린 정6품의 잡직. 액정서의 최고 직위다. 액정서는 왕명의 전달, 임금이 쓰는 붓과 벼루의 관리, 궁궐문 자물쇠의 관리 등을 맡은 부서로, 조선 후기 서울 유흥의 중심 세력이자 기생서방의 주요한 한 축이었던 별감들이 이곳의 명령을 받았으며, 별감이 곧 사알 사약으로 승진하기도 하였다. 사알과 사약이 기생들을 쉽게 하대했던 이유를 여기서 찾을 수 있다.

해설

서울 기방 특유의 인사법과 좌중 언어 풍습을 소개한 부분이다. 서울 기생집에서는 기생이 한 명이라고 해서 한 사람 또는 한 패의 손님만 받지 않고 여러 손님, 여러 패의 손님을 동시에 받는다. 그래서 손님들끼리의 인사법이 생긴 것이다. 그러나 기생 한 명이 여러 손님을 받는 것이 조선시대 일반의 기방 풍경이라고는 볼 수 없을 듯하다.

19세기 말 서울의 공인貢人 지씨池氏가 쓴 일기를 보면, 지씨가 그릇장수들을 단속하기 위하여 해주로 여행 간 일이 있다(1891년 7월 6일). 지씨는 해주에서 기생집에 갔는데, 해주 풍습은 기생집 문이 닫혀 있으면 바깥손님이 들어가지 못한다고 했다. 말하자면 서울에서는 이미 한 패의 손님이 와서 기생집 문이 닫혀도 기생을 불러 들어갈 수 있는데, 해주에서는 그렇지 않다는 것이다.

서로 다른 패의 손님들이 한자리 있기 불편하니 인사를 하는데, 그저 "평안호"라고만 한다. 짧은 인사 다음에는 패거리 사이에 팽팽한 긴장이 흐르고 말을 주의하게 되는데, 말을 꺼낼 때도 조심스럽게 "좌중에 통할 말 있소" 하며 입을 뗀다. 이런 예법을 지키지 않았다간 싸움이 나기 십상이다.

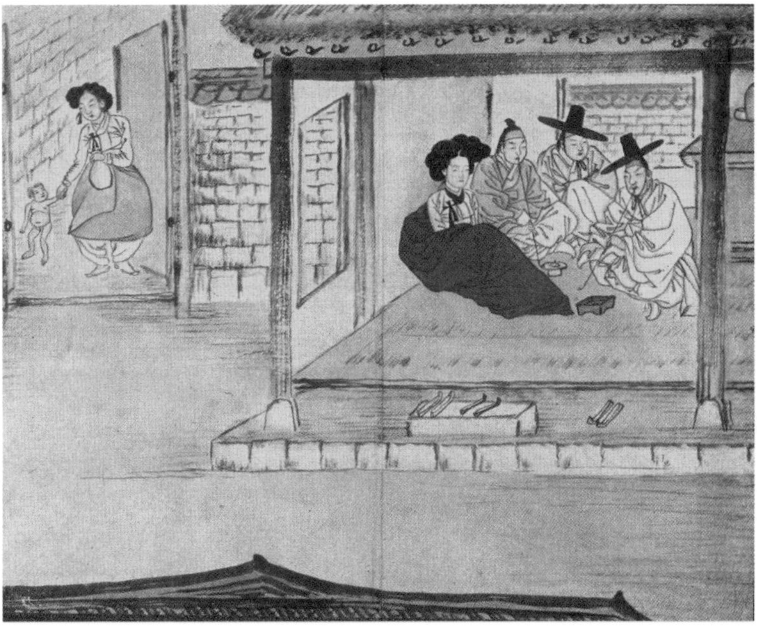

기생집에서 신윤복, 『혜원전신첩』, 간송미술관

대선 책망하는 격식

처음 보는 사람이든지 오래 본 사람이라도 시비하려면 이렇게 하는 것. 대선 책망은 대가 설다고 하여 대선 책망이라고 하는 것.

안손님 게가 여기를 어딘 줄 알고 들어왔소?

바깥손님 기생의 집으로 알고 들어왔소.

안손님 게 같은 외입장이는 처음 보았으니 나가오.

이때 얻어맞지 아니하려면 바깥손님은 "네, 보아하니 외입 연조가 나보담 높은가보오" 하고 나간다. 그러나 싸우려고 하면 "너 같은 외입장이는 보지 못했다" 하고 도리어 책망을 하며, 이렇게 되면 담뱃대로 갓대 위를 넘겨치고 서로 두들기게 된다. 그런데 맞지 않으려고 돌아서 나가는 사람이 신발을 신으려고 할 때 안손님이 아래와 같이 하기도 한다.

안손님 친구 좀 뵙시다.

바깥손님이 돌아와 앉으면,

안손님 기생집에서 인사가 왜 있겠소만 인사합시다. 이것이 외입에 불수 예사니 어찌 알지 마오.

이렇게 하여 둘이 함께 놀다가 간다.

그런데 바깥손님이 돌아서 나가려고 하다가 다시 돌아 들어오며 "평안호" 하고 앉아서 도리어 안손님을 책망하여 내어쫓는 일도 있지만, 이런 일은 희귀하다. 왜냐하면 본래부터 안손님이 바깥손님을 업수이 여겨서 책망하였으므로 바깥손님이 도로 들어와 안손님을 책망하기는 어렵기 때문이다.

더 읽기

소설『임꺽정』에 그려진 기방 풍경

홍명희의 소설『임꺽정』에도 "오입장이에도 패가 있어서 기생방에서 다른 패와 마주치면 틀개를 놓고 서로 치고 달코 하던 세월이라 한온이는 기생방에서 남을 많이 치는 대신 가끔 얻어맞기도 하였다"면서, 다른 패에게 맞고 온 임꺽정의 부하 한온이가 임꺽정과 함께 상대 패를 혼내주는 장면을 그리고 있다. 기방 풍경이 생생하게 그려져 있을 뿐만 아니라, 왈짜들과 대비되는 임꺽정의 무뚝뚝하고 소탈한 성격도 흥미롭다.

"그날 밤 일은 이야기하기두 창피하지만 선생님께서 심심풀이루 들으시겠다면 이야기를 한번 자초지종 다 하겠습니다. 장찻골다리 이편에 장악원 시사하는 소홍이란 기생이 있는데 풍류 잘하구 소리 잘하기루 지금 서울 안에서 첫째 꼽는 기생입니다. 제가 그날 밤에 사람 오륙 명 데리구 놀러 나섰다가 소홍이게를 갔었습니다. 마침 방이 조용해서 기생을 데리구 허튼수작을 하는 중에 노인정 활량패들이 우 몰려들어옵디다. 전에두 더러 마주친 일이 있어서 안면들은 대개 짐작하는 터이지요. 노인정 활량패에는 무장대가의 자질子姪두 더러 끼여서, 세력 있구 재물 있구 힘꼴 쓰는 장사까지 있는, 서울 안 기생방을 주름잡구 돌아다니는 왈짜패인 까닭에 저희는 이런 패하구 시비를 내지 않으려구 처음부터 조심들 했습니다. 기생방에서 다른 패 사람하구 같이 합석할 때는 일언일동을 맘대루 하는 법이 없이 반드시 말을 먼저 좌중에 돌려야 합니다. 이것이 기생방 격식입니다. 저편 사람들은 기생에게 말두 붙이구 앉았던 자리두 옮기구 번쩔 말

기생집 싸움 신윤복, 『혜원전신첩』, 간송미술관

을 돌리는데 이편 사람은 가만히 앉은 대루 앉아서 말두 별루 돌리지 않았습니다. 저편에서 처음부터 트집잡구 싶어 애쓰는 눈치가 보였지만 워낙 이편에 실수가 없으니까 무슨 트집을 잡을 수가 있습니까. 그래서 자리가 무사했으나 제가 이런 자리에 오래 앉았기 재미없어서 같이 간 사람들을 데리구 차차 일어서려구 하는 중에 저편 사람이 발론해서 토막돌림으루 시조 하나씩을 부르게 됐습니다. 저편 이편에서 두서넛이 점잖은 시조들을 부르구 난 끝에 제가 세사금삼척世事琴三尺을 불렀습니다. 초장을 시작할 때 저편 사람들이 벌써 서루 눈짓하고 웃습디다. 이건 다른 까닭이 아니지요. 종장에 가서 동각東閣의 설중매 다리고 완월장취玩月長醉라구 부르기만

하면 시조루 트집잡잔 생각이지요. 저두 다 아는 장단입니다. 누가 그렇게 부르나요. '설중매 다리고'를 '설중매 피었으니'루 고쳐 불렀습니다. 저편에서 헛다리를 짚었지요. 제 다음에 저편의 젊은 놈 하나가 부를 차례가 되었는데 기탄없이 '옥으로 함을 파고'를 내놓습디다. 이런 더러운 시조를 부르는 건 좌중에 있는 다른 사람 얼굴에 침을 뱉는 것버덤두 똥을 칠하는 셈입니다. 하두 괘씸해서 제가 시비를 걸어가지구 구경 소조를 당했습니다. 선생님, 생각 좀 해보십시오. 일이 분하지 않습니까?"

"옥으로 함을 파는 게 어째 더러운가?"

"선생님, 시조를 모르십니다그려. '옥으로 함을 파고 너와 나와 넣어놓은 뒤 금거북 자물쇠를 어쓱비쓱 잠궈놓고 창천이 우리 뜻 받아 열쇠 없이'라는 시조가 있습니다. 그 사의가 더럽지 않습니까!"

"사의가 좋은데 왜 더럽다나?"

"그런 시조는 점잖게 노는 자리에서 부르지 못하는 법입니다. 시조 이야기는 그만두구 저의 남은 이야기나 마저 들어주십시오."

처음 나온 기생 말 묻는 격식

여러 외입장이가 앉았을 적에 한 사람이,

객1 좌중에 통할 말 있소.

아무객 네, 무슨 말이오?

객1 처음 보는 계집 말 묻겠소.

아무객 같이 물읍시다.

또는 "잘 물으시오"

객1 이년아, 네가 명색이 무엇이냐?

기생 기생이올시다.

객1 너 같은 기생은 처음 보았다. 머리에 똬리 자국이 있고, 겨드랑이에 바구니 자국이 그저 있는데, 너 같은 기생은 처음 보았다. 이년아, 내려가 물이나 떠오너라.

뺨을 한번 약간 때리며 다시 물으니,

기생 그래도 기생이올시다.

객1 이년아, 죽어도 기생이야?

기생 기생이올시다.

객1 네가 하— 기생이라 하니, 이름이 무엇이냐?

기생 무엇이올시다.

객1 나이 몇살이냐?

기생 몇살이올시다.

객1 그 나이를 한꺼번에 먹었단 말이냐?

기생 한 해에 한 살씩 먹었습니다.

객1 그러면 꼽아라.

기생이 손가락으로 꼽으며,

기생 한 해에 한 살 먹었고, 두 해에 두 살 먹었고, 세 해에 세 살 먹었고……

객1 이년아, 듣기 싫다. 시골이 어디냐?

기생 아무데올시다.

객1 노정기를 외라.

기생 ……

객1 서방이 누구냐?

기생 아무 서방님이세요.

성만 말하는 것

객1 그 서방 이름이 무엇이냐?

기생 아모세요.

객1 그러면 그 서방님은 외입에 연조가 높으시거니와, 너는 그 서방님과 사는 것이 당치 않으니, 버려라.

기생 못 버리겠어요.

객1 왜 못 버리겠니? 버려라.

기생 못 버리겠어요.

객 1 왜 못 버리겠니?

기생 정이 들어 못 버리겠어요.

객1 압다. 이년아, 그 동안 정이 들었어? 네가 정이 하 들었다니, 어디 정이 있단 말이냐?

기생 뱃속에 들었어요.

객1 어디 보자.

먼저 걸치마를 끄르고 있으면,

객1 이것이 정이야? 정이 없나보구나.

또 단속곳 끄르고 홑속곳만 입고 앉았으면,

객1 이것이 정이야?

그제야 기생이 일어선다.

객1 정을 또 보자.

기생이 속곳 끌을 푼다.

객1 이년아, 두 손 떼어라.

기생이 입으로 속곳 허리를 물고 두 손을 떼고 서 있는데 이때 객이 속곳 문 것을 팩 젖히면 잠깐 거기가 보이면서 기생이 주저앉는다.

객1 정이 참 뱃속으로 하나가 잔뜩 들었나보다. 그 서방님 뫼시고 오래 살아라.

이런 다음 기생에게 담배 한 대 붙여준다.

기생이 처음 나오면 하루에도 몇 번씩 손이 와서 '정'을 보자고 하는데, 혹 우는 년이 있으면 뺨을 사뭇 때리기도 한다. 기생의 서방은 기생이 이렇게 시달리는 것을 오히려 빨리 기방에 적응된다며 좋아하는데, 이 때문에 일부러 그렇게 해달라고 손님에게 청하기도 한다.

해설

처음 손님 앞에 불려나온 기생을 놀리고 길들이는 격식이다. 일종의 신고식인 셈이다. 『계우사』의 평양 기생 의양이처럼 서울 기생 가운데는 시골에서 올라온 기생이 많으므로 기생의 시골, 즉 고향을 물어본다. 또 기생서방에 대해서도 물으며, 마지막으로 가장 비밀스러운 부분을 보여달라고 조른다. 기생이 가장 모욕감을 느끼는 순간이다. 해주 기생 명선도 "얻자는 것 무엇이며 보자는 것 더욱 괴타"고 술회한 바 있는데, 이런 풍속은 서울이나 해주나 마찬가지였던 듯하다. 자주 모욕을 주어 기생집에 순응하게 하는 술책이 가증스럽다.

기생 양주 욕뵈는 것

외입을 잘못하였거나 외입 처소끼리 싸움이 나면 이렇게 한다. 기생은 잡아서 홑속곳만 입히고 발 벗기고 머리 풀리며, 기생서방은 겉옷 입힌 채 뒤로 결박짓고 상투 풀고 발 벗기고, 두 연놈을 앞에 세우고 여러 외입장이가 따라서 대로상으로 나가면, 타처 외입장이(제 곳에 함께 있는 외입장이는 아니하는 것)가 떡 가로막고 서서 이렇게 말한다.

타처 외입장이 왠 등사等事[01]요.

또는 "외입 등산가보오?"

자소 외입장이 네, 외입 등사요.

타처 외입장이 청 좀 합시다.

자소 외입장이 청 듣다뿐이오. 너희 연놈들을 영 파의를 시키고 아주 찢어발기쟀더니 친구가 청을 하시기 들어가거라.

이렇게 하면 마침 가마가 따라오다가 태워가지고 들어가느니라.

만일에 밤중 같은 때 욕을 뵐 적에 외입장이가 청 아니하면 그냥 들여보낼 수가 없는 고로 청할 사람을 미리 언약도 한다.

01 등사 등장사(等狀事)의 준말인 듯. 등장(等狀)은 여러 사람이 이름을 잇대어 써서 관청에 올려 하소연하는 일이다. 여기서는 여러 사람이 큰일을 일으키는 것을 의미한다.

해설

『조선해어화사』 제33장에서는 다음과 같이 말하고 있다. "만약 기생이 외입장이에게 예의를 잃는 일이 있으면 치마와 버선을 벗겨서 맨발로 종로 거리를 다니게 했다. 그렇지 않으면 기생집의 세간을 모두 때려부수고 기생의 사과를 기다려서 새집을 사주었다."

『임꺽정』에서도 기생방에서 만난 두 한량패가 싸움을 벌였다가 기생집 세간을 부순 후 새로 세간을 장만해주는 것을 볼 수 있다. "그날 밤에 부서진 기생의 방 안 세간을 제가 새루 해 보냈더니 기생년이 받지 않구 돌려보냈습니다. 그때 기생년이 세간 영거해간 사람을 불러들여서 방 안의 새 세간을 보이면서 노인정 활량패에서 이렇게 먼저 해 보내서 받았으니까 두 벌씩 받을 염의가 없다구 하구 받지 않더랍니다." 한온이가 임꺽정에게 한 말이다. 외입장이는 외입장이대로 격식이 있었지만 기생은 기생대로 염치가 있었던 것이다.

기생잔치의 현장

서울의 기생집에서 주로 한량과 왈짜들이 논다면, 지방 기생놀음의 주축은 아전, 서리, 장교 등의 하급 관리이다. 다음 시조는 지방 기생 놀음의 차비를 잘 보여준다.

> 김약정金約正 자네는 점심을 차리고 노풍헌盧風憲으란 안주 많이 장만하소
>
> 해금 비파 적笛 피리 장고란 우당장禹堂掌이 다려오소
>
> 글 짓고 노래 부르기 여기女妓 화간和間으란 내 아무쪼록 다 담당하리라

약정, 풍헌, 당장은 모두 지방의 행정 실무를 보는 말직들이다. 이들이 서로 분담하여 기생놀음을 벌이는 것이다. 점심 차리고 술과 안주 준비하고 악공과 기생을 불러 놀음을 준비한다. 놀음에는 술 마시고 노래 부르는 것 외에 글짓기도 빠지지 않는다.

이런 기생놀음에 대해 정약용은 『목민심서』에서, "관리가 창녀를 끼고 노는 데 대해서는 법률이 지극히 엄하다. 그러나 이미 기강이 해이하고 어지러워 습속이 굳어진 지 오래되었으므로 이제 갑자기 이를 금하는 것은 소동을 일으키는 길이다. 다만 산놀이 물놀이에 기생을 데리고 풍악을 잡히는 것은 아전과 군교들이 감히 할 일이 아니니 수령이 부임하여 한 달이 지난 후에 엄하게 다음과 같은 약조를 하여 세울 일이다. 아전과 군교로서 감히 기생을 끼고 놀아나는 자는 즉시 법에 따라 엄히 다스리고 영구히 제적시킨다. 또 기생집에서 소란을 피워 싸우고 송사를 일으키는 자는 가중처벌을 하고 결코 용서하지 않는다" 등등의 말을 하고 있다. 아전 장교들이 기생을 끼고 산으로 물로 다니고 기생집에서 싸우고 소란을 피우는 일이 다반사로 일어나고 있었던 것이다.

이러한 지방 기생놀음의 현장을 잘 보여주는 자료가 『염요艶謠』다. 미국 버클리 대학(U.C. Berkeley) 아사미문고에 소장되어 있다. 『염요』에는 두 편의 가사와 다섯 편의 시조 외에 표제와 무관한 한문글도 들어 있다. 가사와 시조는 모두 충청도 공주의 아전들이 벌인 기생잔치에서 나온 것이다.

맨 앞의 「금강에서 서울 낭군을 보내며」의 원제목은 '금강석별낙양낭군곡' 이다. 금강에서 서울 낭군을 이별한다는 뜻이다. 공주 기생 형산옥이 지은 것이다. 서울 낭군은 책방이든 비장이든 지방관을 따라온 자로 보인다. 이 작품은 그의 송별연에서 형산옥이 지은 것이다.

이 작품과 다음 작품에는 작가의 이름과 함께 '이상二上' 이니 '삼상三上' 이니 하고 과거시험처럼 등수가 매겨져 있다. 기생들을 모아 백일장을 열어 시조, 가사를 짓게 하고 등수를 매긴 것이다. 기생들을 모아 백일장을 벌인 일은 명청明清 중국에서도 꽤 성행한 일이다. 그 성적을 적은 것을 '화안花案' 이라 하며, 또 등수를 정해 장원을 뽑고 결과를 발표하는 것을 과거시험을 흉내내어 '화방花榜' 이라 한다. 이는 『판교잡기板橋雜記』 『연대선회품蓮臺仙會品』 등에 잘 나타나 있으며, 이 책들은 조선에서도 꽤 읽혔다. 말하자면 이 가사는 일종의 기생 백일장에 제출된 작품이다. 그래서 그런지 작품에 상투어가 많고 상사가로서의 진정성은 약하다. 이는 이어지는 「단가」도 마찬가지다.

세번째에 실린 가사 「화산교가」에서는 김병방金兵房이니 서풍헌徐風憲이니 하는 아전 향리들이 기생 형산옥, 조운, 선아, 준예 등과 법을 어기며 놀고 있음을 볼 수 있다. 이 가사는 앞부분에 지은 경위가 적혀 있는데, 공주의 아전과 장교들이 금지령을 어기고 네댓 명의 기생을 끼고 화산교에서 놀다가 단속에 걸려 혼비백산한 일을 기록한다고 했다. 아전 장교들이 법을 어기고 놀다가 적발되는 장면을 그린 것이다. 적발 장면은 마치 『춘향가』의 어사출도 대목을 보는 듯 생동감이 있다.

마지막 작품 「음력 칠월 보름께 서호에 배를 띄우다」의 원제목은 '추칠월기망범주서호가' 이다. "임술지초 칠월기망" 으로 시작되는 소동파의 유명한 노래 「적벽부」의 홍취와 자신들의 놀음을 견준 시조이다. 자기들도 소동파와 똑같이 칠월 보름께에 놀고 있으므로 그렇게 빗댄 것이다.

금강에서 서울 낭군을 보내며

갑술년 6월 22일 공주 기생 형산옥의 가사를 최우등으로 판정하다.

고이하다 고이하다 나의 팔자 고이하다
작년 이별 금년 이별 이별마다 서울 낭군
연분도 덧없고 이별도 잦을시고
서울 낭군 이별 후에 다시 말자 맹세로다
서울 낭군 날 버리니 이팔청춘 홀 늙을까
공주 인물 돌아보니 호걸탕자 누구누구
아전 장교 통인 관노
호방한 체 보기 싫고 말이 말씀 아니꼽다
다시곰 헤아리니 아마도 우리 님은
금강 서쪽 한강 북쪽 서울 인물뿐이로다
슬프고 또 슬프다
우리 낭군 어디 가고 이내 진정 모르는고
우리 둘이 서로 만나
분벽사창粉壁紗窓 원앙침鴛鴦枕에 백년가약 다 이르랴
녹양방초綠楊芳草 호시절好時節과 강루연월江樓烟月 가무석歌舞席에
사시장춘四時長春 노닐 적에 낭군 이별 뜻하였나
무산양대巫山陽臺 운우지정雲雨之情
덧없도다 덧없도다 옛날 꿈만 여겼더니
나의 팔자 기박하여 이런 이별 또 당한다

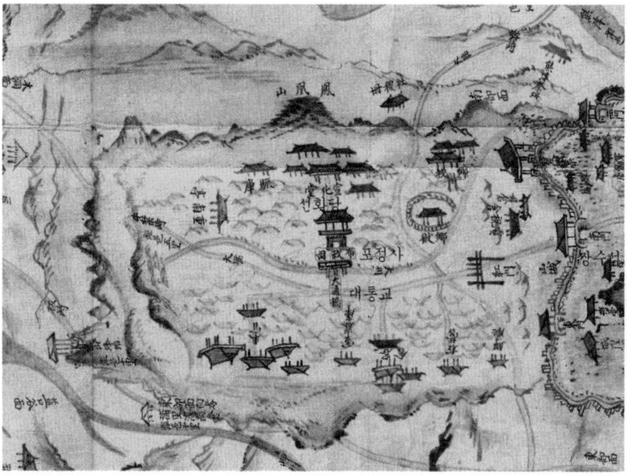

공주 옛 지도 서울대학교 규장각

갈 기약이 정해지니 남은 날이 멀지 않다
날은 어이 수이 오며 닭은 어이 재촉하노
보기 싫다 마부 거동 듣기 싫다 행차 소리
포정문布政門 밖 내다르니 대통교大通橋가 여기로다
쌍수성雙樹城 돌아가니 금강 급이 저기로다
지국총 노 젓는 소리에 일촌간장 다 스는 듯
긴 한숨 짧은 한숨 이별시에 말이 없다
청산은 첩첩하고 녹수綠水는 유유한데
비낀 해는 무슨 일로 이내 가슴 태우는고
말채 소리 귀에 얼른 성남城南 길이 아득하다
나삼羅衫을 부여잡고 강바람에 빗기 서니
무정할손 저 낭군아 홍안박명紅顔薄命 어이 하리
속절없다 이별이야 남은 간장 다 녹는다
언제나 우리 낭군 다시 만나 이생 인연 이어볼까

단가

제목은 위의 가사와 같으며, 기생 인애를 우등으로 판정하다.

서울은 인물 창고 금강은 미인 숲
금강 화류 서울 인물 뉘 아니 취醉할쏘냐
두어라 취커든 장長취코 이별 없게

애닯을손 서울 낭군 고이할손 금강물을
서울 낭군 한번 오면 어인 이별 잦단 말고
어즈버 금강물은 굽이굽이

서울은 어디메며 금강은 어디런고
연년세세 이 강가에 이별 잦아 늙으세라
슬프다 이 강 곧 아니러면 이 이별 없을쏜가

화산교가

7월 13일 밤 공주 아전 장교치들이 네댓 명 기생을 끼고 화산교花山橋[01]에 모여 술을 먹다, 영문營門 안으로 들어갔다가 흥이 다하지 못하여 흩어졌다. 풍비박산하였으며 아주 무서워 거의 쓰러질 듯한 경색이었으니, 그를 기록하노라.

어와 호걸님네들아 이내 말씀 들어보소
이때는 어느 땐고 음력 칠월 보름께
강 위엔 비가 개고 공주 금성 달 밝은 제
두어 호걸 네댓 기생 호탕한 흥에 겨워
밤잔치 초 밝히니 좌상 풍류 질탕하다
기생잔치 호걸 탕자 누구누구 모였던고

인물도 좋을시고 김병방金兵房 풍신도 동탕할사 박별장朴別將
기고관旗鼓官은 어이 오며 서풍헌徐風憲은 무삼 일고
준수하다 박승발朴承撥[02] 맵시 있다 노형방盧刑房
여러 명장 벌였으니 아마도 충청 인물 저뿐일다

차려입은 기생 보니 절대가인 다 모였다
단장 얼굴 기생잔치 춤과 교태 어떻던고
조촐할 손 '형산옥'과 아리따온 '준예'로다

01 **화산교** 『호구총수』에 공주 남부면 화산교리가 보인다. 현재 곰나루 국민관광지 부근이라고 한다.
02 **승발** 지방 관아에서 아전 밑에서 잡무를 보던 사람.

무산 선녀 '조운'이며 봉도 선녀 '선아'런가
물색物色도 기묘하고 태도도 그지없다
휘여낭창 '계낭자'는 허리매도 맵시 있다
초승달 눈썹 흰 얼굴에 백만 교태 어리었다
공교할손 조화옹은 네 인물 빚어내어
뉘 간장 섞이려고 저리 묘히 생겼는고

과거풍정過去風情 전주 손님 공주 인물 구경코저
그늘 산길 돌아들어 좌상 참여 고이찮다
인물도 헌거롭고 미목眉目도 너그럽다
폐월수화閉月羞花[03] 못 될진대 여중장부女中丈夫 관계하랴
늘씬한 다리 다 펼치면 거두기가 어려울내

기벽氣癖[04] 좋은 소성기蘇城妓[05] 잔치 참여 어인 일고
맵시도 끔찍하고 말이 말씀 아리땁다
버들 희롱 꾀꼬리며 누각 물찬 제비런가
너의 태도 말하라면 이루 형용 어렵도다
다른 기생 무안하니 소성 기생 뛰어나다

좌중 호걸 모인 중에 굳센 남자 몇몇이리
풍악 소리 질탕한데 보낸 추파 암암하다

03 **폐월수화** 미인의 아름다움 때문에 달이 구름 뒤로 숨고 꽃이 부끄러워진다는 말.
04 **기벽** 자부심이 높아 남에게 지거나 굽히지 않으려는 성격.
05 **소성기** 소성의 기생. 소성은 충청남도 보령시 오천면 소성리. 여기에 충청 수영이 있었다.

무산양대 인연이며 낙포의 해후런가[06]
풍정도 그지없고 회포도 은근할사
뭇 산에 밤이 깊고 다리 아랜 달 잠기니
이 놀음 이 잔치를 어느 뉘가 아올쏜가

애 닯을손 희극이야 세상사 순탄찮아
풍류 흥취 다 못 하여 늦은 밤 야삼경에
군뢰軍牢 사령 늘어서서 평지풍파 어인 일고
지엄할 손 금지령에 기생잔치 들리었다

치마 덮어 얼굴 가림 혼비백산 하거고다
김병방의 거동 보소 이리 쿵쾅 저리 꽈당
서풍헌의 거동 보소 황황실색 털이 선다
눈치 빠른 이행민李行民은 누구하고 내뺐던가
가련하다 가련하다 낭자 거동 가련하다

자고로 화류에 비바람 많으니 벌나비놀음 덧없도다
음주 흥취 고사하고 정신수양 허사로다
언제나 이 땅에 다시 모여 이 놀음 다시 하여볼까

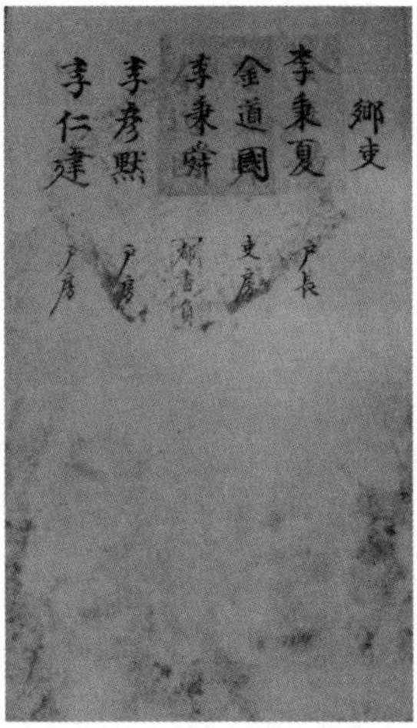

향리 명부 『아전통인내안衙前通引內案』, 서울대학교 박물관

06 **낙포 해후** 진왕(陳王), 즉 조식(曹植)이 낙수(洛水)를 지나며 「낙신부洛神賦」를 지은 것을 이름. 낙신은 복희씨(伏羲氏)의 딸이 물에 빠져 된 신으로 전하는데, 많은 사람이 낙수를 지났건만 오직 조식만이 낙신을 보았다고 한다.

음력 칠월 보름께 서호에 배를 띄우다

임술이든 갑술이든 칠월 보름 일반이라
소동파 간 다음에 약산산인藥山山人 오단 말가
두어라 적벽의 남은 흥은 나뿐인가

가을 강 비 갠 후에 보름 달빛 더욱 좋다
적벽강 무한한 흥을 소동파 네 홀로 누리단 말가
우리도 태평성대에 풍월 주인 되어

뱃놀이 신윤복, 『혜원전신첩』, 간송미술관

기생의 출석부

기생은 관청에서 부리는 노비이다. 그러니 명부가 없을 수 없고 수시로 인원 점검을 받지 않을 수 없다. 기생의 명부를 기생안妓生案이라고 하고, 인원 점검을 점고點考라 한다.

기생 점고는 말하자면 관청의 인원 점검인 셈인데, 그 대상이 기생인지라, 수령에 따라서는 그것을 마치 미인 선발대회쯤으로 여기는 사람이 있었다. 『춘향전』의 변사또가 대표적 인물이다. 그런데 기생 점고는 특이한 호명방식으로 이루어진다. 이름을 그냥 '명선이' '월선이' 등등으로 부르지 않고, 이름을 풀어서 시구를 만들어 부르는 것이다. 이름 앞에 서너 자의 수식을 붙여 마치 오언이나 칠언 한시처럼 부른다거나, 아니면 요즘의 삼행시처럼 이름의 각 글자를 시행의 첫 글자로 삼아 시를 지어 부른다. 예를 들어 기생 이름이 옥계라면 "옥玉도끼 둘러메고 계수桂樹나무 벤다 한들 광명한 저 달빛이 더욱이 밝을낫다. 옥계~" 라고 부르는 식이다.

『춘향전』의 기생 점고 대목을 보자. 변사또가 남원부의 수령이 되어 가서, 기생을 점고하는 장면이다. 변사또는 이미 춘향의 높은 이름을 들었다. 그래서 남원에 가기 전부터 춘향에 대한 기대가 컸다.

> 수노首奴 불러 기생도안妓生都案 들어놓고 차례로 점고할 제, 남원 명기 다 모였다. 신관新官이 차례로 기생을 간품看品하고, 형방 아전 강성講聲 높여 호명할 제
>
> 중추 칠월 십오야에 광명 좋다, 추월이 나오
> 분벽사창 요적한데 한가하다, 향심이 나오
> 오동 복판 거문고를 타고 나니, 탄금이 나오
>
> ─ 남원고사본 『춘향전』

이렇게 느긋하게 시를 지어 서른 명이 넘는 기생을 부르고 있으니 변사또는 조급증이 났다. 이런 호명에 기생들 역시 "예, 등대하였소" 등으로 느릿느릿 대답하니 시간은 더 지체될 수밖에 없다. 게다가 찾는 춘향이는 보이지 않고, 서른 명 남짓한 기생들은 모조리 하나같이 나이 많고 추한 용모에다 화장만 진하게 하고 있지 않은가.

그래서 호명하는 형방에게 불평을 늘어놓으니, 형방이 눈치를 채고 "전비前婢 춘향이 쉬오"라 한다. '나오'가 아니라 '쉬오'는 무엇이며, 전비는 또 무엇인가. 춘향이 이도령과 백년해로 약속하여 대비정속代婢定屬하고 기생에서 벗어나 양인이 되었다는 형방의 설명에 변사또는 애가 탄다.

이처럼 기생 점고를 할 때 시를 지어 이름을 부른다면, 기생 이름만 적어놓은 기생안으로는 격식에 맞는 기생 점고를 하기 어렵다. 그래서인지 기생안 가운데도 몇몇은 기생 이름만 적지 않고, 호명방식에 맞게 기생 이름 앞에 이름을 수식하는 3자어字語를 붙여놓은 것들이 보인다. "경국색傾國色 국색國色" "이화월梨花月 이향梨香"하는 식이다. 서울대학교 규장각에 소장된 전주 감영의 『영노비관안』 2종과 해주 감영의 『아전관안』이 그렇다. 『아전관안』에는 "영기생營妓生" 열네 명의 이름이 모두 이런 방식으로 등재되어 있다.

하지만 이러한 기생안은 공문서로는 어울리지 않는다. 기생안의 본래 목적과 동떨어져 수령의 호색 취향만 드러나 보이기 때문이다. 게다가 3자의 수식은 실제 호명에 사용하기에 미흡한 부분이 있다. 이 때문에 기생안과 별도로 작성된 것이 아래에 소개할 '기생 점고 호명기呼名記'라 할 수 있다. 기생 이름 앞에 붙일 수식을 미리 준비하여 작성한 명부로 점고할 수 있게 한 것이다.

이런 기생 점고 호명기는 따로 전하는 것이 거의 찾아지지 않는다. 하지만 이런 관행의 흔적은 가사나 시조에서 어렵지 않게 찾아볼 수 있다. 김성배 등이 편한 『주해가사문학전집』에 실린 「화류가」, 『정선 조선가곡』에 실린 「화류사」, 임기중이 편집한 『역대가사문학전집』의 「명기가」 등은 모두 호명기의 형식을 빌린 가사들이다.

호명기 흔적을 볼 수 있는 시조로는 『청구영언』에 실린 김민순金敏淳의 다음 작품 등을 볼 수 있다.

연못가의 기생놀음 신윤복, 『혜원전신첩』, 간송미술관

두견홍도杜鵑紅桃 영산홍映山紅은 지지춘심枝枝春心 만점홍滿點紅을
낙양청가洛陽淸歌 촉성옥矗城玉과 패강명금浿江名琴 국심菊心으로
신추新秋에 월향부용명月向芙蓉明할 제 큰 놀이를 하리라

여기 영산홍, 만점홍, 촉성옥과 국심은 모두 기생 이름으로 볼 수 있다. 낙양청가 촉성옥은 진주 기생이 서울에서 노래로 이름을 떨쳤던 모양이고, 패강명금 국심은 평양 출신으로 거문고에 뛰어났던 모양이다. 낙양은 서울을, 촉성은 진주를, 패강은 평양을 가리키는 말이다. 무더운 여름이 지나고 제법 선선한 바람이 부는 초가을 보름날, 이들 재주 있는 기생들을 전부 데리고 어디 연못가로 가서, 달빛이 연꽃을 비추어 더욱 환할 때, 크게 한바탕 놀아보자는 노래다.

아래의 「해주 기생 점고 호명기」는 「기생 명선 자술가」가 지어진 1847년 이후, 그리고 『소수록』이 필사된 1894년 이전 어느 시기, 해주 감영의 기생

명단으로 보인다.

이 명단 가운데 옥소선은 조선 후기 시조사에서 널리 알려진 해주 기생과 같은 이름이다. 옥소선은 대원군의 총애를 받았으며, 가객 안민영이 아끼는 기생이었다. 1868년에 해주에서 상경하여 1873년에 약방의 행수 기생이 되었다. 최일류 기생인 약방 기생 곧 내의원 의녀, 그중에서도 우두머리인 행수였으니, 일류 중에 일류인 셈이다. 안민영의 『금옥총부』에 보인다.

한편 1891년 7월 해주로 간 서울의 공인 지씨는 그의 일기에서 해주 기생 옥연玉鷰, 추향秋香, 경옥瓊玉과 동기童妓 금홍錦紅 등을 만났음을 적고 있는데, 이들 기생 가운데, 「해주 기생 점고 호명기」에 나오는 기생은 하나도 없다.

이렇게 보면 「해주 기생 점고 호명기」는 대략 1847년에서 1868년 사이에 작성된 명단이 아닌가 한다. 「해주 기생 점고 호명기」에는 총 사십 명의 기생이 등재되어 있으며, 원제목은 '해영 명기 점고호명기'이다. 해주 감영 기생들의 점고 호명기라는 뜻이다.

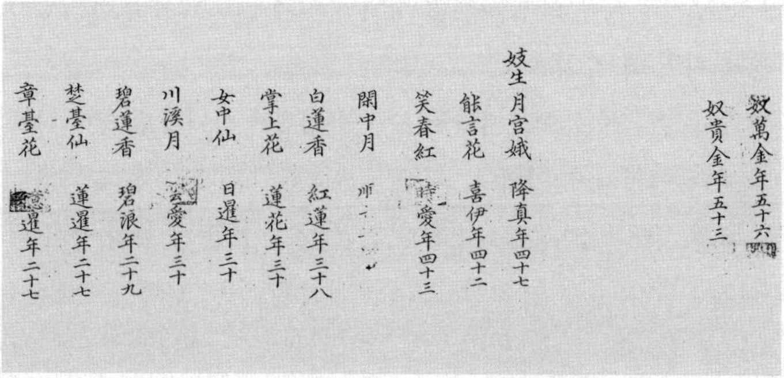
奴萬金年五十六
奴貴金年五十三
妓生月宮娥 降真年四十七
能言花 喜伊年四十二
笑春紅 時愛年四十三
閑中月 [illegible]
白蓮香 紅蓮年三十八
掌上花 蓮花年三十
女中仙 日暹年三十
川溪月 [illegible]愛年三十
碧蓮香 碧浪年二十九
楚臺仙 蓮暹年二十七
章臺花 [illegible]暹年二十七

기생안 『영노비관안』, 서울대학교 규장각

해주 기생 점고 호명기

옥도끼 둘러메고 계수나무 벤다 한들 광명한 저 달빛이 더욱이 밝을낫다, 옥계

명불허전名不虛傳하다 하면 희한한 가인佳人이니 네 모양 네 재질로 옥인가랑玉人佳郞[01] 못 만날까, 명희

채약採藥하러 가신 선생 운심부지雲深不知 깊은 골에 못 오시나[02] 은비늘의 큰 고기 낚아 돌아오려 하시는가, 채운

경경耿耿하던 님을 보니 애련지심愛戀之心 그지없다 옥 같은 손 부여잡고 다시 보니, 경애

섬섬초월纖纖初月 항아월궁 홍화위면虹化爲面[03] 반가운 중, 함교함태 깊은 정을 그 뉘 아니 사랑하리, 섬홍

금강錦江 설도薛濤 뉘러 보며 화청궁 양귀비 어떻던고 백태를 구비함이 응당 너를 못 바랄 듯, 금화

영귀榮貴하다 말을 마소 희로애락喜怒哀樂[04] 부럽잖네 산나물밥 웃지 마소 일세안락一世安樂 이것일세, 영희

벽오동 거문고를 옥소玉簫로 희롱하니 밝은 달 고요한 밤 학의 춤이 더욱 좋다, 벽옥

01 옥인가랑 정을 둔 사람을 옥인이라 한다. 가랑은 멋진 남자.

02 가도(賈島)의 「은자를 찾았으나 만나지 못했네尋隱者不遇」라는 시에 나오는 말. "소나무 아래에서 동자에게 물으니 스승은 약 캐러 가셨다 하네. 이 산속에 있으련만 구름 깊어 간 곳 모르겠네松下問童子 言師採藥去 只在此山中 雲深不知處."

03 홍화위면 중국 수양산 무지개 선녀가 여자가 되어 지상에 내려와 임금이랑 살다가 다시 무지개로 돌아갔다는 이야기가 있는데, 그 이야기의 제목이 "홍화위녀자(虹化爲女子)"이다.

04 희로애락 부귀영화라고 해야 할 것을 잘못 쓴 듯.

도리춘풍桃李春風 자랑 마소 화로花老하면 접불래蝶不來라 빠른 세월 덧없으니 매양으로 믿을쏜가, 도화

국추능상절菊秋能常節[05]을 희귀타 뉘 아니랴 청절淸節을 흠앙欽仰하여 옥분玉盆에 옮기고자, 국희

채단綵緞으로 예물 삼고 희언戲言으로 매파 삼아 일심一心의 경경턴 님 선연仙緣으로 만나고자, 채희

금낭錦囊을 고이 지어 주홍당사朱紅唐絲 끈을 끼워 우리 님 채우시면 볼 적마다, 금주

죽장竹杖을 의지하여 엽간葉間으로 가다보니 동령東嶺에 돋는 달이 벗 오시는 때 되었다, 죽엽

향풍香風은 진진하나 운무雲霧가 가렸으니 이 아니 선경仙境인가 희미하여 모르겠다, 향운

영영이 모르던들 난자혜질蘭姿蕙質 못 잊을까 은정이 있음이여 도리어 한이 깊다, 영난

연분緣分이 늦음이여 화안花顔이 쇠할세라 춘풍에 세류細柳 빌려 가는 광음 매고 보세, 연화

채의홍상彩衣紅裳 한 소녀가 난두欄頭에 의지하니 아리따운 갖은 태도 방불하다, 채란

국화주 취케 먹고 심회를 생각하니, 이 몸이 취한 판에 기운 몸을 뉘 붙들리, 국심

능혜能慧한 네 재질로 애정을 후히 하니 봄꽃 찾는 손님들이 뉘 아니 사랑할까, 능애

05 국추능상절 국화의 늘 변치 않는 절개. 「창부타령」에서는 국화의 능상절과 송죽(松竹)의 천고절(千古節)을 노래하고 있다.

산채속반山菜粟飯 웃지 마소 홍진紅塵을 내 모르네 돌길이 희미하니 손님을 어이 보리, 산홍

명천明天이 증거요 옥환玉環이 신물信物이라 취하여도 잊지 말고 근신하여 기다리소, 명옥

옥품玉品을 모르거든 출처出處를 뉘러 알리 남전산藍田山06 올라가서 캐어 내니, 옥출

국화야 너는 어이 엽간에 의지하여 서릿바람 세차도록 이울 줄 잊었느냐, 국엽

연연이 아는 뜻을 심중괄시 부디 마소 물 흐르듯 빠른 광음 얼마 아녀 쇠하느니, 연심

녹의홍상綠衣紅裳 일미인一美人이 주렴을 반만 들고 함소함태하여 가는 뜻을 머무는 듯, 녹주

채색으로 그린 선녀 봉관화리鳳冠華履 선명한 중 옥반玉盤에 담은 선약仙藥이 아니 반도蟠桃러냐, 채봉

목동아 나무 벨 제 난초를 다칠세라 향기 그윽 미미하니 넨들 아니 사랑하랴, 모란

난자혜질蘭姿蕙質 뉘러 본고 향랑소어響琅笑語 아름답다 백태가 저렇거든 선연仙緣이 늦을쏜가, 난향

난연赧然한 님 이별에 주고 가신 신물信物이매 깊이깊이 감춰두고 님 그릴 제 자주 보려, 난주

경국경성傾國傾城 그 자태에 패옥佩玉 소리 더욱 좋다 반세半世 행락行樂 바랄진대 너 없으면 무미할 듯, 경패

06 남전산 옥산(玉山)이라고 불릴 정도로 미옥(美玉)의 산지로 유명한 중국의 산.

삼척의 기생명부 「주탕안」, 삼척시립박물관

진토塵土에 묻혔으니 옥인 줄 뉘라 알리 형산荊山의 무하옥無瑕玉도 캐어내니, 진옥

옥소玉簫를 부는 곳이 선동仙童이 머물 곳이요 청송녹림靑松綠林 사는 학鶴의 깃이 분명하다, 옥소선

진심眞心으로 바라기는 향신가절香身佳節뿐이러니 월하노인 길이 열려 나의 원願을 이르겠다, 진향

죽림竹林에 은거하여 희로喜怒를 모르거든 세상 영욕을 날다려 무를 것가, 죽희

금강錦江에 배를 띄워 파릉巴陵07에 내려가서 벗님네 뫼시옵고 시주詩酒로 흥을 플려, 금파

07 **파릉** 중국 악양의 옛 이름. 동정호를 바라볼 수 있는 악양루와 그 기문(記文)인 송나라 범중엄의 「악양루기」가 유명하다.

산호상珊瑚床 백옥반白玉盤에 주효酒肴를 잘 차려서 대월서상待月西廂 요적寥寂 시에 님의 흥을 돕고자, 산호주

능혜能慧한 나의 님과 순천順天이 분노憤怒토록 흥興 궂은 이별 없이 무한히 즐기고자, 능순

은금銀金도 내 모르고 주옥珠玉도 부럽잖소 평생에 원하는 바 정의 님만 모시고자, 은주

계화桂花를 바삐 꺾어 향은주香殷酒 취케 먹고 금안백마金鞍白馬 호객들이 뉘 아니 사랑할까, 계향

벽오동 걸린 달을 희귀타 값을 준 이 헤어보니 그 뉘런고 추상追想할사,[08] 벽희

08 "벽오동 심은 뜻은 봉황을 보렸더니 내 심은 탓인지 기다려도 아니 오고 밤중만 일편명월만 빈가지에 걸렸어라"는 시조를 떠올리게 한다.

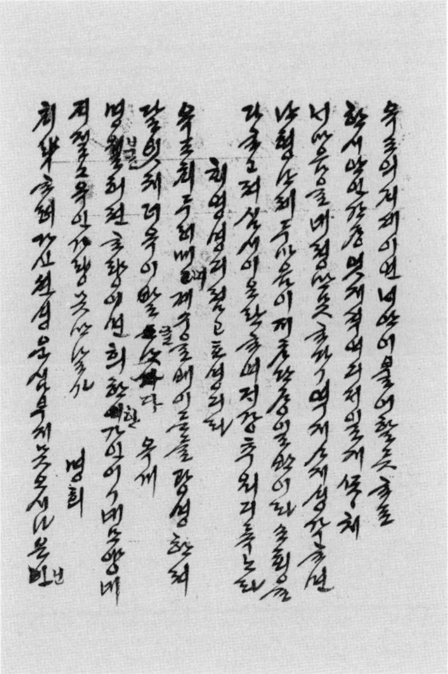

해주 기생 점고 호명기 『소수록』, 국립중앙도서관

이상한 기생 점고

한 사람이 어떤 고을 수령으로 부임하고 보니 기생이 모두 예뻤다. 기쁘기도 하고 걱정스럽기도 했다. 아들이 기생에게 빠질까봐서이다. 그래서 기생 점고를 하면서 기생 한 명 한 명을 불러 입을 맞추고 가슴을 만지며 음부를 쓰다듬었다. 기생 모두를 아버지가 상대한 것들로 만들어 아들이 감히 넘보지 못하게 할 셈이었다. 아들이 이 광경을 보고 있다가 자기 몫이 없어질까 걱정이 되어, 차례를 기다리고 있던 기생 중 가장 예쁜 기생 하나를 골라 아버지처럼 하고는, 차례가 되거든 아버지한테 자기가 당한 일을 말하라고 했다. 차례가 된 기생은 시키는 대로 했다. 말을 들은 수령은 아들이 한 짓은 짐승 같지만 그 기상은 가상하다고 하며, 더이상 이상한 점고를 하지 않았다. 뒤에 아들은 과거에 급제해 높은 벼슬에 올랐다. 조선 후기 야담집 『교수잡사』에 나오는 이야기다.

《 제3부 》

기생이 보는 눈, 기생을 보는 눈

기생에 관한 거의 모든 기록들은 기생을 타자화하는 관점에서 기술되고 있다. 천물賤物이니 관물官物이니 인간이 아닌 물건으로 취급하고, 심지어 요물妖物이라며 별종 취급을 하기도 한다. 이렇게 기생을 타자화함으로써 사람들을 기생을 실컷 놀릴 수 있었고 함부로 다룰 수 있었다.

기생들이라고 눈이 없고 생각이 없지 않았지만, 그것이 표현된 것은 좀처럼 찾아보기 어렵다. 그들의 관점과 목소리가 표면화되고 공론화된 것은 근대에 들어와서이다. 『장한長恨』이라는, 기생 모임에서 만든 잡지가 1927년 창간되었다. 소설가 최서해가 편집을 맡은 이 잡지는 현전하는 것이 창간호와 제2호의 두 책에 불과하지만, 이로써 기생의 눈을 볼 수 있게 되었고 기생의 목소리를 들을 수 있게 되었다. 여기에는 「내가 만일 손님이라면」 등 기생의 관점과 주장을 잘 보여주는 여러 난을 만들고 있는데, 이 난에서 기생들은 "보통 인간으로 대해줬으면 좋겠다" "차별 없이 대하겠다" "동정으로 대하겠다" 등의 답을 하고 있다. 결국 '우리도 인간' 이라는 주장인 셈이다.

우리도 인간이라는 기생의 당연한 주장이 근대에 들어와서야 비로소 생겨난 것은 아닐 터이다. 인간이 인간임을 주장하는 것은 누구한테 배워서 알게 되는 것이 아니다. 다만 그것이 표면화되고 공론화하는 것은 때를 기다리지 않으면 안 되었을 뿐이다.

다행히 『소수록』에는 기생의 시각과 목소리를 전하는 작품들이 다수 실려 있어서 관심을 끈다. 조선사회에서 감히 표면화할 수 없었던 기생의 주장이 표면화된 희귀한 예다. 『장한』의 선배격인 셈이다. 『소수록』이 기방 부근에서 향유되던 글이었기에, 이런 글들이 실리지 않았나 한다.

아래에서는 기생의 눈을 잘 보여주는 네 편의 글이 소개된다. 모두 『소수록』에 실려 있다.

첫번째 글인 「기생이 본 다섯 유형의 남자」는 기생의 시각을 가장 분명히 보여준다. 항상 관찰과 비평의 대상이었던 기생이 역으로 남자 손님들을 관찰하고 비평하고 분류한 특이한 글이다. 분류는 주체적 시각에서 대상을 정리하는 행위다. 기생의 남성 분류는 그 자체로 기생의 주체적 시각을 보여주는 것이다.

그 다음 글들은 기생의 주체적 시각과는 다소 거리가 있지만 그렇다고 남성의 시각에서 씌어진 것도 아니다. 엄연히 기생의 시각이되, 남성의 시각이 투영된 것이다. 두번째 글은 기생이 스스로를 요물이라고 자기 비판하자 남자가 그렇지 않다며 변호하는 방식을 취하고 있다. 타자를 통해 자기 존재를 확인받고자 하는 기생의 마음을 읽을 수 있는 것이다. 결국 기생의 자기 비판은 자신이 결코 요물이 아님을 항변하는 것으로 읽힌다.

『장한』 제2호 표지 연세대학교 도서관

마지막 두 편의 글은 기생이 바라본 기생의 몸이다. 그 시각은 기본적으로 남성의 것과 별반 다를 것이 없다. 기생의 몸은 남성에 의해 물질화, 대상화되었고, 기생 역시 생계의 수단으로 스스로의 몸을 물질화하지 않을 수 없었을 것이다. 하지만 기생은 스스로를 마냥 물질화할 수는 없었다. 자신의 인격과 몸을 분리시킬 수 없기 때문이다. 따라서 기생이 그린 자기 몸은 모순적 대상일 수밖에 없다. 물질화해야 하지만 또 그럴 수 없기에 생기는 모순이다.

기생이 본 다섯 유형의 남자

이 작품의 원제목은 '서울 호걸이 양한당에 모여 수삼 명기와 더불어 기생방의 맛을 논하다' 로 되어 있다. 제목에서 알 수 있듯이 작품은 토론 형식이다. 한 남자가 기생을 두고 남자는 물론 나라까지 망치는 요물이라고 비판하자, 기생 옥소가 역대 기생 가운데 지조와 재주가 있는 이와 위기로부터 국가를 구한 이들을 소개하며 기생 요물설과 기생 망국설을 정면 반박하는 데서 이 작품은 시작된다. 옥소는 나아가 기생이 여흥 또는 정서적 측면에서 효용이 지대하다고까지 주장한다.

옥소의 기생의 가치에 대한 고평은 "임자 일 내 다 아오" 라며, 쪼들린 남성의 삶과 대비시켰을 때 극대화된다. 옥소가 그려낸 남성의 삶은 "기껏해야 무명이불, 어린것의 오줌 똥은 무늬를 그려내고, 춘흥이 방농하여 밤일이나 좀 하려 하면, 자는 아이 요강 찾고 어린것 젖 달라" 하는 옹색한 삶이다. 그런 초라한 남성들이 어찌 호사스런 기생을 깔볼 수 있겠냐는 자신감이다. 옥소는 남성에게 가인佳人즉 예쁜 기생이 없다고 불평하지 말라고 한다. 그렇다면 남성들 중에 재자才子 즉 멋쟁이는 어디 있냐고 일갈한다. '너 자신을 알라' 는 말이며, 동시에 '너희들만 우리를 비평하지 말라, 우리도 너희들을 비평할 수 있다' 는 선언이다. 남성들에게 갖은 모멸과 비인간적 대접을 받은 기생이, 자신이 받은 것을 그대로 남성에게 되돌려줄 차례인 것이다.

이어서 옥소는 기생들이 손님을 다섯 부류로 나누고 있음을 말한다. 먼저 불쌍하여 동정심이 드는 남자인 '애부' 와 돈 많고 풍채 좋아 인기 있는 남자 '정부', 서로 그리워하면서도 잘 만나지 못하는 남자 '미망', 여자를 지성으로 섬기는 남자 '화간', 기생에게 미혹된 바보 같은 남자 '치애' 가 그 다섯 부류다. 이 다섯 유형은 모두 전대 문학에서 그

전형을 찾아 제시된다. 애부는 「이와전李娃傳」의 정원화鄭元和, 정부는 『금병매』의 서문경西門慶, 미망은 『서상기西廂記』의 장군서張君瑞, 화간은 「기름장수가 으뜸 기생을 차지하다賣油郎獨占花魁」의 기름장수賣油郎, 치애는 『계우사』의 무숙이와 『강릉매화타령』의 골생원이다.

옥소의 남성 분류는 기본적으로 사랑의 방향에 따라 셋으로 나뉜다. 애부와 정부는 기생이 사랑하는 남자고, 미망은 서로 사랑하는 사이다. 그리고 화간과 치애는 기생을 사랑하는 남자다. 애부는 동정심으로 사랑하고, 정부는 돈, 풍채 등의 세속적 인기 때문에, 그리고 화간은 순정으로 사랑하며, 치애는 기생에게 미혹되어 기생의 환심을 사려는 자들이다. 이 분류를 보면, 기생이 어디에 끌리고 어떤 것을 무시하는지 잘 알 수 있다.

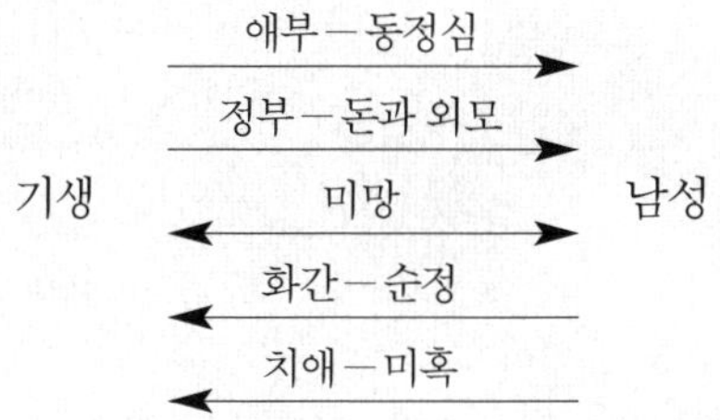

기생은 정에 약하다. 동정심을 일으키는 사람이나 자신에게 순정을 바치는 사람에게 쉬 흔들린다. 자신들이 그와 같이 약한 존재이기 때문이다. 하지만 화류계를 이끄는 돈 많은 멋쟁이도 환영이다. 하지만 능력은 미치지 못하면서 거들먹거리고 약간의 재물로 환심을 사려는 바보들은 딱 질색이다.

옥소는 이렇게 다섯 부류의 남자를 말하면서, 무엇보다 좋은 남자는 돈 많은 남자라고 한다. 기생의 남성관은 참으로 현실적이다. 이상적이면서도 결국은 현실적이다. 그러면서 옥소는 아무리 돈이 많아도 기생이 없으면 인생은 적막할 거라고 말한다. 돈도, 무예도, 문필도, 벼슬도, 예절도, 기생이 없어 즐기지 못하면 무슨 소용이겠느냐는 것이다. 좌중에 앉은 남자 손님들을 유혹하는 말이다. 이런 옥소의 말에 좌중이 모두 찬동하며 작품은 끝을 맺는다.

아래의 글처럼 기생이 남성을 평가 분류하는 것은 야담집에서도 종종 보인다. 대개 기생이 자신이 상대한 남성들의 성적인 특징을 말하고 평가하며 심지어 등수를 매기는 그런 이야기이다. 이능화는 『조선해어화사』 제25장에서 자신이 직접 들은 말이라면서 기생이 잊기 어려운 다섯 남자를 소개하고 있는데, 첫째 남편, 둘째 미남, 셋째 정열적이고 씩씩한 남자, 넷째 돈 많은 호남, 다섯째 추남이라고 한다. 하지만 이런 분류는 옥소의 분류만큼 세밀하지 못할 뿐만 아니라 기생의 시각이 아니라 남성적 시각에 따른 것이다.

옥소와 같은 시각은 1930년대 잡지 『삼천리』 같은 데까지 와야 볼 수 있다. 1936년 『삼천리』 제8권 제4호에는 「여고女高 출신인 인테리 기생, 여우女優, 여급女給의 좌담회」가 실려 있다. 기생, 여배우, 찻집 마담, 카페 여급 등 남자를 많이 상대하는 여성들을 모아 "남성을 엇더케 보나요" "돈 잘 쓰는 손님 종류" "엇든 사내가 기질에 맛는가" 등의 항목에 답변하는 형식의 좌담회를 연 것이다. 여기서 들리는 목소리가 옥소의 것과 비슷하다. 항상 남성들의 시선 위에만 놓여 있는 여성들이 자신의 시각으로 남성을 바라보고 자기 목소리를 낸 것이다.

옥소는 여러 남자들 앞에서 뭇 남성을 들었다 놓았다 하고 있다. 이는 일찍이 소춘풍이나 황진이 등 여러 역대 명기들이 한 바와 유사하다. 당당한 옥소의 말투로 보아, 옥소는 어쩌면 서울로 상경하여 대원군의 총애를 입었다는 해주 기생 옥소선일지도 모르겠다.

창기 끼고 골패하기 김준근, 명지대학교 LG연암문고

남성의 기생 비판

태극太極이 무극無極으로 세상이 창조될 때
자시子時에 하늘 열고 축시丑時에 땅 났도다[01]
사람이 태어난 후 남녀가 혼인함은
음양의 섞임이요 하늘의 이치거늘
사음사양乍陰乍陽[02] 너희 무리 창기라 이름하여
호객을 미혹하고 나라를 망케 하니
그 죄를 생각하면 천사만사千死萬死가 가볍도다
금옥金玉 아닌 애물이요 쓰이지 못할 꽃이로다
영웅이 몸 마치고 장부가 눈물 짜니
어이하여 너의 수단 그다지 공교한가
또 소위 애부라 정부라 미망이라 화간이라
치애라 일컬으니 그 역시 공교롭다

01 『황극경세서皇極經世書』에 "하늘은 자시(子時)에 열리고 땅은 축시(丑時)에 열렸으며 사람은 인시(寅時)에 생겼다"고 하였다.

02 사음사양 『구운몽』에 "가춘운이 선녀가 되었다 귀신이 되었다 하고, 적경홍이 여자로 있다가 남자로 변장하기도 하다賈春雲爲仙爲鬼 狄驚鴻乍陰乍陽"는 장(章)이 있는데, 여기서 적경홍의 사음사양은 하북 기생 적경홍이 남장(男裝)하여 주인공 양소유를 따른 일을 가리킨다.

기생의 호사스런 생활

그중 옥소 그윽이 웃으면서
붉은 입 살짝 열어 명랑히 이르기를
희미한 임자네들 이내 말씀 들어보오
일월정화日月精華 산천수기山川秀氣 남자 홀로 타고날까
우리 근본 생각하면 아득한 옛날 옛적
하늘에 죄를 입어 인간 세상 쫓겨오니
적강謫降 신선 아니라면 정한 남편 뉘 있으리
왕손王孫으로 벗을 삼고 호객으로 이웃하여
고루거각高樓巨閣 비단 장막 비단옷 좋은 음식
신선이 아닐진대 호화를 이닺 할까

역대 기생의 공로

고금을 헤아리면 영웅이 그 뉘시오
한고조漢高祖 북벌北伐타가 백등에서 포위될 때
군사가 백만이요 전원이 맹장이나
흉노의 굳은 형세 파할 이 그 뉘시오
진평의 육계로도 포위를 끝 못 내고
번쾌 같은 용장들도 겁을 먹고 물러날 제
한 조각 종이에다 우리 무리 얼굴 그려
흉노를 무찌르니 장수의 높은 전법
이에서 더하리오[01]
삼국지의 동탁 여포 임금을 협박하며
서울에 웅거雄據하니
충신이 힘이 없어 여러 제후 물러나니
아리따운 기생 초선貂嬋
진분眞粉으로 군사 삼고 추파秋波로 무기 삼아
병마兵馬를 허비虛費참고 혼을 빼는 단약으로
두 사람을 격노시켜 자중지란自中之亂 이뤄내니

01 한 고조는 평성(平城)에서 흉노 임금인 묵특(冒頓)에게 이레나 포위되어 있었다. 이에 모사 진평이 계략을 내어 미인도를 그리게 해 뇌물과 함께 묵특의 아내인 연지(閼氏)에게 보냈다. 연지가 미인도를 보니 그림 속 미인이 너무 예뻤다. 연지는 한나라가 항복하여 그림의 미인을 선물로 바치면 남편이 필시 그 미인에게 빠질 것이라고 여기게 되었고, 이에 남편에게 권하여 포위를 풀고 돌아가게 했다. 『한서』 「흉노전」.

그 공功인들 작다 할까[02]

논공행상 의논하면 최고 공신 당연하고

02 초선 왕윤의 가기(家妓)로 주인인 왕윤을 위하여 목숨을 바칠 것을 약속하였다. 왕윤은 왕실을 전횡하는 동탁과 그 의아들 여포를 제거할 계획을 세우고 여기 초선을 이용하기로 하였다. 왕윤은 동탁과 여포 모두 호색임을 생각하여, 먼저 초선을 여포에게 주겠다고 했다가, 결국 동탁에게 주는 방법을 이용하여, 둘 사이를 갈라놓았다. 동탁은 결국 아들이라 믿었던 여포에게 죽임을 당한다.

역대 기생의 지조

서진 때 기생 녹주 예절을 사모하여
권신 청혼 거절하고 주인 위해 몸 바치려
금곡루에 자결하니 정절인들 없다 하며
당나라 기생 설도薛濤 군중軍中에서 시 뽐내니
재간인들 없다 하며[01]
번경 명기 두십낭은 남자에게 배신당해
물에 몸을 던졌으니 혁기인들 없다 하며
업도 명기 홍불기는 호화 생활 마다하고
영웅 장부 좇았으니 지혜들 없다 하며
임안부의 으뜸 기생 왕손공자王孫公子 원치 않고
기름장수 좇았으니 지갠志槪들 없다 하랴
절개를 의논하면 아황娥皇 여영女英 두 왕비[02]의
남편 찾다 죽은 사연 그보다 못할런가

01 설도 당나라 장안의 명기. 양가의 여자로서 아버지가 돌아가시자 기녀가 되어 당시 일류 시인인 원진(元稹), 백거이(白居易), 두목(杜牧) 등과 교유하며 시로 명성을 얻었다. 위고(韋皐)가 촉에 주둔할 때, 잔치에 설도를 불러 시를 짓게 하고는, 여교서(女校書)라 칭했다. 만년에 사천성(四川省) 화양현(華陽縣) 금강(錦江) 부근에 살면서, 송화소전(松花小箋)을 만들었는데, 이를 설도전(薛濤箋)이라 한다. 최고급의 종이다.

02 아황 여영 순임금의 두 부인. 순임금이 창오산(蒼梧山)으로 순렵(巡獵) 간 뒤 돌아오지 않자 두 왕비가 남편을 찾아다니다가 순사(殉死)했다고 전한다.

해설

진나라 부자 석숭의 애기 녹주, 시기詩妓로 유명한 설도, 남자의 배신에 과감히 물에 몸을 던진 두십낭, 하룻밤 만난 남자를 영웅으로 알아보고 남장하고 영웅 쫓은 홍불기, 자신에게 헌신적인 남자를 귀천을 가리지 않고 따른 화괴낭자 등 역대 명기를 거론하면서, 기생들을 절개 있는 여성의 대표로 손꼽히는 순임금의 두 왕비인 아황, 여영과 견주고 있다.

기생의 효용

고루거각 높은 집에 좋은 벗이 가득하고
술잔이 어지럽게 이리저리 돌릴 제와
녹음방초綠陰芳草 긴 강둑에 답청踏青하며 노닐 적에
생황 양금 피리 젓대
우리로 짝 못 하면 흥미가 무엇이며
가을 달빛 창 비추고 한밤 적막 쓸쓸할 때
사창紗窓을 막아닫고 비단 이불 젖힌 후에
앵무 같은 소리 내니 악기보다 듣기 좋고
백옥 같은 맑은 살은 달빛보다 보들보들
금은보화 무엇이며 큰 돈 든다 아낄쏜가
남자의 일시 호화 우리밖에 또 있는가

옹색한 남성의 삶

임자 일 내 다 아오 기껏해야 무명이불
어린것의 오줌똥은 무늬를 그려내고
춘흥春興이 방농方濃하여 야사夜事나 좀 하려 하면
자는 아이 요강 찾고 어린것은 젖 달라니
편하고 호화롭기 화류장花柳場에 비겨보오
황금옥黃金屋의 호사 생활 재물을 아낄쏜가

너 자신을 알라

조신操身한 이 그 뉘시오 굳은 이를 못 보았소
제게 달린 물건인들 값없이 보배 보오
혼탁해진 이 세상에 청루青樓를 빛낼 명창名娼
때마다 있을쏜가
가인佳人이 없다 마오 재자才子는 그 뉘시오
구름 뜻 물 마음은 타고난 기생 성정性情
아무 남자 아내 됨은 자연스런 기생 행실
그린 눈썹 던진 추파 사람을 낚시하고
희롱 겨운 묘한 태도 남자 빠질 구렁이라
예쁜 얼굴 낭랑한 말 현혹하는 단약丹藥이요
하얀 치아 붉은 입술 낭랑한 고운 소리
혼을 빼는 진법陣法이라
노류장화路柳墻花 웃지 마소 꺾고자 다 꺾으며
아무 남자 아내지만 얻고자 다 얻을까
공경재상公卿宰相 뜻 없으니 무뢰배에 정 있을까
하고많은 떠돌이야 화류장 깊은 뜻을
아느냐 모르느냐

애부

우습다 이내 말씀 역력히 들어보오
소위 애부愛夫라 이른 것은
마음이 유려하고 성정이 온화하며
사람됨이 혜힐慧黠하여
내 강하면 제 유하고 내 유하면 제 강하여
일거수일투족이 내 뜻에 부합하고
몸가짐이 종용從容하여 은은한 깊은 정이
말하지 않는 데 있고
사랑하는 뜻은 친합親合에 있지 아니하며
면면히 잊지 못해 온 정성을 다 바치되
주고자 힘이 없고 말고자 못 잊으니

지나치게 부드러우면 교사巧詐한 데 가깝고
지나치게 굳세면 교만함에 가까우니
강함은 사람의 적敵이요 거짓은 사람의 악惡이라
강하지도 않고 약하지도 않으면
우리 역시 버리고자 차마 버리지 못하고
잊고자 하나 차마 잊지 못하여
가련한 마음을 금할 길이 없어서
함께 살자 하나 내 부족함을 한하고
살지 말자 하나 차마 아니치 못하여
아무리 바쁜 때도 아무리 좋을 때도

이해를 돌보지 않고 따로 틈을 내어
한마음 한뜻으로 극진히 보살피니

내 서방이 있다 해도 내가 말치 아니하면
알고도 모르는 듯 듣고도 못 들은 듯
또 자기는 일이 없어도 일이 있는 듯이 하여
내가 하는 일들을 할 수 있게 하며
거취去就를 유심留心히 하여 경경耿耿 불망지심不忘之心이
자연히 일어나니
부질없이 아는 체하여 알고 잠잠하면
치사한 데 가까울 터이고
억지로 참으려 하면 자연 꺼리는 마음이
생겨날 터이니
내 마음에 영합하며 내 뜻을 화순케 하면
이 일은 봉친합의니
재물을 생각지 아니하고 귀천도 돌아보지 아니니
이는 이와가 정원화를 따름이오

해설

애부는 마음이 통하는 남자다. 조용히 만나 정을 나누며 굳이 육체적 사랑에 연연하지 않는다. 육체적 사랑의 뜨거움은 없지만 깊은 정이 있어서 돌아서면 생각나는 사람이다. 그러니 버릴 수도 잊을 수도 없다. 그렇다고 함께 살 처지는 아니다. 기생은 시집가기도 어렵고 시집가기로 결심해도 그 집에서 잘 받아들이지도 않기 때문이다. 이런 어려움을 극복한 사랑이 이와와 정원화의 사랑이다. 과거 보러 서울에 왔다가 기생 이와에게 빠져 떠돌이 신세가 된 정원화를 이와가 구해 보살폈고, 나중에 정원화가 높은 벼슬에 오른 다음 이와를 아버지에게 소개해서 아버지가 흡족하게 여겼다는 것이 그들의 사랑이다.

정부

소위 정부라 하는 것은 많은 재산이며
그윽한 풍도가 다른 이를 압도하고
넉넉한 수단이 하나 구차한 것이 없어
좋은 옷과 맛난 음식이 마음에 합하고
크고 높은 빛난 집에 일신이 평안하여
화류 중 이름난 사람이요 굴 안의 영수라[01]
저마다 얻고자 보고자
행여 버릴까 겁내고 행여 노할까 염려하여
내가 제 마음을 따르고 내가 제 뜻에 영합하니
이 곧 금병매의 반금련이 서문경을 따름이오

01 굴 안은 화류계를 비유한 것으로 보인다. 『어우야담』에 "서경(西京)은 홍분 굴혈(紅粉窟穴)"이라는 말이 있다. 평양은 미인 천지 곧 기생 천지라는 말이다.

해설

정부는 풍채가 좋고 돈이 많고 수단이 좋은 남자다. 기생이면 누구나 따르고 싶어하는 남자다. 중국소설 『금병매』 『수호지』에 나오는 호색한 서문경이 모델이다. 그는 풍채가 좋고 돈이 많아, 여성들에게 인기가 높지만, 사기 협박 뇌물 수수 살인 등을 가리지 않는 무뢰배이기도 하다. 반금련은 무대武大의 처로, 무대는 곧 『수호지』의 주인공 무송의 형이다. 서문경의 첩이 되기 위하여, 서문경과 함께 남편을 독살하였다.

미망

소위 미망이라는 것은 피차 정이 깊어
제가 말하고자 하나 내 마음을 채 알지 못해
말을 건넸다가 행여 무안할까 염려하고
내가 말을 내고자 하나 이는 여자가
스스로를 중매하는 혐의가 없지 아니하니
저의 말을 기다리나 이리도 지지遲遲하여
그리는 마음이 오매寤寐에 맺혔으나
제가 일이 없으면 내가 틈이 없고
내가 틈이 있으면 제가 일이 없지 아니하니
생각하는 마음이 갈수록 심하나
호사好事에 다마多魔하여 그저 세월만 보내니
이는 곧 서상기의 장군서가 최앵앵을 만남이오

해설

미망은 기생을 사랑하면서도 표현을 못 하고 머뭇거리는 남자다. 기생 역시 사랑하면서도 고백을 못한다. 모델이 된 장군서는 당 전기 「앵앵전鶯鶯傳」에 나오는 인물이다. 장군서는 곤경에 처한 최앵앵 모녀를 보호해주면서, 최앵앵과 사랑에 빠진다. 그런데 서로 연연해하면서도 진정을 고백하지 못해 사랑은 이루어지지 못하고, 결국 그들은 다른 여자, 다른 남자와 결혼한다. 『서상기西廂記』는 이 이야기를 희곡으로 만든 것이다.

화간

소위 화간이라는 것은
공연히 저를 봐도 나을 일이 없고
인품도 남보다 나은 것이 없으나
제 날 향하는 정성은 눈비를 생각지 않고
아무리 바쁜 때라도 주야를 가리지 않으니
그림자가 몸 따르듯 내 눈가에 벗이 되고
내 손발이 되어주니
내 하고자 하는 것은 물불을 가리지 않고
내가 좋다 하는 것은 싫어도 좋다 하고
내가 그르다 하면 좋아도 그르다 하여
일거수일투족이 내 몸 밖에 몸이 되고
내 뜻 밖에 뜻 되니 이를 일러 합의合意라 하니
비록 철석심장鐵石心腸이나 아니치 못하니
이를 일러 화간이라
이는 곧 화괴낭자가 기름장수 좇음이오

화간은 무조건적 사랑을 바치는 남자다. 「기름장수가 으뜸 기생을 차지하다賣油郎獨占花魁」의 주인공인 기름장수가 모델이다. 『조선해어화사』 제25장에는 "남자가 비록 가난하더라도 기생들이 자원해서 몸을 바치려는 것"을 화간和奸이라고 부른다고 했고, 또 앞에서 소개된 시조에 여기女妓와 함께 비슷한 말로 '화간和間'이 나온다. 이렇게 볼 때 화간은 남자를 가리키기도 하고 기생을 가리키기도 한 듯하다.

화간의 다른 흥미로운 모델로 『어우야담』에 나오는 16세기 서울의 협객 김이金儞를 들 수 있다. 김이는 당시 서울의 화류계를 주무르던 자로, 기생치고 김이를 칭송하지 않는 사람이 없었다. 한번은 서울 명기들이 모여 각자 자신이 가장 흠모하는 분을 모시고 남산에서 잔치를 열자고 했다. 잔칫날이 되어 기생들은 각기 자신이 청한 손님을 기다리는데, 시간이 되어도 잔치에 온 남자들은 불과 십여 명에 그쳤고, 나머지 오십여 명의 기생들은 여전히 남자를 기다리고 있었다. 그런데 해 저물 때가 다 되어서야, 한 남자가 찢어진 관을 쓰고 베옷을 입고 뒤꿈치가 떨어진 짚신을 신고 천천히 산을 걸어올라왔다. 그러자 오십여 명의 기생들이 일시에 금잔을 내어 번갈아 술잔을 올렸다. 이를 본 화려한 복색의 십여 명 남자들은 다 소변을 본다며 슬슬 자리를 피하고 말았다. 나중에 온 사람이 바로 김이였고, 김이는 이로부터 이름이 더욱 높아졌다.

마침내 김이가 죽을 때가 되었다. 서울 협객들은 김이에게 마지막으로 기생의 마음을 얻는 술법을 전수받기를 청했다. 그러자 김이가 좌우를 물리치고 은밀히 말했다.

"종처럼 굴어라."

치애

소위 치애라 하는 것은
제 여간 돈냥으로 소견은 어두우나
호기를 자랑하며
잘난 체하는 모양 비위에 거슬리고
마음에 불합하나 그 역시 인생이라
좋은 일인 셈 치니 누구를 마다하리
속마음을 보이는 듯 마음을 억누르고
없는 정情도 있듯 하니
초승달 눈썹은 그 마음을 낚시하고
붉은 입술 보드라운 말은 그 눈과 귀를 흐리게 하니
수렁에 빠진 소경놈같이 동서東西도 분간 못 하고
제 가장 애부인 체하여
백수해로白首偕老할 뜻으로 전 재산을 아끼지 아니니
이 곧 평양 기생 의양이가 무숙이를 놀린 일과
강릉 기생 매화가 골생원을 골려준 일이니
다 이야기로 전하는 바라

치애는 한마디로 바보다. 기생에게 푹 빠져 생사 분간도 못 하는 어리석은 놈이다. 그러면서도 자신이 마치 애부나 된 양 정신을 차리지 못한다. 무숙이와 골생원이 그 모델로, 판소리 『무숙이타령』 곧 『게우사』와 『매화타령』의 주인공이다.

무숙이는 서울 부잣집 아들이자 대방 왈짜로 평양에서 올라온 기생 의양이를 속신시켜 첩으로 삼는다. 그후에도 계속 유흥을 즐기다가 가산을 파탄내고 온 가족을 굶게 한다. 무숙이의 형편이 여기에 이르기 전에 의양이는 미리 파산을 예견하고 따로 재산을 저축하는데, 파산한 다음에야 떼놓은 재산을 내놓는다. 이에 무숙이는 방탕한 자기 행실을 뉘우치고, 무숙이의 처는 의양이를 고맙게 여기고 집으로 받아들인다.

한편 골생원은 강릉 부사의 책방이 되어 강릉에 갔다가 그곳 기생 매화와 어울려 지낸다. 그러던 차에 과거를 보라는 본가의 연락을 받고 서울로 가는데, 매화가 그리워 곧 강릉으로 돌아온다. 이에 강릉 부사는 골생원을 놀려주려고 매화가 죽었다고 거짓말한다. 골생원은 매화의 가짜 무덤 앞에서 통곡하고, 매화의 초상을 껴안고 지낸다. 이때 매화가 귀신 행세를 하며 골생원을 찾아오는데, 매화의 꾐에 빠진 골생원은 나체로 마을을 돌아다니며 망신을 당한다.

돈 많은 남자가 최고

하지만 어쩌면 애부라 정부라 미망이라
이런 말이 다 우스운 말이로다
천만금도 아끼잖던 일등 재자才子 이갑李甲이도
객지에서 곤궁하니 두십낭을 팔려 했고
거문고 소리 듣고 밤중에 님 찾아간 탁문군의 천생연분
사마상여 배신으로 신세 처량하게 되니
하물며 부엌에 땔감 없다 곳간에 쌀이 없다
관청에 세금 물라 가게 주인 외상 물라
광에서 인심 나고 금강산도 식후경이
제 것 있고야 할 말이니
돈 많은 남자가 무엇보다 으뜸이라

해설

기생의 남성관이 가장 적나라하게 드러난 부분이다. 기생에게 남자는 사업 대상일 뿐이다. 그래서 남자 얼굴을 돈과 겹쳐놓고 바라보기 마련이다. 『조선해어화사』에는 기생어미와 동기童妓의 흥미로운 문답이 소개되어 있다. 기생어미가 돈은 없지만 잘생긴 남자와 못생겼지만 돈 많은 남자 가운데 누구를 택하겠냐고 하자, 동기는 돈 많은 자를 취하겠다고 답한다. 기생다운 답변이다. 기생어미가 좋아할 법하다. 그런데 기생어미는 오히려 동기를 양심도 없는 창녀라고 꾸짖는다. 기생어미는 동기의 본심을 잘 알기 때문이다. 기생어미에게 잘 보이려고 일부러 거짓 답변을 한 것을 뻔히 알고 있는 것이다. 동기는 남자를 돈으로만 보기에는 아직 연륜이 짧다.

기생 놀음 으뜸이라

대저 이 꽃 피는 봄에 임자네들 할 일이 무엇이오
소위 글을 읽는다 활을 쏜다 일수를 놓는다
공물貢物을 산다 하나 참으로 웃을 말이니
이 다 무엇을 위하여 하는 일이오
대저 부자는 모든 이의 희망이라
또 제 것 두고 못 쓰는 것은
마치 비단옷 입고 밤길을 걷는 격이라
좋은 밭이 만경萬頃이라도
하루에 필요한 양식은 세 되에 불과하며
천 칸의 큰 집을 지녀도
밤에 다리 뻗는 데는 팔 척이면 족한지라
노름자리 오래가면 돈은 자취도 볼 수 없고
진나라 부자로서 서로 우열을 다투던
석숭과 왕개王愷[01] 도 죽은 후 후손 없나니
재물 모아 무엇 하며

더욱이 문무文武 역시 꿈속과 다름없으니
유명한 궁수弓手 양유기養由基[02] 도 화살 맞아 죽었고

01 왕개 진나라 사람. 당대 최고 부자인 석숭과 재력을 다툴 정도였다. 왕개가 사십 리 길이의 장막을 치니, 석숭은 오십 리의 비단 장막으로 겨루었다고 한다. 『세설신어』 「태치汰侈」.

02 양유기 중국 춘추시대 초나라의 유명한 궁수. 그가 활을 만지기만 해도 원숭이가 나무에 매달려서 울부짖었다고 한다. 전쟁터에서 화살을 맞고 죽었다.

만고문장萬古文章 사마천도 극형極刑을 입었으니
하물며 임자네들 소소한 재간으로
바라는 것 무엇이오
기껏해야 진사 출신[03] 그것이 또 쉬운가
잘못 되면 훈장 궁장 면치 못할 일이로다
넉넉히 소원대로 곽분양郭汾陽[04] 지위 되어
공신각功臣閣에 자기 얼굴 건다 해도
우리가 없다 하면 행락이 무엇이며
호화 사치 금 치장에 가인佳人이 없을진대 호강이 무엇일까

거문고 솜씨로써 이름 높은 사마상여
가인 찾아 함께 늙고
동진 재상 사안석謝安石은 기생 끼고 풍류 노니
만고의 풍류 재사才士 이밖에 또 있는가

진시황 한무제도 불로불사不老不死 못 하였고
삼천명 문객 두어 세력 좋던 맹상군도
옥문관에서 울었나니[05]

03 출신 과거에 급제하고 아직 벼슬에 나가지 못한 사람.
04 곽분양 당나라의 공신으로 이름은 자의(子儀)다. 안녹산(安祿山)의 난에 중원(中原)의 반란군을 토벌하였고, 또 나중에 토번 등의 외침을 막았다. 그는 공신 가운데서도 으뜸의 칭호를 얻었고, 후손도 크게 번성하였다. 분양왕(汾陽王)에 봉해져 흔히 곽분양으로 불린다. 조선에서도 아주 유명해 팔자 좋은 사람을 흔히 '곽분양 팔자'라고 부를 정도였으며, 그의 부귀영화를 표현한 「곽분양행락도」도 많이 그려졌고, 또 『곽분양전』이라는 한글소설도 전한다.
05 맹상군 중국 전국시대 사람으로 빈객이 많기로 유명하다. 진나라 소양왕(昭襄王)의 초빙으로 재상이 되었으나 그의 힘이 강성해지자 소양왕이 도리어 죽이려 들었다. 낌새를 알아챈 맹상군은 탈출을 시도하였는데, 밤에 함곡관(函谷關)에 이르러 문을 열 수 없었다. 새벽이 되어야 성문을 열어주기 때문이다. 뒤에서 추격병이 압박하는 상황에서 빈객 한 명이 닭 울음을 흉내내었다. 그러자 새벽이 온 것으로 착각한 성문수가 문을 열었고, 맹상군은 무사히 탈출할 수 있었다. 『사기』「맹상군열전」.

백이 숙제 안자 증자 성인군자 높은 이름
죽고 나니 허사로다

거금 모아 후손 주느니 살아생전 한잔 술을
죽은 후 각로 되느니 살아서 첨만호僉萬戶[06]라

백구白駒처럼 빠른 세상 하루살이 우리 인생
아니 놀면 무엇 하오
대장부 일세쾌사一世快事 주색酒色밖에 또 있는가
앵무같이 고운 소리 권주가勸酒歌 한 곡조는
흐린 술에도 춤이 나고
여화여옥如花如玉 묘한 태도
밝은 달 촛불 아래 치마끈 푸는 소리[07]
단꿈 들 곳이 아닌가
제 것 두고 못 쓰는 건 부잣집 창고지기
상심낙사賞心樂事[08] 쾌快한 일이 미색美色밖에 또 무엇고
서서히 생각하오 힘 돋우는 이내 말씀

06 첨만호 첨사와 만호, 하급 군관. 죽어 큰 벼슬보다 살아서 작은 벼슬이라도 하는 게 좋다는 뜻.
07 치마끈 푸는 소리 이 구절에 관해서는 다음의 이야기가 전한다. 송강 정철, 서애 유성룡, 백사 이항복, 일송 심희수, 월사 이정구 등 문인 학자들이 교외에서 친구를 전송(餞送)하였다. 술이 거나해지자 '소리'의 품격에 대해 논했는데, 먼저 송강이 "맑은 밤 밝은 달 아래 누대(樓臺) 머리를 울리는 청아한 노랫소리, 이것이 최고지" 하였다. 그러자 일송이 "온 산에 단풍 들 제 바람을 가르는 원숭이 소리, 그게 최고야" 하였다. 서애는 또 "새벽녘 잠은 덜 깨 몽롱한데 창가 작은 술독에 술 거르는 소리, 바로 그거야" 하였다. 이에 월사는 "산속 초가에서 똑똑한 문사가 시를 읽는 소리, 그 역시 아름답지" 하였다. 마지막으로 백사가 웃으며 "여러분 말씀이 모두 옳으나, 가장 듣기 좋은 소리는 역시 한밤중 구석방에서 미인이 치마끈 푸는 소리가 아니리요" 하였다. 모두 크게 웃었다. 『명엽지해蓂葉志諧』.
08 상심낙사 이른바 사미(四美) 가운데 두 요소. 사미는 네 가지 아름다운 일로 좋은 시절(良辰), 아름다운 경치(美景), 구경하고 즐기는 마음(賞心), 즐거운 일(樂事)을 이른다.

해설

옥소는 이제 남자들에게 남자 사업 가운데 가장 의미 있는 것이 무엇이겠냐고 묻는다. 돈 권력 명예 문장 무력 등을 들면서, 모두 얻기도 어렵지만 얻었다고 또 행복한 것은 아니라고 말한다. 이것들이 설사 아무리 높은 가치로 대접받는다 해도 결국 모두 사라질 것이니, 유일한 가치는 현세의 쾌락, 곧 기생과 함께 하는 유흥뿐이라는 것이다. 옥소의 대답은 놀음판 손님들의 내재된 욕망을 자극한다. 특히 "밝은 달 촛불 아래 치마끈 푸는 소리"는 남성의 성적 욕망을 노골적으로 자극한다.

그렇다고 너무 빠지지는 맙시다

"고금의 격언이라"
좌중이 칭찬하니

촉나라가 무사한 것은 제갈량 덕분이라
혼을 빼는 단약이 무엇인지 내 모르나
남자 빠뜨릴 구렁은 이것이라
먹은 가까이하면 검어지고
주사朱砂는 가까이하면 붉어지니
가까이도 멀리도 않는 것이 상책이라

해설

놀음의 흥을 최고조에 띄워놓고는 옥소는 다시 좌중을 진정시킨다. 좌중을 지나치게 흥분시키는 것은 기생으로서도 불편하고 위험한 일일 것이다.

기생, 요물인가 보배인가

조선 사람들은 기생을 요물, 구체적으로는 여우로 보고 있다. 다음의 이야기는 그 단적인 예다. 성여필은 상주 사람으로 사람이 우활하고 세상사에 어두웠다. 하루는 외출했다가 집에 돌아오는 길 저물녘에 한 여인을 만났다. 관기로 일찍이 알고 있는 여인이었다. 관기는 여필에게 걷기 힘들다면서 말에 태워달라고 청했다. 여필은 처음에는 그를 여우로 여기고 거절했다가, 청이 간절하니 차라리 기회를 보아 여우를 잡겠다고 생각하여, 자기 뒤에 태우고는 허리띠를 끌러 여인의 몸을 자기 허리에 묶었다. 여인은 까닭도 모르고 그저 웃을 뿐이었는데, 집 가까이 이르자 여필은 큰 소리로 아들을 불러 "급히 불을 밝히고 개를 데려오라. 내가 여우 한 마리를 잡았노라" 했다. 기생이 말하기를, "생원님은 절 여우로 보시나요?" 하니 여필이 더욱 의심하여 "도끼를 가져와라. 내 항상 방한모 걱정을 하였더니 오늘 다행히 좋은 가죽을 얻게 되었다" 하였다. 이웃에서 그 소란을 듣고 모여들었다. 와서 보니 여우가 아니라 관기였다. 그런데도 여필은 아직도 깨닫지 못하고 관기를 잡아서 끌어내리려고 하였다. 이에 기생이 "나는 본읍 기생 아무개요. 생원께서도 내 얼굴을 아시면서 어찌 날 여우라 하시오. 방한모에 쓸 가죽은 다른 데서 구하시오" 하였다. 듣는 자들이 크게 웃었다. 조선 후기 야담집 『기문奇聞』에 실린 이야기다.

기생을 요물로 보는 부정적인 시각은 경기도 여주에서 전하는 한 전설에서 더욱 잘 나타나 있다. 여주 남한강변에는 '여기수' '익기수' '여계수' '여괴수' 등으로 불리는 못이 있다. 사람마다 부르는 이름도 그 위치도 약간씩 다르지만 이곳에 얽힌 전설은 같다. 여주는 한때 작은 평양이라고 불릴 정도로 기생이 많았다고 한다. 그래서 어떤 여주 목사가 그 많은 기생을 없애고자 꾀를 내었다. 뱃놀이를 한다며 기생을 불러모은 다음, 밑창을 뚫은 배에 기생을 태워 수장시켰다는 것이다. 이후 비만 오면 이곳에 여인들 울음소리가 들리고, 해마다 사람들이 빠져 죽는 사고가 발생한다고 한다. 『한국구비문학대계』 등에 실려 있다.

성여필 이야기나 여기수 전설이 보여주는 것처럼 기생에 대한 부정적 시선은 매몰차고 한편으로는 무섭기까지 하다. 여기수 전설을 구연한 『한국구비문학대계』의 한 구연자는 끝에 지명을 해설하며, "내가 생각하기는 여괴수라고 하면, 계집 여女자는 물론 들어갈 테고, 괴자는 시내 계溪자두 있으나, 난 귀신 귀鬼자를 쓰고 싶어. 여귀수가 맞을 거야" 라고 말한다. 기생을 귀신이나 요물로 보고자 하는 시선이 잘 드러나 있다.

아래의 글은 기생을 요물로 보는 사회적 시선에 대한 기생의 생각을 엿볼 수 있는 자료다. 이 글은 '갑' 의 말을 '객' 이 답하는 형식으로 되어 있는데, 원제목이 '종순이라' 고 되어 있는 것으로 보아, 갑은 바로 기생 종순이라 할 수 있다. 그렇다면 이 글은 기생 종순의 말에 남자 손님이 답하는 글인 셈이다.

그런데 종순이 먼저 기생을 요물이라고 비판한다. 기생의 자기 비판인 셈이다. 종순이 스스로를 비판하자 오히려 손님이 두둔하고 나선다. 요물이 아니라 보배라는 것이다. 종순이 기생을 향한 사회의 따가운 시선을 잘 알고 미리 스스로를 비판하였더니, 기다렸다는 듯이 손님이 반박해준 것이다. 이렇게 보면 자기 비판은 기실 손님의 두둔을 이끌어내기 위한 자기 방어라 할 수 있다. 종순은 손님의 입을 빌려 자기의 존재 가치를 확인하고자 한 것이다.

여기수 경기도 여주군 능서면 왕대리 효종대왕릉 부근 남한강 일대

기생은 요물이라

자고로 가인佳人 미희美姬를 꽃에 비하며, 혹 옥에 비하며, 혹 금에 비하며, 혹 향난香蘭에 비하며, 혹 설중송죽雪中松竹에 비하며, 심지어 구름에 싸인 달과 별에 비하였으니, 고금은 다르지만 그 말은 한가지라.

실로 그 고움은 꽃과 같으며, 그 맑음은 옥과 같으며, 그 향기로움은 향란과 같으며, 그 차가움은 눈 속의 소나무 대나무 같으며, 그 깨끗하고 부드러움은 진실로 구름에 싸인 달 별 같아, 그리 이른 말인지, 자태가 예뻐 이른 말인지.

한마디로 말하면, 살랑대며 사람 비위나 맞추는 것이 탕자를 호리는 여우에 불과하고, 분분히 날아다니는 메추리일 뿐이라. 제 불과 망국亡國하는 요물妖物이요, 사람을 빠뜨리는 구렁이라.

화장하는 기생 서울대학교 박물관

기생은 천하지 보라

객왈客曰,

우습다 그대 말이 편협한 여자로다. 꽃에 비함을 과過타 하나 꽃이 고으나 불과 붉으면 붉고 희면 흴 따름이지 어찌 그 옥처럼 눈부신 흰 얼굴과 복숭아꽃처럼 발그스름한 두 뺨에 비하며, 옥에 비함을 옥이 과타 하나 옥이 희면 희고 차면 찰 따름이지 엇지 그 티 없이 교교姣姣하며 부드럽고 다소곳한 데 비하며, 금이 귀타 하나 불과 산을 캐어 얻어 구경하면 그뿐이지 어찌 찾아도 쉬 얻을 수 없는 부드러우면서도 강한 옥 같고 달 같은 얼굴에 비하며, 향난이 향기롭다 하나 불과 그윽한 향이 미미할 따름이지 엇지 그 옥 같은 살결 향기로운 몸이 천연의 향기를 뿜어내는 데 비하며, 설중송죽雪中松竹이 비록 맑고 차가우나 어찌 그 사시사철 밝고 눈부시며 시원함에 비하며, 구름에 싸인 달 별은 불과 높이 떠 비출 뿐이지 어찌 그 하늘거리면서도 얼음처럼 굳고 맑은 백태百態를 구비한 자태에 비할 수 있으리오.

아침에는 구름이 되어 밤에는 비가 되어 그대 앞에 나타나겠다는 무산선녀와, 그림 속에서 세상에 나와 결혼까지 한 남악 선녀 진진眞眞을 꽃답다 하겠으나, 그들은 세상 사람들이 볼 수 없는 희미한 자취에 불과하니, 어찌 그 아침저녁으로 상대하는 기생의 진실한 데 비하며,

또는 망국하는 요물이라, 사람 빠뜨리는 수렁이라 하나, 그 또한 속인俗人이 빗댄 것이라. 주불취인酒不醉人이나 인자취人自醉요 색불미인色不迷人이나 인자미人自迷[01]를 가인 미희가 홀로 함이 아니라.

01 주불취인인자취 색불미인인자미 술이 사람을 취하게 않으나 사람이 절로 취하고, 미인이 사람을 미혹하지 않으나 사람이 절로 미혹된다는 뜻.

위나라 장강莊姜[02]과 반첩여班婕妤[03]는 만고 가인佳人이요 천년의 풍류風流로되 집을 엎침이 없으니 어찌 매번 미인과 가아佳兒만 탓하리오. 왕망 동탁과 채경 진회 등이 모두 색에 빠져 나라를 망케 하였으며, 난영欒盈[04] 지백과 이사 조고趙高[05] 등이 다 가아 때문에 망하였는가.

흥망성쇠와 공명현달이 다 때가 있으니, 어찌 저희만 탓하리오. 이러므로 호객과 장부의 호화를 도울 따름이라. 이러므로 천하지보天下至寶는 미색美色인가 하노라.

02 장강 중국 춘추시대 위나라 장공의 부인. 현숙하고 아름다웠으나 장공의 사랑을 첩에게 빼앗기자 「백주柏舟」라는 시를 지었다.

03 반첩여 한나라 성제(成帝)의 후궁으로 조비연 자매에게 미움을 받아 장신궁(長信宮)으로 물러나 태후의 시중을 들면서 「원가행怨歌行」을 지었다.

04 난영 중국 춘추시대 진나라 사람. 어머니가 음행을 일삼아 집안이 망하자 군사를 동원해 복수를 시도하나 실패한다.

05 조고 진나라의 환관. 진시황이 죽은 다음 이세(二世) 호해(胡亥)를 세우고, 뒤에 이사(李斯)를 죽이고 정사를 전단하였다. 나중에 호해도 죽이고 자영(子嬰)을 세웠으나, 자영이 조고를 죽이고 삼족을 멸했다.

기생의 몸

기생에게 몸은 곧 자산이다. 인격체가 아니라 판매되는 물품이다. 기생의 몸은 손님에 의해 물화物化될 뿐만 아니라 또 스스로에 의해서도 그렇게 인정된다. 그것으로 생계를 영위하지 않으면 안 되기 때문이다. 스스로를 "무겁잖은 기물棄物이요 본전 없는 장사"라고 비하할 정도로, 기생은 자기 몸의 물화를 받아들인다. "더욱이 우리 모양 꽃에 비한 모양이라"는 말은 기생의 자기 몸의 물화에 대한 모순적 인식을 단적으로 드러내고 있다. 자기 몸의 물화를 거부하고 싶지만 그럴 수 없는 현실에 좌절한 것이다. 말하자면 기생은 물화된 자기 몸을 아파하며 바라보는 존재이다.

아래에는 짧은 글 두 편이 소개되어 있다. 앞의 것은 노기老妓가 늙은 자기 몸을 바라보며 지은 글이다. 앞서 소개한 노기의 탄식과 상통한다. 원제목은 '몇 명의 나이든 기생이 양한당에 모여 꽃이 시드니 나비가 날아들지 않음을 한탄하다'로 되어 있다. 제목처럼 늙은 기생의 상실감이 잘 나타나 있다.

두번째 글은 '도 내의 으뜸 기생을 찬양하다가, 감탄하는 소리를 듣지 못해 이를 탄식하노라'라는 제목이 달려 있다. 아름다운 기생을 찬양하고 있는데도 아무 반응이 없자 안타까워 누군가가 이 글을 지은 모양이다. 기생의 얼굴, 자태, 음성 등을 차례로 묘사하고 있다.

머리를 만지는 기생들 유운홍, 개인 소장

늙는 것의 슬픔이여

가련하다 너의 모양. 한 봄에 생겨나서 녹음綠陰 전前에 쇠잔하니, 따르는 나비 벌도 일없이 지나가고, 오색五色의 어여쁜 벗 덧없이 아니 온다. 봄볕에 득의得意함이 열흘을 못 지나니, 어이한 너의 운명 그다지 가련한가.

잎 피고 꽃 멍울 제, 악풍惡風에 상할세라 폭우에 지칠세라, 나무로 고여 주며 차면遮面하여 가리우고 아침 전 연물軟水을 주어 잡풀 매어 배양하니 그 불과 이삭이라.

초목은 무심하나 때를 따라 흩날거든, 하물며 사람 되어 백사를 근심하고 만사에 피로하니, 까만 머리 백발이요 홍안 얼굴 고목枯木이라. 인생을 생각하면 상수上壽는 백살이요, 중수中壽는 팔십이요, 하수下壽는 육십이라. 세상은 갈수록 흐려져 중수도 못 다 살아 인간칠십고래희人間七十古來希라. 백세를 기약하며 백세를 산다 하나, 주생야사晝生夜死[01] 생각하면 미만未滿 오십 세상이라. 하물며 미백년未百年을 그 더욱이 이를 것가. 한번 죽어 돌아가면 명년 봄을 바랄쏜가.

더욱이 우리 모양 꽃에 비한 모양이라. 이십 이전 곱던 모양 해마다 무색無色하여 버들같이 가는 허리 고목을 이웃하고 백옥같이 흰 얼굴은 유자껍질 일반이라. 먼산같이 그린 눈썹 가을풀이 황량荒凉하고, 새벽별 두 눈동자 안개 속에 잠겼는 듯, 앵두 입술 흐려지고, 조개껍질 세운 듯한 희고 고른 치아齒牙에는 간간이 황태黃苔로다. 꾀꼬리처럼 고운 소리 자연히 둔탁하고, 하늘 울린 맑은 노래 반 너머 가래 소리. 보드랍고 곱던 젖은 빨아

01 주생야사 낮에는 살고 밤에는 죽은 듯이 잔다. 그러니 백 년을 살아도 실제로는 오십 년도 못 산 격이 된다는 뜻.

먹은 연감이요, 수정같이 맑던 살은 불에 글린 등걸이라. 불가형언不可形言 그것인들 옛 같은 줄 어이 알리.

형산荊山의 백옥白玉도 부서지니 들 데 없고, 칼집에 들던 칼도 늙어지면 무디거든, 하물며 우리 처지 얼굴 팔아 사는 신세. 머리 검던 지난 세월 어제런 듯 꿈이로다. 다정턴 임 범범하고 간절턴 이 냉락하니 미망未忘 정인情人 무엇인고, 애부愛夫 역시 가소롭다.

우리 인생 헤아리니 이팔 이후 삼십 전이 불과 삼 년 내외사內外事라. 풀에 맺힌 이슬, 바람 앞에 등불, 세상이 덧없고 가련하다. 공경公卿 재상宰相 귀한 이도 품속에 사랑하고, 일세 호객 유정자도 무릎 위에 기롱커늘, 꽃 같고 옥 같은 모습 매양每樣이만 여겼더니, 탁문군卓文君의 늙음 한탄 덧없이 내 당했다.

문자 처음 뉘 만든지, 사서오경四書五經 백가어百家語에 늙을 노老자 한이로다. 소년 시절 매양이랴, 노래 속에 읊었더니, '살 같은 세월에 어느덧 늙었구나' 한 말이 나를 짐짓 이름인 듯, 문전이 냉락하니 날 찾을 이 뉘 있으리.

노기 신윤복, 『혜원전신첩』, 간송미술관

비취이불 처량하고 원앙베개 무색無色이요, 연지분이 가증可憎하니 화류花柳 거울 쓸 데 없다. 해 진 청산 저문 날에 밤 되는 것 민망하고, 외론 등잔 적막할 때 그림자만 마주하니 그 아니 가련하랴.

화류 득의得意 젊은이야, 매양每樣인 줄 믿지 마라. 우리도 너희 행락行樂 어제런 듯 간데없고, 지난 바 허다한 일 일장춘몽一場春夢 가소롭다.

또 있는 체 매몰차고 도고道高한 체 냉락하여, 지성으로 간절한 이 홀대하여 물리치고, 재물로 달래는 이 가소롭게 알았더니, 지금 신세 생각하니 후회막급 쓸데없고, 야속하게 괄시한 이 다시 보니 무안하다. 정원의 복숭아꽃도 봄 한때뿐이러니, 너희들 득의 세월 매양으로 믿을쏜가. 유수광음流水光陰 이 세상에 하루살이 우리 인생 아침이슬 일반이라. 이리 보니 한탄이요 저리 생각 가련可憐하다.

신릉군信陵君 무덤 우에 논을 풀고 밭을 가니,[02] 창창蒼蒼 낙일落日 저문 날에 다시 젊음 바라오며, 옥로玉露니 화간이니[03] 화류 사랑 덧없으니, 화류 세상 무리 중에 유정자有情者를 만날쏜가. '살아생전 이 세상을 이별 없이 지내다가 죽어 사후死後 함께 가자'며, 은근슬쩍 접근하는 오입객을 믿었더니, 지금 돌아 생각하니 진실한 이 바이 없고, 미친 손님뿐이로다.

무겁잖은 기물棄物이요 본전 없는 장사러니, 헛 지킨 재물 되어 돈 있는 이 돌아서니, 천일千日 좋은 사람 없고 십일十日 붉은 꽃이 없다. 일생에 하루 때 있으니 후회한들 무익無益이요, 염라대왕 계신 곳이 나의 향할 곳이로다. '때여 때여 다시 돌아오지 않으리' 진시황 한무제도 무덤 속 신세 되니, 한번 죽어 돌아감을 그 뉘라서 면할쏜가. 슬프고 슬프도다. 가련한 내 사정은 써도 다 못 써 그치노라.

02 **신릉군** 중국 전국시대 위나라 소왕(昭王)의 공자로 식객을 삼천 명이나 두고 있었던 세력가. 그 세력가도 죽고 나니 아무 일 없었다는 듯, 그 무덤 위에다 논을 만들고 밭을 가는 일이 행해지고 있다는 뜻이다.
03 **옥로 화간** 옥로나 화간이나 모두 기생을 가리키는 말.

춤추는 기생의 자태

미인도 신윤복, 간송미술관

어여쁘다 미태도美態度야 아로새긴 옥이로다. 체구가 적당하고 자세가 딱이로다.

달같이 둥근 낯은 복스럽기 그지없고, 어여쁘고 고운 모양 백태가 구비로다.

묶어올린 머리채는 검은 구름 흩어진 듯, 여덟 팔八자 귀밑머리 청산이 벌였는 듯, 새벽별 같은 눈동자는 잔잔 맑은 가을물. 백옥 같은 흰 귓불은 은고리가 걸렸는 듯, 앵두 같은 입술은 단사丹砂를 머금었고, 서른여섯 흰 치아는 조개껍질 세웠도다.

열 손가락 가는 손은 죽순처럼 고와 있고, 세 치 작은 예쁜 발엔 봉황 머리 수놓았네. 요요한 가는 허리 하늘거린 버들이요, 단아한 앉음새는 눈 가운데 매화로다. 발걸음 사뿐사뿐 금루金樓의 반첩여요, 춤소매 휘날림은 한나라 궁전의 조비연이라.

노랫소리 청아清雅하여 단구丹丘[01]에 봉황이 울고, 말소리 쟁쟁琤琤하여 옥쟁반 울리는 듯, 추파를 돌려보면 장부가 숨 막히고, 향구香口를 잠깐 열면 호걸이 혼을 놓네. 조화옹造化翁의 신통으로 말씨를 타고난가, 신선 선녀 놓은 솜씨 오색五色 의복 화려하네.

거짓 아녀 참일진대, 경국지색傾國之色을 서시西施에게 사양하며, 참이 아녀 거짓이나, 한나라 군대가 흉노에게 포위된 것도 네가 응당 풀리로다.

01 단구 신선이 사는 곳.

제4부

기생과 편지

사랑하는 사람들 사이에 편지가 없을 수 없다. 거짓 사랑이 많은 기생이라고 해서 사정이 다르지는 않다. 하지만 기생의 편지로서 현재까지 전하는 것은 거의 없다. 그나마 약간 전하는 것도 대부분이 편지 자체가 아니라 문집 등에 옮겨 전하는 것들이다. 예를 들어 김려1766~1821의 경우, 자기 글 「가리촌 온천」에서 함경도 부령의 기생 연희가 보낸 편지를 인용하고 있다.

> 무얼 생각하나? 저 북쪽 바닷가. 이월 중순 봄날씨 따습고 화창한데 연희의 편지가 나른함을 깨우네. 봉함을 뜯어보니 적힌 사연은 "고을 서쪽은 가리촌인데 거기서 십 리쯤에 온천이 있답니다. 윗탕은 안 뜨겁고 중간탕이 뜨거운데 탕 앞의 노송나무 높고도 푸르지요. 그 옆엔 평평한 너럭바위 있는데 거기 앉아 머리를 말리고 있을 테니 서방님 오시거든 이 바위 찾으셔요".
>
> — 박혜숙 옮김, 『부령을 그리며』

김이 모락모락 피어오르는 온천 옆 너럭바위 위에 앉아 머리를 말리며 김려를 기다리는 연희의 모습을 떠올리면 선녀와 같다는 생각이 든다. 그런데 이런 선녀의 이미지에서 연희의 현실적 감정은 잘 전달되지 않고, 오히려 양반 문인의 기생에 대한 낭만적 시선이 읽힌다.

기생이 보낸 편지에 비할 때, 양반 남성이 기생에게 보낸 편지나 시는 더 많이 남아 있는데, 편지와 유사한 성격을 지닌 '기생에게 주노라' 라는 뜻의 '증기贈妓' 류 시편들에서도 연애 대상으로서의 기생에 대한 남성들의 낭만적 또는 유희적 시선이 엿보인다. 이런 점에 유의할 때 문집에 실려 전하는 기생 편지들도 남성들의 시각에 의해 일정하게 굴절되지 않았는지 의심해볼 필요가 있다. 심지어 남성들이 편집한 기생 시집의 경우에도 남성 편자의 낭만적 시선이 읽힌다. 김해 기생 담운의 시집에 전하는 배전1843~1899에게 보낸 시가 그렇다.

좀더 현실감 있고 생생한 기생 편지는 문집이 아니라 소설에서 찾아볼 수 있다. 『춘향전』『배비장전』『계우사』 등에 보인다. 먼저 춘향이 서울로 가서 돌아오지 않는 이도령에게 보낸 편지를 들어보자.

> 이별 후 세월이 흘러 어언 삼 년에 한 장 편지가 없으니, 약수弱水 삼천리에 파랑새 끊어지고 북해 만리에 기러기 없음이라. 하늘 끝을 바라보니 눈이 하늘을 뚫을 듯하고, 구름 낀 산이 끊겼으니 심장이 찢어지는도다. 이화에 두견새 울고 오동나무에 밤비 올 적, 적막히 홀로 앉아 상사 일념뿐이니, 하늘 땅이 다 늙는다 해도 이 한은 말할 수 없도다. 무심한 사랑 꿈은 천리에 오락가락, 정은 억제할 수 없고 슬픔은 금할 수 없도다.
>
> 한숨과 눈물로 화조월석花朝月夕 보내더니, 우환 중 생각 밖 신관의 수청 분부 매운 절개를 능멸하니 번개와 벼락이 몸에 나리며 온몸이 부서지고 심장이 사그라지는지라.
>
> 이렇듯 괴로움으로 지내나 한줄 가는 숨을 지금까지 부지함은 생면生面으로 한번 만나 평생 설운 회포를 다 하온 후 즉각 쓰러져 세상을 이별코자. 스러지는 정신을 수습하여 혈서로 알외오니 바라건대 행여 감동하사 죽기 전에 한번 보아 깨진 거울이 다시 합칠까? 낭군 보기 전에 명이 다하면 천고의 원혼이 되어 망망한 구름 밖에 슬피 울며 한양까지 올라가서 낭군의 자취를 따르리니, 낭군은 옛 정리를 생각하사 한번 만나기를 서서 기다리나이다.
>
> 얼마간 이야기 바다를 기울여도 일필난기一筆難記요, 슬픔에 숨이 꽉 막혀 혼백이 날아가니, 붓을 잡아 글을 이룸에 눈물이 앞을 가리우는지라, 말을 이루지 못하고 대강을 기록하나이다. 모년 모월 모일에 남원 춘향은 상서上書하노라.
>
> — 남원고사본 『춘향전』

춘향은 자신의 어려운 처지를 말하고 있지만, 그렇다고 나서서 도와달라고도 하지 않는다. 구차한 모습을 보이기 싫은 것이다. 그렇지만 명백히 도움을 청하는 편지다. 이 편지는 비록 소설에 실려 있지만, 문인들에 의해 걸러진, 문인들의 시각에 의해 굴절된 편지들보다 현실적이다.

아래에 소개하는 기생과 손님의 편지는 춘향의 편지보다도 더 적나라한 현실을 보여준다. 협박조로 윽박지르면서 기생의 회심을 요구하는 남성의 편지도 있고, 짧은 만남뿐인데도 손님에게 자신을 책임지라고 요구하는 당돌한 기생도 있다. 이 밖에 화류계의 뇌봉전별雷逢電別, 번개 같은 만남과 헤어짐을 보여주는 작별의 편지와 함께, 편지인지는 분명하지 않지만 시조를 주고받은 것도 있다.

아래 편지들은 상투적 표현이 적지 않음에도 불구하고 이해하기가 쉽지 않다. 이는 편지 일반의 특징이기도 하다. 발신자와 수신자가 서로 공유하고 있는 정황에 대해 따로 설명을 하지 않기 때문이다. 이런 모호함에도 불구하고 이 편지들은 남성 일방의 시각이 아니라, 기생과 손님 쌍방의 시각을 보여준다는 점에서, 또 기생의 생생한 현실을 잘 보여준다는 점에서, 흔치 않은 중요한 자료이다.

그리워하다 죽어버려라

아래 글은 남자가 보낸 편지와 이에 대한 기생의 답장이다. 남자의 편지에는 '대가정에서 쉬자 하여, 전에 놀던 기생에게 편지 쓰노라' 라는 제목이 붙어 있고, 기생의 답장은 그냥 '답장' 이라고만 되어 있다.

먼저 남자는 기생과 자기의 만남이 운명적이라고 하면서도, 관계가 잘 진행되지 않았는지, 그대가 내게 무심한 것이 한恨이라고 말한다. 또 늘 그대 생각뿐이라고 말하는데, 그 '그대 생각' 이라는 것은 결국 잠자리다. 어깨를 나란히 하고 누워 몸을 맞대는 것이 소원이다. 남자는 그 소원을 이루지 못해 바짝바짝 말라죽을 지경이라고 한다. 그러면서 죽게 되면 사람 죽인 책임을 그대가 져야 할 것이라고 협박한다. 그리고 그 죄를 짓지 않으려면 그대가 날 만나줄 수밖에 없지 않느냐며, 다시 애걸하며 끝을 맺는다.

이에 대해 기생은 '풍류 반세半世'의 풍부한 경험으로 남자의 불순한 의도를 단번에 알아차리고 남자의 편지를 조목조목 비판한다. 그리고 다 죽게 되었다는 남자의 엄살에는, 따끔하게, 죽으면 죽을 따름이라며, 죽어버리라고 한다. 그러면서 이런 '간특한' 편지를 많이 받아보았지만, 진짜 죽는 사람은 하나도 보지 못했다고 한다. 유혹하는 남자 말치고 진실한 말은 없다는 것이다.

기생의 남자 비판은 통렬하다. 자기가 기생 창녀가 아닌 것은 아니지만, 거지를 거지라 부르면 기분 나쁘듯, 기생을 대놓고 노류장화路柳墻花라 하면서, 그저 아무나 손대어도 되는 물건 취급하는 것은 옳지 않다는 것이다. 인간을 인간 취급하지 않고 사랑을 운운할 수 있겠냐는 말이며 기생도 어디까지나 인간이라는 항변이다. 기생의 생각을 직설적으로 보여준 편지라 할 수 있다.

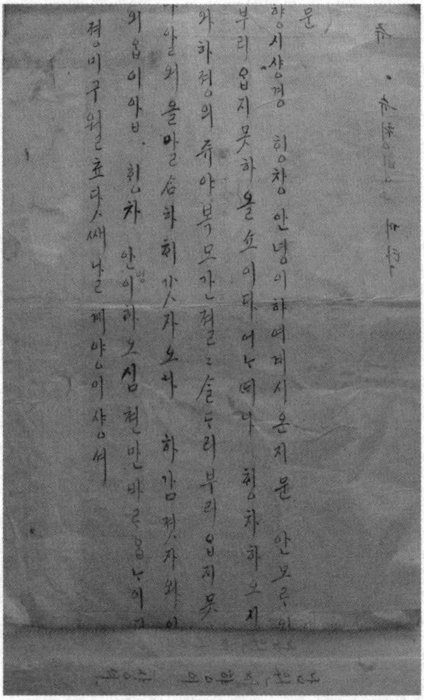

남원 기생 계향의 편지 기생의 편지는 전하는 것이 거의 없다. 전해지기 어렵기 때문이다. 누가 기생한테 받은 편지를 잘 간수하겠는가. 설사 본인은 잘 간수한다 해도 후손이 무슨 자랑거리라고 후대에 전하겠는가. 사정이 이러니 기생 편지의 실물은 좀처럼 만날 수 없다. 그런데 남원 기생 계향의 편지는 다행히 편지를 모은 간찰첩의 책표지 배접지로 사용되는 바람에 남을 수 있었다. 소장자의 말에 따르면 간찰첩은 권속(權涑, 1787~?)의 것이라 한다. 권속은 1847년 1월부터 1849년 6월까지 곡성현감으로 있었는데 이때 받은 편지를 모은 간찰첩에 이 편지가 배접지로 사용되었다는 것이다. 편지는 배접지로 사용되는 바람에 종이가 잘려 전문을 확인할 수 없지만, 겉봉에 '수청방 개탁' 즉 '수청기생방에서 뜯어보라' 라고 적혀 있어 수신인은 분명하다. 수신인은 곧 수청 기생을 둔 벼슬아치임을 알 수 있는 것이다. 또한 정미년 9월 5일 '계양이' 가 올린다고 적혀 있는 것으로 보아, 기생이 어떤 벼슬아치에게 보낸 것임을 알 수 있다. 기생은 본문에서 남자를 행차라 부르고 있다. 그리고 배접지로 사용된 다른 종이 조각에는 동일한 필체의 '남원 계향이' 라고 적은 것들이 있는데, 이로써 남원 기생 계향이가 한 고을 원에게 지속적으로 편지를 보냈음을 알 수 있다. 편지 내용은 그냥 안부를 묻는 것이다. 이 모든 것을 종합해보면 이 편지는 1847년 남원 기생 계향이 곡성현감 권속에게 보낸 편지 가운데 하나로 추정된다. 권속의 시집인 『좌숙재시고』는 현재 서울대학교 규장각에 남아 있다. 수경실 소장.

남자의 편지

중매 놓아 결혼하여 저와 내가 하나됨이 만복의 근원이나, 노류장화路柳墻花[01]를 사람마다 꺾고 감은 호객의 상사常事로다. 삼 년을 수고하여 화괴 낭자 차지함은 정원화의 진심이라.[02]

고금이 때 다른데 어이 하여 함께 나며, 천지가 좁잖은데 어이 하여 함께 산고. 사리를 헤아리면 무심튼 아니한 듯. 유의有意한 게와 내가 무심無心함이 한이로다.

그대의 차가운 뜻에 변변찮은 내 언변이 관심 끌길 바라든가.

꽃 같고 옥 같은 그 얼굴은 보잖아도 삼삼하고, 쟁쟁한 그 음성은 듣잖아도 속삭인 듯.

해당화[03] 한 가지가 활짝 피어 웃는 것도 게가 나를 반기는 듯, 가을 하늘 높은 달이 교교皎皎히 비추임도 게가 내게 비치는 듯, 냉락 한천寒天 깊은 밤에 벗 부르는 기러기도 게가 나를 부르는 듯, 버들개지 하늘하늘 봄바람에 흩날림도 게가 내게 부치는 듯, 적막 세상 무인시無人時에 추공秋空 측측 하는 것도 게가 나를 깨우는 듯, 찡기는 듯 웃는 듯 일거수일투족이 심두心頭에 어릉키어 생각 말자 생각이요, 잊지 말자 못 잊으니, 어이 한 그대 모양 불사자사不思自思[04] 생각인고.

01 노류장화 길가의 버드나무와 담장 위에 놓인 꽃. 아무나 꺾을 수 있는 대상, 곧 기생을 뜻한다.
02 '정원화'가 아니라 '기름장수'라야 옳다. 고사를 잘못 쓴 것이다. 기생은 답장에서 잘못을 슬쩍 고치고 있다. 창피한 일이다.
03 해당화 창녀를 상징하는 꽃이다. 가곡 「편수대엽編數大葉」의 노랫말을 보면, "모란은 화중왕(花中王)이요, 향일화(向日花)는 충신이로다. 연꽃은 군자요, 행화(杏花)는 소인이라. 국화는 은일사(隱逸士)요, 매화는 한사(寒士)로다. 박꽃은 노인이요, 패랭이꽃은 소년이라. 규화(葵花) 무당이요, 해당화는 창녀로다. 이중에 배꽃은 시객(詩客)이요, 홍도벽도(紅桃碧桃) 삼색도화(三色桃花)는 풍류랑인가 하노라" 하였다.

말끔한 귀밑머리 발그레한 고운 얼굴 내 간장肝腸에 칼이 되고, 꽃다운 얼굴 맑은 눈은 혼을 빼는 약인 듯, 높은 절개節槪 잠시 굽혀 운우지정雲雨之情 허락하면, 비취이불 원앙 베개에 옥돌 어깨 함께 하고 향기로운 몸 접할진댄, 추향[05]의 매운 절개와 옥소玉簫[06]의 일편단심을 내 역시 웃으련만. 표일飄逸[07]한 그 성정에 봉황鳳凰[08]이 까막까치 꺼리듯 싸늘히 물릴진댄, 봄바람에 호랑나비가 때를 놓침과 같을 듯.

하물며 그대 생각이 갈수록 더해가니, 병 아닌 병이 일신一身에 사무치고 수심 아닌 수심이 구곡간장九曲肝腸에 얽히어, 잊으려 잊지 못하고 생각지 아니려 아니치 못하여, 뒤숭숭한 마음과 들뜬 심사가 자고자 꿈을 이루지 못하고 먹고자 음식 맛을 모르니, 얼마 아닌 이 인생이 목석이 아니라, 모습은 날로 처량해 좁던 의복 넓어지고, 형용은 시시로 야위어 고승高僧 같은 모습은 해골과 짝하고, 실낱같이 가는 목숨 아침이슬 일반이라. 만일 이러다가 죽게 되면, 게로 말미암아 죽는 나도 나려니와, 백인伯仁이 유아

04 불사자사 생각지 말자 해도 생각이 남.

05 추향 명나라의 기녀로 어떤 이의 아내가 되었는데, 나중에 예전의 손님이 알아보고 다시 만나자고 요구하자 시를 지어 거절했다고 한다.

06 옥소 당나라 기생. 유명한 시인 위고(韋皐)와 사랑하였다. 마침 조정에서 인재를 선발한다고 하여 위고는 서울인 장안으로 가게 되었고, 이별할 때 옥소에게 관직에 오르면 돌아와 결혼하겠노라고 했다. 그런데 수년이 지나도 위고는 오지 않았다. 그사이 옥소는 병들어 죽었고, 죽기 전에 자기 진영(眞影)을 하나 그리게 해서 자신이 지은 시와 함께 어미에게 맡겼다. 어미는 그것을 가지고 장안으로 가서 위고를 찾았으나 만나지 못했다. 그후로 몇 년이 지나 대원수의 지위에 오른 위고는 그제야 사람을 보내어 옥소를 찾게 했고, 옥소가 죽었음을 알았다.
그후 위고는 높은 벼슬에 올라 형주를 지나게 되었다. 마침 그곳 수령이 친구였는데, 위고를 후히 접대했다. 그런데 거기서 옥소와 똑같이 생긴 시녀를 보았다. 살짝 '옥소야' 불렀더니 즉시 대답했다. 알고 보니 이름도 옥소였다. 그래서 친구에게 시녀를 넘기라고 청했는데 거절당했다. 이 일로 둘은 거의 서로 죽일 지경에 이르렀다.
마침 옥소의 어미가 와서 옥소의 진영을 형주 수령인 위고의 친구에게 보였다. 위고의 친구는 비로소 자기가 데리고 있는 옥소가 위고와 전생 인연이 있음을 알았다. 친구는 옥소를 위고에게 넘겼고, 위고는 이 일을 임금께 고했다. 임금은 특지를 내려 그들의 결혼을 도왔다. 『옥환기玉環記』 「옥소전」.

07 표일 마음 내키는 대로 하여 세속에 얽매이지 않음.

08 봉황 성인의 이상적인 정치가 실현될 때 나타난다는 전설의 새다. 주나라 문왕 때 봉황이 기산에 날아와 울었다고 한다.

이사由我而死로,[09] 일분一分 인정이 있을진대 후회하는 마음이 없지 아니할 듯. 죽은 자 다시 살 수 없으니 불행히 세상을 버릴진대 추회追悔하면 무엇하나.

대저 나의 사생존망死生存亡은 편작扁鵲[10]의 신술로도, 신약과 감로甘露로도, 효험效驗이 없을 터이오. 다만 그대의 희한한 수단에 있기로, 병든 마음 이겨내며 정신을 수습하여 두서없고 둔한 말을 대강 기록하니, 행여 반가운 말로 그윽한 골짜기에 향그런 봄을 피워올려 내 병든 마음을 위로할는지.

09 백인 진나라 주의(周顗)의 자(字). 주의는 왕도(王導)와 교분이 깊었는데 왕도가 죄를 입어 죽게 되었을 때 주의가 적극 도와 살렸다. 그 다음 거꾸로 주의가 죄를 입었는데, 그때 왕도는 구해줄 수 있는 위치에 있으면서도 구하지 않았다. 왕도는 주의가 죽은 다음에야 자신이 입은 은혜와 보은하지 못한 사실을 알고, "내가 백인을 죽이지는 않았으나, 백인이 죽은 것은 모두 내 탓이다"하며 통곡했다. 『진서晉書』「주의전」.

10 편작 노나라의 명의(名醫).

민우룡과 제주 기생 애월

민우룡1732~1801이 쓴 가사 「금루사金縷辭」는 앞의 남자가 쓴 편지와 비슷한 정황을 보여준다. 서울 양반인 민우룡은 1772년 제주 통판 김우성을 따라 제주도로 유람을 간다. 그리고 거기서 애월愛月이라는 기생을 만나 사랑에 빠진다. 얼마 지나지 않아 그는 애월과 이별을 하고 서울로 돌아온다. 민우룡은 서울에서 애월을 그리다, 1776년 11월 다시 제주도를 찾는다. 그런데 애월은 이미 어떤 장사치랑 만나고 있었다. 민우룡은 애월을 계속 회유하였으나, 애월은 마음을 바꾸지 않았다. 이에 민우룡은 1778년 6월 「금루사」를 지어주어 애월의 마음을 돌리려고 하였으나 그녀의 마음을 돌리지는 못했다. 애월은 다만 민우룡과의 끈을 놓지 않았을 뿐이다. 1779년 10월 민우룡이 서울로 돌아갈 때 애월은 주안상을 갖추어 민우룡을 송별하였다. 이런 사실들은 민우룡의 문집과 그가 다시 제주도를 찾았을 때의 일을 쓴 『영주재방일기瀛洲再訪日記』에 기록되어 있다.

「금루사」는 전반부와 중반부에서 자신들의 만남이 천정天定임을 말하면서 작가 자신의 상사想思 심정을 표현하고 있다. 전형적인 상사가와 상통하는 부분이다. 그런데 결사에 이르러 돌연 애월에게 변심하지 말라고 협박한다.

어와 내 일이야 진실로 우습도다
너도 생각하면 뉘우침이 있으리라
황옥경黃玉京에 올라가서 상제上帝께 복명復命할 제

이 말씀 다 아뢰면 네 죄가 중하리라
다시금 생각하여 회심回心을 둔 후에
삼생三生 숙연宿緣을 저버리지 말게 하라

협박조의 회유인 셈이다. 민우룡의 일기에는 「금루사」를 절교 편지라 하였지만 실제로는 구애와 회유의 편지였던 것이다. 목적한 바가 이루어지지 않자, 나중에 일기에다가는 절교의 편지를 준 것처럼 썼던 것이다. 이런 협박에도 불구하고 애월과의 관계는 일 년 이상 더 지속되었다. 나중에는 결국 민우룡도 한 남자만 보고 살 수 없는 기생의 현실을 이해하지 않았을까 한다.

서울 왈짜 무숙이와 약방 기생 의양이가 주고받은 편지

『계우사』의 주인공 왈짜 무숙이는 의양이를 처음 만난 자리에서 자기 첩이 되어달라고 청하는데, 의양이는 마음이 영 없지는 않으면서도 일단 거절한다. 무숙이는 내심, '도도하고 지조 있는 기생들조차도 모두 내 풍채와 협기, 그리고 정담情談과 우스개로 속을 다 빼놓는데, 어찌 의양이만 그렇지 않은가' 탄식하면서 돌아와 의양이에게 편지를 보낸다. 그리워 죽을 지경이니 자기와 살자는 청혼의 편지다. 이에 의양이도 기다렸다는 듯이 그러마 받아들인다. 아래는 무숙이의 편지와 의양이의 답장이다.

화개동 평양집 보소.

초면 상봉 잠시 놀다 손을 나눠 돌아온 후, 날 지나고 소식 막혀 울울창창 혼몽중에 춘색이 화창하니 더욱 상심토다. 금옥金玉 같은 자네 일신一身 나날이 평안한가. 잊자 해도 못 잊겠네.

이곳 정세 말을 듣소. 사건 많은 한양성에 사십 평생 놀아날 제 뉘라 나를 압도할까. 유다른 자네 안목에 살기를 마다하니, 뜻대로 되지 않아 분하고 미친 마음 맘 상하고 병이 되니, 고집을 다시 돌려 일개 남자 건져주소. 나와 산다 말을 내면 치행 차려 보내옴세. 봉황지락鳳凰之樂 믿고 믿네.

우활迂闊 총총 절필絶筆하네.

보름 지난 후 삼일에 알 듯한 사람 보내노라.

기녀와 선비 이종웅 소장(『조선시대 풍속화』, 국립중앙박물관)

늦봄 저문 어젯밤에 잔치 끝에 헤어지니 여타자별與他自別 깊은 생각 연연불망戀戀不忘하던 차에 귀한 편지 받자오니 탐탐희희耽耽喜喜 반가우며, 수풀 속에 우는 새도 사람을 감동시키는데 서방님 옥체와 심장이 비첩 의양이 일신으로 인연하와 상처 된다 하옵시니, 하정下情에 어린 마음 황공무지오며 하서下書 중 부탁하온 말씀 염려 마옵소서. 원앙새는 푸른 물에 노니는 법, 벌 나비 꽃 찾는 걸 꽃이 어찌 마다하리까. 일전 작별 가실 적에 다른 눈에 거리끼어 별로 정다히 말씀 못 하와 섭섭하기 측량없사오며 밀밀한 정담은 한 백년 수작될까 바라오니 깊이 처분하옵소서.

남은 말씀 거두어 이만 총총 끝냅니다.

기생의 답장

어젯밤 청등靑燈에 그대 얼굴이 맺혀 있고, 오늘 아침 꽃가지에 반가운 까치 지저귀더니, 뜻하지 않은 귀한 편지가 쓸쓸한 사람의 심회를 위로하니, 위로하신 말씀은 내심 부끄럽고 상사하신 마음은 감사 또 감사하거니와, 다시 돌이켜 생각하오니 이 불과 사람을 떠보려고 기롱欺弄하신 말씀인 듯.

지성으로 기도하면 하늘도 감동한다 하였으니 진실로 얼마간 정성과 진심이 있으면 어찌 나 같은 늙은 일개 아녀자로 상심 상사할 지경에 이르며, 기름장수와 정원화를 일렀으나 진실로 기름장수처럼 자기 본정을 기울이고 정원화처럼 자기 준마까지 죽인다면 그 마음이 천한 이 몸을 격동하리니, 하물며 상한常漢의 아내밖에 안 될 기생을 염려하여 말씀이 이같이 번거하시오.

이 불과 말씀치레이시며, 사정을 거짓으로 꾸며 어림도 없는 사람을 감동케 하며, 여자의 편협한 소견을 농락하시는 말 같사옴.

내 기상과 얼굴은 있는 대로 보이는 거울이 부끄럽고, 목소리는 벗 부르는 꾀꼬리를 부러워하거든, 무엇이 눈앞에 삼삼하시며, 어느 것이 귓가에 쟁쟁하며, 더구나 명사십리 아니어든 어이 해당화를 일렀으며, 계수나무 옥토끼 아니어든 어이 가을 밝은 달을 일렀으며, 소슬 가을 아니어든 어이 귀또리 소리를 일렀으며, 소상瀟湘 동정洞庭 아니어든 어이 기러기 소리 일렀으며, 내 용천검과 태아검 같은 보검이 없거든 뉘 애간장을 쫀다 하였으며, 내 갈홍葛洪의 연단술鍊丹術이 없으니 어이 남의 혼을 흐리리라 여우 도깨비에 비하였으며, 사생존망死生存亡이 내 하기에 달렸다 하였으나, 내 기사회생지술起死回生之術과 태을진인太乙眞人[01]처럼 혼을 되살릴 재주

없거든, 내 어이 남의 사생死生을 구제할 수 있으며,

대저 수나라 양소楊素는 권력의 위엄으로도 홍불기를 머물게 못 하고, 강남 상인 손대랑孫大郎은 천금千金으로도 두십낭을 얻지 못하였거든, 창기라고 사람을 이같이 수이 알아 노류장화라 하였는지. 나를 뉘 구태여 창녀 아니라 할 이 없으니, 구태여 거지를 거지라 하여도 옳지 아니하거늘, 노류라, 장화라, 이른 것은 무엇을 위하며 누구를 아껴 하신 말씀이신지.

내 풍류風流 반세半世에 이처럼 간특한 말씀을 처음 들음이 아니로되, 처음은 그런가 여겼더니, 조금 하여 지내보니 이 불과 바람처럼 스쳐가는 말이라. 구태여 죽는 이도 못 보았고, 구태여 병드신 이도 못 보았으니, 졸연히 그 양반 말씀이라 진실한 줄을 어이 믿으며,

말끔한 귀밑머리 꽃처럼 발그레한 얼굴이라 하신 말씀은 쇠를 금이라 하고 돌로 옥에 비한 듯 참 불안하오며, 기산岐山이 아니어든 무슨 봉황鳳凰이라 까막까치라 말씀이 과히 황송하오며, 내 봄 부르는 추자鄒子의 신기한 피리 없으니 어찌 골짜기에 향기로운 봄을 발하게 하며,[02] 죽은 자 다시 살 수 없다 하였으니 그는 그러하거니와, '백인이 유아이사'란 말씀은 진실로 웃을 말씀이오.

게 죽으면 죽을 따름이요, 죽는 그 사람이나 스스로 불쌍하였지, 형적形迹 없는 일에 무엇이 내게 책망이 있으리라 거만스레 사람을 겁을 주어 계시며, 진실로 말미암아 죽는다 하여도 장부로 태어나 병으로 죽었다는 말도 죽은 후에 이마에 땀이 나려든 무엇이 빛난 말씀이라 이같은 우스개를 종이에다 적었는지.

01 태을진인 도교에서 병란, 재화(災禍), 생사 등을 다스린다고 하는 신선.
02 추자 중국 전국시대 제나라 사람 추연(鄒衍). 추연이 피리를 불면 추운 곳이 따뜻해졌다고 한다.

내 역시 덧없는 아침이슬 세상에 마음이 소연蕭然할 뿐 아니오라, 진실한 재자才子 없음이 평생 한恨이오니, 참으로 나를 위하여 죽는 사람이 있을진대, 내 비록 소소한 여자나 남을 홀로 죽게 할 것이 아니오라, 양산백梁山伯 따라 죽은 축영대祝英臺 본을 받아,[03] 실낱같은 잔명殘命을 깃털처럼 여기련만, 탁문군의 슬픈 노래는 사마상여의 배신 때문이요, 두십낭의 투신자살은 손대랑의 박정薄情 때문이라.

고금을 헤아리면 남자의 꿈같은 말 믿을 것이 무엇이오. 날로 달로 흐린 세상, 유정랑有情郞이 그 뉘시오. 지난 세상 생각하니, 김씨나 이씨나 남자들은 다 똑같은 듯. 번거한 이내 말씀 박정薄情타 책망 말고 그나마 정情 있어 그렇다 봐주시면, 축 늘어진 긴 봄을 사람마다 느끼실 듯.

03 양산백 축영대 중국 고대 애정 설화의 주인공. 부잣집 딸 축영대는 남장을 하고 서당에서 공부를 하는데, 거기서 가난한 집 아들 양산백을 만나 친하게 된다. 처음에는 그저 친구 사이였는데, 나중에 축영대가 여자임을 알게 되면서 사랑이 싹트고 결혼까지 하고자 한다. 그런데 집안의 반대에 부딪혀 결혼을 할 수 없게 되자 양산백은 축영대를 그리워하다 죽고 만다. 나중에 다른 남자와 결혼하게 되어 집을 떠나면서 축영대는 마지막으로 양산백 무덤 앞을 지나가게 해달라고 부탁한다. 축영대가 무덤 앞에 이르자 갑자기 무덤이 열렸고, 축영대는 그 속으로 빠져들어가고 말았다. 축영대가 들어가자 무덤은 다시 닫혔고, 그 위로 한 쌍의 나비가 하늘로 날아올랐다.

배비장과 제주 기생 애랑의 편지

『배비장전』의 주인공 배비장이 제주 기생 애랑과 주고받은 편지는 앞의 왕복 편지와 유사하다. 『배비장전』은, 여색을 멀리하며 점잖은 체하는 배비장이 제주 기생 애랑의 꾐에 빠져 여러 사람 앞에서 망신을 당하는 이야기다. 애랑은 제주 목사의 특명을 받고 배비장을 유혹하는데 배비장은 그것도 모르고 애랑에게 홀려 정신을 못 차리는 중 애랑에게 편지를 쓴다.

제주 목사의 막료 껄떡쇠는 머리 숙여 절하오며, 한 통의 사랑 편지를 낭자의 화장대 아래에 부치나니, 예의가 아니라 책망치 마시고 넓게 통찰하옵소서.

이 몸이 팔자가 기박하여 공명도 이루지 못하고 제주도 수천 리에 남의 비장이 되어 와서 객지에 심사가 울울키로 어제 우연히 한라산에 올랐다가 돌아올 길 수풀 속에 그대의 옥안玉顔을 잠깐 보고 눈이 침침하였나니, 보고자 볼 수 없고 생각 말자 생각나니 먹어도 맛 모르고 누워도 잠 못 들어 병이 골수에 깊이 드니, 긴 탄식 애끊는 소리 탁문군의 마음이라. 인생 백년이 물처럼 흐르나니 낭자의 고운 얼굴이 어언간 흰머리 되면 때가 다시 오지 않고 봄이 다시 오지 않음을 한탄하리니, 수절이니 고행이니 부질없으니, 남 도와 덕 쌓음이 으뜸이라. 오늘날 이 일은 생사에도 관계되니, 자세히 살피신 후 좋은 말씀 주옵시면, 낭자의 산처럼 바다처럼 큰 은덕을 결초보은 갚으리다.

평소 잰 체하던 배비장이 자신을 '걸떡쇠'라 낮추면서 자기가 죽게 되었으니 살려달라는 애원의 편지를 보낸 것이다. 애랑은 "죽네 사네 말을 하나 이 사람에게는 부당"한 말이라면서, 이런 예의 모르는 편지는 더이상 보내지 말고 『예기禮記』나 읽고 정신 차리라고 답한다. 거절의 뜻을 보인 것이다. 하지만 편지 끝에 "하지만 자기 때문에 병들었다니 불쌍하다"고 하면서 배비장에게 일말의 여지를 남긴다. 배비장의 애를 끓게 하려는 심사다.

기생의 사랑은 거짓

기생이 남자의 말을 믿지 못하는 것처럼, 기생의 말을 믿지 말라는 것은 기생방의 오랜 철칙이다. 그 대표적인 예가 서거정의 『태평한화골계전』에 나오는 경주 기생 이야기다.

한 경주 기생이 얼굴이 아주 예뻤는데, 서울에서 온 어떤 청년이 사랑하였다. 기생은 자기가 양반집 딸로 기생이 된 지 얼마 되지 않아 아직 남자를 상대하지 못했다고 거짓말을 해 남자를 사로잡았다. 그리고 헤어질 때는 언제나 눈물을 짜내 남자를 감동시켰다. 청년이 서울로 돌아가게 되자, 기생은 남자 몸에 달린 것을 신표로 얻으려 했다. 처음 청년은 자기의 은밀한 부분에서 털을 하나 뽑아주었다. 그랬더니 기생은 좀더 절실한 것을 달라고 했다. 이에 이빨을 하나 뽑아주었다.

청년이 서울에 올라온 후, 하루는 경주 사람이 집으로 찾아왔기에 그 기생에 대해 물었다. 그랬더니 경주 손님은 청년이 서울로 올라가자 기생은 바로 다른 남자 품에 들어갔노라고 답했다. 화가 난 청년은 종을 보내 자기 이빨을 찾아오게 했다. 종이 기생을 만나 이빨을 달라고 하니, 기생은 베주머니를 하나 던져주며 거기서 찾아보라고 했다. 베주머니에는 이빨이 가득 들어 있었다.

한밤중에 신윤복, 『혜원전신첩』, 간송미술관

날 데려가 주오

기생의 가장 큰 소원은 좋은 사람을 만나 가정을 꾸리는 것이다. 그러니 자기 평생을 책임질 수 있는 사람을 만나면 매달리지 않을 수 없다. 아래의 편지는 그런 내용을 담고 있다. 스무 살의 청주기생이 스물아홉 살의 선달님한테 자신을 받아달라고 보낸 편지이다.

그런데 기생을 첩으로 들이는 것은 남자로서도 쉬운 일이 아니다. 일단 기방에 있는 기생을 빼내자면 기생서방 등에게 적지 않은 몸값을 내야 하는 경우가 있다. 아래의 청주기생도 그런 듯하고, 『계우사』의 주인공인 왈짜 무숙이는 약방 기생인 의양이를 기적에서 빼기 위해 수천 냥의 거금을 유관 기관 인사들에게 갖다바쳤다.

남자가 기생을 빼내려면 돈도 돈이지만, 그만한 사랑도 필요하다. 아래 편지의 남자가 약방을 했는지는 분명하지 않지만 돈은 꽤 많은 듯하다. 하지만 결정적으로 이 남자와 상대 기생은 이틀 정도밖에 함께 살지 않았다. 그것도 여자는 이삼 일이라고 하고 남자는 일이 일이라고 하니, 벌써 날짜 계산부터 어긋난다. 함께 지낸 날 수의 차이만큼이나 마음도 어긋나 있는 것이다.

기생은 짧은 만남 동안 못다 소개한 자신을 더욱 잘 보이기 위해서인지 자기 소개서와 방불한 장문의 편지를 보낸다. 열 살 때 부모를 여읜 어려운 가정 형편을 말하며, 자기가 결코 스스로 원해서 기생이 된 사람이 아님을 말한다. 또 떠돌이 자기 신세를 소개하여 동정심을 유발하려고도 한다. 말하자면 남자의 편지에 자신감을 얻어 청혼의 편지를 보낸 셈이다.

하지만 남자는 기생의 청혼에 대해 명확한 답을 주지 않는다. 뜻한 바 있으면 이루어지리니 천천히 두고 보자는 정도다. 사실 이런 대답이라면 거부의 의미를 담고 있다 봐도 좋을 것이다. 그도 그럴 것이 남자로서는 서두를 이유가 없지 않은가.

기생이 보낸 편지의 원제목은 '청룡가인한창가青龍佳人寒窓歌'이다. '청룡 기생이 쓸쓸한 창가에서 노래하다' 정도의 뜻으로 이해된다. 청룡은 청주를 가리키지 않나 생각되지만 확실하지 않다. 또 기생 편지 뒤에는 세 편의 시조가 붙어 있다. 원래는 '단창이라'는 별도의 제목이 있지만, 편지를 보낸 기생이 불렀을 법한 것이기에 함께 실었다.

청주 기생의 청혼

기생이 되다

천지개벽하니, 자시子時에 하늘 나고 축시丑時에 땅 나도다. 만물이 하고 많아 인시寅時에 사람 나니, 고래古來 영웅이 몇몇 뿐 아니로다. 월나라 범려는 천하패권 잡은 후에 오호五湖에서 조각배 띄워 놀고,[01] 빌어먹던 한신韓信이는 초나라 왕 봉해지고,[02] 나무 베던 주매신朱買臣은 회계 태수 하였는데,[03] 이내 몸 어이 하여 남자는 마다하고 일개 여자 되어나며, 운수가 갈수록 어그러져 십 세十歲를 다 못 지나 하늘이 무너지고 땅까지 꺼지니[04] 가련한 이내 인생 바랄 이 뉘 있으리.

위로는 부모 없고 좌우에 무형제無兄弟라. 고독한 이내 일신 의지할 곳 어디메니. 광대한 이 천지에 한 몸 의지 어렵도다. 산사山寺에서 북소리 듣고 들판에서 밥 짓는 연기 찾으니, 표락飄落한 이내 신세 오자서伍子胥[05]의 처지인 듯, 집 쫓겨난 숙향이가 갈대밭 지나는 듯, 광막한 이 세상에 나 같은

01 범려 월나라를 도와 오나라를 망하게 한 사람. 나중에 서시를 데리고 오호(五湖) 즉 오늘날의 태호(太湖)에서 놀았다고 한다.

02 한신 회음후(淮陰侯)로 불리기도 한다. 한신은 처음에는 몹시 가난하여 밥을 빌어먹을 정도였으나, 나중에는 초왕에 봉해질 정도로 영화를 누렸다.

03 주매신 한나라 사람. 집이 가난하였지만 독서하기를 좋아했다. 처가 가난을 부끄럽게 여겨 떠났다. 나중에 회계 태수가 되어 전처와 그의 남편을 만나 태수의 관사에 데리고 와서 한 달간 먹였는데 전처가 목을 매 죽었다고 한다. 『한서』「주매신전」.

04 부모가 모두 죽었다는 뜻.

05 오자서 원래 초나라 사람인데 아버지가 임금에게 직언을 하는 바람에 아버지와 형이 주살당하고 자신은 유리표박하다가 오나라로 들어갔다고 한다.

이 뉘 있으리. 실날같이 가는 목숨 보전하기 어렵도다. 바람에 날린 터럭 머물 곳 그 어디니. 신세가 이같으니, 무엇을 사양하리.

남녀 혼인함은 성인 말한 예절이요, 한 지아비 섬기기는 만복의 근원이라. 나의 행사 생각하니 절통코 가련하다. 짐승으로 사람 된 것 아니어든 진실 절개 이러할까. 그릇 투신投身한 탓이라. 버금 성인 맹자님도 삼천지교三遷之教 받으셨고, 초한楚漢 때의 진평陳平이도 한때 오명 얻었으니,[06] 이내 일 이리 됨도 이 역시 팔자로다. 강남江南의 좋은 귤도 강북江北 오면 탱자 되니, 종자는 똑같지만 흙이 다른 탓이로다. 지낸 바 허다 고초 차마 어이 기록하리.

유수광음流水光陰 흘러가니 그리저리 이팔二八이라. 웅덩이에 고인 물도 인도引導하기 달려 있고, 월越나라 사람의 단발斷髮 문신文身도[07] 이 역시 풍속이라. 몸을 잃은 이내 허물 밤낮으로 한恨이로다.

소소한 일 여자라 어이 혼자 결정하며, 이목耳目이 넓잖고 지식이 어두우니 영웅호걸 어찌 알리. 옛사람 생각하면, 구운몽의 적경홍과 수나라 홍불기紅拂妓도 영웅을 만나고자 스스로 기방에 몸을 팔았으니, 월하노인月下老人 없고서야 합의인合意人을 만날쏜가.

06 진평 한나라의 개국 공신인 진평은 어릴 때 형수와 정을 통하였다는 모함을 받았다.
07 단발 문신 중국 남쪽 월나라 사람들은 머리를 짧게 자르고 몸에 먹물로 그림을 그렸다고 한다. 송나라 사람이 관(冠)을 팔러 월나라로 갔다가, 그곳 사람의 단발과 문신을 보고는 자기가 가져간 관이 거기서는 전혀 소용이 없다고 말했다 한다. 『장자』 「소요유」.

해설

글쓴이는 열 살에 부모를 잃고 천애고아가 되어 이리저리 떠돌았음을 말하고 있다. 그리고 목숨 보전 어려운 판에 무슨 일을 사양했겠냐며 지난 고초는 이루 기록조차 할 수 없는 지경이라고 했다. 자신의 그릇된 행실 운운하는 것으로 보아 어린 나이에 많은 남성을 상대했던 것으로 보인다. 그러다가 열여섯 살이 되어 기생집에 스스로 몸을 팔았던 모양이다. 기생이 되어서도 그는 마음 맞는 남자를 만나고자 하는 바람뿐이었다고 한다. 이 글은 여러모로 본서 제1부의 「기생명선자술가」와 비슷하다.

세상을 떠돌다

부끄럼 무릅쓰고 일도一道를 돌아보니, 안성安城이 연고 없어 옛산[01]을 찾아가나, 창가에 부는 바람 약질弱質에 병이 날까 온양溫陽을 향하는가.[02] 비 좋고 바람 고르니 해마다 연풍年豊/延豊[03]이요, 일신一身이 한가하니 간 곳마다 천안天安이라. 단양丹陽에 붉은 꽃은 춘하추동 영춘永春이요, 월촌月村[04]에 죽은 혼은 지금까지 청주清州로다. 제천堤川이 막았으니 백일白日에도 음성陰城이요,[05] 소백산小白山 흐른 맥脈은 곳곳이 괴산怪山/槐山일다. 평택平澤에 고인 물은 흘러가니 남포藍浦 되고 당진唐津을 돌아보니 해미海美에 잠겼도다. 내포乃浦를 돌아드니 예로 있는 신창新昌이요, 그중 너른 홍주洪州로다. 임천林川이 어디멘고, 뫼마다 서산瑞山일다. 백마강白馬江 건너가니 우뚝한 높은 집은 소정방蘇定方의 조룡대釣龍臺요, 부여扶餘를 돌아드니 홍파녹주紅波綠洲 흐른 물은 낙화암落花巖이 처량凄凉하다. 석성石城[06]을 지나서니 가도록 연산連山이요, 금강수錦江水 내린 물은 곳곳이 강경江景이라. 중춘仲春이 지나가니 곳곳이 청양青陽이요, 인심이 순후淳厚하니 간 곳마다 덕산德山이라. 물외物外의 깊은 뜻을 노성老聖/魯城[07]에 물잡고자 연기燕岐로 길을 이어, 황간黃澗에 물든 티끌 옥천沃川에 몸을 맑혀 청주清州로 돌아드니, 하서河西의 대도회요 우리

01 옛산 충청남도 예산의 옛 이름이 고산(孤山)이다. 그것을 바꾸어 고산(古山) 곧 옛산이라 하지 않았나 한다.
02 옛산에 오니 차고 거친 바람이 불어 병이 날까 걱정이고 그래서 따뜻한 물이 나오는 온양으로 간다는 뜻.
03 이하 지명의 경우, 문맥상 맞는 한자와 지명의 한자가 다른 경우, 앞의 것은 문맥상 한자를, 뒤의 것은 지명의 한자로 넣는다.
04 월촌 충청북도 진천군에 있던 면 이름. 현재 이월면으로 통합되었으며, 청주와 닿아 있다.
05 둑이 막았으니 밝은 날도 그늘진 곳이 되었다는 뜻. 그저 말놀이에 불과하다.
06 석성 충청남도 부여군 석성면.
07 노성 노성(魯城)은 충청남도 공주와 논산 사이에 있었던 군명(郡名). 노성에는 특별히 공자를 모신 사당인 궐리사(闕里祠)가 있으며, 회니시비라 불리는 송시열과의 논쟁으로 유명한 윤증의 고택이 있기도 하다.

나라의 양주揚州로다.[08]

청주 고적古跡을 찾아보니 서문 밖 승전비勝戰碑는 조헌 선생 유적遺跡이요, 북문 안 삼충사三忠祠[09]는 백세百世 유전遺傳 하리로다. 이내 일 생각하니 간 곳마다 부끄럽다. 풀발 이슬 다 밟아도 합의인合意人 바이 없고 비위만 역한 꼴일러니.

노성 궐리사

충주 표충사

08 청주가 중국 황하 서쪽의 대도시나 중국의 양주처럼 번화하다는 뜻. 양주는 또 서울을 가리키기도 한다.
09 **삼충사** 곧 표충사(表忠祠). 이인좌의 난(1728)에 청주를 침범한 반도(叛徒)와 싸우다 순절한 충청병사 이봉상, 영장 남연년, 비장 홍림의 충절을 기리기 위하여 세운 사당.

기생이 되어 여기저기를 떠돌았음을 밝히고 있다. 안성에서 옛산을 찾아가는 것으로부터 여정을 소개하고 있는데, 지명에서 연상되는 의미를 가지고 말을 잇고 있다. 안성은 이름으로 보면 편한 곳인데 연고가 없어 편할 수 없으니 연고를 찾아 옛 마을로 간다는 식이다. 돌아다닌 곳은 경기 남부, 충청도, 전라도 북부이다. 이처럼 떠돌아다닌 것을 보면, 이 기생은 어디 한군데 매여 있는 기생이 아님을 알 수 있다.

작가가 돌아다닌 곳은 노정기路程記 형식으로 서술되어 있는데, 돌아다닌 곳은 안성-옛산(예산)-온양-연풍-천안-영춘-월촌(진천)-청주-제

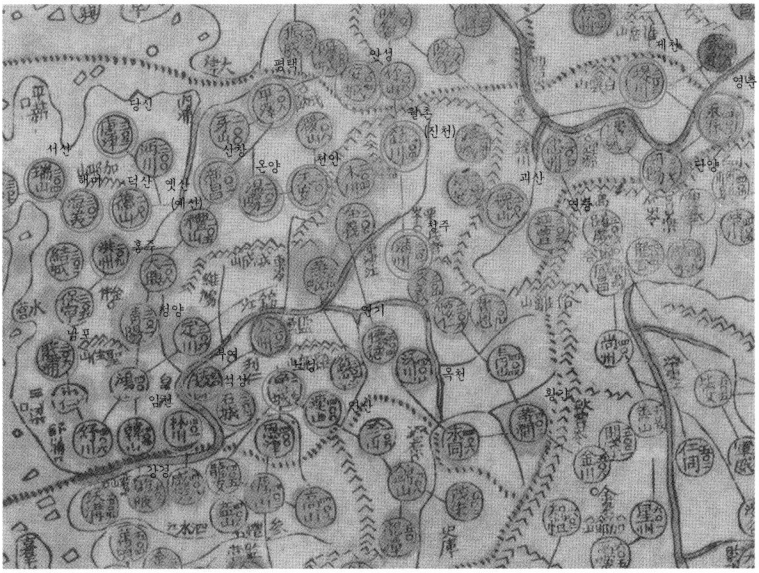

청주 기생의 행로 「해좌전도」, 서울대학교 규장각

천-음성-괴산-평택-남포-당진-해미-내포-신창-홍주-임천-서산-부여-석성-연산-강경-청양-덕산-노성-연기-황간-옥천-청주 등이다. 마지막에 청주에 정착한다.

청주에 들어온 작자는 청주의 충신열사를 생각하며 자신의 신세를 부끄럽게 여기고 한탄한다. 작자는 필시 청주 표충사에서 의기義妓 해월海月의 일을 떠올렸을 것이다. 해월은 1728년 이인좌의 난 당시 반군과 맞서다 죽은 비장 홍림의 첩이었다. 남편이 반군에게 무참히 살해되자 남편의 시신을 거두어 장사지내고 유복자를 정성껏 길렀다. 그런 해월의 정성에도 불구하고 아들이 어린 나이에 돌림병으로 죽자 즉시 자결하여 남편을 따랐다고 한다. 표충사 뒤편 우암산에는 그의 묘소가 지금도 남아 있다.

님을 만나다

월하노인 인도하고 조물주가 뜻을 두어, 무신년 이월 보름 후에 우연히 만난 님이 뜻에 맞을 뿐 아니라 나의 참 소원이라. 살아생전 이 세상에 이별 없이 지내고자, 일신에 실린 허물 벗고 씻고 섬기고자, 거안제미擧案齊眉는 어렵지 않으나 처妻 못 됨이 한이로다.

철鐵 가운데 쟁쟁錚錚이요, 구슬 중에 으뜸이라. 노류장화라 웃지 마오. 벼락처럼 만났다가 번개처럼 헤어지는 기생 만남 나 역시 한이 깊소. 무색無色한 이내 몸을 금같이 귀히 보고 꽃같이 사랑하니, 초목草木이 아닌 후에 과분함을 모를쏜가.

아무리 명마名馬라도 알아볼 사람이 있어야 하고, 선비는 자기를 알아주는 사람을 위해 죽는 법이라. 지백智伯의 신하 예양豫讓이는 주군 위해 몸 던졌고, 관우 타던 적토마赤兎馬도 주인 따라 죽었으니, 미물도 저렇거든 하물며 사람 되어 절의를 모를쏜가.

거문고로 인연 맺은 탁문군은 사마상여와 해로했고, 임안부의 화괴낭자는 기름장수 쫓았나니, 뜻과 정이 딱 맞으니 이와의 봉친합의逢親合意 나라고 못 할쏜가.

일국인 만만 중에 어이 지금 만났는고. 인연이 있으면 천리가 떨어져도 만날 수 있고, 인연이 없으면 눈앞에서도 만날 수 없음은 예로부터 있건마는, 내 집에서 님의 곳이 불과 백리 내외여늘 사오이십 허다 년年에 어이 지금 만났는고. 내 몸이 천금千金처럼 귀한 신세라면 애석하다고나 하려니와, 내 밑 들어 남 뵈는 처지라 말은 맞지 않거니와.

해설

열여섯 살부터 충청도 일대를 떠돌다 청주에 정착해서 스무 살 되던 해인 무신년 음력 2월 보름 봄이 한창일 때 스물아홉 살의 선달님을 만난다. 무신년은 1868년으로 추정된다.

헤어지다

헤어보고 생각하오. 일호一毫 거짓 헛말 될까. 얻으면 다 얻으며 님이면 다 정일까. 동방화촉洞房華燭 두어 밤에 무슨 정이 이러하오. 내 일 내 모르오. 정이 아녀 곧 병인 듯. 미친 바람에 날린 꽃잎 어느 곳을 향할는지.

총총이 하직할 제,

"잘 있거라."[01]

"보중하오."

"설마 다시 못 보랴."

이별인 듯 하직인 듯, 높은 하늘 무너지고 굳은 땅이 꺼지는 듯. 님 위하여 듣는 눈물 정신이 아득하고, 훌훌히 가는 심사 앞길이 막막이라. 가는 첩 가게 두고 있는 님 있게 하니, 가고 싶어 내 가오며 보내고자 보내시오. 사세 부득 그러하니 피차 상심 일반이라. 사내의 허망한 마음 헌 신처럼 여기지만, 그래도 여자의 약한 장위腸胃 마디마디 끊어지고 밝던 눈도 흐리도다.

01 다음의 남자의 답장에서는 여자가 떠나가는 것처럼 서술되어 있다.

상사곡

네가 비록 미물이나 너 역시 부럽도다. 붙어 나는 저 원앙鴛鴦아, 너도 무슨 한 있느냐. 내 이별 가져다가 네 모양에 비겨보니, 가슴 치며 울고픈 듯 흉금胸襟이 막히겠다.[01] 가련한 이내 몸이 마음으론 이별 못 할 줄 님은 응당 알았을 듯, 님도 나와 같을까, 나 혼자 이러한가. 화류세계 기생집에 오입 찾은 님의 정을 내 역시 짐작건만, 눈 뜨고 가위눌림, 알고 지낸 시름이라. 무얼 봐도 님 생각뿐, 모두가 애끓도다. 초원장제草原長堤 긴 언덕에 목동의 피리 소리도 님이 첩을 부르는 듯, 산그늘로 가는 기러기 벗 부르는 소리도 님이 첩을 찾는 듯, 봄바람에 불린 버들개지 가지에 감긴 것도 님이 내게 부친 듯, 일모황혼日暮黃昏 저문 날에 밤이 와도 아파하고, 객창客窓 외론 등잔 적막할 때 잠 못 이뤄 병이 될 듯. 하루 한때 에인 애를 어찌 썩여 살라는지. 죽어 정녕 볼 줄 알면, 웃고 죽어 따르련만, 죽은 자는 살 수 없고 생사 길이 판이하니 뵈옵기를 기약할까. 상사곡相思曲 노래할 제, 그다지나 하랴 하였더니, 내 지금 생각하니 오히려 미흡토다.

이리저리 떠돌이 신세 무엇 위한 내 길인가. 산 넘고 물 건넌들 님이 그곳 계시올까. 만념萬念이 사라지고 백사百事에 뜻이 없어 식음을 다 못 하니 일신 지탱 힘겹도다. 님이 주신 생각이요, 가져가신 잠일는지, 자고자 잠 못 들고, 잊지 말자 못 잊으니, 놀음이 무엇이며, 잡가가 무엇이오. 주는 것이 무엇이며 받는 것이 고이하오. 큰 부자가 되려는가, 자손 길을 위하는가. 세 자尺 안에 드는 내 몸 먹은들 얼마 되며 입은들 얼마 입소. 비단의복 필요 없소, 하루 한 때 못 먹어도 정 든 님만 따르고자.

01 새 가슴이 앞으로 튀어나와 있는 것을 보고 한 말이다.

어림없는 이내 생각 님이 행여 오셨는가. 수풀같이 바다같이 사면에 깔린 사람, 팽팽 돌아 살펴보니, 왕통양총 모자에 푸른 창의氅衣 간데없고,[02] 봉두난발蓬頭亂髮 그 모양이 영락없는 잡류 파락호破落户라. 우리 님이 게 계시면 나를 보고 오죽할까.

나던 웃음 줄어지고 심화心火가 절로 나니 금시 죽어 모르고자. 받치느니 가래 피요, 흐르느니 피눈물을. 이것이 무엇이오, 사는 것이 귀찮고 죽을 마음뿐이로다. 하늘 불러 통곡해도 하늘이 응치 않고, 땅을 향해 호소해도 땅도 역시 듣지 않네. 답답한 나의 심사 뉘게다가 풀어보며 어디다가 말해볼까. 자살하고 싶은 마음 한시에도 몇 번인지, 차마 절통切痛 설운지고. 남에게 매인 몸이 마음대로 할 수 없고, 딱하고도 지리支離하니 황혼과 새벽에 사르나니 간장이요, 사람 없어 적막한 밤 쉬느니 한숨이라. 밥 못 먹고 잠 못 자니, 정신은 희미하여 안개에 잠겼는 듯, 마음은 뒤숭하여 기름솥에 끓이는 듯, 혼몽昏懵 중 눈 감으니 어렴풋한 선달先達[03]님이 뚜렷이 보이거늘 이불 속에 불들었다 새벽 서리 찬바람 기러기 소리에 놀라 깨니, 정의 님 간데없고 서西로 지난 달빛이 객창客窓에 비치도다.

눈 감으면 나타나고 눈 뜨면 사라지니, 생각하면 꿈에 본다고 님이 어이 진짜 오셨으리오. 하루도 몇 번인지, 사람이 목석이 아니라, 병 아닌 병이 되고, 살지 못할 증세런 듯 헤음 없는 찬 눈물은 붉은 뺨에 줄줄 하고 오장五臟에 이는 화는 연기 없는 불이로다.

님이 주신 큰칼담배[04] 곰방대에 쥐여물고, 한창寒窓을 밀쳐열어 마당을

02 왕통양총 모자는 갓 위에 솟은 원통형 뿔이 큰 모자를 가리키며, 푸른 창의는 점잖고 멋진 양반의 옷이다. 즉 이 부분은 신분과 계층을 보여주는 셈이다. 창의는 양반과 상민이 입던 웃옷으로, 양반은 푸른빛, 상민은 흰빛으로 신분을 구별하였다.

03 **선달** 무과 급제자로 벼슬에 나가지 않은 사람.

04 **큰칼담배** 담배의 한 품종을 가리키는 듯.

배회하며 하늘가를 바라보니, 은하수는 퍼져 있고 삼성參星[05]은 동녘이라. 쇠잔한 달그림자 나와 홀로 의지하네. 그림자는 한몸이니, 나와 같이 우리 님 따르고자. 북두北斗를 짐작하니 저 하늘 저 아래에 님이 응당 계시련만 그 얼마 멀고 멀어 나 못 가고 님 못 오노.

깨었는가 주무시나 생각는가 잊었는가. 바이 무정無情 아니시면 전혀 잊던 아녔을 듯. 이리저리 생각하니 심화는 마구 일고 정신은 흐리도다. 새벽 서리 찬 바람은 병든 뼈를 뚫는 듯 만뢰구적萬籟俱寂 고요한데, 두견이 소리 애간장을 끊는구나. 오늘이 어제런 듯, 내일인들 다를쏜가. 백년도 못 살 인생이 가련도 가련할사.

여자의 일생 고락 장부에게 달렸기로, 한나라 탁문군도 밤에 몰래 사마상여 따라갔고, 월왕궁越王宮의 홍불기는 천리마千里馬 훔쳐 타고 이위공李衛公 따랐으니, 지식 있는 소견이야 고금이 다를쏜가. 일시일각一時一刻이 전前 없이 딱하고 가련하다. 세 치 칼날 들게 갈아 실 같은 목숨 끊을진댄, 스쳐 지난 온갖 근심 꿈같이 잊으련만. 차마 그리 못하기는 우리 님 다시 만나 이 생전 이 세상에 소원같이 일이 되어, 일촌간장一寸肝腸 쌓인 한과 구곡九曲에 얽맨 정을 하루아침 다 풀진대, 그날 죽다 한을 하며, 천신天神도 단비 줄 듯.

05 삼성 오리온 자리의 세 별.

해설

짧은 만남에도 불구하고 기생은 남자에게 강한 인상을 받았던 듯하다. 그리고 그 강한 인상은 남자의 풍채와 경제력 때문인 듯하다. 선달님은 큰 갓과 멋진 옷을 입은 멋쟁이로 그려져 있다. 기생은 그 풍모를 보고 짧은 만남이지만 일생을 부탁할 마음이 들었던 것이다.

날 데려가주오

행인行人으로 알지 마오, 변치 않는 이내 마음. 산천山川이 인정하고 귀신도 확인토다. 서진西晉 기생 녹주는 금곡루에 몸 던졌고, 송나라 두십낭은 투강 익사溺死하였나니, 소소한 일 여자나 저와 내가 일반이라.

선달님 권력權力으로 내 한 몸 못 건질까. 천금千金이 꿈속이라, 이것저것 생각할까. 높고 큰 집 뜻이 없고 비단 쌀밥 생각잖소. 가시비녀 베치마로 한 몸을 가리우고, 나물국죽 토장土醬으로 하루 한 때 연명延命하나, 우리 님 뫼옵고서 백년해로 지낼진대, 시아버지 인정받은 당나라 기생 이와 내 아니 원하련만, 장부의 굳은 마음 첩의 정을 아시는지.

남이 알까 고이하여 나는 한숨 삼켜 쉬고, 서방 볼까 염려하여 솟는 눈물 숨겨 우니, 이것이 무엇이오. 정이 아녀 큰 원수요. 원수란 말 실말[01]이오, 일국인一國人 허다 중에 님이 어이 원수 되오. 악에 겨워 이 말이오, 모르고 나 그러한가.

생각잖고 잊으실 줄 내 정녕이 알건마는, 그 모습 나 버린 거동 눈에 암암뿐이로다. 여자가 한 품으면 한여름에 서리 내린단 말, 님도 더러 생각하오. "잊지 않고 생각노라" 듣기 좋게 하려니와, 잊잖는 것 무엇이오 생각는 것 무엇인가.

가뜩이 싫은 밥을 잠 못 자니 맛이 없고, 본래 있던 체증滯症은 예사로이 더하도다. 살뜰히 그리울 제 정신이 아득하고 손발이 저릿저릿, 금석金石 아닌 이슬 인생 얼마 아녀 해골 될지. 모습은 날로 바뀌어 좁던 의복 널러

01 실말 실수로 한 말. 잘못된 말.

가고 얼굴은 시시로 찌들어서 희던 모습 검어지니 이 탓이 뉘 탓이오. 내 탓이요 님 탓이요. 천천인千千人 만만중萬萬衆에 제 병에 제 죽어도 죽는 것이 가련커든, 하물며 이내 인생 님 그려 상사타가, 상사로 말미암아 상사질에 병이 나서, 상사불견相思不見 님을 두고 상사질에 죽을진대, 살아 상사상심이요 죽어 사후死後 상사귀相思鬼라. 죽는 나도 나려니와 백인伯仁이 유아사由我死로 님인들 평안하며, 왕사성枉死城02 허다 원귀 가련할사 상사귀로다.

귀신도 돕지 않아 흐린 하늘 비 젖은 날 달 다 져 적막한 새벽녘에, 님 계신 사창紗窓 앞에 애애 실성失性 울진대, 명이 짧아 죽었다 할까. 죽은 사람은 살 수 없는 법이니, 후회해도 쓸데없다.

때 역시 공교하여 봄꽃은 다시 피고 우뚝한 버드나무 푸르니, 평안한 사람들도 마음이 동하려든, 하물며 이내 간장이 울고자 끊이고자. 님 그려 병든 마음 노심초사勞心焦思 끊는 심사 이리 헤고 저리 헤나 신원伸寃할 곳 바이 없고, 죽어 잊어 모르고자. 죽어도 달리 말고 상당산上黨山03 높은 봉에 대굴대굴 굴러내려 삼백육십 뼈마디가 가루같이 바아져서, 동주東州 성내城內04 님의 곳에 백설같이 뿌리고자.

가고자 갈 길 없고 피코자 못 피하니, 사서오경四書五經 백가어百家語에 두 글자만 골라내어 잊을 망忘자 나 가지고 생각 사思자 님께 드려, 내 님 그려 끊던 애를 님 날 그려 끊을진대, 못 잊던 첩의 간장 일분이나 이으련만, 하늘이 마련한바 남녀 음양이야 바꿀쏜가.

금강錦江으로 흐른 물은 청주淸州를 지났을 듯. 물이 본래 무심하나 여울여울 우는 소리 나의 신세 조상弔喪는 듯, 풀에 맺힌 이슬처럼 스러질 이내

02 왕사성 억울하게 죽은 원귀가 사는 곳.
03 상당산 청주에 있는 산 이름.
04 지금 청주시 상당구 대성동 일대를 이전에 동주내면(東州內面)이라 하였다. 청주향교 부근이다.

행사 우리 님께 들리고자. 앙상 마른 이내 모양 우리 님께 보이고자. 홍상 관 뜬 기럭아, 내 신세 가져다가 청주 남쪽 우리 님께 마디마디 전하여라. 결초는 못하여도 잊지 않고 보은하마. 피눈물에 먹을 가니 먹빛이 반홍半紅 되고, 여윈 손에 붓 잡으니 작은 붓도 무겁도다. 흐린 정신 수습하여 대강 추어 기록이요, 구곡에 쌓인 감정 다하여 적으려면 남산죽南山竹[05]이 부족하고 금강물이 다 마를 듯.

05 여기 남산은 중국 장안 남산 즉 종남산(終南山)을 가리킨다. 이밀(李密)이 수나라 양제의 십대 죄상을 말하면서, "남산의 대나무를 다 쓰더라도 죄상을 모두 기록할 수 없다"고 했다. 『구당서舊唐書』「이밀전」.

해설

기생은 선달님에게 기방에 매인 자신을 빼주기를 요구하고 있다. 기생은 날 생각하고 있다면, 돈을 내고 빼달라고 주문을 한다. "천금이 꿈속이라" 돈이 인생에서 중요한 게 아니니, 그것을 약간 써서 자신을 빼라는 말이다. 그러면서도 여자가 한을 품으면 한여름에도 서리가 내린다는 말을 덧붙이고 있다. 협박에 가까운 요구다.

시조로 부른 상사곡

그 말이 거짓말이 날 사랑이 거짓말이
꿈에 보아 반기단 말 그 더욱이 거짓말이
아마도 날같이 잠 못 이루면 무슨 꿈을

님도 나를 생각는가 나 홀로 생각는가
님이 나와 같으시면 죽어 무한無恨이련만
아마도 최탄사催嘆事는 그 인심인가

님 이별 하던 날에 나 어이 못 죽은고
살았으면 뵈오려니 죽어지면 못 보려니
아마도 지금 생각하니 못 죽은 것이

남자의 답장

슬픈 자기 심정

상사시相思詩는 뉘 지으며 이별가는 뉘 부른고. '달 뜨길 기다려 서상西廂으로 가네' 하며 장군서張君瑞의 애를 사름은 최앵앵崔鶯鶯의 상사시요, '장사壯士는 한번 가면 돌아오지 않네'는 형장군荊將軍의 이별가라. 상사하되 만나지 못해 애 사르고. 후회막급 슬프기가 내 이별에 비길쏜가. 구곡간장 걸린 한과 마음에 맺힌 설움, 엉킨 실타래 들어내어 곡진한 마디마디 알뜰차근 적어내니, 자자字字이 눈물이요 귀귀句句이 한숨이라.

인생사세人生斯世 생각하니 하올 일이 무엇이오. 글을 하자 하나, 세상에 식자유환識者有患이라, 만고문장萬古文章 사마천도 궁형宮刑을 못 면했고, 벼슬을 하자 하나 적은 녹봉으로 절의를 버릴 수 없고, 장사나 하자 하나 그는 십분지일十分之一 작은 이익에 연연함이라. 조나라 거상巨商 여불위呂不韋도 영원 부귀 누리려다 함양咸陽에서 자결하니,[01] 갈수록 험한 세상 하올 일이 무엇이리. 생산生產 약업約業 다 버리고 허황한 이내 마음 따르는 곳 그 어디니. 화류세계 기생집에 십여 춘추 지냈건만 합의인 바이 없고, 길 못 들일 산새뿐이로다.

01 여불위 원래 조나라의 거상으로, 인질로 잡혀온 진나라 왕자를 설득하여 한편이 되었고, 이후 아들을 낳지 못하는 진나라 왕후를 뇌물로 달래어 그 왕자를 세자로 만들었다. 세자는 나중에 진나라의 왕이 되었으며, 왕은 여불위의 시첩을 왕후로 삼아 아들을 낳았는데, 그가 곧 진시황이다. 왕후는 진왕에게 가기 전에 이미 여불위의 아들을 임신하고 있었다는 말이 있는데, 그렇다면 진시황은 곧 여불위의 아들인 셈이다. 이후 여불위는 무소불위의 권력을 휘두르다가, 왕후와의 간통을 비롯한 일련의 죄상이 드러나자 독약을 마시고 죽었다.

자기 역시 이별이 가슴 아프지만 이별은 어쩔 수 없었다고 한다. 둘째 단락에서는 자기 신세를 보여주고 있는데, 문장을 하자니 식자유환이라 못 하겠고, 벼슬을 하자니 적은 녹봉에 절개를 굽히기 싫어 못 하겠고, 장사를 하자니 작은 이익에 몰두하는 것이 싫어 못 하겠다고 한다. 그러면서 텅빈 마음 달래려고 생산 약업을 다 버리고 기방 출입을 시작했다고 한다. 약업을 약방으로만 보기는 어렵겠지만, 여러 일을 전전하며 꽤 돈을 모은 모양이다. 그것으로 십여 년 기방 출입을 하다가 기생을 만났다는 것이다.

운명적 만남

내 기상이 여자를 그리워하다 죽은 양산백梁山伯을 흠모하며, 돈에 연연하지 않고 사랑만을 쫓은 기생 두십낭을 아끼더니, 무신년 이월에 다다르매, 월하노인이 연분을 살피고 조물주가 앞길을 인도하여, 보림사 가운데 꽃그림자가 동하고, 남교藍橋 달 아래 옥절구가 신물이 되어,[01] 월궁 항아姮娥가 섬궁蟾宮을 하직한 듯,[02] 복파장군伏波將軍 진영陣營에 달그림자 비친 듯,[03] 옥문관玉門關에 봄기운이 돌아 향기로운 몸을 접하며 옥 같은 어깨를 나란히 하니, 유신劉晨과 완조阮肇가 천태산에서 선녀를 만난 것[04]과 초나라 회왕이 무산 선녀와 양대에서 즐긴 것에 어찌 비하리오. 무르녹은 마음과 흐린 정신은 남가지몽南柯之夢이 비로소 깨이고, 단꿈 꿀 곳의 비단 장막을 바야흐로 얻은 듯, 지금 만남을 늦었다 이를진댄, 이십구 년 허다 춘추 어이 홀로 지냈으며, 지낸 세상을 안타깝다 이를진댄, 남은 인생을 무엇으로 위로할는지.

01 당나라 시인 배항이 남교역에서 목이 말라 한 노파에게 물을 청하였더니, 노파가 딸에게 물을 갖다주게 했다. 배항은 노파의 딸에게 첫눈에 반해 청혼하였는데, 노파는 옥저(玉杵), 곧 옥으로 만든 절구공이를 예물로 요구한다. 배항이 힘겹게 그것을 구해주자 노파는 딸과 결혼을 시켰다. 노파의 딸은 운영(雲英)이라고도 하고 옥영(玉英)이라고도 한다. 둘은 나중에 신선이 되었다. 『태평광기』「배항裴航」.

02 항아 달나라에 산다는 선녀. 본래 요임금 때 활을 잘 쏘기로 유명한 제후인 예(羿)의 아내였는데, 예가 서왕모에게서 얻어다둔 불사약을 훔쳐 달로 달아났다고 한다. 항아는 그 벌로 두꺼비가 되었다고 한다. 섬궁은 두꺼비 궁전이라는 뜻이다.

03 복파장군 복파장군은 벼슬명으로 대개 동한(東漢) 마원(馬援)을 가리킨다. 그는 칠십의 노구를 이끌고 전장에 나간 것으로 유명하다. 『구운몽』에 양소유가 심요연과 동침하는 장면에 "복파영중에 달그림자 적요하고 옥문관 밖에 춘색이 의희(依稀)라"고 하였다.

04 유신 완조 동한 때 살았던 사람. 두 사람은 천태산(天台山)에 약을 캐러 갔다가 길을 잃었는데, 마침 두 여자를 만나 반년을 함께 살다가 돌아왔다. 그런데 돌아와보니 십 세(世)가 지났더라고 한다. 『태평광기』.

해설

자신과 기생의 만남을 여러 전설적 이야기에 빗대고 있다. 운명적 만남이라는 뜻이다. 하지만 여성의 음부를 가리키는 "옥문관" 운운하며, "향기로운 몸을 접하"는 성적 행동에 초점을 맞추고 있음을 볼 때, 그 만남은 다분히 육체적인 것임을 알 수 있다.

님의 자태

대저 보고 들은 것으로 말할진댄, 매희妹喜 달기妲己와 포사褒姒 하희夏姬는 비록 아름답다 하였으나,[01] 제 불과 요물이요. 탁문군 문희文姬[02]를 가인佳人이라 하였으나 제 불과 실절失節한 음부淫婦요, 금곡의 녹주와 번경 두십낭을 절의節義라 하였으나, 제 불과 일찍 죽었을 뿐이요, 한나라 조비연은 몸이 가벼워 문제고, 화청궁의 양귀비는 살찐 것이 흠이 된 듯.

꽃에 비하나, 꽃이 불과 붉으면 붉고 희면 희고, 또는 봄에 폈다 가을에 질 뿐이니, 어찌 사시사철 맑고 깨끗한 너의 아름다움에 비하며, 옥玉에 비하나, 옥이 맑으면 맑고 차면 찰 따름이지 어찌 너의 은은한 천향天香에 비하며, 금이 귀타 하나 불과 산을 깨어 얻으면 단단하기나 할 뿐이지 부드러우면서 단단한 너의 깨끗한 모습에 비하며,

대저 타고난 바 건곤乾坤이 유의留意한 것이고, 품수稟受한 바 선배들의 본을 받아, 한 움큼 터럭은 흑운黑雲을 풀어낸 듯, 옥 같은 흰 얼굴은 조화옹이 조각한 듯, 팔자八字 모양 살쩍은 청산靑山이 벌였는 듯, 푸른 눈썹은 버들잎이 걸려 있고, 새벽별 같은 두 눈은 맑고 깨끗한 가을 물이라, 조신한 행동거지는 물 위의 연꽃이요, 발그스레한 두 입술은 앵두보다 더 붉도다.

맑은 정신은 가을 달빛이요, 고운 자태는 월궁月宮 선녀라. 열 손가락 가는 손은 죽순竹筍처럼 곱고, 세 치 작은 발은 걸음마다 연꽃이라. 가는 허리

01 네 여자는 모두 『열녀전列女傳』「얼폐孼嬖」에 나라를 망친 여인으로 나온다.

02 문희 후한 때 사람. 위중도(衛仲道)와 결혼하였으나 외적에 잡혀 이십 년 동안 외국에 머물렀다. 그러던 것을 조조(曹操)가 돌아올 수 있게 하였고, 나중에 동사(董祀)와 결혼하였다. 일찍이 아버지의 유서를 조조에게 바쳤는데 글이 완벽하였다고 한다. 여기서는 재혼한 것을 문제 삼아 실절하였다고 했다. 『후한서』「열녀列女」「동사처전」.

는 봄바람에 살랑대는 버들가지요, 단아端雅한 앉음새는 눈 가운데 매화로다. 발 사뿐사뿐 금루金樓의 반첩여班婕妤요, 춤소매 휘날림은 한나라 궁전의 조비연이라. 노랫소리 청아淸雅하여 단구丹丘에 봉황이 울고, 어음은 쟁쟁하여 옥반玉盤을 때리는 듯, 경국지색傾國之色 그 얼굴로 한번 웃으니 나라가 기울고 한번 돌아보니 성城이 기울도다.

사람 빠뜨리는 함정인지는 내 몰라도, 혼을 빼는 진법임은 분명토다. '아리따운 복숭아꽃' 노래하며 제나라와 노나라 어지럽힌 문강文姜이가 네 아닌가.[03] 주림株林에 숨어살며 진나라 어지럽힌 하희가 네 아닌가.[04] 고소대姑蘇臺 향섭랑響屧廊 지어 사치하며 오왕吳王 부차夫差 망케 하던 서시가 네 아닌가. 구리산九里山 매복중 초패왕 눈물짓던 우미인이 네 아닌가.

당나라 명기 설도가 네 아닌가. 돌다리 위 봄바람에 성진화상性眞和尙 파破케 하던 팔선녀가 네 아닌가. 공주公主를 대신하여 흉노를 화친하던 왕소군王昭君[05]이 네 아닌가. 봉구황鳳求凰 한 곡조에 사마상여 따라가던 탁문군이 네 아닌가.[06] 월왕궁 마다하고 이위공李衛公 따라가던 홍불기가 네 아닌가. 화려하게 단장한 뭇 궁녀가 낯빛을 잃게 한 양귀비가 네 아닌가. 십 년

03 문강 제나라 제후의 딸로 노나라 환공(桓公)의 부인이다. 결혼 후에도 오라비와 음행을 계속하였으며, 발각되자 오히려 남편을 죽었다. 『열녀전』.

04 하희 중국 춘추시대 정나라 목공(穆公)의 딸로 진나라의 대부 하어숙(夏御叔)과 결혼하였다. 하씨와 결혼하였으므로 하희라 불렸고 진나라 임금 등과 사통하며 진나라를 망하게 하였다. 주림은 하씨의 봉읍(封邑) 지명으로 현재 중국 하남성 지역이다.

05 왕소군 한원제(漢元帝)의 후궁. 원제는 궁녀를 미인도를 보고 발탁하여 총애하였는데, 이 때문에 발탁되고 싶은 궁녀들은 화공에게 뇌물을 주었다. 왕소군은 화공에게 뇌물을 주지 않아, 발탁되지 못했고 그 바람에 원제는 왕소군의 미모를 알지 못했다. 그러다 흉노(匈奴)가 미인을 요구해오자 왕소군을 선발하여 주기로 했다. 원제는 흉노에게 보내기 전에야 왕소군을 봤고 비로소 미리 왕소군을 알지 못했던 것을 아쉬워했다. 왕소군은 흉노 땅에서 죽었는데, 그의 무덤을 청총(靑塚)이라 하였다. 사막의 무덤은 풀이 없어 백총(白塚)이라 하는데, 소군의 무덤에는 풀이 무성하여 이런 이름을 붙은 것이다. 소군은 명군(明君) 또는 명비(明妃)라고도 불린다.

06 백거이의 「장한가長恨歌」에 "육궁분대무안색六宮粉黛無顔色"이라는 말이 있다. 양귀비가 등장하자, 궁궐 내의 모든 어여쁜 궁녀들의 얼굴이 일시에 무색해졌다고 한다. 그만큼 양귀비가 예뻤다는 뜻이다.

공부 간데없이 망석중 후려내던 황진이가 네 아닌가. 남원 부사 똥 싸이고 운봉 영장營長 도망하던 춘향이가 네 아닌가.

산천의 빼어난 정기와 해와 달의 정화精華를 네 홀로 타고난가. 화성畵聖 오현도吳玄道07의 그림 솜씨로 오색이 저리 고운가. 거짓 아녀 참일진댄, 얼굴 들자 단장한 뭇 궁녀가 낯빛을 잃었다는 양귀비의 일도 네가 없어 그리 된가. 참이 아녀 거짓이면, 그림 속에서 불러낸 남악 선녀가 네 아닌가. 영웅 열사烈士도 어찌 할 수 없다는 말, 나를 두고 이름인 듯, 맑던 정신 간데없고 없던 정이 얽매이니, 애물이냐 업원業冤이냐.

07 오현도 자는 도자(道子). 당나라의 화가로, 그림과 글씨에 뛰어나 화성(畵聖)이라 일컬었다.

상사의 노래

화촉동방華燭洞房 한두 밤에 살뜰히 째인 사랑, 만에 일 다 못 하여, 생각 밖 이 이별이 내 창자를 써는 듯, 백사百事에 무심하고 세간世間에 뜻이 없다. 은정이 끊어짐이여 하늘이 막막하고, 애원이 맺힘이여 구름이 혼혼昏昏이라. 네 얼굴에 듣는 눈물 내 가슴에 칼이로다. 울고자 울려 하나, 네 마음 더 상할 듯, 참고자 참으려니 심곡心曲으로 솟는 눈물 차마 어이 금찬 말고.

"잘 가거라."

"잘 계시오."

가려는 곳 그 어디며 무슨 일로 나 못 좇나.

아침에는 구름으로 저녁에는 비가 되어 그리운 님 만난다는 무산의 선녀 되어 초 회왕 만나려고 양대로 향하는가. 가춘운 몸이 되어 자각봉紫閣峯 화류 중에 양소유 보려 가나.[01] 너는 가고 나 못 가니 신선과 범인의 세계가 가리웠나.

가는 너는 태연하나 있는 나는 어찌 하리. 낙창공주 나눈 거울 언제 다시 합쳐지며, 풍성豐城에 나뉜 보검 어느 때에 합할는지. 한 마디나 쌓인 수심, 사랑 그릴 단장회斷腸懷[02]라. 해 저물녘 황혼시에 사르나니 간장이요, 달 기우는 새벽녘에 수이느니 한숨이라. 웃는 듯 찡기는 듯 나를 보고 반기는 듯, 무릎 위에 안기는 듯 어깨에 걸치는 듯, 찰솜같이 연한 손을 옆에 잠깐

01 『구운몽』의 주인공 양소유는 정경패의 인물을 보기 위해 여장(女裝)하고 정경패의 집에 들어가는데, 나중에 둘의 결혼이 정해지자 정경패는 양소유에게 속은 분을 풀기 위해서, 시녀 가춘운을 신선으로 꾸며서 자각봉에서 양소유를 속인다.
02 단장회 애 끊는 마음.

지르는 듯, 수정같이 맑은 살로 몸에 찬찬 감기는 듯, 천태만상千態萬象 네 모양이 눈에 암암 귀에 쟁쟁, 십오야 밝은 달이 여울물에 비치는 듯, 잊고자 잊으려니 맺힌 정을 어이하리.

조금만 기다려주오

네 부른 노래 보고, 내 신원 적어 내니, 피차 상심 일반이라. 네 정이 그러하고 내 마음이 이러하니, 뜻을 두면 이루어진다는 말은 예로부터 일렀나니, 부질없이 심려하여 꽃 같고 옥 같은 용모를 상치 말고, 서서히 도모하여 월하月下 인연 다시 맺고 끊일 줄을 모를진대, 오늘 살아 이 수심이 일장춘몽一場春夢 간데없고, 옥소玉簫가 다시 태어나 전에 님 다시 섬긴 인연도 내 아니 부러워할 듯. 하루 한시 아닌 간장 어찌 썩여 기다릴지. 또 내 마음이 네 정만 못하다니, 역지사지 생각하면, 난형난제難兄難弟 두 마음이 피차彼此 단장斷腸 일반이라. 소회를 다 적고자 하나, 심신이 요란하여 대강 추려 기록하노라.

마지막으로 남자는 기생의 요구에 대해 답변하고 있다. 뜻이 있으면 모두 이루어지니 기다려보라는 말이다. 앞 절 이별 장면에서 떠나는 기생을 무산 선녀와 가춘운에게 빗대고 있는데, 이 부분은 떠나는 여자에 대한 조롱으로 읽힌다. 갈 때는 뭐 하러 갔으며 지금 와서 다시 찾는 이유가 무엇인가 하는 비난이 담긴 조롱이다. 이렇게 보면 여기 기다리라는 말은 사실상 거부의 뜻을 담고 있다고 할 수 있다. 기생은 아마 기방에서 빠져나오지 못했을 것이다.

벼락처럼 만나고 번개처럼 헤어지다

원제목은 '청루기우기青樓奇遇記', 즉 '기생집의 기이한 만남'이다. 어떤 남자가 고향을 떠나 북쪽 타향에서 기생과 정분을 나누다 헤어진 경과를 적은 글이다. 편지인지는 확실하지 않지만, "그대 생각" "그대 형용"처럼 상대방을 직접 겨냥한 말이 있기에 편지일 가능성이 작지 않다 하겠다. 편지라면 답장이 있으면 정황을 더욱 뚜렷이 포착하겠는데 아쉽게도 답장은 없다. 이 글과 이어지는 것은 십여 수의 시조이다. 하지만 이 글과의 관계가 불분명하여 따로 떼어 다음 장에 실었다.

작가는 「북천가」의 김진형처럼 유배객일 수도 있겠으나, 그렇게 보기는 어려운 듯하다. 유배의 흔적이 잘 보이지 않기 때문이다. "고향에 뜻을 잃고" "유락하는 몸이 되"었다는 것으로 보아 이리저리 떠도는 상인일 가능성이 높다 하겠다.

만남 이후의 사귐에 대해 별 말이 없는 것으로 보아 기생과의 만남은 짧았던 듯하다. 짧은 만남에 이은 긴 이별 즉 이른바 번개처럼 만났다가 벼락처럼 헤어짐을 뜻하는 뇌봉전별雷逢電別이다. 헤어지면서 기생은 '두고 가는 사람 마음이 진실하다면 어찌 차마 날 버리고 갈 수 있느냐'고 원망한 모양이다. 남자는 이에 대해 '보내는 마음이 진실하다면 차마 그냥 보낼 수 있느냐'고 반문한다. 피차 사랑의 진실성을 의심하고 있는 것이다. 기생과 손님 관계란 본질적으로 이런 것이 아니겠는가.

마지막 부분에서 내가 파랑새의 인도를 받지 못했으니 선녀를 만났는지 어찌 알겠으며 위고만큼 훌륭한 인물이 못되니 명기를 만났는지 어찌 알겠냐고 말하고 있다. 이 부분은 앞의 본사와는 구별되는 총평을 담은 결사라 할 수 있을 것인데, 만일 이것이 편지라면 붙잡는 기생을 뿌리치는 영원한 절교의 편지로 볼 수 있겠다.

단풍놀이 신윤복, 『혜원전신첩』, 간송미술관

외로운 타향에서의 만남

조화옹造化翁의 유의함이 공교工巧함도 공교할사, 고향에 뜻을 잃고 북녘 타향 던진 몸이, 차디찬 이 땅에 유락한 몸이 되어, 신세를 자탄하며 운명을 원망터니, 단풍잎이 중매하고[01] 월하노인 인도하여, 무산巫山에 구름이 일어나고, 보림사에 꽃그림자 동하니, 이는 참으로 남교藍橋와 동정洞庭의 희한한 만남이라. 유신과 완조가 천태산서 선녀를 만난 것과 조완이 그림 속의 선녀를 만난 것이 어이 이에서 더하며 나의 부러워할 배리요.

01 단풍잎 중매 당나라 희종 때 궁녀 한씨(韓氏)가 단풍잎에 시를 써서 대궐 도랑에 흘려보냈다. 마침 우우(于祐)가 이것을 주워 읽고 역시 낙엽에다 답시를 써 도랑에 띄웠다. 한씨가 이것을 읽었는데, 나중에 궁중에서 쫓겨나온 한씨를 우우가 찾아, 둘은 부부가 되었다. 이후 운명적 만남을 뜻하는 말로 "단풍잎에 시를 적다(紅葉題詩)" "단풍잎이 중매하다(紅葉良媒)"라는 말이 생겼다.

만남의 기쁨

첩첩 수한愁恨은 봄눈이 태양을 만난 듯, 연면連綿 질병은 일신一身에 감로甘露를 뿌렸도다. 내 처지에 장흥가蔣興哥[01]와 서덕언이 부인 다시 만난 일을 천고에 희한한 일로 알았더니, 내 지금 생각하니 세상의 기이한 만남이 참으로 사람이 예탁豫度할 것이 아니라 다 조물주가 유의한 배니, 동서남북 모든 길이 다 끊어졌다 할 것도 아닌 듯.

천리운산千里雲山이 멀지 아니하되 우연한 기봉奇逢이 월하노인의 인도함이 되었는지. 외론 그림자는 그대와 짝을 이루고, 마음에 든 사람 없던 안목眼目이 고단함을 면하니, 부자 석숭이 명기 녹주와 잔치함이 아니면 기름장수가 화괴낭자를 따르는 듯, 적막한 처지가 졸지에 화류세계가 되고, 여창女唱과 북소리는 정히 복파장군 군영 중에 월색月色이 비치는 듯.

내 소사蕭史의 피리도 없이 음률로 짝을 짓고,[02] 내 사마상여 거문고도

01 **장흥가** 중국 소설의 주인공. 장흥가와 그의 처 삼교아(三巧兒)는 금슬이 좋은 부부다. 그런데 장흥가가 장사하러 나간 사이 삼교아는 행상 진대랑(陳大郎)의 계략에 빠져 정조를 잃는다. 삼교아와 진대랑과의 관계는 지속되는데, 삼교아가 진대랑에게 신표로 진주삼(珍珠衫)을 준다. 그런데 공교롭게 장흥가와 진대랑이 만나고, 진대랑은 장흥가가 삼교아의 남편인지도 모르고, 삼교아와의 관계를 말하며 진주삼을 보여준다. 이에 장흥가는 삼교아와 이혼한다. 진대랑 역시 이 사실을 알고 죽으며, 삼교아는 진사(進士) 오걸(吳傑)의 후실이 된다. 한편 진대랑이 죽자 그의 부인 평씨는 어렵게 살아가다 장흥가와 결혼한다. 나중에야 이들은 자신들이 어떤 관계인지 알게 된다. 한편 장흥가가 실수로 어떤 노인을 죽이게 되어 관아로 잡혀가는데, 그곳 현령이 바로 오걸이다. 삼교아의 간청으로 장흥가는 풀려나며, 이들의 얘기를 들은 오걸은 삼교아를 다시 장흥가에게 보낸다. 장흥가는 평씨를 제1부인으로, 삼교아를 제2부인으로 삼는다. 『고금소설古今小說』.

02 **소사** 진나라 사람. 소(簫)를 잘 불었으며, 소를 불면 공작과 백학이 날아들었다. 목공의 딸 농옥(弄玉)과 결혼하였는데, 매일 농옥에게 소를 가르쳐 봉황 소리를 흉내내게 했다. 수년간 계속 가르치자 나중에 농옥의 소 소리를 듣고 봉황이 날아들었다. 목공은 그들을 위해서 봉대(鳳臺)를 만들어주었는데, 이들 부부는 그곳에 살면서 몇 년씩 아래로 내려오지 않았다. 그러던 어느 날 홀연 봉황을 불러 함께 하늘로 사라졌다. 봉대는 진루(秦樓)라고도 하는데, 후에 기방(妓房)을 가리키는 말로 쓰이기도 한다.

없이 사랑을 노래하니, 맑은 술잔이 거울을 대신하고, 복잡한 저자는 탁문군 술 팔던 임공臨邛을 옮겨온 듯. 내 기름장수처럼 큰 돈 쓸 형편도 못 되면서 어찌 화괴낭자가 오기를 뜻하였으며, 내 두목지의 풍채 없이 기생들이 귤을 던져 사랑 표하기를 바랐으리오마는, 월하노인 맺은 끈을 그 뉘라 끊으며, 만고萬古에 칭예하는 그 발길을 뉘라서 막으리오.

영원한 이별

대저 세상에 크게 성공한 남자들도 사랑이 어떠한지 상사시를 지었거든, 하물며 천리타향에 다수다병多愁多病한 객이 어느 곳을 생각하며 어느 일에 마음을 붙일는지. 심두心頭에 얽힌 것은 다만 그대 생각이요, 눈앞에 벌인 것은 다만 그대 형용이라.

일시一時를 이별하며 일각一刻을 떠나온 것도 가련코 절통하려든, 하물며 천애 궁벽한 곳에 기약 없는 이별을 당하니, 천하사天下事 비록 떠나면 합하고 합하면 떠나는 것이 자연한 이치려니와, 벼락처럼 만났다가 번개처럼 헤어짐이 세상일이라.

돌아가는 걸음이 빠르지 않을 바 아니로되, 자연 머뭇거림이 유정자有情者의 면치 못할 배요. 보내는 사람의 정이 그윽치 아니함이 아니로되, 부득이 이별을 아니하지 못할 시절을 당하니, 우리 인생에 몇번이나 이런 일을 지내야, 공산空山 느꺼운 혼백이 될는지.

하지 말고자 하나 말 가운데 말이 없지 아니하고, 한 밖에 한이 무궁하여, 다만 흐르는 눈물과 수이 난 한숨이 뉘가 더하며 뉘가 못함을 분별치 못하니, 눈물짓는 간장과 한숨 이는 마음이 또 역시 얼마 다르지 아니할 듯.

"두고 가는 마음이 간절할진대 차마 버리고 가랴."

하면 가는 사람의 말이,

"보내고 있는 마음이 진실할진대 차마 보내고 있으랴."

하려니와, 가고자 가는 길이 아니로되 아니 가고자 아니 가지 못할 터이요, 있고자 있는 몸이 아니로되 따르고자 따르지 못할 사세事勢라. 다만 생이별生離別에 흐르는 눈물은 옷깃에 무늬를 그리우고, 헤음 없이 나는 한

슴은 북녘으로 돌아가는 구름에나 보탤 따름이라.

의심컨대 연분이 있어 만나도 파랑새[01]의 인도를 받지 못했으니 어찌 땅에 내려온 선녀 항아를 만났는지 알겠으며, 상사하려 해도 내 위고韋皐만한 인물이 못 되니 어찌 천하 명기 설도를 만났다 하리오. 진실로 장자가 호랑나비 꿈을 꾼 건지 호랑나비가 장자의 꿈을 꿈 건지 분간 못한 것처럼, 내 역시 분별分別치 못할 듯.

01 파랑새 청조(靑鳥). 전설의 선녀인 서왕모(西王母)에게 먹을 것을 마련하여 갖다주었다는 다리가 셋 달린 전설의 새. 한나라 때 동방삭이 이 새를 보고 서왕모의 심부름꾼이라고 말한 데서 비롯되어 '반가운 편지'나 '반가운 소식을 가지고 온 사람'의 뜻으로 쓰인다.

한창때의 도도한 기생 일제시대 엽서

시조로 나눈 사랑

아래 두 절의 원제목은 각각 '단창화답短唱和答이라' 와 '답조答條라' 이다. 각각 '시조로 화답하노라' '답조로 쓰노라' 정도의 뜻이다. 말하자면 시조를 주고받은 것인데, 시조 내용은 대개 종전의 상사 시조를 약간 변형한 데 불과하다. 따라서 주고받은 사람의 정황과 의사가 구체적으로 나타나지는 않는다.

은밀한 만남 국립중앙박물관

사랑 낸 사람이 원수

엊그제 님이러니 오늘 보니 님이로다
무심타 그대 일신 어이 이닺 못 잊는고
아마도 사랑 내인 사람 나와 원수

가고 가고 또다시 가도 오고 오고 또 그저 오니
게 나 되어 생각하면 나를 응당 한하련만
아마도 세상사 뜻 같지 못하니 그를 서러

흡천정 흐른 물이 봉임단화逢臨丹花[01] 붉었으니
무심한 너 그럴 제 유정인有情人 그 어떠하리
아마도 님 그려 듣는 눈물임에 점점 낙화落花

풍우 대작大作하니 가고자 갈 길 없다
대한大旱 칠년에도 삼대지치三代之治 되었건만
엇지타 무익한 비가 내 간장을 사르나니

사랑도 첩 아니요 이별도 첩 아니나
어이한 이 이별이 첩 아니요 또 못 볼 듯
아마도 이러고 저러기가 유무정인가

01 **봉임단화** 붉은 꽃을 만나.

간다 설워 마오 설마 다시 또 못 볼가
낙창공주 깬 거울 둥글 줄 모르는가
진실로 갱상봉更相逢되면 그 마음 알듯

그이 갈 길이요 아니 가든 못 하리라
허다 장정長亭에 두고 가는 나도 있네
진실로 면면綿綿한 정이 그 너뿐 되랴

누가 끄랴, 마음의 불

보아 반가운 님이 못 보아 병 아니 될까
못 보아 병 되는 정이 보아 반길 뿐 아니라
아마도 연리지連理枝[01] 되기 전은 장시름 될까

생각 없이 잊고 있는 님 기다리기 더욱 설워
잊고자 잊을 양이면 님 그려 병 되도록 할까
아마도 내 유정님 무심하니 그 더욱 절통

죽어 잊을 양이면 이 간장 썩이고 하루나 살까
죽어 못 잊는 양하여 청릉대青陵臺[02]하에 연리지같이
아마도 생사난망生死難望이매 그 더욱 설워

비와 못 오시고 바람 불어 못 오시면
삼백육십 일에 오실 날이 몇 날이요
아마도 님의 정 내 뜻만 못하니 그를 설워

01 연리지 두 나무가 뿌리는 다른데 가지는 이어져 하나가 된 나무. 애정 깊은 부부의 비유로 쓰인다.
02 청릉대 중국 춘추시대 조간자(趙簡子)가 나루터 아전의 딸을 소실로 맞아들였는데, 이에 조간자의 처가 청릉대에서 투신 자살했다. 조간자 부부의 무덤은 따로 있었는데, 나중에 그 무덤에서 자란 두 나무가 서로를 향하더니 결국 가지가 하나로 합쳐졌다고 한다.

가슴에서 불이 나니 오장이 다 타겠다
헌원씨軒轅氏03 꿈에 만나 불 끌 약 묻자오니
아마도 정화情火로 난 병이매 끌 약 없어

그 말이 거짓말이 또 오만 말 거짓말이
고당高堂에 백발白髮이요 당하堂下에 처자妻子로다
아마도 고등잔월孤燈殘月에 낙루단장落淚斷腸은 나뿐 될까

03 **헌원씨** 황제(黃帝)의 별칭. 명의 기백(岐伯)과 의학을 논하여 『황제내경黃帝內經』을 지었다는 말이 전한다.

〖제1부 | 기생의 일생〗

해주 기생 명선의 인생

원제 ᄎᆞᆫ(撰) ᄒᆡ영(海營) 명긔(名妓) 명션이라

여자로 태어나다

쳔ᄀᆡ지벽(天開地闢)ᄒᆞ여 만물이 시ᄉᆡᆼ(始生)ᄒᆞ고, 인ᄉᆡᆼ(人生)이 ᄉᆞ람난 후 고금(古今) 영웅을 역역(歷歷)희 혜여보니 한둘이 안니여든, 이ᄂᆡ 몸 어이ᄒᆞ여 남ᄌᆞ는 마다ᄒᆞ고 일ᄀᆡ(一個) 여ᄌᆞ 되여 나며, 공명현달(功名顯達)과 회제충신(孝悌忠信)은 남ᄌᆞ에 ᄉᆞ업이나, 거안졔미(擧案齊眉)ᄒᆞ여 죵일이죵(從一而終)은 여ᄌᆞ에 ᄉᆞᆼᄉᆞ(常事)여날,

기생이 되다

이ᄂᆡ ᄒᆡᆼᄉᆞ ᄉᆡᆼ각ᄒᆞ니 호부호모(呼父呼母) 계우 ᄒᆞ니, 황ᄒᆞ원ᄉᆞᆫ(黃河遠山) 가ᄅᆞ치고 져젹져젹 거름ᄒᆞ니, 초무(初舞) 검무(劍舞) 고이ᄒᆞ다. 명션으로 이름ᄒᆞ여 칠팔 셰에 시ᄉᆞ(時仕)ᄒᆞ니, 죠달(早達)도 죠달할ᄉᆞ. 명월(明月) 갓튼 이ᄂᆡ 얼골 션연(嬋娟)ᄒᆞ여 명션(明嬋)인가. 명만쳔ᄒᆞ(名滿天下) 큰 이름이 션죵신(善終身)할 명션(名善)인가.

도임(到任) 쵸에 슈쳥(守廳)ᄒᆞ라, ᄂᆡᄒᆡᆼᄎᆞ(內行次)에 젼비(前陪)ᄒᆞ라, 이십이 늣존커든 십이 셰에 셩인(成人)ᄒᆞ니, 어ᄃᆡ 당한 예절(禮節)인지 금슈(禽獸)와 일반(一般)이라. 문호ᄉᆞᆼ젹(門戶相敵)은 완한(完寒)이 각(各) 다른ᄃᆡ,[1]

슌ᄉᆞᄯᅩ(巡使道)[2] 거ᄉᆡᄒᆞ여 경ᄉᆞ부께 도라가니,[3] 복길셩(卜吉星)이 ᄂᆡ림(來臨)ᄒᆞ고 월ᄒᆞ노인(月下老人) 지시런가. ᄌᆞᆯ부귀불ᄉᆞᆼ(猝富貴不祥)이라, 무ᄉᆞᆷ 복이 이러ᄒᆞ리. ᄌᆞᆼ낭부니랑쳐(張郎婦李郎妻)[4]로 ᄂᆡ 몸 맛난 긔틀이라.

기생으로 놀다

도라셔니 북춤이요, 더져 추니 구락(毬樂)이라. 셔황모(西皇母) 요진연(瑤池宴)에 반됴(蟠桃)를 진ᄉᆞᆼ(進上)난 듯, 홍문연(鴻門宴) 큰 존쳬에 항ᄌᆞᆼ(項莊)에 날닌 칼이 유졍ᄌᆞᆼ(劉亭長)[5]을 향ᄒᆞ난 듯, 남(藍)쳘닉 불근 갓셰 호슈(虎鬚)[6] ᄃᆡ검(大劍) 고이토다. 셰히젹(細嵇笛)에 긴소ᄅᆡ요, 단ᄌᆞᆼ구에 ᄌᆞᆸ가(雜歌)로다. 규힝(閨行)이 무엇신지, ᄉᆞ괴난이 남ᄌᆞ로다.

이름을 날리다

춘광(春光)이 얼픗ᄒᆞ여 ᄉᆞᆷ오십오(三五十五) 다다르니, 일셩(一城) ᄌᆞᆼ 허다 호ᄀᆡᆨ(豪客) 여운여우(如雲如雨) 모여드니, 셕가(石家) 금옥(金玉) 유ᄀᆡ연(油蓋輦)[7]의 옛 남군(男君)을 마ᄌᆞ드나, 평원군ᄀᆡᆨ(平原君客) ᄉᆞᆷ쳔 인에 이십 인을 호ᄐᆡᆨ(好擇)난 듯, 투향(偸香)[8]ᄒᆞ난 너에 무리 합의인(合意人) 젼여 업고,

---

1) 자기와 남자의 지위가 너무 크게 차이난다는 뜻 정도로 이해된다.

2) **순사또** 『병세재언록幷世才彦錄』「문원록文苑錄」 이병상(李秉常) 조에 "사또는 우리말로서, 관찰사다使道方言觀察使也"라고 풀이되어 있다.

3) 미상. 서울로 돌아간다는 뜻 정도로 이해된다.

4) **장랑부이랑처** 평범한 남자의 처. 중국에는 장씨와 이씨가 가장 많아 평범하다고 해서 이 말이 생겼다. 장삼이사(張三李四)와 비슷한 말이다.

5) **유정장** 한 고조 유방은 사수정장(泗水亭長)을 지낸 바 있다. 『사기史記』「고조본기高祖本紀」.

6) **호수** 융복(戎服) 곧 군복을 입을 때 쓰는 갓의 네 귀에 꾸밈새로 꽂는 흰 새털. 기생이나 무당이 칼춤 따위를 출 때, 무장의 복색을 갖추므로 호수를 꽂는다.

7) **유개연** 채색의 기름종이로 천정을 얹은 고급 가마.

8) **투향** 절옥투향(竊玉偸香). 남자가 사술로 여자를 취하는 일.

머리 압픈 ᄶᅩᆯ이로다. 엇ᄶᆞ난 것 무엇시며, 보ᄌᆞ난 것 더욱 괴타. 쳔금이 ᄭᅮᆷ ᄰᅩᆨ이라 푼돈냥에 허신할가.

옥노화간[9] 웃지마소, 눈 ᄰᅩᆨ의 송ᄇᆡᆨ(松柏)일세. 풍치 문ᄌᆞᆼ ᄌᆞ랑 마소, 양주의 더진 귤이 그ᄃᆡ 술에 밋칠ᄉᆞᆫ가. 두심낭(杜十娘)의 투강ᄉᆞ(投江事)도 ᄉᆞ람 모른 허물이라. 홍불ᄀᆡ(紅拂妓)의 남복도주(男服逃走), 그 누구을 위(爲)탄 말가. ᄒᆡ위일벽(海圍一僻) 좁은 ᄶᅡ의 ᄉᆞ람 업난 타시로다.

기다리던 님을 만나다

흘너가난 ᄇᆡᆨ구광음(白駒光陰) 어ᄂᆡ덧 니팔이라. 아럽다온 이ᄂᆡ 태도 고일님 바이 업셔, 일부함원(一婦含怨) 오월비상(五月飛霜), 동ᄒᆡ효부(東海孝婦)[10] 원(怨)이러니, 지셩쇼도(至誠素禱)에 쳔필응(天必應)은 ᄂᆡ 정셩의 감동(感動)난 듯,

ᄃᆡ청(大淸) 도광(道光) 이십오의 흑농 청ᄉᆞ(黑龍青蛇) 상합(相合)ᄒᆞ여, 박동 ᄉᆞᄯᅩ 좌졍(坐定)ᄒᆞ니, 사도 계지(季枝) 김진ᄉᆞ(金進士)님 연광(年光)이 이십여요, 문ᄌᆞᆼ(文章)이 쳥연(青蓮)[11]이라. 풍유ᄌᆞ지(風流姿才)난 ᄉᆞᆼ여(司馬相如)와 일반이요, 봉친합의(逢親合意)난 정원화(鄭元和)와 방불토다.

어화 반가울ᄉᆞ ᄂᆡ의 진짓 소원이라. 화죠월석(花朝月夕) 사른 ᄋᆡ와 양신가

---

9) **옥로 화간** 옥로(玉露)는 옥 같은 이슬로 기생을 상징하며, 화간 역시 기생을 가리키는 말이다. 제2부 제2장 해설에 나오는 시조에는 "여기화간女妓和間"을 묶어서 부르고 있음을 볼 수 있다. 기생이 남자 손님을 칭하는 '화간'과는 별개의 용어로 보인다.

10) **동해효부** 한대(漢代) 동해(東海)의 효부. 여기에서 동해는 중국의 동쪽 바다. 효부는 어린 나이에 과부가 되었는데도 시어머니를 잘 섬겼다. 그런데 억울하게도 시어머니 살해자로 몰려 죽음을 당했다. 이후 이 고을에는 삼 년간 가뭄이 들었다. 다음 태수가 부임하여 억울하게 죽은 효부의 무덤에 제사를 올리자 비로소 큰 비가 내렸다고 한다. 『설원說苑』, 「귀덕貴德」.

11) **청연** 이백(李白) 즉 이태백(李太白). 호(號)는 주선옹(酒仙翁) 또는 해상조오객(海上釣鰲客)이며, 청연향(青蓮鄉)에서 태어나서 청연거사(青蓮居士)라고 한다. 시와 술로 유명하다.

졀(楊新佳節) 싸인 시름 오날이야 푸러볼가. 양졍(兩情)이 합의(合意)ᄒᆞ니, 임안부(臨安府) 화류(花柳) 중의 ᄆᆡ류랑(賣油郎)을 ᄶᅡ르난 듯, 쳔진교(天津橋) 계낭ᄌᆞ(桂娘子)난 형쵸ᄀᆡᆨ(荊楚客)을 만나난 듯, 쇼원(所願)이 여합(如合)ᄒᆞ니 타ᄉᆞ(他事)가 쌈쇽이라. 날노 심한 이ᄂᆡ 졍을 님도 나와 일반이라. 춘ᄒᆞ추동 ᄉᆞ시졀(四時節)의 ᄯᆡ로 더욱 간졀토다.

이별 소식을 듣다

ᄇᆡᆨ년을 기리 ᄆᆡᄌᆞ 청ᄉᆞᆫ(靑山)갓치 불노(不老)코ᄌᆞ, ᄉᆞ라ᄉᆡᆼ젼 이 셰상의 이별 마ᄌᆞ 원(願)일너니, 가긔(佳期)가 이됴(易阻)[12]ᄒᆞ고 죠물(造物)이 다시(多猜)ᄒᆞ여, 젹막(寂寞) ᄒᆞ간(夏間) 다다라셔 일진광풍(一陣狂風) 이러나니, 옥연봉(玉蓮峰)[13]이 문어지고 ᄒᆡ어화(解語花)가 마곤이라.[14] ᄉᆡᆼ각 박게 경체(徑遞)[15]되니, 청쳔ᄇᆡᆨ일 발근 날의 뇌셩병역 ᄂᆡ리난 듯, ᄉᆡᆼ각ᄌᆞ인 이ᄂᆡ 간ᄌᆞᆼ 뭇 바늘노 ᄶᅵ로난 듯, 먹지 아닌 술이 취코 눈ᄯᅳ고 몽압(夢魘)이라. 피ᄎᆞ의 듯난 눈물 네 줄 폭포 되엿ᄯᅩ다. ᄎᆞᆼ쳔(蒼天)이 몽몽(濛濛)ᄒᆞ여 불너도 응치 안코, 귀신이 ᄌᆡ방(在傍)이나 이ᄂᆡ 병 곳칠손가.

죠흔 일이 수이 가니 졍한 날리 얼마 되리. 중거(重車)을 ᄌᆡ촉ᄒᆞ여 ᄂᆡ힝ᄎᆞ(內行次) 치숑(治送)ᄒᆞ니, 무비단ᄌᆞᆼᄉᆞᆼ심쳐(無非斷腸傷心處)라.

---

12) **가기이조** 좋은 때는 쉬 험해진다. 『전등신화剪燈新話』「금봉차기金鳳釵記」에 "좋은 일에는 마가 많고, 좋은 때는 쉬 험해진다好事多魔 佳期易阻"는 말이 있다.

13) **옥련봉** 중국 남쪽의 산 이름. 『옥루몽』의 배경이기도 하다.

14) 미상. 앞이 막막하다는 의미로 짐작된다.

15) **경체** 영전이나 좌천이 아니면서 임기 도중에 자의 또는 타의에 의해 갑자기 자리에서 물러나는 일. 『목민심서』「해관解官」 체대(遞代) 조에는 경체의 종류를 다섯 가지로 들고 있다. 친척이 상관으로 부임하거나, 선세에 혐의가 있는 사람이 상관으로 부임하거나, 중앙관료가 징계를 받아 좌천당해 자기 고을로 오거나, 상소로 물러나기를 청하여 허락을 받거나, 말미를 받아 본가로 돌아가 돌아오지 않는 것 등이 그것이다. 당시 황해 감사 김정집은 인사 고과에 실수가 있어서 면직되었으므로, 『목민심서』의 분류에 따르면 경체가 아니라 죄를 입어 면직된 죄체(罪遞)이다. 하지만 김정집은 서울로 가서 바로 한성부 좌윤, 예조 참판, 도승지 등의 벼슬을 받으며 승승장구하였다.

이별의 때가 오다

그리져리 날 당ᄒᆞ니, 쵸이ᄉᆞᆷ취(初二三吹) ᄉᆞᆷ교포(三嗷譽)[16]난 ᄂᆡ의 가ᄉᆞᆷ 터지난 듯, 근 일ᄉᆡᆨ(一朔) 주린 몸을 승교(乘轎)의 셜이 다마, 쳥단(青丹)의 ᄌᆞᆨ별ᄒᆞ니, 밧치난이 젹담(赤痰)이요, 흐르나니 혈누(血淚)로다. 예로 잇난 쳥간포난 푸로즌여 불거 잇고, 부지ᄋᆡ락(不知哀樂) 돌ᄌᆞᆼ승은 날 위ᄒᆞ여 낙누로다.

집 ᄉᆞ노코 ᄀᆡ별ᄒᆞ마 ᄇᆡ반 말고 올나오라.

결신(潔身)ᄒᆞ여 ᄃᆡ(待)ᄒᆞ리니 잇지 말고 다려가오.

오날 밤 이 이별을 그 무엇셰 비(比)츤 말가. 한슘으로 ᄌᆞᆼ단 ᄉᆞᆷ고 눈물노 셩음(成音)ᄒᆞ여 별가일곡(別歌一曲) 일운 말이,

ᄉᆞ랑이 거즛말이 날 ᄉᆞ랑이 거즛말이 오ᄆᆡᄉᆞ복(寤寐思服)ᄒᆞ시단 말 그 더욱이 거즛말이 진실노 그 말ᄉᆞᆷ 갓틀진ᄃᆡ 두고 어이.[17]

모졍코 야쇽ᄒᆞ오 울며 감쳐 죱분 삼ᄋᆡ 츔아 어이 ᄯᅥᆯ쳐 가오. 역지ᄉᆞ지(易地思之) ᄉᆡᆼ각ᄒᆞ면 나는 졍녕 못ᄒᆞ올 듯, 아마도 님에 ᄯᅳᆺ ᄂᆡ 졍만 못ᄒᆞ니 ᄀᆡ를 셔러.[18]

부ᄃᆡ 편이 가오 ᄌᆞᆼ졍단졍(長亭短亭) 편이 가오. 쳔금갓치 ᄌᆞᆼᄒᆞᆫ 몸을 실셥(失攝) 말고 편이 가오. 아마도 ᄀᆡᆨ충(客窓)에 ᄌᆞᆫ등(殘燈)을 ᄃᆡᄒᆞ면 ᄂᆡ 마음 알 듯.

계쵸명(鷄初鳴) 힝ᄎᆞ 굴영(軍令) 나에 ᄯᅥᆨ시 흣터진다. 눈물 섀려 ᄒᆞ즉ᄒᆞ고

---

16) **초이삼취 삼교포** 행군이나 고관 행차의 출발에는 통상 나발을 세 번 분다. 첫 나발 소리에는 대원이 각자 자기 자리에 서고, 두번째 소리에는 진용을 갖추며, 세번째 소리에 비로소 출발한다. 『대전회통大典會通』「병전兵典」 참조. 또 『명엽지해』「청가사취請加四吹」에는 기생에게 빠져 아침에 나발 소리가 세 번이나 울렸는데도 일어나 갈 생각을 하지 않는 안찰사 이야기가 보인다. 삼교포는 교포(嗷譽)가 아파서 지르는 소리를 형용한 것이므로, 출발을 알리는 나발 소리에 작가의 마음이 크게 상했음을 표현한 듯하다.

17) 이 작품은 『청구영언青丘永言』 등에 실려 있는 김상용(金尙容, 1561~1637)의 작품으로 알려진 다음 작품과 유사하다. ᄉᆞ랑이 거즛말이 님 날 ᄉᆞ랑 거즛말이 ᄭᅮᆷ에 와 뵈단 말이 긔 더욱 거즛말이 날 ᄀᆞᆺ치 ᄌᆞᆷ 아니 오면 어ᄂᆡ ᄭᅮᆷ에 뵈이리.

18) 『남훈태평가南薰太平歌』 등에 실린 다음의 두 시조는 위 시조의 초장과 시상이 유사하다. 울며 불며 잡은 사ᄆᆡ ᄯᅥᆯ쳐리고 가들 마오 그ᄃᆡ는 대장부(大丈夫)라 도라가면 잇건마ᄂᆞᆫ 이 몸은 아녀자(兒女子)라 못ᄂᆡ 이져. 울며 잡은 사ᄆᆡ ᄯᅥᆯ치고 가지 마소 초원장제(草原長堤)에 ᄒᆡ 다 져무럿ᄂᆡ 객창(客窓)에 잔등(殘燈) 도도고 ᄉᆡ와 보면 알니라.

ᄉᆞᆫ을 논아 이별 시에,

ᄌᆞᆯ 잇거라.

보중ᄒᆞ오.

혈마 다시 ᄯᅩ 못 보랴.

ᄎᆞᆫᄌᆞᆼ(寸腸)이 긔단(旣斷)이요 명목(明目)이 욕암(欲暗)이라. 형ᄌᆞᆼ군(荊將軍) 입진(入秦) 시에 역슈(易水)에 젼별(餞別)난 듯, 휘흠(徽欽) 이졔(二帝) 북귀(北歸) 시에 문무졔신(文武諸臣) ᄒᆞ즉난 듯,[19] 이 말이 웬 말이야 가시단 말 웬 말이요, 진졍이요 실말이요 사랑 계워 긔롱(譏弄)이요, ᄃᆡ금 일셩 한소ᄅᆡ의 ᄉᆞᆷ혼(三魂)이 미체(迷滯)ᄒᆞ고 칠ᄇᆡᆨ(七魄)이 표령(飄零)이라.[20]

실낫 갓턴 이ᄂᆡ 목숨 흐른 물에 더질 ᄶᅵᆫᄃᆡ, 혼은 ᄯᅡ라가련마난 ᄎᆞ마 그리 못ᄒᆞ긔은, 복중(腹中)의 ᄭᅵ친 혈육 남여난 미분(未分)이나 님에 ᄭᅵ친 졍혈(精血)이라. 살고 십어 죽ᄌᆞᆫ이며 죽지 마ᄌᆞ ᄉᆞ란난가.

모난 말 ᄲᅡᆯ이 가니 약ᄃᆡ 굴이 머ᄌᆞᆫ토다. ᄎᆞᆼᄒᆡ공(滄海公)의 철퇴(鐵槌) 비러 압페 ᄉᆞᆫ을 ᄯᅡ리고져,[21] 비ᄌᆞᆼ방(費長房)의 도술 ᄇᆡ와 축지(縮地)ᄒᆞ여 ᄯᅡ로고져, ᄉᆞᆷ각ᄉᆞᆫ이 어ᄂᆡ 곳가 푸른 ᄉᆞᆫ이 그곳인가. 가난 님 가게 두고 잇난 나 잇게 ᄒᆞ니, 잇곳져 ᄂᆡ 이스며 가고져 가시난가. 셰(勢) 부득(不得)이 그러ᄒᆞ니 피ᄎᆞ ᄉᆞᆼ심 일반이라. 울어 흐른 져 냇물은 가물에나 ᄭᅳᆺ치렷만, 님 이별의 듯난 눈물 ᄭᅳᆫ일 적 업실이라.

흐린 졍신 수십ᄒᆞ여 집을 ᄎᆞᄌᆞ 도라올 졔, 쵸원ᄌᆞᆼ졔(草原長堤) 긴 언덕의 목동의 졋 소ᄅᆡ도 님이 나를 부르난 듯, 평연 광야 너른 ᄯᅳᆯ의 농부의 메날이도 님이 나을 ᄎᆞᆺ즛난 듯, 일모ᄎᆞᆼ산(日暮蒼山) 져문 날의 어ᄂᆡ 곳 지무시며, 고등

---

19) **휘흠이제** 북송의 마지막 두 임금인 휘종(徽宗)과 흠종(欽宗). 금나라에 포로로 잡혀 갔다.

20) **삼혼칠백** 도가에서 말하는 사람 넋의 총칭.

21) **창해공** 장량(張良)이 창해(滄海)에서 역사(力士)를 얻었는데, 그 역사는 백이십 근의 철퇴를 무기로 삼았다. 창해역사가 박랑사(博浪沙)에서 진시황을 죽이고자 하였는데, 철퇴를 잘못 던져 뒤따르던 수레만 부수었다. 『사기』「유후세가留侯世家」.

(孤燈) 잔월(殘月) 요젹(寥寂) 시의 쳡의 ᄉᆡᆼ각 얼마 할지, 옥빈홍안(玉鬢紅顔) 듯난 눈물 임의 곳의 ᄲᅮ리고져, 여관(旅館)의 ᄌᆞᆷ 못 이러 젼젼(輾轉)이 불ᄆᆡ(不寐)할 졔 쳡의 심ᄉᆞ 아르실 듯, 너른 요 긴 베ᄀᆡ의 한숨 탄식 셕거쉴 졔, 님의 심회 ᄉᆞ양(思量)ᄒᆞ니 얼마 못지 아니실 듯, 두고 가신 ᄉᆡᆼ각이요 가져가신 ᄌᆞᆷ일넌지, 엇고져 ᄉᆡᆼ각이요 ᄌᆞ고져 잠 못 드니, 야쇽할ᄉᆞ 임의 모양 눈의 암암 ᄲᅮᆫ이로다.

ᄋᆡ슈ᄌᆞᆼ탄(哀愁長歎) 긴 소릐로 별가일곡 이른 말이,

니별한 그 듯날의 ᄉᆞ랑은 터 업셔도 구회 심중의 가득한 졍은 남아 주야의 ᄭᅳᆫ일 쏭 모르고 살 쏭만 아라드라.

졍이 진중의 긔울이논이 이고 어구(御溝)의 홍엽(紅葉)이 ᄌᆞᆷ기미라.[22)]

다만 속절 업시 기름자을 ᄃᆡᄒᆞ여 경화(京華)을 바라보니, 젹막공방(寂寞空房)의 ᄉᆞ르난이 간장이요, 무인졍야(無人靜夜)의 흐르난이 눈물이라.

오ᄉᆞᆫ(吳山)의 기러기 ᄭᅳᆫ쳐지고 쵸수(楚水)의 고기 ᄌᆞᆷ겨시니,[23)] 아득한 먼 쇼식이 바람의 ᄌᆞᆼ위(長喟)이 울고 눈이 어두울이로다.

사시사철 님 그리며

흐르난 절셰(節歲) 어ᄂᆡ덧 강한(江漢)[24)]에 금풍(金風)이 음ᄌᆞᆨ이고, 망양(望洋)의 추ᄉᆡᆨ(秋色)이 이러나니 소탕(疏宕)한 기운과 즉즉한 추공(秋空)은 수심(愁心)ᄒᆞ난 ᄉᆞ람의 몽혼(夢魂)을 놀ᄂᆡ이고,

쵸목은 황낙(黃落)ᄒᆞ여 ᄇᆡᆨ셜이 만ᄉᆞᆫ(滿山)ᄒᆞᆫᄃᆡ, 육화(六花)은 ᄉᆞᄎᆞᆼ(紗窓)의 ᄲᅮ리이고, 외론 등잔은 ᄒᆡ음 업시 반멸(半滅)할 졔, 절은 연죽(煙竹)은 손 가

22) 미상.

23) **오산 초수** 기러기가 끊어지고 물고기가 잠긴다는 것은 날씨가 추워졌음을 뜻한다. 당나라 가지(賈至)의 시에 "초수와 오산엔 길이 험하구나楚水吳山道路難"라는 구절이 있다.

24) **강한** 중국 양자강과 한수강(漢水江)이 합류하는 곳, 한양(漢陽)이라고도 부른다. 여기서는 '강변' 정도의 의미로 이해된다.

온딕 벗시 되고, 열은 쳔의(淺衣)난 일신의 둘너시니, 비취금(翡翠衾)은 ᄌᆞ연이 쳬량ᄒᆞ고, 원앙 베기은 한업시 젹막토다. 이ᄯᅢ 심ᄉᆞ 어이 눈물은 그 얼마나 흘너실 듯ᄒᆞ며, 한숨은 그 멧번이나 쉬여슬 듯ᄒᆞ리요.

딕져 추동(秋冬)도 져러커든, ᄒᆞ물며 츈화(春花) 경명(更明)ᄒᆞ며 만화방창(萬花方暢) 시의, 쳐쳐(處處) 녹음(綠陰)은 ᄀᆡᄀᆡ 득의ᄒᆞ여, 웅봉ᄌᆞ졉(雄蜂雌蝶)이 화간(花間)의 쌍쌍(雙雙)ᄒᆞ고, 남닉귀연(南來歸燕)은 옛 기계(氣槪) 구구ᄒᆞ여 득의ᄒᆞ물 ᄌᆞ랑시의, 그 수심단ᄌᆞᆼ인(愁心斷腸人)의 심회 얼마나 온젼ᄒᆞ며,

가도록 위심(爲甚)ᄒᆞ여, 육월 ᄉᆞᆷ경의 ᄶᅵ난 듯 더운 긔운은 심간(心肝)의 이난 화를 비릇고, ᄯᅢ업난 구즌 비난 단ᄌᆞᆼ 눈물을 더ᄒᆞ난 듯,

이난 가위(可謂) ᄉᆞᆼᄉᆞᄉᆞᆼ심(相思傷心)이요.

일 년 열두 달 님 그리며

졍월(正月) ᄉᆞᆼ원(上元)이 셰인의 즐기지 아니미 안이로되, 쳥롱(靑籠) 완월(玩月)과 야류(野遊) 답교(踏橋)로 님이 업시미 이 곳 나의 한이요.

즁츈(仲春) 답쳥(踏靑)이 셰인의 즐긔지 아니미 안이로되, 빅마금편(白馬金鞭)으로 왕숀(王孫)이 도라오지 못ᄒᆞ미 이 곳 나의 한이요.

ᄉᆞᆷ월 ᄉᆞᆼᄉᆞ(上巳)의 곡강(曲江) 션유(船遊)가 셰인에 즐긔지 아니미 안이로되, 원포지범(遠浦歸帆)[25] 으로 님이 도라오지 못ᄒᆞ미 이 곳 나의 ᄒᆞᆫ이요.

팔일 관등(觀燈)의 황황화셩(皇皇火城)이 셰인의 즐긔지 안이미 아니로되, 일월음양등(日月陰陽燈)과 쌍쌍원앙등(雙雙鴛鴦燈)이 이 곳 나의 한이요.

단양(端陽) 추쳔(鞦韆)의 이화(梨花) 난낙(亂落)이 셰인의 즐긔지 안이미 안이로되, 추쳔 융식(戎色)으로.[26]

25) **원포귀범** 민화로도 많이 그려진 유명한 소상팔경 가운데 하나다. 멀리 포구에 배가 들어온다는 뜻이다.

26) 필사시 빠뜨린 부분으로 보인다.

육월 유두(流頭)의 광셕(廣石) 관ᄎᆞᆼ(觀漲)이 셰인의 즐기지 안이미 아니로되, ᄇᆡᆨ쳔(百川)이 동유불회(東流不回)ᄒᆞ미 이 곳 나의 한이요.[27]

칠월 칠셕의 은ᄒᆞ(銀河) ᄉᆞᆼ봉(相逢)이 셰인의 즐기지 안이미 아니로되, 벽난(碧瀾) 님진(臨津)의 오작(烏鵲)이 ᄭᅳᆫ이워스니 이 곳 나의 한이요.

중추 완월(玩月)이 셰인의 즐기지 안이미 아니로되, 님의 옥안(玉顔)과 져 달을 박구지 못ᄒᆞ미 이 곳 나의 한이요.

구월 용ᄉᆞᆫ(龍山)[28]의 셰인이 즐기지 아니미 안이로되, 풍님(楓林) 취랑(醉郎)의 님의 몸를 붓드지 못ᄒᆞ미 이 곳 나의 한이요.

십월지망(十月之望)의 셜당(雪堂) ᄉᆞᆼ원[29]이 셰인의 즐기지 아니미 안이로되, 한 말 슐노 님의 흥을 돕지 못ᄒᆞ미 이 곳 나의 한이요.

셜중(雪中) 방ᄆᆡ(訪梅)가 셰인의 즐기지 아니미 아니로되, 나의 ᄌᆞ발쳔향(自發天香)으로 님의게 쑈이지 못ᄒᆞ미 나의 한이요.

납월(臘月) 제셕(除夕)이 셰인의 즐기지 아니미 아니로되, 영신숑구(迎新送舊)로 예를 보ᄂᆡ며 이졔 ᄉᆡ을 맛지 못ᄒᆞ미 이 곳 나의 한이요.

십이가졀(十二佳節)과 삼ᄇᆡᆨ육십일이 나의 즐길 나리 업신이, 이난 가위 수시 ᄉᆞᆼ심이요.

무엇을 봐도 떠오르는 님

ᄯᅩ난 밥를 ᄃᆡᄒᆞ면, 거안져미(擧案齊眉)ᄒᆞ여 유미셩찬(有味盛饌)을 님의게

---

27) 유두의 풍속으로는 여인들이 머리를 감는 이른바 물맞이가 대표적이다. 여기서는 물 구경으로 이름난 해주 광석천을 보면서, 한번 흘러가면 돌아오지 않는 물처럼 님도 돌아오지 않음을 표현하고 있다. 두보(杜甫)의 「별찬상인別贊上人」에서 "온 시냇물은 날마다 동으로 흐르고 객의 떠남 역시 그치지 않는다百川日東流 客去亦不息"고 했다. 온 시냇물이 동으로 흐른다는 것은 중국을 기준으로 한 것이다. 한국에는 맞지 않다.

28) **용산** 용산회(龍山會) 또는 용산가회(龍山佳會). 구월 구일 중양절(重陽節)의 등고취회(登高聚會)를 가리킨다. 『진서晉書』「맹가전孟嘉傳」에 환온(桓溫)이 9월 9일 용산(龍山)에서 막료(幕僚)를 크게 모았다고 한 데서 유래한다.

29) **상원** 상원(上院) 또는 상원(賞苑). 첫눈 구경을 가리키는 듯.

나위지 못ᄒᆞ미, 이 곳 나의 한이요.

술을 ᄃᆡ한 즉, 옥ᄇᆡ향온(玉杯香醞)과 죠ᄉᆞᆨ과효(棗栗菓肴)[30]을 님의게 나위지 못ᄒᆞ미, 이 곳 나의 한이요.

온유(溫柔) 나의(羅衣)을 ᄃᆡ한 즉, 나의 옥부향신(玉膚香身)으로 님의 몸의 붓치지 못ᄒᆞ미, 이 곳 나의 한이요.

ᄭᅩᆺ슬 ᄃᆡ한 즉, 함쇼함ᄐᆡ(含笑含態)한 나의 모양을 님의게 뵈이지 못ᄒᆞ미, 이 곳 나의 한이요.

이난 가위 견물ᄉᆡᆼ심(見物生心)이요.

님 그리운 밤

ᄯᅩ난 낫도 낫시연이와, 달포 밀인 ᄌᆞᆷ은 졍이 ᄎᆞᆫ츄의 ᄌᆞᆷ겨 잇고, ᄉᆡᆨ음을 젼폐ᄒᆞ니 흐린 졍신은 연무(煙霧) 즁의 ᄲᅡ젓난 듯, 가난 옥비여난 벼ᄀᆡ을 ᄃᆡ신ᄒᆞ고, 네 폭 치마은 요금(褥衾)을 겸ᄒᆞ도다. 바려둔 등존은 스ᄉᆞ로 ᄭᅥ지고져, 셔(西)으로 ᄭᅥ구러진 달빗츤 ᄉᆞ창(紗窓)의 반됴(返照)하며, 희미한 밤듕의 뉘가 잇난 듯 불너도 응ᄒᆞ미 업고, 하영(霞影)은 ᄉᆞᆷ힝(森行)ᄒᆞ고 만뇌구젹(萬籟俱寂)ᄒᆞ여 옥노(屋漏)[31] ᄉᆞᆷ경(三更) 무인(無人)시의, 북ᄂᆡᄉᆞᆼ홍(北來翔鴻)은 쌍쌍이 졔호(儕好)ᄒᆞ고, 남비오작(南飛烏鵲)은 좌우로 지져귈 졔, 싈난 심회난 여취여광(如醉如狂)이라. 아득ᄒᆞᆫ 졍신은 ᄉᆞ몽비몽(似夢非夢)이라. 잇고져 ᄒᆞ나 잇치지 안이ᄒᆞ고, ᄉᆡᆼ각지 마ᄌᆞ ᄒᆞ나 ᄉᆡᆼ각이 압셔 나나니, ᄒᆡ음 업난 찬 눈물은 화엽(花頰)을 젹시이고, 연ᄀᆡ 업난 이ᄂᆡ 화난 ᄉᆞᆷ촌ᄌᆞᆼ(三寸腸)이 놉파ᄯᅩ다.

ᄎᆞᆷ연(慘然)이 이러 안져 단가(短歌) 일곡 이른 말이,

그 말이 거진말이 유ᄉᆞ유몽(有思有夢) 거즌말이 ᄭᅮᆷ의 보다 반기단말 그 더욱이 거즌 말이 아마도 수ᄃᆡ몽불셩(愁多夢不成)이ᄆᆡ ᄭᅮᆷ 못 이러.[32]

---

30) **조속과효** 대추, 과일 등의 안주.

31) **옥루** 방 구석.

32) 이 글의 첫번째 시조인 「사랑이 거짓말이」와 유사하다.

ᄇᆡᆨᄉᆞ만ᄉᆞ(百事萬事)와 희로ᄋᆡ락(喜怒哀樂)이 한 일도 ᄉᆞᆼ심 아니 되난 곳시 업시니, 이러ᄒᆞ고 얼마ᄒᆞ여 공ᄉᆞᆫ(空山)의 촉누(髑髏)을 이웃ᄒᆞᆯ난지.[33)]

이난 가위 ᄉᆞᆼᄉᆞᄉᆞᆼ심이라.

어머니 걱정

좌ᄉᆞ우ᄉᆞ(左思右思)ᄒᆞ니, 인ᄌᆞᄒᆞ신 우리 부모 이우(貽憂)ᄒᆞ신 시절이라. 오형지죄(五刑之罪) ᄉᆞᆷ쳔(三千) 중의 불효 막ᄃᆡ 알것마난, ᄌᆞ고급금(自古及今) 혜알리니, 헌헌(軒軒)한 ᄌᆞᆼ부라도 충효쌍젼(忠孝雙全) 드물거든, ᄒᆞ물며 이ᄂᆡ 일신 소소ᄒᆞᆫ 일 여ᄌᆞ라 절효을 갓쵸할가. 여ᄌᆞ의 원부모(遠父母)난 나 혼ᄌᆞ ᄲᅮᆫ 아니오니, 죽은 쥴노 ᄉᆡᆼ각 말고 존체(尊體)을 보중(保重)ᄒᆞ오.

님께 보이고픈 나의 절개

한(漢)나라 소쥭낭(蘇中郎)은 장(壯)한 절(節)이 흉노(匈奴)ᄒᆞ고, 남숑지악무목(南宋之岳武穆)은 ᄇᆡᆨ날 ᄉᆞᄌᆞ ᄒᆞ엿나니,[34)] 고금이 현격(懸隔)ᄒᆞ고 남여가 수이(殊異)ᄒᆞ나, 절ᄀᆡ야 다을손가. 규연(巋然)한 수양ᄉᆞᆫ(首陽山)의 이ᄌᆞ(二子)의 청풍(淸風)이요, 혈인담 기은 비(碑)난 ᄃᆡ 소련 (大小連)의 유긔(遺基)로다. 귀쳔(貴賤)을 마을 마쇼 절효(節孝)야 씨 이슬가. 시졔문ᄌᆞ(始制文字)[35)] ᄂᆡᄒᆞ신지 긔ᄉᆡᆼ 긔ᄌᆞ(妓字) 고이토다. 무심할ᄉᆞ 미물이나 관공(關公) 타든 젹토마(赤兎馬)은 오국(吳國)의 줄여 죽고, 최목ᄉᆞ(崔牧使)의 기른 ᄀᆡ난 투인담(投印潭)의 쌧젓나니, 금수도 져러커든 ᄒᆞ물며 ᄉᆞ람되여 절ᄀᆡ야 모르숀가. 운정수정(雲情水性)[36)] 웃지 마쇼, 남 위한 구든 마음 부월(斧鉞)이 가쇼롭다. 손총병(孫總兵)이 두문ᄉᆞᄀᆡᆨ(杜門謝客)ᄒᆞ니, 오난 숀을 ᄂᆡ 알숀가. 부절업시 오지 마소, 셕가

---

33) **촉루** 해골, 곧 죽는다는 뜻이다.

34) 충절로 유명한 두 사람을 든 것은 알 수 있으나, 이 부분에 인용된 고사가 구체적으로 어떤 것을 가리키는지는 미상이다.

35) **시제문자** 문자를 처음 만들다. 『천자문』에 나오는 말.

(石家) 황금(黃金) 싱각 업닉. 흣터진 거문 머리 얼골을 더퍼 잇고, 썩 무든 도량치마 가난 허리 둘너시니, 십오야(十五夜) 발근 다리 쎄구름의 써엿난 듯, 지승연화(池上蓮花) 한 포귀가 폭우을 마난난 듯, 스불역스(事不逆事) 이닉 힝스 우리 님게 들이고져, 육탈골입(肉脫骨立) 이닉 모양 우리 님게 보이고져.

새 사또가 와도 굽히지 않는 절개

구관(舊官) 안젼(案前) 올나가고 시 수도 도영(到營)ᄒᆞ니, 부로난이 명본쥬(命本主)요, 죠르난 곳 허다(許多)토다. 달연(鍛鍊)한 누른 금이 집불을 두려ᄒᆞ며, 임 향한 일편단심 빅인(白刃) ᄒᆞ(下)의 굴(屈)할손가. 화방금누(華房金樓) 뜻 업스니, 옥식나의(玉食羅衣)[37] 싱각할가. 뇌셩(雷聲) 위염(威嚴) 발(發)치 마오, 스싱(死生)을 두리잔쇼. 이리져리 방ᄎᆞ(防遮)ᄒᆞ니 일신 난감 괴롭도다.

다시 어머니

인ᄌᆞᄒᆞ신 우리 ᄌᆞ당(慈堂) 이닉 몸 기르실 졔, 간츈한 그 술님의 남과 갓치 기르노라, 도영 쵸의 의복 걱정, 젼비 시의 치힝 걱정, 션젼(縇廛) 시젼(市廛) 외승 엇기, 친고 ᄎᆞᄌᆞ 졔구(諸具) 빌기, 고은 의복 골나닉여 줄여 곤쳐 닉 옷 지케, 셩한 의복 못 이부며, 여화여옥(如花如玉) 기르실 졔, 어딕 닷쳐 흠 날셔라, 풀한 옷셰 쓸일셰라, 쳔심만고(千辛萬苦) 길너닉여 바라난 곳 무엇슨고. 숨스십이(三四十二) 지나가고 이팔(二八) 셰승 다다르니, 요라(嫋娜)한 이닉 쌀노 감ᄉᆞ(監司) ᄉᆞ위 못 어드며 판관(判官) 수쳥 근심ᄒᆞ랴. 주야 고딕(苦待)

---

36) **운정수성** 구름처럼 물처럼 이리저리 흘러다니는 마음. 여기서는 기생의 마음을 가리킨다. 『전등신화剪燈新話』「연방루기聯芳樓記」에 "가을 달과 봄 꽃이 매번 부질없이 지는 것이 마음 아팠고 구름처럼 물처럼 흘러다니는 성격 때문에 스스로를 온전히 할 수 없었습니다秋月春花 每傷虛度 雲情水性 失於自持"라는 말이 있다.

37) **옥식나의** 좋은 밥과 비단 옷. 옥식은 곧 쌀밥을 가리킨다.

바라드니, 싱각자닌 이닉 힝ᄉ 여망(餘望) 업시 이리 되니, 문젼(門前)이 닝낙(冷落)ᄒ고 쇠순이 도라셔니, 십수 년 기른 은혜 허지(虛地)의 도라가고, 소경(所經)의 무한 시름 불효가 막딕로다.

한양동이의 출생

다수다병(多愁多病) 닉 기질의 밥 못 먹고 좀 못 ᄌ니, 닉 한몸도 무겁거든 갑업신 중한 네 몸 무사할 줄 몰나드니, 십 삭(十朔)의 히복(解腹)ᄒ니, 어화 질거울ᄉ 옥갓튼 남ᄌ로다. 졔셩(啼聲)이 흠양ᄒ고, 셔각(犀角)이 풍영(豊盈)ᄒ니,[38] 헌헌한 ᄌ부 긔상 진ᄉ님을 ᄉ딕한 듯, 놉푼 코 모난 입과 셩신(星辰) 와줌(臥蠶) 말근 눈[39]이 엄연이 님이로다. 남ᄌ 안여 여ᄌ라도 임의 긔출(己出) 귀ᄒ려던, ᄒ물며 네 모양이 부십(父習)을 타고나니, ᄉ랑흡고 귀ᄒ기가 그 무엇세 비(比)찬 말가. 숨죵의탁(三從依託) 죠흘시고. 쳔금 갓튼 너을 보니 줍싱각이 바이 업다.

홍문(弘文) 옥당(玉堂) 못 바라나, 소년 급졔(及第) 취지(取才) 넘겨, 수문중(守門將) 훌연주부(訓練主簿) 션젼관(宣傳官) 구군(九軍) ᄎᄌ, 번지(邊地) 영중(營將) 이력 닥가, 방어ᄉ(防禦使)야 못할쇤가.

수숨삭(數三朔) 지나가니, 섬틀섬틀 누의 놀 듯 너울너울 잉어 놀 듯, 혼ᄌ 보긔 졀통ᄒ다. 임과 갓튼 너을 보니 임 본 듯 반갑거든, 진ᄉ님이 너을 보면 나와 갓치 ᄉ랑할 듯, 나은 네게 쯧 부치니 ᄉ랑쳐나 잇거이와, 갓득ᄒ신 너의 부친 날 못보와 병 되난 중 네 싱각이 오작ᄒ랴.

서울로 오라는 기별을 듣다

졍영(丁寧) 말숨ᄒ신 언약, 주야 고딕 바라드니, 화양 금풍(金風) 교시졀(姣

38) **서각** 이마에 튀어나온 뼈. 관상가들은 이것이 툭 튀어나오면 귀인이 된다고 한다.
39) **성신와잠 맑은 눈** 별처럼 빛나는 눈동자와 잠자는 누에처럼 길고 굽은 눈썹.

時節)의 교군(轎軍) 가마 보ᄂᆡ시니, 유신(有信)도 유신할ᄉᆞ 쳔연불ᄀᆡ(千年不改) 군ᄌᆞ일언(君子一言) 오날이야 밋부도다. 진ᄀᆡ 쳔음(天陰)이 극ᄒᆞ면 양춘(陽春)이 돌아오고, 박괘(剝卦) 진(盡)ᄒᆞ면 불효가 구오단 말,[40] 나을 두고 이름인 듯. 힝중을 수십ᄒᆞ여 부모 젼의 ᄒᆞ직ᄒᆞ니, 졀의도 중(重)컨이와 불효 역시 불경(不輕)토다.

어머니에게 남기는 말

어마님 셔러 마오, 다시 못올 ᄂᆡ 길 되며, 못오게 된다 한들, ᄉᆞᆷᄇᆡᆨ팔십 이(里) 얼마 멀며, 홈ᄌᆞ 이실 ᄂᆡ 살님의 아니 와셔 게실려오.

무릇 탕ᄌᆞ 오닙ᄀᆡ의 여간 ᄌᆡ물 부러마오. 부가ᄌᆞ졔(富家子弟) 유젼냥(有錢郎)을 가리며 엇지 엇쇼. 부형 잇난 남의 ᄌᆞ식 오입ᄒᆞ고 ᄒᆡ우칠 졔, 집안 거슬 도젹ᄒᆞ며 친구 벗슬 속여 오니, 기인취물(欺人取物)이 안이오며, 아젼(衙前) 셔방 ᄌᆞᆼ교(將校)치가 덕욱이 아니 할 거시, 졔 것 안인 공젼국곡(公錢國穀), 호번(浩繁)한 체 남용(濫用)타가, 얼마 안여 흠포(欠逋)되면, 증족한다 수가(收家)한다 엄형(嚴刑) 뇌수(牢囚) 발비(發配)한다, 졔 질겨셔 한 일이나, ᄇᆡᆨ인(伯仁)이 유아ᄉᆞ(由我死)로 경ᄌᆡ파ᄉᆞᆫ(傾財破產) 그 모양이 이ᄂᆡ 허물 아니 될가.

이곳이셔 지ᄂᆡ려면 황(荒)ᄒᆞ여 될 길 업구, 그 일 져 일 당찬일가, ᄎᆞᄉᆞ피ᄉᆞ(此事彼事) 다 바리고 운죵용(雲從龍) 풍죵호(風從虎)로 우리 님 ᄯᆞ라가면, 압나리 구말이(九萬里)라. 부귀힝낙 한 이슬가.

추도긔(秋到記)[41] 황강급졔(黃柑及第)[42] 알셩(謁聖) ᄌᆞᆼ원(壯元) 증광졔(增

---

40) 박괘는 ䷖의 모양인데, 산지(山地)를 뜻한다. 맨 위의 —(陽爻)가 굴러떨어지면, 여섯 모두 --(陰爻)인 위지(爲地)가 된다. 양효가 굴러, 산이 평평한 땅이 되는 것이다.

41) **추도기** 성균관과 사학(四學) 유생들이 출석 일수를 채운 뒤 가을에 보는 시험.

42) **황감급제** 해마다 제주도에서 진상하는 귤을 성균관과 사학(四學) 유생들에게 내리고 거행한 과거에서 급제하는 것.

廣製)을 뉘 막아 못할숀가. 초입ᄉᆞ(初入仕) 주ᄉᆞ(主事) 할임(翰林), 옥당(玉堂)으로 응교(應敎) ᄃᆡ교(待敎), 당ᄉᆞᆼ(堂上)으로 동지(同知) 승지(承旨),[43] 승품(陞品)으로 참의(參議) 참판(參判), 외임(外任)으로 황ᄒᆡ감ᄉᆞ(黃海監司), 동ᄉᆞᆼ방(東上房)이 ᄂᆡ 방이요 영고(營庫) 회ᄌᆡ(會財) ᄂᆡ 것시라. 금의환향(錦衣還鄕) 아니되면, ᄉᆞ불여의(事不如意) ᄒᆞ다 한들, 초입사(初入仕) 능ᄎᆞᆷ봉(陵參奉)의, ᄌᆞᆼ악주부(掌樂主簿) ᄉᆞ복판관(司僕判官),[44] 남북부(南北部) 길를 ᄎᆞᄌᆞ 외님으로 현감(縣監) 군수(郡守), 승ᄎᆞ(陞差)ᄒᆞ여 목부ᄉᆞ(牧府使)의, ᄒᆡ주판관(海州判官) ᄒᆞ시기난 써러진 당감토라.

시정고(施政庫) 허다 물건, 보역고(保役庫)[45] 씨인 유청(乳淸), 도ᄌᆞᆼ쇼(導掌所)[46] 밧난 돈과 ᄉᆞᆼ경고(詳定庫) 져치미(儲置米)[47]을, 씨실 ᄃᆡ로 못 씨시며 ᄌᆞ실ᄃᆡ로 못 ᄌᆞ실가. 이만양(二萬兩) 남는 관황(官況) 다라도 씨시게오. 일반지덕(一飯之德) ᄋᆡ자지원(睚眥之怨) 마음ᄃᆡ로 못 갑풀가. 셔러 말고 게시다가 올나가셔 긔별커든 승교 타고 오시쇼셔.

호언(好言)으로 위로한 후, 옥갓튼 한양동(漢陽童)을 엽폐 안고 ᄉᆞᆼ교(上轎)ᄒᆞ니, 남악(南岳) 진진(眞眞) 그림 우의 한 아들을 더ᄒᆞ난 듯, 부ᄌᆞ유친(父子有親) 천경(天情)이라, 쳘업난 어린 것도 죠ᄋᆡ라고 날 쒸거든, 하물며 이ᄂᆡ 간ᄌᆞᆼ이 울고져 끈이고져, 임 그려 병 된 마음 부운(浮雲)을 씨든치고 청쳔(靑天)을 바라난 듯, ᄃᆡ한(大旱) 칠연 왕 가물의 감우(甘雨)을 만난 듯.

서울로의 노정기

팔 심 잇고 키 큰 종놈 뒤치 ᄌᆞ바 부축ᄒᆞ고, 엽실(曄實)한 토산마(兎山馬)난

---

43) 원문에는 '승지' 앞에 '부' 자가 가필되어 있다.

44) **사복판관** 궁중의 가마나 말에 관한 일을 맡아보던 사복시(司僕寺)의 판관 벼슬.

45) **보역고** 보역에 충당할 돈이나 물품을 거두어들이기 위하여 설치한 관아 또는 그 창고.

46) **도장소** 궁방(宮房)의 토지를 관리하고 도조(賭租)를 징수하는 곳.

47) **상정고 저치미** 상정법은 황해도를 대동법(大同法)의 예외 지역으로 하면서, 따로 전세(田稅)를 징수하게 한 법이다. 이 법에 따라 거두어들인 미곡을 상정미(詳定米)라 한다.

실수할 염예 업다. ᄋᆡ긔 유모(乳母) ᄌᆞᆼ옷 씌여 승교 ᄃᆡ와 압세우고, 여운여우(如雲如雨) 모라갈 졔, 쳥단(靑丹)의 숙쇼ᄒᆞ고, 연안(延安) ᄇᆡ쳔(白川) 지나셔셔, 벽난도(碧瀾渡) ᄇᆡ을 타니, 칠월 칠셕 교시절(姣時節)의 오ᄌᆞᆨ(烏鵲)으로 다리 노와 은하수을 건너난 듯, 춍망(悤忙)한 이ᄂᆡ 거름 여울 당한 물길이요, 시위 ᄯᅥ난 살이로다. 쥭박현(注波峴) 너머 셔셔 ᄀᆡ셩부(開城府) 다다르니, 두문동(杜門洞) 칠십이인(七十二人)[48] 불식주쇽(不食周粟) ᄒᆞ엿던가. ᄎᆡ미(採薇) 노ᄅᆡ 고요ᄒᆞ고, 션쥭교(善竹橋) 반반혈(斑斑血)은 포은션ᄉᆡᆼ(圃隱先生) 정혈(精血)이라. 충졀은 일반이니 나의 흠앙(欽仰)할 곳시라. ᄃᆞᆼ셩(東城) 거리 압페 잇ᄂᆡ ᄉᆡ벽길 이여 가ᄌᆞ. 널문이 닷지 마쇼, 죵경셩(鐘磬聲)이 어려셔라.[49] ᄌᆞᆼ단(長湍)이 머도머다 지나셔니 동파(東坡)로다. 임진강 말근 물의 몸의 ᄯᆡ을 싯고 ᄌᆞ셰.[50] ᄉᆞᆷᄇᆡᆨ팔십 이 이리 먼가, 쳥ᄉᆞᆫ녹수(靑山綠水) 한이 업다. 파주현(坡州縣) ᄌᆞ지 마ᄌᆞ, 읍명(邑名)이 고이ᄒᆞ다. 미륵불(彌勒佛) 졔 게시니 임 위ᄒᆞ여 츅원할가. 잔버들 ᄭᅥᆨ지 말소, 임의 말을 ᄆᆡ여볼가. 혜엄영(惠陰嶺) 노파 마쇼, ᄉᆞᆷ각ᄉᆞᆫ(三角山)이 져긔로다. 벽졔(碧蹄)의 말 모라라. 고양ᄎᆞᆷ(高陽站) 느져 간다. 봉화(烽火) 들고 문 다드면, 지쳑의 게신 임을 ᄎᆞ마 어이 그려 ᄌᆞ리. 홍졔원(弘濟院) 요긔(療飢)ᄒᆞ고, 모ᄒᆞ현(慕華峴)[51] 너머가니, 영은문(迎恩門) 두 기둥은 임이 나와 마죠 션 듯, 삼각ᄉᆞᆫ이 쳥수(淸秀)한 중 부악(北岳)이 그 이ᄒᆞ다. 목벽산(木覓山)이 압풀 막고, 한강(漢江)이 수구(水口) 되니, 억만연 왕긔지(王基地)라.

48) **두문동 칠십이인** 고려의 유신(遺臣) 신규(申珪) 임선미(林先味) 등 일흔두 명의 충신. 조선이 건국되자, 충신불사이군(忠臣不事二君)을 내세워 새 왕조에서는 벼슬을 할 수 없다고 두문동에 숨어들었다.

49) 종소리가 들리며 성문 열 시간이 되었으니 문을 열어달라는 뜻.

50) 원문은 'ᄌᆞ' 뒤에 '가'를 가필하고 있다. 의미상으로는 둘 다 가능하다.

51) **모화현** 무악현(毋岳峴) 곧 지금의 무악재. 무악재 바로 남쪽 영은문(현 독립문 자리)에 중국 사신을 접대하던 모화관(慕華館)이 있었다.

상봉의 기쁨

ᄐᆡ평셩ᄃᆡ 이 쳔지의 임과 나와 이별 업시 ᄇᆡᆨ셰무양(百歲無恙) 지ᄂᆡ고져, 낙ᄎᆞᆼ(樂昌)의 파(破)한 거울 ᄉᆞᆼ안(上元) 시의 둥구럿고,[52] 풍셩(豐城)의 논인 금(劍)이 연평진(延平津)의 합ᄒᆞ도다.[53] 쵸(楚) 양ᄃᆡ(陽臺)의 ᄌᆡ셰이연(再世因緣) ᄂᆡ 안이 부럽거든, 두십낭(杜十娘)의 투강ᄉᆞ(投江事)을 절ᄀᆡ로 이를ᄉᆞᆫ가.

어화 벗님ᄂᆡ야, 이ᄂᆡ 말 웃지 말소. 낙양셩동(洛陽城東) 도리원(桃李園)의 ᄭᅩᆺ시절이 ᄆᆡ양이며, ᄉᆞᆷ화양ᄉᆞ(三瓦兩舍)[54] 연화(烟火)[55] 즁의 오입ᄀᆡᆨ을 미들ᄉᆞᆫ가. 이ᄉᆡᆨᄉᆞ인(以色事人)[56] 우리 ᄒᆡᆼ중 연국부인(汧國夫人)[57] 못 바라나 위션 ᄉᆞᆼ봉 질겁도다.

벗에게

ᄃᆡᄀᆡ 너이 죵긔(鐘氣)[58]한 바 화안월ᄐᆡ(花顔月態)와 난ᄌᆡ혜질(蘭姿蕙質)은

52) 남조(南朝) 진나라 태자사인(太子舍人) 서덕언(徐德言)과 처 낙창공주(樂昌公主)의 이야기. 이른바 파경중합(破鏡重合)이다.

53) 진나라 장화(張華)와 뇌환(雷煥)이 천문을 살피다가 보검(寶劍)의 정기를 알아채어 용천(龍泉)과 태아(太阿)라는 두 보검을 얻어 각각 하나씩 차지하였다. 그후 장화는 주살 당하고 뇌환도 죽었다. 오랜 다음 뇌환의 아들이 보검을 차고 연평진을 지나는데, 홀연 보검이 허리에서 나와 강 속으로 들어갔고, 장화의 보검과 합쳐져서 두 마리 거대한 용으로 바뀌었다. 『진서晉書』「장화전張華傳」.

54) **삼와양사** 안왕거의 「열상규조」에 "삼와양사란 기생의 집이다"라고 풀이되어 있다고 한다. 이능화, 『조선해어화사』에서 재인용.

55) **연화** 곧 불로 밥을 지어먹는 연화계(煙火界). 속세를 뜻한다.

56) **이색사인** 얼굴로 사람을 섬긴다는 뜻. 당나라 방천리(房千里)의 「양창전楊娼傳」에 "대저 창기는 얼굴로 사람을 섬기는 자로서 이익이 없으면 함께 하지 않는다夫娼 以色事人者也 非其利則不合矣"라는 말이 있다. 기생의 본질을 꿰뚫어 한 말이다. 이색사인이라는 말은 일찍이 『사기』「여불위열전」에도 나오는데, "색으로 사람을 섬기는 자는 색이 쇠하면 사랑도 식는다以色事人者 色衰而愛弛" 하였다. 이는 여불위가 화양부인에게 한 말로, 사랑을 계속 얻으려면 자식이 필요하다며 한 말이다. 그러면서 여불위는 자기가 후원하는 진시황의 아버지를 천거하였다.

57) **견국부인** 당나라 기생 이와의 봉호.

화청궁비(華淸宮妃)[59]을 살지다 나물할 거시오. 셤셤죽순(纖纖竹筍)과 칙칙금면(嘖嘖金蓮)[60]은 한궁비련(漢宮飛燕)을 경쳡(輕捷)다 우살지라. 알운청가(戛雲淸歌)[61]와 편쳔포무(遍天布舞)난 가이 일셰(一世)을 긔우릴 거시요, 청ᄃᆡ단군(靑帶丹裙)과 유요옥질(柳腰玉質)이 가이 청누긔관(靑樓奇觀) 되미 졍이 붓그렵지 아니ᄒᆞ니, 쇼활다졍(疏豁多情)한 쳔셩쟉인(天成作人)이며, 월미(月眉) 셩안(盛顔)은 ᄌᆞᆼ낭(張郞)의 ᄋᆡ을 ᄉᆞ르며, 교언영식(巧言令色)은 이랑(李郞)의 마음을 썩여, 화류와ᄉᆞ(花柳瓦舍)의 아무라 ᄒᆞ무로 반ᄉᆡᆼ(半生)을 지닐가 ᄒᆞ여드니,

능이 연화(煙火)을 버셔나 안연(晏然)이 졀부(節婦)의 일을 무란이 효칙(效則)ᄒᆞ고, 만일 셔진(西晉) 시의 ᄉᆡᆼ(生)ᄒᆞ여든들 금곡(金谷) 예졀(禮節)을 녹주(綠珠)의게 ᄉᆡ양ᄒᆞ며, 아국(我國) 츈향(春香)의 일홈이 홀노 악부(樂府)의 올나실이요. 진실노 홍인(弘演)의 부복낙간(剖腹落肝)과 예양(豫讓)의 탄탄위아(呑炭爲啞)난 유쇽(流俗) ᄉᆞᆼᄉᆞ(常事)라. 가이좁분 ᄇᆡᆨ희(伯姬)와 환비 ᄃᆡ가(待駕)[62]로 ᄇᆡᆺ틀 다톨 듯, 그 졀(節)을 의논할진ᄃᆡᆫ 수양고봉(首陽高峰)을 엇지 놉다 이르며, 그 ᄯᅳᆺ슬 ᄉᆡᆼ각할진ᄃᆡᆫ 연평ᄃᆡ히(延平大海)을 엇지 푸르다 ᄒᆞ리요마난,

가셕(可惜)할ᄉᆞ 형ᄉᆞᆫ(荊山) ᄇᆡᆨ옥(白玉)[63]이 은독(韞櫝)[64]의 감쵀이고, 능

---

58) **종기** 정기가 뭉친 것.

59) **화청궁비** 양귀비.

60) **책책금련** 책책은 칭찬 탄복하는 소리이며, 금련은 아름다운 발 또는 발걸음을 가리킨다.

61) **알운청가** 하늘을 울리는 맑은 노래.

62) **환비 대가** 미상. 『열녀전』에서 백희와 짝을 이루는 인물로 초나라 소왕(昭王)의 부인 정강(貞姜)을 꼽을 수 있다. 정강은 소왕이 지방을 순시할 때 동행하였다가, 갑자기 큰물을 만나 누대(樓臺)에 고립되었다. 소왕은 부인 걱정에 사자(使者)로 하여금 모셔오게 하였는데, 서두르다가 부신(符信) 주는 것을 잊었다. 부인은 위급한 와중에도, 부신이 없으면 따라갈 수 없다는 예법에 따라, 부신을 기다리다 물에 휩쓸려 죽고 말았다. 아마도 이와 유사한, 목숨을 걸고 분수를 지킨 인물에 대한 이야기인 듯하다. '가이잡분' 도 미상이다.

언잉무(能言鸚鵡)가 농 쇽의 드렷난 듯, 인ᄉᆡᆼ ᄉᆞ세(斯世)의 너의 옥부향신(玉膚香身)을 겹지 못ᄒᆞ며, 단정(丹井)[65] 옥노(玉露)을 맛보지 못할진ᄃᆡᆫ, 셰ᄉᆞᆼ의 난 것시 허수ᄒᆞ고, 죽어도 너을 말ᄆᆡ아마 죽지 못한 직, 죽어도 죽난 거시 가련ᄒᆞ도다. 만일 벽셩(碧城)[66] 호ᄀᆡᆨ(豪客)의 일분 다정한 ᄌᆡᄌᆞ(才子)가 이슬진ᄃᆡᆫ, 널노 말ᄆᆡ아마 ᄉᆞᆼ심젼망(傷心全亡)할 ᄌᆡ(者) 멧멧치 될 중 알이요마난, 셰강쇽박(世降俗薄)ᄒᆞ고 인불여고(人不如古)라. 져의 범ᄐᆡ육골(凡態肉骨)과 쇼간치ᄒᆡ[67]로 지정슈취(知情識趣)[68]와 봉친합의(逢親合意)[69]을 아난 ᄌᆡ 뉘라 ᄒᆞ리요. ᄉᆡᆼ각난 ᄇᆡ 역불과청죵공방(亦不過聽從空房)[70]이요, 취ᄒᆞ은 ᄇᆡ 또한 순홍치ᄇᆡᆨ(脣紅齒白)[71]이라. 황혼낙일(黃昏落日)의 목양(牧養)ᄒᆞ난 아희가 왕숀(王孫)인 줄 뉘려 알며, 졀아산ᄒᆡ(苧蘿山下) 나물 ᄏᆡ난 여ᄌᆞ 그 경국지ᄉᆡᆨ(傾國之色)인 줄 뉘려 알이.[72] ᄇᆡᆨ니ᄒᆡ(百里奚)의 ᄯᅳᆺ지 굿ᄒᆞ여 진국(秦國)의 잇지 안

---

63) **형산 백옥** 화씨벽(和氏璧). 화씨벽은 초나라 화씨가 구해 임금에게 바쳤다는 보옥으로, 임금은 보옥을 몰라보고 도리어 화씨에게 죄를 주었다.

64) **온독** 보옥을 넣는 궤.

65) **단정** 붉은 돌로 둘러친 우물. 선가仙家에서 말하는 신비로운 우물이다.

66) **벽성** 해주(海州)의 다른 이름.

67) 기생에게 미혹된 어리석은 남자를 치애라 한다. 본서 제3부 '기생이 본 다섯 유형의 남자' 참조.

68) **지정식취** 『성세항언醒世恒言』「매유랑독점화괴賣油郎獨占花魁」의 첫머리에 있는 사곡(詞曲) 서강월(西江月)의 한 대목. "젊은 시절 다투어 풍류를 자랑하지만, 그 속에서는 곡절도 많구나. 돈 있어도 얼굴이 못나면 뜻 이루기 어렵고, 얼굴이 잘나도 돈이 없으면 마찬가지구나. 비록 돈과 얼굴이 다 갖추어져도 상대방 마음을 잘 파악해야 하네. 정취를 아는(知情識趣) 한량들이여! 그 누가 이 도(道) 앞에서 나를 능가하랴!"

69) **봉친합의** 당나라 기생 이와의 이야기에 나오는 말. 기생임에도 불구하고 이와의 시아버지는 이와를 흡족히 여겼다는 데서 나온 말이다.

70) **역불과청종공방** 빈방에서 홀로 지낼 수밖에 없다는 뜻 정도로 보인다.

71) **순홍치백** 붉은 입술과 흰 치아. 아름다운 얼굴을 뜻한다.

72) 이는 월나라 미녀 서시(西施)의 일이다. 서시는 본래 저라산 아래에서 땔감을 팔던 아이였는데, 월의 정승 범려(范蠡)가 오왕(吳王) 부차(夫差)에게 바쳤고, 결국 오왕은 서시에게 빠져 나라를 망쳤다.

이ᄒᆞ나 그 아난 ᄌᆞ 업슴이라 ᄒᆞ거니와,

ᄃᆡ져 엇지ᄒᆞ면 니덜노 ᄒᆞ여금 후셰에 녹을 먹고,[73] 그 인국(隣國)[74]을 비반ᄒᆞ며 유ᄌᆞᆼ춘혈(踰牆鑽穴)ᄒᆞ난 음부(淫婦) 출녀(剎女)를 붓그럽게 ᄒᆞ노라.

군산월의 애원

원제 군ᄉᆞᆫ월ᄋᆡ원가

머리플이

어와 긔박(奇薄)홀ᄉᆞ ᄎᆞᆼ여(娼女) 신명(身命) 기박ᄒᆞᄉᆞ. 고이하다 양반 ᄒᆡᆼ실 이다지도 무졍ᄒᆞ오. 셰샹의 이별(離別) 잇ꥣᆞ(離字) 이별마다 쳐량ᄒᆞ다. 역수(易水)의 ᄌᆞᆼᄉᆞ(壯士) 이별, 번ᄉᆞᆼ(番上)의 군ᄌᆞ(軍士) 이별,[75] ᄒᆞ교(河橋)의 붕우(朋友) 이별,[76] 호지(胡地)의 소군(昭君) 이별. 이별 이별마다 슬푸거든, 하물며 유졍 이별 ᄉᆞ람마다 슬푸거든, ᄒᆞ물며 유졍 이별 ᄉᆞ람마다 ᄒᆞ긴ᄂᆞᆫ가. ᄉᆡᆼ초목의 불이 타ᄂᆡ.

---

73) 필사시 빠진 부분인 듯.

74) **인국** 첩을 적국(敵國)이라 부른다. 여기서 인국은 남편을 가리키는 듯하다.

75) '군자'는 '군사'의 오기로 보인다.

76) 어떤 고사와 관계된 것인지 분명하지 않다. 하교에는 소무(蘇武)와 이릉(李陵)의 이별을 배경으로 한 '하량별河梁別'의 고사가 있으며, 또 당나라 시인 송지문(宋之問)의 「두심언을 이별하며別杜審言」라는 시로도 유명하다. 송지문의 시는 초급 한시 학습서인 『오언당음五言唐音』에도 실린 작품이므로, 이 작품에서 인용되었을 가능성이 크다. 송지문의 시는 작가가 하교에서 직접 두심언과 작별을 나누지 못한 아쉬움을 노래한 것이다.

기생의 절개

ᄂᆡ 본ᄃᆡ ᄀᆡᄉᆡᆼ이ᄂᆞᆫ ᄒᆡᆼ실이야 ᄀᆡᄉᆡᆼ일가. 십구 셰 이ᄂᆡ 광음 일부종신 ᄒᆞᄌᆞ셔라, 절ᄒᆡᆼ이 놉하기로 본관 수청 아니하고, 심규의 몸을 쳐ᄒᆡ 이젼 ᄉᆞ기(史記) 솔펴 보니, 남원의 츈양(春香)이난 절ᄒᆡᆼ이 놉하기로, 옥즁의 죽기 될 되 이ᄉᆞ(御使) 소식 반가와라. 이다지 ᄌᆡ히 되여 어ᄉᆞ 안젼 ᄭᅩᆺ치 되고.[77] 평양의 옥단츈이 어ᄉᆞ 이별 몃다린고. 영광정 큰 ᄌᆞᆫᄎᆞ의 거린으로 오신 ᄉᆞ람 낭군인쥴 ᄂᆡ가 알고.

김교리와의 만남

김학ᄉᆞ 이번 졍ᄇᆡ(定配) 학ᄉᆞ의 ᄋᆡᆨ운인가, 이ᄂᆡ 몸의 연분 이셔 연분 ᄎᆞᄌᆞ 와 겻ᄂᆞᆫ가. 연분이 즁코 즁ᄒᆡ 하날님이 둘너ᄂᆞᆫ가. 젼ᄉᆡᆼ의 연분 이셔 승상(聖上)님이 보ᄂᆡ신가. 칠보ᄉᆞᆫ 쳣 안면(顔面)의 연약(言約)이 금셕(金石) 갓다. 칠보ᄉᆞᆫ 거ᄒᆡᆼ하고 본집의 도라와셔 나으리 ᄆᆡ시기을 예의로 뫼셔보ᄉᆡ. 뉵예(六禮)은 업슬망정 ᄉᆞ군체볍(事君體法) 다를손가.

김교리의 해배

어와 감츅할ᄉᆞ 쳔은이 망극ᄒᆞ니, 죄명(罪名)을 노으시고 회ᄇᆡ(解配)ᄒᆞ라 분부하니, 나으리 거동 보소, 북향(北向)하여 ᄉᆞᄇᆡ(四拜)하고 문발을 손의 들고 본관의 드러가셔 희희낙낙 즐겨ᄒᆞ고, ᄒᆡᆼ중을 수습ᄒᆞ여, 본관의 하난 말이

본관을 하직하니 군순월을 어이ᄒᆞ고 가시려 ᄒᆞ난잇가.

학ᄉᆞ의 ᄒᆞᄂᆞᆫ 마리

군순월을 여기 두고 고향의 도라간들 오ᄆᆡ불망 어이할고. 언약이 이셔스니 다리고 가오리다.

본관의 셩덕(盛德) 보소. 남북(男服) 주고 ᄒᆡᆼ지(行資) 쥬고 님ᄒᆡᆼ(臨行)의 하ᄂᆞᆫ 마리

---

77) 미상. 잘못 필사되어 들어간 부분인 듯.

뫼시고 ᄌᆞᆯ 가거라. 쳘의강ᄉᆞᆫ(千里江山) ᄃᆡ도샹(大道上)의 김학ᄉᆞ 꼿치 되여 ᄀᆡᆨ회(客懷)을 위로하고 조심하여 잘 가거라.

군ᄉᆞᆫ월이 그 말 듯고 일희일비(一喜一悲) 그지업다. 쳘이타향(千里他鄕) 가ᄌᆞ 하니 부모 동ᄉᆡᆼ 그리워라. 아니 가ᄌᆞ ᄉᆡᆼ각하니 이왕의 김학ᄉᆞ의 쳔쳡(賤妾)이 되여시니 아무리 쳔쳡인들 ᄉᆞ종제법(事從諸法) 모을손가.

가족들과의 이별

마음의 쾨(快)한 쳬로 부모 동ᄉᆡᆼ 손을 즙고 은근이 위로하되,

이왕의 김학ᄉᆞ을 군ᄌᆞ로 셤겨시니, 김학ᄉᆞ 회뵈(解配)ᄒᆞ여 향ᄉᆞᆫ(鄕山)의 도라가니, 불ᄉᆡᆼ이부(不更二夫) 이ᄂᆡ 졀ᄀᆡ 나도 이져 가나이다. 아모리 ᄀᆡᄉᆡᆼ이ᄂᆞ ᄒᆡᆼ실이야 다를손가, 여ᄌᆞ유ᄒᆡᆼ(女子有行) 원부모(遠父母)라. 츌가외인 ᄉᆡᆼ각말고 만셰만셰 안보(安保)하여 무양(無恙)ᄒᆞ긔 지ᄂᆡ시면, 타향의 몸을 떠셔 쳘이말이(千里萬里) 멀고머나 다시와셔 보오리다.

부모의 하ᄂᆞᆫ 말이

온야 온야 그리ᄒᆡ라. 온야 온야 ᄌᆞᆯ 거라. 네 셩품 ᄂᆡ 알뜨시 못 가라 ᄒᆞ깃나야. 아모리 ᄌᆞ식인들 ᄉᆞ군제법(事君諸法) ᄉᆡᆼ각하고 불원쳘이(不遠千里) 갈나하니 ᄂᆡ 엇지 말일손가.

남복을 가라입고 츄풍의 말을 타고 향ᄉᆞᆫ(鄕山)을 떠ᄂᆞ오니 고향이 ᄒᆞ직일ᄉᆡ. 나으리 나신 풍ᄎᆡ 귀흥(歸興)이 도도ᄒᆞ여,

어셔 오라 급히 가ᄌᆞ. 풍셜(風雪)이 고이ᄒᆞ니 저 즁의 너으 몸이 상하기 쉬우리라. 젹ᄀᆡᆨ(謫客) ᄉᆞᆫ 일연(一年)만의 향ᄉᆞᆫ을 향히셔니 시각이 민망ᄒᆞ고 일시(一時)가 ᄉᆞᆷ츄(三秋)갓다.

김교리의 변심

연약한 ᄀᆡ집 몸이 여러 날을 길의 나셔 노독(路毒)이 ᄐᆡ심(太甚)ᄒᆞ다. ᄂᆡ 온길 ᄉᆡᆼ각ᄒᆞ니 젼ᄉᆡᆼ인가 몽즁인가. 탄막(炭幕)의 ᄌᆞᆷ을 ᄌᆞ고, 아츰의 조반(早飯) 후

의 힝장을 슈습ᄒᆞ여 슐 먹고 이러셔니, 나으리 거동 보소. 변식ᄒᆞ고 하는 마리,

가련하고 어엿뿌다. 너을 쳐음 만닐 적의 연약(言約)이 금셕 갓고 인졍(人情)이 틱순 갓히, 츈풍숌월(春風三月) 화류시(花柳時)와 츄월(秋月) 츈풍(春風) 조흔 ᄯᅢ와 온갓 비회 요란한ᄃᆡ, 심ᄉᆞ가 수란ᄒᆞ고 향ᄉᆞ(鄕思)가 간졀ᄒᆞᄂᆞ, 쥬야로 너을 다려 ᄀᆡᆨ회을 위로ᄒᆞ여, 향슈순쳔(鄕水山川) 갓치 가셔 슬ᄒᆞ(膝下)의 두ᄌᆞ더니, 지금 와 싱각하니 난쳐ᄒᆞ고 어려 와라. ᄂᆡ 본ᄃᆡ 졸 못하여 너을 이졔 쏘겨시ᄂᆞ 셥셥히 아지 말고 조히 조히 졸 가거라.

군순월이 감쪽 놀ᄂᆡ 눈물 짓고 ᄒᆞ난 마리

이기 참아 왼말이요, 바릴 심ᄉᆞ 게시거든 칠보순 거힝 셰예 아조 아조 멀이 하지, 무단이 언약 밋고 몃 번을 몸을 굽히든 졍이 틱순 갓히, 허다 ᄉᆞ람 다 바리고 험코 험한 먼먼 기릐 뫼시고 오왓더니, 그다지도 무졍ᄒᆞ오, 그다지도 야속ᄒᆞ오. 순순수수(山山水水) 멀고 먼ᄃᆡ 도라가라 분부ᄒᆞ니, 이군불ᄉᆞ(二君不事) 튱신졀기(忠臣節介) 나으리 ᄒᆞ실 비요, 이부불경(二夫不更) 구든 졀기 손여(少女)의 즉분이라, 초슈오순(楚水吳山) 험한 기릐 이별ᄒᆞ고 도라가면 젹젹한 빈 방안의 독슈공방(獨守空房) 어이 하며, 십구셰 이ᄂᆡ 광음 속졀 업시 되여고나. 연연한 이ᄂᆡ 몸을 몃 쳘이(千里) 훌쳐다가 ᄉᆞ고무친(四顧無親) 타도타향(他道他鄕) 귀로망망(歸路茫茫) 이ᄂᆡ 힝지(行止) 이다지도 바리시오.

나으리 하난 마리

긔야의 깁픈 졍을 이별을 당두하니, 쳘셕(鐵石) 안인 이ᄂᆡ 간ᄌᆞᆼ 졈졈이 녹아나고, 거문 머리 빅발 될 듯. ᄂᆡ 마음 이르커든 연연한 너의 심회 오즉하며 오즉할가.

만단(萬端)으로 의로하고 누수(淚水)로 위로하여

다시 보ᄌᆞ 수이 보자 명연(明年) 숌월(三月) 꼿피거든 ᄂᆡ 한번 갈 거시니 부ᄃᆡ 조히 졸 가거라. 남ᄌᆞ의 평싱 일을 미리 깁필(期必) 못 하ᄂᆞ니 다시 엇지 못 볼손야.

군순월리 하는 마리

가련하오 이닉 신셰, 쳐량ᄒᆞ오 이닉 신셰, 다시 엇지 보오릿가. 이쳔이(二千里) 쳔의(天涯) 밧기 겨영(拒令)ᄒᆞ여 오실잇가. 다시 보ᄌᆞ 당부하면 나으리게 악담(惡談)이요, 영이별 ᄒᆞᄌᆞ 하니 손여(少女) 신셰 금안이라. 구양 곳 아니시면 북쳔(北天)을 어이 오며, 손여(少女) 곳 아니시면 이별ᄒᆞ 리 뉘 이실고. 이 길노 도라가면 화촉동방 빈 방 안의 이탁(依託) 업난 이닉 신셰 뉘을 밋고 ᄉᆞ준 말고. 히ᄒᆞ셩(垓下城) 춘야월(春夜月)의 우거인(虞美人)이 쳐량ᄒᆞ고, 벽수청순(碧水青山) 져문 날의 졍부(情婦) 심회 쳐량ᄒᆞ고, 압 남순(南山) 상샹봉(上上峰)의 망부셕(望夫石) 슬푸도다. 칠월칠셕(七月七夕) 오죽교(烏鵲橋)의 견우직여(牽牛織女) 부러와라.

김학ᄉᆞ ᄒᆞ난 마리

션비의 졸한 몸이 곱고 고은 너으 ᄌᆞ식, 아름다운 너의 얼골, 유졍(遺情)ᄒᆞ기 붓그렵고, 이별하기 야속하다. 박졀하고 셥셥ᄒᆞ다. 무ᄉᆞ히 도라가셔 간특한 너의 심중이 부도 상키 마라.

이별쥬(離別酒)야 먹어바라.

쥬인을 불너닉야 술 한 잔 둘너 줍고

먹어바라.

ᄌᆞ부시오.

눈물이 흘너나려 반 잔 수리 한 잔 되고 한 잔 수리 넘쳐고나. 다감다감 도라셔셔 남북으로 항히 셜 지, 또다시 당부하되

줄 가거라.

줄 가시오.

군순월이 거동 보소. 츄파(秋波)을 넌젓 드러 학ᄉᆞ 풍치 다시 보고 우시며 허락ᄒᆞᄂᆞ 그 우슴이 진졍인가. 어이업는 우숨 되고, 눈물이 소ᄉᆞ나고, 우름 화히 우숨이라.

군산월의 탄식

소상강(瀟湘江) 기력이 쪽을 일코 나라간 듯, 무릉(武陵)이 벽도화(碧桃花)가 모촉광풍(冒觸狂風) 떠러진 듯, 양협(兩頰)의 눈물 날려 홍상(紅裳)의 슈침(水浸)훈 듯, 홍도화(紅桃花)의 비 마진 듯, 한 거름의 도라보고 두 거름의 보고, 거름마다 도라보니, 순쳔(山川)도 낫치 업고 일월(日月)이 무광(無光)한 듯. 아춤의 떠난 기리 일낙셔순(一落西山) 다리 뜨닉 하로 온 길 싱각하니 몃 이(里)ㄴ 되엿든고. 아르 쥬막(酒幕) 떠나와셔 초초젼진(稍稍前進) 종일 기리 웃 쥬막의 슉소 되닉. ᄉ고무친(四顧無親) 쥬막 방의 무졍한 발근 달은 화즁충 놉하난딕, 난간의 비겨 젼후ᄉ을 싱각ᄒ니 어이 업고 긔가 막혀 슉믹(菽麥)이 방불(彷佛)하다. 혼줏말노 ᄒ는 마리

이곳지 어딕미요. 북쳔이냐 남쳔인냐. 고향이냐 타향이냐. 젼싱이냐 이싱이냐. 김학ᄉ가 무졍튼가. 군순월이 박보(薄福)튼가. 이곳딕 쥭ᄌ 한들 쥭난 쥴을 뉘가 알며 셔른 ᄉ졍 뉘가 알고. 시럼으로 눈물노 밤식우고 단독고신(單獨孤身) 닉 한몸이 어딕로 가존말고. 빅셜(白雪)은 분부(紛紛)하고 낙엽은 만순(滿山)한딕, 남북이 분간(分揀) 업고 순도 셜고 물도 션딕, 지향(指向)이 아득하여 오든 길 싱각ᄒ니 벼면(泛然)이 지닉왓다. 이를 쥴 아라스면 익히ㄴ 보올 거술. 이 지경이 뜻밧기라. 흠양의 도라간들 부모 동싱 어이 보며, 원근 친척 어이 볼고. 비횡을 ᄌ위조고[78] 근근이 도라가셔 졀힝(節行)을 직히고셔 일부종신(一夫終身) ᄒ여셔라.

충안(蒼顔)이 빅발되고, 무릅히 귀 넘도록 세월을 보닉시니, 그 아니 장할손가.

78) 미상.

가련하다 첩의 신세

원제 별실ᄌᆞ탄가라

불쌍한 첩의 신세

어와 벗님네야 별실 ᄉᆞ적 드러보오. 텬디 조판(肇判)시의 각ᄉᆡᆨ만물 마련할 졔, 오힝졍긔며 음양지니(陰陽之理)로 비조(飛鳥) 곤츙 쌍을 지여, 츈ᄉᆞᆷ월 호시졀의 초목 군ᄉᆡᆼ지물(群生之物)이 ᄀᆡ유이ᄌᆞ락(皆遊戲自樂)ᄒᆞ여 쌍비 쌍쌍 왕ᄂᆡᄒᆞ며, 년년이 ᄉᆡᆺ기 쳐셔 졔 근본을 번셩ᄒᆞ는ᄃᆡ, 우리는 어인 팔ᄌᆞ로 졔 쌍을 못 짓고 나며, 남의 님 거러두고 상ᄉᆞ 회포 속상ᄒᆞ며, 유졍낭 글여 살고 무심한 곳 살계 되며, 평ᄉᆡᆼ의 눈에가시 덧붓침도 극난ᄒᆞ다. 잘 맛나도 그븐ᄉᆞ요 못 맛나도 한가지라. 집 졍ᄒᆞ 니 죠타 ᄒᆞ나 쳡 구실 극난이라. 쳐쳡간 부부지졍 동시 일반이라. 층ᄒᆞ가 현격ᄒᆞ고 분한 일도 ᄒᆞ고 만타.

난처한 별실 처지

음젼ᄒᆞ고 진즁ᄒᆞ면 ᄃᆡ를 쎈다 놀난이요, ᄉᆡᄎᆞ고 얌젼ᄒᆞ면 방ᄌᆞᄒᆞ다 돌니이고, 졈지안코 드레지면 거만ᄒᆞ다 수군수군, 쏙쏙ᄒᆞ고 어엿부면 여호라 별명이요, 능슈 잇고 은근ᄒᆞ면 흉측ᄒᆞ다 별명이요, 밉슈 잇고 간드러지면 방졍맛다 고언이요, 상가롭고 민쳡ᄒᆞ면 간물노 지목ᄒᆞ고, 경위 발ᄭᅩ 눈치 ᄲᆞ르면 얄밉다 통이 돌고, 졍직ᄒᆞ고 씩씩ᄒᆞ면 ᄯᅳᆺ맛치라 빗쑥빗쑥, 에도 죠챠 졔도 죠ᄎᆞ 득인심ᄒᆞ랴 한 즉, 고맙단 말 ᄒᆞ나 업시 밋쳣다 흉을 보며, 슌젼ᄒᆞ고 무던ᄒᆞ면 물어미 ᄌᆡ목일셰. 잘한다는 말이 업고 칭찬들을 일이 업네.

남편과의 관계

이러한 시비 즁의 남편 ᄒᆞ나 밋고 ᄉᆞ니, 남편은 눈치 업나 ᄋᆡ셕ᄒᆞ여 ᄉᆞ랑ᄒᆞ니, 불관한 남이라도 ᄃᆡ혹이라 왁쟈ᄒᆞ고, 무ᄉᆞᆫ 일의 셩이 나면 ᄉᆡᆼ트집ᄒᆞᆫ다 ᄒᆞ

며, ᄌᆞ질간 치칙ᄒᆞ면 쳡의 춤소 의심ᄒᆞ고, 음식 의복 나무라면 변힛다고 입 취치고, 감긔라도 알케 되면 소범상이라 지목ᄒᆞ고, 병논을 말도 안코 형방픠독순이 당졔라며, 졔 명 단ᄒᆡ 극낙 가면 쳡의 골아 일죽 갓다 ᄒᆞ며,

결사

이러틋 답답한 일을 소두문청텬(疏頭問青天)[79] ᄒᆞ여볼가. 그런ᄃᆡ로 살냐 ᄒᆞ니 셩ᄒᆞ느니 화긔로다. 남의 문견들이 그러ᄒᆞᆫ지 이 물건 쳡 구실은 여염 부녀 살님ᄒᆞ듯 일시도 놀 틈 업고, 아ᄒᆡ 나으면 졋 먹이고 죵의 일을 됴히쥬며, 골몰이 ᄉᆞ누라니 힝낙이 무어신지.

시비들을 일이 업시 화목ᄒᆞ여 지ᄂᆡ시며 화긔가 무어신지 속상할 일이 업셔[80]

늙은 기생의 노래

원제 녹의ᄌᆞ탄가

기생으로 팔려가다

텬지현황(天地玄黃)[81] 삼긴 후에 오직 ᄉᆞ람 최귀(最貴)ᄒᆞ다. 우리 부모 길으실 졔, 구푀(鳩哺)[82] 토복(吐服) 엇터턴고. 씌초한을 맛초시와 질통(疾痛)허여 염녀(念慮)로다.[83] 계집ᄌᆞ식 편ᄋᆡ(偏愛)ᄒᆞ긔 ᄉᆞ람마다 향상이라. 한 살

79) **소두문청천** 소두는 연명하여 올린 상소문에서 맨 먼저 이름을 적은 사람. 소두가 되어 하느님께 묻는다는 말.

80) 이 줄은 앞부분과 잘 연결되지 않는다. 미완성이다.

81) **천지현황** 『천자문』의 맨 앞부분. 즉 여기서는 천지개벽을 뜻함.

82) **구포** 비둘기가 새끼를 먹여주는 것에 빗대어 자모의 정성을 뜻함.

83) 미상. 자식이 병으로 고생하는 것을 염려하는 부모의 마음을 그린 것으로 이해된다.

두 살 십여 셰의 용모ᄌᆞ식 방불ᄒᆞ다. 집안 긔물(器物) 져뿐이요 가빈 신세 말 못되니, 상ᄌᆞ(相者)의계 관상ᄒᆞ니 단명ᄒᆞ고 팔ᄌᆞ 굿다, ᄉᆞ후 평싱 ᄂᆡ여보니 타 셩가의 양녀로다. 교방(教坊) 풍속(風俗) 읍감부동(邑各不同) 원긔(院妓) 업셔 ᄃᆡ비(代婢)로다.[84] 우리 부모 망영으로 긔가(妓家) ᄌᆞᄆᆡ(自賣)ᄒᆞ오시니, 녹의홍상 곱게 입고 관가 츌입 무란ᄒᆞ다.

기생으로 이름을 떨치다

동반동긔 무수ᄒᆞ니 가무 흠셕 비호리라. 한 ᄒᆡ 두 ᄒᆡ 나ᄎᆞ가니, 탐화광졉(探花狂蝶) 험도 ᄒᆞ다. 쳔ᄃᆡ 밧기 지원ᄒᆞ나 십벌지목(十伐之木) 엇지ᄒᆞ리. 즁ᄆᆡ 업ᄂᆞᆫ 혼인ᄒᆞ니 셩명이나 ᄂᆡ 아든가. 츌쳥슈졀(出廳守節) 업셔스니 우리 낭군 그 몃친고. 쳥가묘무(淸歌妙舞) 졀등ᄒᆞ니 경ᄒᆡᆼ(京鄕)에 명긔(名妓) 득명(得名), 금은보ᄑᆡ 노리기며, 금수문단(錦繡紋緞) 의복치례, 금봉ᄎᆞ(金鳳釵)와 옥지환(玉指環)을 형형식식 갈마드려, 빅쳔만금 ᄌᆡ물이야, 장즁츄립(帳中出入) 몃번인고. 월ᄐᆡ화용(月態花容) 졔일이니 장부 간장 다 녹인다.

늙은 기생의 노래

ᄆᆡ양 장츈(長春) 알아더니 이십 ᄉᆞᆷ십 잠간이라. 동원도리편시츈(東園桃李片時春)[85]을 날노 두고 이르미라. ᄉᆡᆨᄐᆡ 밋고 교동(驕動)타가 인심조차 일어구나. 분분호졉과장거(紛紛胡蝶過墻去)라 어ᄂᆡ 친구 날 차즈리. 구십월 젹막 초옥(草屋)에 소슬 한풍(寒風) 참도 ᄎᆞ다. 셰간 즙물 ᄎᆞᄎᆞ 파니 의복인들 짓탕ᄒᆞ랴. 고등(孤燈) 반야(半夜) ᄎᆞᆫ ᄌᆞ리의 홀노 누어 탄식ᄒᆞ되, 일이 ᄒᆞᆯ 쥴 알아스면 초년시의 마음잡아 착실 낭군 탁신(託身)ᄒᆞ여 부부지낙 아니헐가. 상낙두변ᄒᆞᆫ

84) 미상. 관아에 소속 기생이 없어서 여종으로 기생일을 대신하게 한다는 뜻으로 이해된다.

85) **동원도리편시춘** "동원의 복숭아꽃과 오얏꽃도 봄에 잠깐 필 뿐이로다"라는 뜻으로 젊음의 무상함을 비유한 말이다. 당나라 왕발의 시 「임고대臨高臺」에 나온다.

ᄂᆡᄒᆞᆫ(霜落頭邊恨奈何)[86]은 날노 두고 일음이라. 날짐ᄉᆡᆼ 길 버러지도 다 쌍쌍 잇건만은 일언 팔ᄌᆞ 어이ᄒᆞ여 ᄉᆞ궁진(事窮盡)이 되엿는고. 녀모정절(女慕貞烈)[87] 셩인 훈계 ᄂᆡ가 혼ᄌᆞ 몰으던가. ᄒᆡᆼ창죄(行娼罪)로 지옥죄는 ᄌᆞ소용마[88] 면ᄒᆞᆯ손가. 젼ᄉᆡᆼ에셔 무ᄉᆞᆷ 죄로 이ᄉᆡᆼ의도 일어ᄒᆞᆫ가. 후ᄉᆡᆼ의도 볼 것 업셔 금슈만도 못ᄒᆞ도다.

후배들 듣거라

이바 우리 동반네야 나을 보고 훈계ᄒᆞ소. 아모리 창기 돼도 마음 ᄒᆞ나 변치 말어, 흔연(欣然) 츄기(忠妓) 예도 만코 의인(義人) 신ᄎᆞᆼ(新娼) 금시(今時) 잇다. ᄒᆡᆼ음(行淫)ᄒᆞᄂᆞᆫ 쳔가(賤妓)라도 지신체신(持身體身) 더 어렵다. 신의을 츄장ᄒᆞ면 ᄌᆞ연 졀ᄀᆡ 잇는이라. ᄉᆞᆷ십 젼의 마암잡어 남편 ᄒᆞ나 골나 엇고, 부화부순(夫和婦順) 가도(家道) ᄎᆞ려 ᄉᆡᆼᄌᆞᄉᆡᆼ녀(生子生女) ᄌᆞ미로다. 졔 인ᄉᆞ만 ᄌᆞᆯ ᄎᆞ리면 어ᄉᆞᆼ어하(御上御下) 일반이라. ᄒᆞᆫ심짓고 눈물 나니 노릐 ᄒᆞᆫ 장 부르리라.

반 너머 늘거스니 다시 졈든 못ᄒᆞ리라. 이후(以後)랑은 늑지 말고 ᄆᆡ양 이만 ᄒᆞ여고져. ᄇᆡᆨ발아 네 짐작ᄒᆞ여 더듸 늘게 ᄒᆞ여셰라.

---

86) **상락두변한내하** 서리가 머리에 내리니 그 한을 어찌 하리오. 작가 미상의 「근학勤學」이라는 시에 나오는 구절이다. "지금 아직 배울 수 있는 날이 많다고 하지 마라. 무정한 세월은 물처럼 흘러간다. 젊어서 배우지 않다가 머리에 서리가 내리면 그 한을 어이 하리오莫謂當年學日多 無情歲月若流波 青春不習詩書禮 霜落頭邊恨奈何."

87) **여모정열** 여자는 곧고 바른 행실을 사모해야 한다. 『천자문』에 나오는 말.

88) **자소용마** 미상.

기생집에서 노는 법

원제 외입장이 격식 諛入匠格式

기생집 들어가는 격식

원제 기생의집(싱싸집) 드러가는 격식

"드러가자"(객이 먼저 잇스면 "두로—" 하는 것이요, 하인만 잇스면 "두룹시요" 하는 것). "평안호—"(客答 "평안호"). "무사한가"(妓答 "평안헙시요"). 중치막 압자락을 썩 헤치고 안저서 담베쌔를 싹싹 써러서 조흔 담베 한 대를 부친 후에, "좌중에 통할 말 잇소"(客答 "무슨 말이요"). "주인 기생 소리 드릅시다"(客答 "조흔 말이요 갓치 드릅시다"). "여보게"(妓答 "네"). "시됴 불으게"(妓答 "네" 하고 시됴 한 장 부르고 나면). 客이 시됴 청한 친구안테 "통할 말 잇고" "네 무슨 말이요"(客이 "남저지 시됴는 두웟다 듯는 청 좀 합시다"). "청 듯답 쌘이요" "여보게"(妓答 "네"). "시됴 삼 장을 다 듯잿드니 친구가 청을 하시니, 남저지 시됴는 이담에 나 오거든 하라기 전에 하라싸"(妓答 "네"). "수구햇네" 하고 담베 먹든 것을 썰고 한 대를 붓처서 "주인 사람 담베 메기요" 하며 준 후에, 객하고 달은 말은 책망 드릇까바 별량 업고, 혹 기생은 다리고 실업는 말을 하되, "그 동안 더 엣쌔수나, 누가 할타주지" 이런 희롱 몟마듸 하다가, 나올 쩨 일어서 도라서며 "뵙시다" "보세"(客이나 妓가 대답을 하든지 마든지) 하고 나오는 것.

이왕에는 승지 참판이나 사알 새악이나 노래 선생 외에는 '해라'를 못 하고 누구든지 외입장이는 다 '하게' 를 하는 것.

대선 책망하는 격식

원제 대선 챙망하는 격식

처음 보든 사람이든지 저무도록 보는 사람이라도 시비하랴면 이럭케 하는 것.

"게가 여긔를 어딘 줄 알고 드러왓소"(그 사람의 말이 "기생의 집으로 알고 드러왓소" 하면). "게 것흔 외입장이는 처음 보왓스니 나가오" 하면, 그 사람이 어더맛지 아니하랴면, "네 보와하니 외입 년됴가 나보담 놉흔가보오" 하고 나가는 것이며, 그 사람과 싸호랴면 "너 것흔 외입장이는 보지 못햇다" 하고 되리여 책망을 하면, 먼젓 사람이 담베때로 갓대 우를 넘겨 치고, 서로를 두둘기는 것이요, 처음처럼 순하게 말을 하고 나가면 신발 신으랴 할 쎄, 책망하든 사람이 "나가는 친구 좀 뵙시다" 하면, 돌아 드러와서 안나니, "기생집의서 인사가 외 잇갯소만, 인사합시다" 하고 "이것이 외입에 불수 예사니, 엇지 알지 마오" 하고 가치 놀다가 가는 것이며. 두로 오란 말이 업스면 다시 도라서 드러오며 "평안호" 하고 안저서 되리여 그 사람을 책망하여 내여 쏜는 일이나, 이런 일은 희귀한 것이 본래붓허 업수이 여겨서 책망하는 것이라, 도로 드러와서 그 사람 책망하기는 어려운니라.

대가 설다고 하여 대선 챙망이라 하는 것.

처음 나온 기생 말 묻는 격식

원제 처음 나온 기생 말 문는 격식

여러 외입장이가 안젓슬 적에 한 사람이 "좌중에 통할 말 잇소" 하면, 누구든지 "네 무슨 말이요" "처음 보는 게집 말 뭇갯소" 하면, "가치 무릅시다" 하기도 하고, "잘 무르시요" 하기도 하나니, 그제야 "이년아, 네가 명색이 무엇이냐" 하면, "기생이올시다" 하나니, "너 것흔 기생은 처음 보왓다. 머리에 쬐야릿 자국이 잇고, 겨드랭이에 바굼이[1] 자국이 그저 잇는데, 너 것흔 기생은 처음 보왓다, 이년아 내려가 물이나 써오너라." 하고, 뺨을 한 번 약간 째리면, 그래도 "기생이올시다" 하거든 "이년아 죽어도 기생이야" 쏘 "기생이올시다" 하면, 그제야 "네가 하— 기생이라 하니, 일홈이 무웟이냐" "무웟이올시다" "나이 멧 살이냐" "멧 살이올시다" "그 나이를 한쩝에 먹엇단이냐" "한 해 한 살식 먹엇슴니다" "그러면 쎱아라" 기생이 손꾸락으로 쎱되, "한 해에 한 살 먹엇고, 두 해에 두 살 먹엇고, 세 해에 세 살 먹엇고" 이럭케 윈기면 손이 듯다가 "이년아 듯기 실타" 하고, "시골이 어듸냐" "아무데올시다" "로졍긔를 외라" 하기도 한 후에, "서방이 누구냐" "아무 서방님이세요"(성만 말하는 것) "그 서방 일홈은 무엇이냐" "아모세요" 그러면 "그 서방님은 외입에 녀됴가 놉흐시거니와, 너는 그 서방님과 사는 것이 당치 안흐니 버려라" "못 버리갯세요" "웨 못 버리갯니, 버려라" "못 버리갯세요" "웨 못 버리갯니" "정이 드러서 못 버리갯세요" "압다 이년아 그 동안 정이 드럿서, 네가 정이 하 드럿다니, 어듸 정이 잇담 말이냐" "뱃속에 드럿세요" "어듸 보자" 먼저는 것치마를 쓰르고 잇스면 "이것이 정이야" "정이 업나 보구나" 쏘 단속것 쓰르고 홋속것만 입고 안젓스면, "이년아, 이것이 정이냐" 하면은 그제야 일어서서 잇는데 "정을 쏘 보자" 하면 속것 끈을 풀고 이스면 "이년아 두 손 쳐여라" 하면, 입으로 속것 허리를 입에 물고 두 손을 쳐고 섯스면, 그제야 손이 속것 문 것을 팩 재치면, 잠간 거긔가 뵈이면

---

1) **바굼이** 바구니. 이 글이 실린 『악부』에 「떳다보가 욍기는 것」이라는 글이 있는데, 여기 "보굼이 쪽지고 내린다"는 표현이 있다. 이 말에 대해 『악부』의 편자는 "여자 하인이 머리 쪽지고 바구니 끼고 온다는 것"으로 풀이하고 있다. 보굼이와 바굼이는 같은 단어로 보이며, 본문의 의미는 아직 수급비 또는 하님을 면하지 못했다는 뜻으로 이해된다.

서 주저안나니, 손이 그제야 "정이 참 뱃속으로 하나가, 잔뜩 드럿나보다, 그 서방님 뫼시고 오래 사라라" 하고 통한 후에 담배 한 대 붓처주는 일이 잇나니라.

기생이 처음 나오면 하로도 멧 번식 손이 와서 정을 보자는 대로 아래를 그럭케 내여 뵈는 것인데, 혹 우는 년이 잇스면 뺨을 사뭇 때리기도 하는데, 기생의 서방은 이럭케 시달니는 것을 쌀니라고 조와하는데, 일불어 그럭케 하여달나고 청을 하는 것.

기생 양주 욕뵈는 것

원제 기생 량쥐를 욕 베는 것

외입에 잘못한 일이거나 외입 처소끼리 쌈이 나면은 이럭케 하는 법인데, 기생은 잡아서 홋속것만 입피고 발 벳기고 머리 풀니며, 기생서방은 것옷 입운 채 뒤로 결박 짓고 상투 풀고 발 벳고, 두 년놈을 압헤 세이고 여러 외입쟁이가 싸라서 대로 상으로 나가면, 타처 외입장이(제곳의 함께 잇는 외입장이는 아니 하는 것)가 썩 가루 서서, "원 등사요" 하기도 하고, "보완 즉 외입 등산가 보오" 하기도 하나니, "네 외입 등사요" "청 좀 합시다" "청 듯답 섄이요" "너희 년놈들을 영 파의를 식히고 아주 씨저발기잿드니, 친구가 청을 하시니 드러가거라" 맛침 보교가 싸라 오다가 태여가지고 드러가나이라.

만일에 밤중 것흔 때 욕을 뵐 적에 외입쟁이가 청을 아니 하면 그냥 드려보낼 수가 없는 고로 청할 사람을 미리 언약도 하는 것.

기생잔치의 현장

원제 艶謠 一

금강에서 서울 낭군을 보내며

원제 錦江惜別洛陽郎君曲 금강석별낙양낭군곡

甲戌六月卄二日 二上[2] 錦城花榜 荊山玉魁

고이ᄒᆞ다 고이ᄒᆞ다　　나의 八字 고이ᄒᆞ다
去年 離別 今年 離別　　離別마다 洛陽 郎君
緣分도 덧 업고　　離別도 ᄌᆞ즐시고
洛陽 郎君 離別 後에　　다시 마ᄌᆞ 盟誓로다
洛陽 郎君 날 버리니　　二八靑春 獨老ᄒᆞᆯ가
公山 人物 도라보니　　豪傑蕩子 누구누구
아젼 將校　　通引 官奴
豪放ᄒᆞᆫ 쳬 보기 실코　　말이 말숨 아니쉽다[3]
다시곰 혜아리니　　아마도 우리 님은
錦江之西 漢江北의　　洛陽 人物 ᄡᅢᆫ이로다
슬푸고　　ᄯᅩ 슬푸다
우리 郎君 어ᄃᆡ 가고　　이ᄂᆡ 眞情 모로ᄂᆞᆫ고
우리 두리　　서로 만나

---

2) **이상** 과거시험에서 과차(科次)를 표시하는 말. 과차는 통상 이상(二上) 이중(二中) 이하(二下) 삼상(三上) 상중(三中) 삼하(三下) 차상(次上) 차중(次中) 차하(次下)의 9등급으로 나누며, 삼하 이상을 합격으로 한다. 시험에 따라 이상(二上) 위로 상, 중, 하, 차하(次下) 아래로 경(更), 외(外)의 등급을 두는 경우도 있지만, 실제로 이상(二上) 위의 등급을 받는 일은 거의 없는 듯하다.

3) 원문에는 '아니쉽' 옆에 '가증ᄒᆞ'가 수정 가필되어 있다.

粉壁紗窓 鴛鴦枕의　　百年期約 다 니르랴
綠楊芳草 好時節과　　江樓烟月 歌舞夕의
四時長春 노닐 젹의　　郎君離別 ᄯᅳᆺᄒᆞ엿나
巫山雲雨　　襄臺因緣
덧업도다 덧업도다　　過去一夢 우섯더니
나의 八字 奇薄ᄒᆞ여　　이런 離別 ᄯᅩ 當ᄒᆞᆫ다
갈 긔약을 완정ᄒᆞ니　　남은 날이 머지 안타
날은 엇이 슈이 오며　　ᄃᆞᆰ은 어이 ᄌᆡ촉ᄒᆞ노
보기 슬타 馬夫 거동　　듯기 슬타 후ᄇᆡ 소ᄅᆡ
布政門 밧 ᄂᆡ다르니　　大通橋가 여긔로다
雙樹城 도라가니　　錦江 구뷔 져긔로다
지국총 소ᄅᆡ에　　一寸肝腸 다ᄉᆞᄂᆞᆫ 듯
긴 ᄒᆞᆫ슘 져른 ᄒᆞᆫ 슘　　臨別ᄒᆞ여 말이 업다
青山은 疊疊ᄒᆞ고　　綠水ᄂᆞᆫ 悠悠ᄒᆞᆫᄃᆡ
斜陽은 무ᄉᆞᆷ 일노　　이ᄂᆡ 가ᄉᆞᆷ 타이ᄂᆞᆫ고
말ᄎᆡ 소ᄅᆡ 귀예 얼는　　城南官道 아득ᄒᆞ다
羅衫을 뷔여잡고　　江風의 빗기셔니
無情ᄒᆞᆯ손 져 郎君아　　紅顔薄命 어이ᄒᆞ리
속절업다 離別이야　　남은 간장 다 녹ᄂᆞᆫ다
언제나
우리 郎君 다시 만나　　이ᄉᆡᆼ 因緣 니어볼가

단가

원제 短歌

仝題 仁愛 三上

洛陽은 人物 府庫요　　錦江은 花柳叢이라
錦江 花柳 洛陽 人物　　뉘 아니 醉홀쇼냐
두어라 醉커든 長醉코　　離別 업게

ᄋᆡ다롤 손 洛陽 才子　　고이홀 손 錦江水라
洛陽 才子 一渡ᄒᆞ면　　어인 離別 쟛단 말고
어즙어 錦江水ᄂᆞᆫ　　구뷔 구븨

洛陽은 어ᄃᆡ미며　　錦江은 어ᄃᆡ런고
年年歲歲 此江頭에　　離別 ᄌᆞᄌᆞ 늘거셰라
슬푸다 이 江 곳 아닐너면　　이 離別 업슬ᄂᆞᆫ가

화산교가

원제 花山橋歌

七月十三日夜 公山吏校輩 扶四五妓 會飮花山橋矣 入於營廬中 未盡而散 大生恐㤼 風飛雹散 景色絶倒 故識之

어와 豪傑님ᄂᆡ들아　　이ᄂᆡ 말솜 드러보소
이 ᄯᆡᄂᆞᆫ 어ᄂᆞ ᄯᆡᆫ고　　秋七月之幾望에
江天의 雨霽ᄒᆞ고　　錦城의 月明ᄒᆞᆫ 제
二三 豪傑 四五 粉黛　　豪蕩ᄒᆞᆫ 興을 계워

花橋夜宴 秉燭ᄒᆞ니　座上 風流 迭宕ᄒᆞ다
扶娼會飮 豪傑 蕩子　누구누구 뫼엿던고
人物도 죠흘시고 金兵房　風身도 動蕩ᄒᆞᆯᄉᆞ 朴別將
旗鼓官은 어이 오며　徐風憲은 무ᄉᆞᆷ 일고
기ᄌᆞᄒᆞ다[4] 朴承撥　ᄆᆡᆸ시 잇다 노刑房
촉촉 名將 버러시니　아마도 湖中人物 져 ᄉᆡᆫ일다
綺羅花叢 둘너보니　絶代佳人 다 모닷다
雲鬟紅顔 窈窕宴의　歌舞嬌態 엇더튼고
조촐ᄒᆞᆯ 손 荊山玉과　아리ᄯᆞ온 俊乂로다
巫山의 朝雲이며　蓬島의 仙娥런가
物色도 奇妙ᄒᆞ고　態度도 그지업다
회양횟독 桂娘子ᄂᆞᆫ　허리ᄆᆡ도 ᄆᆡᆸ시 잇다
纖纖初月 鵞黃[5] 粉白　百萬 嬌態 어릐엿다
工巧ᄒᆞᆯ 손 造化翁은　네의 人物 비져ᄂᆡ여
뉘 肝腸을 셕이려고　져리 묘이 生겨ᄂᆞᆫ고
過去風情 完山客은　公山 人物 구경코져
斜陽 山路 잠ᄭᆞᆫ 드러　座上 參與 고이챤타
人物도 헌거롭고　眉目도 너그럽다
閉月羞花 못될진ᄃᆡ　女中丈夫 關係ᄒᆞ랴
軒軒長脚 다 펼치면　收殺[6] ᄒᆞ기 어려올ᄂᆡ
ᄀᆡ벽 됴은 蘇城妓ᄂᆞᆫ　華宴參與 어인 일고
ᄆᆡᆸ시도 ᄉᆞᆷ직ᄒᆞ고　말이 말ᄉᆞᆷ 아리ᄯᆞᆸ다

---

4) **개자하다** 어여쁘다. 준수하다.

5) **아황 분백** 아황은 거위 새끼라는 뜻으로, 아리따운 모습을 가리킨다. 여기서는 분의 이름인 듯하다.

6) **수쇄** 거두어들임.

綠柳戲弄 黃鶯이며 山樓 물 찬 졔비런가
너의 態度 말ᄒᆞ랴면 이로 形容 어렵도다
一春花柳 無顔色ᄒᆞ니 蘇城人物 判쥬거다
座中豪傑 모든 듕에 剛腸 남자 멧멧치리
綠竹之聲 迭宕ᄒᆞᆫᄃᆡ 秋波送情 暗暗ᄒᆞ다
楚臺의 因緣이며 洛浦의 邂逅런가
風情도 그지업고 懷抱도 慇懃ᄒᆞᆯᄉᆞ
羣山의 夜靜ᄒᆞ고 短橋의 月沈ᄒᆞᆫᄃᆡ
이 노롬 이 排舖롤 어ᄂᆡ 뉘가 아올손가
ᄋᆡ다롤 손 戱劇이야 世上事가 圓滿 젹어
風流 興致 다 못ᄒᆞ여 밤듕만 夜三更의
軍牢 使令 느러셔셔 平地風波 어인 일고
至嚴ᄒᆞᆯ손 禁令이야 扶娼會飮 들니엿다
衣裳顚倒 殺風景의 魂飛魄散 ᄒᆞ거고나
金兵房의 거동 보소 顚之倒之 不知去處
徐風憲의 거동 보소 遑遑失色 털슈셸다
긔슈 잘친 李行民은 누구ᄒᆞ고[7] 셰단 말가
可怜ᄒᆞ다 可怜ᄒᆞ다 娘子거동 가련ᄒᆞ다
自古花叢 風雨多ᄒᆞ니 蜂蝶春光 덧업도다
杯酒興趣 姑捨ᄒᆞ고 心頭經營 虛事로다
언제나
이 ᄯᆡ의 다시 모다 이 노롬 다시 ᄒᆞ여볼가

7) 원문에는 '누구' 옆에 '桂娘(계냥)'이 병기되어 있다.

음력 칠월 보름에 서호에 배를 띄우다

원제 秋七月旣望泛舟西湖歌

王之戌 甲之戌에 秋七月旣望은 一也로다
蘇子瞻 가온 後에 藥山山人 오단 말가
두어라 赤壁의 남은 흥언 나 ᄲᅮᆫ인가

秋江消息 비 ᄀᆡᆫ 後에 旣望月色 더옥 됴타
赤壁江 無限ᄒᆞᆫ 興을 子瞻이 네 홀노 누리단 말가
우리도 太平盛代의 風月主張ᄒᆞ여

기생의 출석부

원제 ᄒᆡ영명긔졈고호명긔(海營名妓點考呼名記)라

옥(玉)도치 두러메여 계수(桂樹)을 베이든들 광명한 져 달빗치 더욱이 발글낫다 옥게.

명불허젼(名不虛傳) ᄒᆞ량이면 희한(稀罕)한 가인(佳人)이니 네 모양 네 지질노 옥인가랑(玉人佳郎) 못 만날가 명희.

ᄎᆡ략(採藥)ᄒᆞ려 가신 션ᄉᆡᆼ(先生) 운심부지(雲深不知) 못 오시나 은닌 옥쳑(銀鱗玉尺) 낙가 환주(還頭)ᄒᆞ려 가 게신가 ᄎᆡ운.

경경(耿耿)하든 임을 보니 ᄋᆡ연지심(愛戀之心) 거지업다 옥수나ᄉᆞᆷ(玉手羅衫) 부여줍고 다시 보니 경ᄋᆡ.

셤셤초월(纖纖初月) ᄉᆞᆼ아항(常娥缸)의 홍화위면(虹化爲面) 반가은 중 함교함ᄐᆡ(含嬌含態) 깁픈 졍을 그 뉘 아니 ᄉᆞ랑ᄒᆞ리 셤홍.

금강(錦江) 셜도(薛濤) 뉘러 보며 화청귀비(華淸貴妃) 엇덧튼고 ᄇᆡᆨᄐᆡ(百態)

의 구비ᄒᆞ미 응당 너을 못 바랄 듯　금화.

영귀(榮貴)ᄒᆞ다 말을 말소 희로ᄋᆡ락(喜怒哀樂)[8] 부럽잔의 ᄉᆞᆫᄎᆡᄉᆞᆨ반(山菜粟飯) 웃지 마소 일셰안낙(一世安樂) 이것실셰　영희.

벽오동(碧梧桐) 거문고을 옥쇼(玉簫)로 희롱ᄒᆞ니 명월졍야(明月靜夜)ᄋᆡ 학의 춤이 더욱 좃타　벽옥.

도리춘풍(桃李春風) ᄌᆞ랑 마소 화노(花老)ᄒᆞ면 졉불ᄂᆡ(蝶不來)라 여류광음(如流光陰) 덧업시니 ᄆᆡ양으로 미들숀가　도화.

국추능ᄉᆞᆼ절(菊秋能常節)를 희귀타 뉘 안리랴 청절(淸節)을 흠앙(欽仰)ᄒᆞ여 옥분(玉盆)의 옴기고져　국희.

ᄎᆡ단(綵緞)으로 예물 삼고 희언(戱言)으로 ᄆᆡ파(媒婆) ᄉᆞᆷ아 일심(一心)의 경경(耿耿)튼 님 션연(仙緣)으로 만나고져　ᄎᆡ희.

금낭(錦囊)을 고이 지여 주홍당ᄉᆞ(朱紅唐絲) 끈를 끼여 우리 님 ᄎᆡ우시면 볼 젹마다　금주.

죽ᄌᆞᆼ(竹杖)을 의지ᄒᆞ여 엽간(葉間)으로 지여 보니 동영(東嶺)의 돗난 달이 벗 오시난 ᄯᆡ 되엿다　죽엽.

향풍(香風)은 진진ᄒᆞ나 운무(雲霧)가 가려시니 이 안이 션경(仙境)인가 희미ᄒᆞ여 모르것다　향운.

영영이 모르든들 난ᄌᆞ희질(蘭姿蕙質) 못 이즐가 은졍이 이스미여 도리여 한이 깁다　영난.

연분(緣分)이 느즈미여 화안(花顔)이 쇠할셔라 춘풍(春風)의 셰류(細柳) 비러 가난 광음 ᄆᆡ고보셰　연화.

ᄎᆡ의홍ᄉᆞᆼ(彩衣紅裳) 일미아(一美兒)가 난두(欄頭)의 지여스니 염염요요(艶艶妖妖) 가즌 ᄐᆡ도 방불ᄒᆞ다　ᄎᆡ란.

국화주(菊花酒) 취케 먹고 심회(心懷)을 ᄉᆞ량(思量)ᄒᆞ니 이 몸이 취랑(醉

8) **희로애락** 부귀영화라고 해야 할 듯.

郎)인제 기운 몸을 뉘 븟들이 국심.

능혜(能慧)한 네 지질노 이경(愛情)을 후(厚)이 ᄒᆞ니 탐춘호화긱(探春好花客)이 뉘 안이 ᄉᆞ랑할가 능이.

산치쇽반(山菜粟飯) 웃지 마소 홍진(紅塵)을 닉 모르닉 돌길이 희미ᄒᆞ니 졔긱(諸客)을 어이 보리 순홍.

명쳔(明天)이 증춤(證參)이요 옥환(玉環)이 신물(信物)이라 취이불망(醉而不忘) 잇지 말고 은독(韞匵)[9]ᄒᆞ여 기달이소 명옥.

옥품(玉品)을 모르거든 출쳐(出處)을 뉘러 알니 남젼순(藍田山) 올나가셔 키여닉니 옥출.

국화야 너난 어이 엽간의 지여 이셔 ᄉᆞᆼ풍(霜風)니 늠열(凜烈)토록 이울 줄 이졋난야 국엽.

연연이 아난 듯슬 심중괄셰(心中刮視) 부딕 마소 유수(流水)갓치 ᄲᅡ른 광음 얼마 안여 쇠ᄒᆞ난니 연심.

녹의홍ᄉᆞᆼ(綠衣紅裳) 일미인(一美人)이 주렴을 반만 들고 함소함틱(含笑含態)ᄒᆞ여 가는 쯧슬 머무난 듯 녹주.

치식(彩色)으로 그린 션녀 봉관화리(鳳冠華履) 션명한 중 옥반(玉盤)의 담은 션약(仙藥) 이 안이 반도(蟠桃)련야 치봉.

목동아 나무 빌 졔 난쵸(蘭草)을 닷칠셔라 유향(幽香)이 미미ᄒᆞ니 넨들 아니 ᄉᆞ랑ᄒᆞ랴 모란.

난지혜질(蘭姿蕙質) 뉘러 본고 향낭소어(響琅笑語) 알입답다 빅틱(百態)가 져러커든 션연(仙緣)이 느즐숀가 난향.

난연(赧然)한 님 이별의 주고 가신 신물(信物)이믹 심심ᄌᆞᆼ지(深深藏之) ᄒᆞ여 두고 임 그릴 졔 ᄌᆞ로 보려 난주.

경국경셩(傾國傾城) 그 ᄌᆞ틱의 픽옥(佩玉) 소릭 더옥 좃타 반셰(半世) 힝낙

9) **온독** 보옥을 넣는 궤. 여기서는 잘 간수하라는 뜻으로 이해된다.

(行樂) 바랄진ᄃᆡ 너 업시면 무미할 듯 경퓌.

진토(塵土)의 무쳐시니 옥인 줄 뉘러 알니 형산(荊山)의 무하옥(無瑕玉)도 ᄏᆡ여ᄂᆡ니 진옥.

옥소(玉簫)을 부난 곳시 션동(仙童)의 유련쳐(留連處)요 쳥숑녹임(青松綠林) ᄒᆞ난 학(鶴)의 깃시 분명ᄒᆞ다 옥소션.

진심(眞心) 소구(所求) ᄒᆞ난 바난 향신가졀(香身佳節) ᄉᆡᆼ일어니 월노(月老)의 길이 열여 나의 원(願)을 이르것다 진향.

죽님(竹林)의 은거ᄒᆞ여 희로(喜怒)을 모르거든 셰ᄉᆞᆼ영욕(世上榮辱)을 날다려 무를 것가 죽희.

금강(錦江)의 ᄇᆡ를 ᄯᅴ여 파릉(巴陵)의 ᄂᆡ려가셔 벗임ᄂᆡ 뫼시옵고 시주(詩酒)로 홍를 풀녀 금파.

산호ᄉᆞᆼ(珊瑚床) ᄇᆡᆨ옥반(白玉盤)의 주효(酒肴)을 셩비(盛備)ᄒᆞ여 ᄃᆡ월셔ᄉᆞᆼ(待月西廂) 요젹(寥寂) 시의 님의 홍을 도읍고져 산호주.

능혜(能慧)한 나의 임과 순쳔(順天)이 분노(憤怒)토록 홍(興) 구즌 이별 업시 무한이 질기고져 능순.

은금(銀金)도 ᄂᆡ 모르고 주옥(珠玉)도 부럽잔소 평ᄉᆡᆼ의 원ᄒᆞ난 ᄇᆡ 경윗 임만 뫼시고져 은주.

계화(桂花)를 밧비 ᄶᅥᆨ거 향은주(香殷酒) 취케 먹고 금안ᄇᆡᆨ마(金鞍白馬) 호ᄀᆡᆨ(豪客)더리 뉘 안이 ᄉᆞ랑할가 계향.

벽오동(碧梧桐) 걸인 달을 희귀타 갑슬 주 니 ᄉᆞᆼ량(商量)ᄒᆞ니 그 뉘런고 추ᄉᆞᆼ(追想)할ᄉᆞ 벽희.

기생이 본 다섯 유형의 남자

원제 ᄌᆞᆼ안(長安) 호걸(豪傑)이 회양ᄒᆞᆫ당(會養閑堂)ᄒᆞ여 여슈ᄉᆞᆷ명긔(與數三名妓)로 논ᄎᆞᆼ가지미(論娼家之味)라

남성의 기생 비판

ᄐᆡ극(太極)이 무극(無極)으로 혼돈(混沌)이 쵸분(初分) 시에, 텬ᄀᆡ어ᄌᆞ(天開於子)ᄒᆞ고 지벽어츅(地闢於丑)ᄒᆞ여셔라. 인ᄉᆡᆼ이 ᄉᆞ람 난 후 남취여가(男娶女嫁)ᄒᆞ문 음양에 ᄇᆡ합(配合)이요 건곤(乾坤)의 이긔(理氣)여날, ᄉᆞ음ᄉᆞ양(乍陰乍陽) 너의 무리 ᄎᆞᆼ기(娼妓)라 이름ᄒᆞ여 호ᄀᆡᆨ을 미혹ᄒᆞ며 인국(人國)을 기우리니[1] 소죄(所罪)을 ᄉᆡᆼ각ᄒᆞ면 쳔ᄉᆞ만ᄉᆞ(千死萬死) 유경(猶輕)이라. 금옥(金玉) 안인 ᄋᆡ물이요 쓰지 못할 긔화(琪花)로다. 영웅이 몸을 맛고 ᄌᆞᆼ부가 낙누(落淚)ᄒᆞ니, 어이한 너의 수단 그다지 공교ᄒᆞ고. 소위 ᄋᆡ부라 졍낭이라 미망이라 화간이라 치히라 일커르니, 그 역시 공교롭다.

기생의 호사스런 생활

그즁 옥소 암연(闇然)이 ᄌᆞᆷ소(潛笑)ᄒᆞ고 단구(丹口)을 미ᄀᆡ(未開)ᄒᆞ여 ᄌᆡᆼᄌᆡᆼ(琤琤)이 이른 말이,

희미한 임ᄌᆞᄂᆡ들 이ᄂᆡ 말ᄉᆞᆷ 드려보오. 일월정화(日月精華) 산쳔수긔(山川秀

1) 한나라 무제의 처 이부인(李夫人)을 형용한 말로 "한번 돌아보아 성이 무너지고 두 번 돌아보아 나라가 망한다一顧傾人城 再顧傾人國"는 말이 있다.

氣) 남ᄌᆞ 흘노 타고 날가. 우리 근본 ᄉᆡᆼ각ᄒᆞ면 ᄉᆞ황궁시(四皇宮時)[2]ᄋᆡ 논셔 절약(竊藥)[3]타가 득죄ᄒᆞ여 인간(人間)의 ᄂᆡ치신이 젹강션(謫降仙)이 업신 후야졍한 남편 뉘 이실이. 왕손(王孫)으로 벗슬 솜고 호긱으로 이웃ᄒᆞ여 고루거각(高樓巨閣) 금ᄌᆞᆼ(錦帳) 안의 나의(羅衣) 옥식(玉食) 시려 만이 수ᄒᆡᆼ션ᄌᆞ(修行仙子) 안일진ᄃᆡ 호화를 이닷할가.

역대 기생의 공로

고금을 헤알이면 여웅(英雄)이 그 뉘시요. 한고죠(漢高祖) 북벌(北伐)타가 ᄇᆡᆨ등(白登)의 둘여슬 졔 ᄃᆡ갑(帶甲)이 ᄇᆡᆨ만이요, 양ᄌᆞᆼ(良將)이 젼원(全員)이나 흉노(匈奴)의 구든 형셰 파(破)ᄒᆞ 리 그 뉘시오. 진평(陳平) 육가(六計) ᄊᆞᆺ 못ᄂᆡ고, 번쾌(樊噲) 왕능(王陵) 겁(怯)ᄒᆞᆯ 젹의, 우리 무리 묘한 ᄐᆡ도 한 죠각 그린 화본(畵本), 흉노를 퇴군(退軍)ᄒᆞ니 운쥬유악(運籌帷幄)[4] 큰 지혜가 이에셔 더ᄒᆞ오며, 십ᄉᆞᆼ시(十常侍)[5] ᄌᆞᆨ난할 졔 동탁(董卓) 여포 강한 형셰 텬ᄌᆞ(天子)를 겁쳔(劫遷)ᄒᆞ여 ᄌᆞᆼ안(長安)에 웅거(雄據)ᄒᆞ나, 충신이 결결(缺缺)ᄒᆞ여 십팔졔후(十八諸侯) 물너갈 졔, 요라(嫋娜)ᄒᆞᆫ 일기 쵸션(貂蟬) 진분(眞粉)으로 갑병(甲兵) 솜고 츄파(秋波)로 궁시(弓矢) 솜아 병망(兵馬)을 허비(虛費)ᄎᆞᆫ코 미혼단 ᄒᆞᆫ두 알노 양인(兩人)을 격노(激怒)ᄒᆞ여 ᄌᆞᄌᆞᆼ지난(自中之亂) 일워난니 그 공인들 젹다 ᄒᆞᆯ가, 논공ᄒᆡᆼᄉᆞᆼ(論功行賞)를 의논ᄒᆞ면 그린각(麒麟閣)이 당연ᄒᆞ고.

---

2) **사황궁시** 사황은 사왕(四王) 즉 하우(夏禹), 상탕(商湯), 주문왕(周文王), 주무왕(周武王)을 가리키는 듯.

3) **절약** 활 잘쏘기로 유명한 예(羿)가 선녀 서왕모(西王母)에게 불사약을 얻었는데, 그의 부인 항아(姮娥)가 그것을 훔쳐 먹고 신선이 되어 달로 날아갔다는 이야기가 있다.

4) **운주유악** 전장의 후방에서 작전을 짜는 것.

5) **십상시** 동한(東漢) 영제(靈帝) 때 조충(趙忠) 등 환관 12인. 모두 중상시(中常侍)의 벼슬을 하여 이런 이름이 붙었다. 부정과 부패가 심하여 황건적의 난이 일어나자 그들을 처형해야 한다는 논의가 크게 일어났다.

역대 기생의 지조

셔진시(西晉時) 셕가(石家) 녹쥬(綠珠) 예절(禮節)을 숨오(思慕)ᄒᆞ여 혼수(婚需)를 거절ᄒᆞ고 일명(一命)을 경(輕)이 예겨 금곡누(金谷樓)의 더져스니 정절인들 업다 ᄒᆞ며, 디당시(大唐時) 금강(錦江) 셜도(薛濤) 군중(軍中) 교셔(校書) ᄒᆞ여시니 ᄌᆡ간인들 업다 ᄒᆞ며, 번경(繁京) 명기 두십낭(杜十娘)이 이랑(李郎)을 부기(不改)ᄒᆞ고[6] 투강 익ᄉᆞ ᄒᆞ여스니 혁귄들 업다 ᄒᆞ며, 업도(鄴都) 명창(名娼) 홍불기(紅拂妓)난 왕분(王分)를 마다ᄒᆞ고 이위공(李衛公) 쏘차스니 지식인들 업다 ᄒᆞ며, 임안부 화괴랑은 왕손(王孫) 공ᄌᆞ(公子) 불원(不願)ᄒᆞ고 미유랑 쏘ᄎᆞ스니 지긘(志槪)들 업다 ᄒᆞ랴. 절기(節槪)을 의논ᄒᆞ면 황능묘(黃陵廟)[7]가 과분ᄒᆞ며

기생의 효용

고루거각 놉푼 집의 가붕(佳朋)이 만ᄌᆞ(滿座)ᄒᆞ여 비반(杯盤)이 낭ᄌᆞ(狼藉)ᄒᆞ며 술준이 교작(交爵) 졔와, 녹음방쵸(綠陰芳草) 쟝졔상(長堤上)의 답쳥(踏靑)ᄒᆞ여 논일 젹의 싱황 양금 필의 젓디 우리로 쑥 못ᄒᆞ면 흥미가 무엇시며, 추월광농영창시(秋月光瓏映窓時)와 만뇌구젹무인졔(萬籟俱寂無人際)의 ᄉᆞ창으로 문을 막고 금금(錦衾)을 제친 후의 잉셩(鸚聲) 갓튼 고은 소릐 오음(五音)의 비승(倍勝)ᄒᆞ고, 빅옥 갓튼 말근 살은 월식(月色) 싸라 영(影) 지우니 은금(銀金)이 무엇시며 경ᄌᆡ파산(傾財破産) 잇길숀가. 남ᄌᆞ의 일시 호화 우리 밧게 쏘 잇난가.

옹색한 남성의 삶

임ᄌᆞ일 닉 다 아오. 칩더차야[8] 무명 이불 어린 거셰 오즘 쫑은 문치(紋彩)을

---

6) 원문에는 'ᄒᆞ고' 옆에 '며'가 가필되어 있다.

7) **황능묘** 순임금의 두 왕비인 아황(娥皇)과 여영(女英)을 모신 사당.

이루오고, ᄎᆞᆫ흥(春興)이 방농(方濃)ᄒᆞ여 야ᄉᆞ(夜事)나 좀 ᄒᆞ려 ᄒᆞ면, ᄌᆞ난 아희 요강 ᄎᆞᆺ고 어린 것 졋 달날 제, 편ᄒᆞ고 호화로기 화류ᄌᆞᆼ(花柳場)의 비겨보오. 황금옥(黃金屋)이 무엇시며 ᄌᆡ물을 잇기슬가.

너 자신을 알라

죠신(操身)한 이 그 뉘시요, 구든 이을 못 보왓소. 졔계 달인 물건이라 갑 업신 보ᄇᆡ 보오.[9] 셰강속박(世降俗薄) 이 셰ᄉᆞᆼ의 청누(靑樓)의 협양(挾養)한 명ᄎᆞᆼ(名娼)이 ᄯᅵ마다 이슬손가. 가인(佳人)이 업다마오, ᄌᆡᄌᆞ(才子)난 그 뉘시요. 구름 ᄯᅳᆺ 물 마음(雲情水性)은 품수(稟受)한 셩졍(性情)이요, ᄌᆞᆼ낭부이랑쳐(張郎婦李郎妻)난 ᄌᆞ연ᄒᆞᆫ 힝실이라, 그린 눈셥 추파미(秋波眉)난 ᄉᆞ람을 낙시ᄒᆞ고, 야롱(揶弄) 회음(誨淫) 묘한 ᄐᆡ도 함인(陷人)ᄒᆞ난 굴함이라. 영ᄉᆡᆨ교어(令色巧語) 낭낭어(朗朗語)난 현인(眩人)ᄒᆞ난 단약(丹藥)이요, 호치단순(皓齒丹脣) 고은 소ᄅᆡ 미혼(迷魂)ᄒᆞ난 진(陣)[10]이로다. 노류ᄌᆞᆼ화(路柳墻花) 웃지 마소 ᄭᅥᆨ고져 다 ᄭᅥᆨ거며, ᄌᆞᆼ낭부이랑쳐나 엇고져 다 어들가. 공경ᄌᆡᄉᆞᆼ(公卿宰相) ᄯᅳᆺ 업거든 무뢰탕ᄌᆞ(無賴蕩子) 졍 이슬야. 허다 광곤(光棍)[11] 호ᄀᆡᆨ더라, 화류ᄌᆞᆼ(花柳場) 깁품 ᄯᅳᆺ들 아난다 모로난다.

애부

우셥다 이ᄂᆡ 말솜 역역키 드러보오. 소위 ᄋᆡ부(愛夫)라 이르기난 마음 유려(流麗)ᄒᆞ여 셩졍이 온화(溫和)ᄒᆞ고, 작인(作人)이 혜일(慧黠)ᄒᆞ여, ᄂᆡ 강ᄒᆞ면 졔 유ᄒᆞ고 ᄂᆡ 유ᄒᆞ면 졔 강ᄒᆞ여, 일동일정(一動一靜)이 ᄂᆡ ᄯᅳᆺ세 ᄉᆞᆼ합(相合)ᄒᆞ

---

8) 이 뒤에 '돈양' 이라는 글자가 있으나 가필 흔적이 있고, 또 문맥상 적당하지도 않아 빼고 읽었다.

9) 아무리 자기한테 딱 맞는 물건이라 한들 값을 치르지 않고 보배를 볼 수 있겠냐는 뜻.

10) **미혼진** 적의 정신을 혼란시키는 전술의 하나. 흔히 여색에 빠지는 것에 비유된다.

11) **광곤** 떠돌이 또는 처자가 없는 남성.

고, 지신(持身)이 죵용(從容)ᄒᆞ여 은은한 깁품 졍이 말치 아니ᄒᆞ은 ᄃᆡ 잇고, ᄉᆞ량(思量)ᄒᆞ난 ᄯᅳᆺ시 친합(親合)지 아니한 주음의 이셔, 면면(綿綿) 불망지심(不忘之心)이 괄골활육(刮骨割肉)[12]을 ᄋᆡᆨ기지 아니ᄒᆞ되, 주고져 심이 밋지 못ᄒᆞ고 말고져 면면한 졍을 ᄎᆞ마 잇지 못ᄒᆞ며, 과이유련(過爾柔軟)[13]ᄒᆞ면 교ᄉᆞ(巧詐)한 ᄃᆡ 각갑고 과이강강(過爾强强)ᄒᆞ면,[14] 강ᄌᆞ(强者)[15]난 인지젹(人之敵)이요 교자(巧者)난 인지악(人之惡)이라. 불강불약(不强不弱)ᄒᆞ면, 우리 역시 바리고져 ᄎᆞᆷ아 바리지 못ᄒᆞ고, 잇고져 ᄎᆞᆷ아 잇지 못ᄒᆞ여, ᄋᆡ연지심(哀憐之心)이 유출유동(流出流動)ᄒᆞ여, ᄉᆞᆯ고져 ᄂᆡ 역부죡(力不足)한 심을 한ᄒᆞ고, 아니코져 ᄎᆞᆷ아 안이치 못ᄒᆞ여, ᄇᆡᆨ망지중(百忙之中)과 득의지졔(得意之際)라도 틈을 ᄉᆡ이ᄒᆞ여,[16] 이ᄒᆡ(利害)을 도라보지 아니ᄒᆞ고 일심일ᄋᆡ(一心一義)[17]ᄒᆞ여, ᄂᆡ 셜ᄉᆞ 셔방이 이슬지라도 ᄂᆡ 말치 아니ᄒᆞ면 아지 못ᄒᆞ난 듯시 ᄒᆞ고, 일이 업셔도 일이 잇난 듯시 ᄒᆞ여, 틈을 주어 ᄂᆡ 힝ᄒᆞ고져 ᄒᆞ난 이을 ᄒᆞ게 ᄒᆞ며, 거취(去就)을 유심(留心)이 ᄒᆞ여 경경(耿耿) 불망지심(不忘之心)이 ᄌᆞ연이 잇게 ᄒᆞ고, 부졀업시 아난 쳬ᄒᆞ여 알고 ᄌᆞᆷᄌᆞᆷᄒᆞ면 치ᄒᆞᆫᄃᆡ 갓갑고, 금(禁)코져 금ᄒᆞ려ᄒᆞ면 ᄌᆞ연 염오지심(厭惡之心)이 업지 안이ᄒᆞ난이, ᄂᆡ 마음을 영합(迎合)ᄒᆞ며 ᄂᆡ ᄯᅳᆺ슬 화순(和順)케 ᄒᆞ면, 이 일은 봉친합의(逢親合意)니, ᄌᆡ물을 ᄉᆡᆼ각지 아니ᄒᆞ고 귀쳔을 도라보지 안이ᄒᆞ난 고로, 이아션(李亞仙)이 정원화(鄭元和)을 ᄶᅡ름이요.

졍부

소위 졍부(情夫)라 ᄒᆞ난 거ᄉᆞᆫ 졔 유전유ᄌᆡ(有錢有財)ᄒᆞ여 포치유아(標致幽

---

12) **괄골활육** 뼈를 깎고 살을 바르는 일.
13) **과이유연** 과이는 곧 과분(過分)히, 즉 너무 부드러우면.
14) 빠진 부분이 있는 듯.
15) **강자** 강한 자. 강간한 자라는 뜻도 있다. 『대전회통』「혐전」.
16) **새이하여** 틈을 사이하여, 즉 틈을 내어.
17) **일심일의** 곧 전심전의(專心專意).

雅)[18]한 풍도(風度)가 졔인(諸人)을 압두(壓頭)ᄒᆞ고, 넉넉한 수단이 일호(一毫) 귀ᄎᆞ(苟且)한 거시 업셔, 금의옥식(錦衣玉食)이 마음의 합ᄒᆞ고, 고당디ᄒᆞ(高堂大廈)의 일신(一身)이 평안(平安)ᄒᆞ여, 화류 중 지명(指名)ᄒᆞ난 ᄉᆞ람이요, 굴 안의 영수(領袖)라. 져마다 엇고져 보고져 항여 바릴가 겁ᄒᆞ고 항여 노할가 염예(念慮)ᄒᆞ여서, 닉가 져 마음을 화순(和順)케 ᄒᆞ고, 닉가 졔 뜻슬 영합(迎合)ᄒᆞ게 ᄒᆞ은 거슬, 정부라 ᄒᆞ난이, 이난 방금연(潘金蓮)이 셔문경(西門慶)을 ᄶᅡ로미니, 이 일른 정부요.

미망

소위 미망(未忘)이라 ᄒᆞ난 거슨 피ᄎᆞ(彼此) 스스로 은정(隱情)이 의의(依依)ᄒᆞ나, 졔가 말를 닉이고져 닉 마음을 치 아지 못ᄒᆞ여 말를 닉엿다가 항여 혹 무ᄉᆡᆨ(無色)을 볼가, 닉가 말를 닉이고져 ᄌᆞᄆᆡ(自賣) 용금(傭金)[19]ᄒᆞ난 혐의(嫌疑)가 역시 업지 아니ᄒᆞ며, 져의 말 잇기를 기ᄃᆡ리나, 이리 지지(遲遲)ᄒᆞ여, ᄉᆞ복(思服)ᄒᆞ난 마음이 오ᄆᆡ(寤寐)에 ᄆᆡᆺ쳐스나, 졔가 닐이 업스면 닉가 틈이 업고, 닉가 틈이 이스면 졔가 닐이 업지 아니ᄒᆞ며, ᄉᆡᆼ각난 마음이 갈ᄉᆞ록 심ᄒᆞ나, 호ᄉᆞ(好事)의 다ᄆᆡ(多魔)ᄒᆞ여, 쳔연셰월(遷延歲月)를 위지(謂之) 미망(未忘)이라 ᄒᆞ난 거시니, 이난 ᄌᆞᆼ군셔(張君瑞)가 최잉잉(崔鶯鶯)을 만나미요.

화간

소위 화간(和奸)이라 ᄒᆞ난 거슨, 져을 보와야 날 ᄯᅳᆺ이 바이 업고, 인품(人品)이 남을 지나난 거시 업스나, 졔 날 향ᄒᆞ난 정셩이 우셜(雨雪)을 ᄉᆡᆼ각지 아니ᄒᆞ며, ᄇᆡᆨ망지중(百忙之中)이라도 주야을 불계(不計)ᄒᆞ고, 기름ᄌᆞ의 몸 ᄯᅡ르듯, 이목(耳目)의 벗시 되고, 수족(手足)을 ᄃᆡ신(代身)ᄒᆞ며, 닉 ᄒᆞ고져 ᄒᆞ난 거

---

18) **표치유아** 얼굴이 예쁘고 태도가 그윽하고 품위가 있다.
19) **용금** 중개인에게 주는 돈. 여기서는 스스로 중매가 된다는 뜻.

시면 수화(水火)을 불피(不避)ᄒᆞ여, ᄂᆡ 죠타 ᄒᆞ면 졔 비록 그르나 졔 역 죠타ᄒᆞ고, ᄂᆡ 그르다 ᄒᆞ면 졔 비록 그르나 죠타ᄒᆞ며, 일동일졍(一動一靜)이 몸 밧게 몸이 되고 뜻 밧게 뜻시 되면, 이 일은 합의(合意)니, 비록 쳘셕심ᄌᆞᆼ(鐵石心腸)이나 아니치 못ᄒᆞ난 거슬, 위지(謂之) 화간부(和奸夫)니, 이난 화괴량이 ᄆᆡ류량을 쑈치미요.

치애

소위 치ᄋᆡ(癡兒)라 ᄒᆞ난 거슨, 졔 여간 젼냥(錢兩)으로, 그 어두은 소견이 호기(豪氣)을 ᄌᆞ부(自負)ᄒᆞ며, 습습(習習)한 쳬ᄒᆞ난 모양이 비위(脾胃) 역(逆)ᄒᆞ고 마음의 불합(不合)ᄒᆞ나, 그 역 인ᄉᆡᆼ이라, 죠흔 일 숨아 들임으로 누구을 마다ᄒᆞ리. 심복(心腹)을 보이난 둣, 마음을 억냥(抑量)ᄒᆞ여, 업난 졍이 잇난드시, 초월(初月) 눈셥은 그 마음을 낙시ᄒᆞ고, ᄋᆡᆼ순연어(櫻脣軟語)난 그 이목을 흐릴진ᄃᆡ, 수령의 ᄲᅡ진 소경놈갓치 동셔(東西)을 부지(不知)ᄒᆞ고, 졔 가ᄌᆞᆼ ᄋᆡ부(愛夫) 쳬ᄒᆞ여, ᄇᆡᆨ수ᄒᆡ로(白首偕老)을 졔 할 ᄯᅳ시 경ᄌᆡ파산(傾財破産)을 ᄋᆡᆨ기지 아니ᄒᆞ난 고로, 의약 무숙의 일과 ᄆᆡ화 골ᄉᆡᆼ원의 긔담이 가ᄉᆞ즁(歌詞中)의 잇건이와

돈 많은 남자가 최고

ᄃᆡ기 엇지 ᄒᆞ면 ᄋᆡ부라 졍부라 미망이라 말이 다 우셔은 말이 왼다. 불셕쳔금(不惜千金) ᄂᆡ공ᄌᆞ(李公子)도 ᄀᆡᆨ여(客旅)의 궁곤ᄒᆞᄆᆡ 두심냥(杜十娘)을 팔여 ᄒᆞ고, 쳔금ᄉᆞᆼ죵(天琴相從) 탁문군(卓文君)도 셩도시(成都市)의 술을 팔ᄆᆡ 신셰을 ᄉᆞ랑ᄒᆞ고, 하물며 부역의 낭기 업다, 웃간의 쌀리 업다, 졔 역(役)한 수렴(收斂) 물나, 젼ᄎᆞ인(廛差人)의 외ᄉᆞᆼ 물나, 고왕의셔 인심 나고, 금강산도 식구경이ᄆᆡ, 졔 것 잇고야 할 말이니, ᄀᆡ불여유젼낭(皆不如有錢郞)이연이와

기생 놀음 으뜸이라

ᄃᆡ져 이 방춘(芳春) 화시절(華時節)의 임ᄌᆞᄂᆡ덜 소업(所業)이 무엇시요. 소위 글을 익난다, 활을 쏜다, 일수을 노난다, 공물을 산다, 춤이 우슬 말이요, 무엇슬 위ᄒᆞ여 ᄒᆞ난 일이요. ᄃᆡ져 부ᄌᆞ(富者)난 즁인지원(衆人之願)이요. ᄯᅩ난 졔 것 잇고 못 씨난 것 여의수야ᄒᆡᆼ(如衣繡夜行)[20]이라. 양젼(良田)이 만경(萬頃)이나 일족(日足) 불과 ᄉᆞᆷ승이요, ᄃᆡ하(大廈)가 쳔간(千間)이나 야와(夜臥) 불과 팔쳑(八尺)이라. 도극(賭極)[21]의 돈 ᄌᆞ최 업고, 셕숭(石崇) 왕ᄀᆡ(王愷) 무후(無後)ᄒᆞ니, ᄌᆡ물 모와 무엇ᄒᆞ며, 더옥이 문무(文武) 역시 ᄭᅮᆷ 갓고, 신젼ᄌᆞᆼ군(神箭將軍) 양유긔(養由基)도 오인(吳人)의 살의 죽고 만고문ᄌᆞᆼ(萬古文章) ᄉᆞ마쳔도 불면궁형(不免宮刑) ᄒᆞ엿난이, 하물며 임ᄌᆞᄂᆡ덜 소소 ᄌᆡ간으로 바라난 것 무엇시요. 칩더쳐야 진ᄉᆞ 출신, 그 거시 ᄯᅩ 쉬은가. 잘못 되면 훈ᄌᆞᆼ(訓長) 궁ᄌᆞᆼ 이 면치 못할 거시요. 넉넉키 소원ᄃᆡ로 되어, 공명(功名)이 곽분향(郭汾陽)을 비견ᄒᆞ고 얼골을 능현각(凌烟閣)[22]의 그린다 ᄒᆞ여든, 우리가 아니면 ᄒᆡᆼ낙(行樂)이 무엇시며, 금보ᄌᆞᆼ(錦步障) ᄉᆞ십니(四十里)의 인압(引押) ᄃᆡ신(代身) ᄒᆞ기로셔 가인이 업슬진ᄃᆡᆫ 호강이 무엇시며, 탄금(彈琴)ᄒᆞ든 ᄉᆞ마ᄉᆞᆼ여 탕문군(卓文君) 죵노(終老)ᄒᆞ고, 진(晉)날아 ᄉᆞ안셕(謝安石)은 수긔동산(携妓東山) ᄒᆞ여난이, 만고의 풍유ᄌᆡᄉᆞ(風流才士) 이박게 ᄯᅩ 잇난가. 진시황(秦始皇) 한무졔(漢武帝)도 안긔ᄉᆡᆼ(安期生)[23] 못 만나고, ᄉᆞᆷ쳔양ᄀᆡᆨ(三千養客)

---

20) **여의수야행** 비단옷을 입고 밤길을 간다는 뜻. 아무리 성공해도 봐줄 사람이 없으면 허사라는 말이다. 『사기』「항우본기」.

21) **도극** 도박 끝에.

22) **능연각** 당나라 태종이 스물네 명 공신의 얼굴을 그려 걸어두게 했던 집.

23) **안기생** 진나라 사람. 해변에서 약을 팔며 하상장인(河上丈人)에게 도술을 배웠다. 장수하였으므로 천세옹(千歲翁)이라고도 한다. 진시황이 동유(東遊)하였을 때 삼주야(三晝夜)를 함께 이야기했고, 진시황이 금과 옥을 하사하였으나 받지 아니하고 수십 년 후 봉래산에서 자기를 찾으라 하고 떠났다. 후일 진시황이 해중(海中)에서 그를 찾았으나 찾지 못했다.

ᄆᆡᆼᄉᆞᆼ군(孟嘗君)도 옥문관(玉門關)의 울엇난이, ᄇᆡᆨ이 슉졔 안증ᄌᆞ(顔曾子)[24]도 죽어진이 허ᄉᆡ로다. 젹황금유ᄌᆞ손(積黃金遺子孫)[25]이 불여ᄉᆡᆼ젼일ᄇᆡ주(不如生前一杯酒)요, ᄉᆞ후추증일각노(死後追贈一閣老)가 불급ᄎᆞ셰쳠만호(不及此世僉萬戶)라. 부유(蜉蝣) 갓튼 죠로ᄀᆡᆨ(朝露客)이 ᄇᆡᆨ구(白駒)쳐름 ᄲᆞ른 셰ᄉᆞᆼ, 아니 놀면 무엇ᄒᆞ오. ᄃᆡᄌᆞᆼ부 일셰쾌ᄉᆞ(一世快事) 주ᄉᆡᆨ(酒色) 밧게 ᄯᅩ 인난가. ᄋᆡᆼ셩(鶯聲) 갓치 고은 소ᄅᆡ 권주가(勸酒歌) 한 곡죠은 흐린 술의 춤이 나고, 여화여옥(如花如玉) 묘한 ᄐᆡ도 쵹영명월(燭影明月) 요젹 시의 치마 ᄭᅳᆫ 푸난 소ᄅᆡ 흑감향(黑甜鄕)[26]이 이 안인가. 졔 것 두고 못 씨난 것 왕ᄌᆞᆼ군지고ᄌᆡ(王將軍之庫子)[27]로다. ᄉᆞᆼ심낙ᄉᆞ(賞心樂事) 쾌한 일이 미ᄉᆡᆨ 밧게 ᄯᅩ 무엇고. 셔셔이 ᄉᆡᆼ각ᄒᆞ오. 부력(扶力)할 이ᄂᆡ 말ᄉᆞᆷ.

그렇다고 너무 빠지지는 맙시다

고금의 격언이라. 좌간(座間)이 ᄎᆞᆼ션(稱善)ᄒᆞ니, 쵸불입(蜀不入)이 졔갈량이라,[28] 영웅이 뉘 이시며, 미혼단(迷魂丹)은 ᄂᆡ 모로나 함인(陷人)ᄒᆞ난 항(巷)은 이거시라. 근묵(近墨)ᄒᆞ면 거머지고 근주(近朱)ᄒᆞ면 북난다니, 근이원지(近而遠之) ᄉᆞᆼ책(上策)이라.

---

24) **안증자** 공자의 제자 안연과 증삼.

25) **적황금유자손** 황금을 쌓아 자손에게 물려줌.

26) **흑감향** 단잠을 잘 수 있는 곳.

27) **왕장군지고자** 왕장군의 창고지기. 왕장군은 진나라의 왕준(王濬). 벼슬은 무군대장군(撫軍大將軍). 그의 창고에는 없는 것이 없었다고 한다. 『전등신화剪燈新話』「삼산복지지三山福地志」에 "저는 곧 왕장군의 창고지기로, 재물을 어찌 함부로 옮겼겠는가彼乃王將軍之庫子 財物豈得妄動耶"라는 말이 있다.

28) 『삼국지연의』를 보면 조조가 유비의 촉나라를 제갈량 때문에 쉽게 침범하지 못한다.

기생, 요물인가 보배인가

원제 죵순이라

기생은 요물이라

ᄃᆡ져 ᄌᆞ고 이러로 가인(佳人) 미희(美姬)을 ᄭᅩᆺ셰 비ᄒᆞ며, 혹 옥의 비ᄒᆞ며, 혹 금의 비ᄒᆞ며, 혹 향난(香蘭)의 비ᄒᆞ며, 혹 셜중숑국(雪中松竹)[29]의 비ᄒᆞ며, 심지여 운월셩ᄉᆞ(雲月星槎)의 비ᄒᆞ여스나, 고금은 수이ᄒᆞ니 그 일홈은 한갓지라.

진약(眞若) 그 고으미 ᄭᅩᆺ과 갓트며, 그 말그미 옥과 갓튼며, 그 향그러오미 향난과 갓트며, 그 ᄂᆡᆼ낙(冷落)ᄒᆞ미 숑쥭셜국(松竹雪竹)과 갓트며, 그 표일(飄逸) 춘유(春柔)ᄒᆞ미 진실노 운월셩신(雲月星辰)과 갓ᄒᆞ여, 그리 이른 말인지, 위ᄌᆞ(委姿) 표양(漂亮)ᄒᆞ여 이른 말인지,

이으관지(一以貫之)ᄒᆞ면, 그 승연 구구(句句)함과 향안 암탐(暗探)ᄒᆞ미 불과 유유 유탕(誘蕩)ᄒᆞ난 호리(狐狸)요, 분분(紛紛) 무량(無量)한 모쵸리[30]라. 졔 불과 망국(亡國)ᄒᆞ난 요물(妖物)이요, 함인(陷人)ᄒᆞ난 굴암이라.

기생은 천하지보라

ᄀᆡᆨ월(客曰),

우습다 그ᄃᆡ 말이 편협ᄒᆞᆫ 여ᄌᆞ로다. ᄭᅩᆺ셰 비ᄒᆞ물 과타 ᄒᆞ나, ᄭᅩᆺ시 고으나 불과 불그면 불고 희면 흘 다름이지, 엇지 그 요요(嫋嫋) 년년(姸姸)ᄒᆞᆫ 여옥(如玉) ᄇᆡᆨ안(白顔)과 도화(桃花) 양협(兩頰)에 비ᄒᆞ며, 옥의 비ᄒᆞ믈 옥니 과타 ᄒᆞ나, 옥니 희면 희고 ᄎᆞ면 츨 다름이지, 엇지 그 틔 업고 교교(姣姣)ᄒᆞ며 온유

29) 이하 계속 설중송국으로 나오나, 국화의 국(菊)으로 보기는 어려울 듯하다. 국화는 가을에 피는 꽃이기 때문이다.

30) **모초리** 메추리인 듯.

겸양(溫柔謙讓)ᄒᆞᆫ ᄃᆡ 비ᄒᆞ며, 금이 귀타ᄒᆞ나, 불과 산을 ᄏᆡ여 어드면 견상(見償)할 다름이지, 엇지 구ᄒᆞ여 엇지 못ᄒᆞ고 능유능강(能柔能强)한 옥모월티(玉貌月態)의 비ᄒᆞ며, 향난이 향그럽다 ᄒᆞ나, 불과 유향(幽香)이 미미할 다름이지, 엇지 그 옥부향신(玉膚香身)이 쳔양ᄌᆞ발(天香自發)함의 비ᄒᆞ며, 셜중숑국(雪中松竹)이 비록 닝낙쳥결(冷落淸潔)ᄒᆞ나, 엇지 그 ᄉᆞ시가졀(四時佳節)의 소시경기(瀟灑耿介)[31]함의 비하며, 운월셩신(雲月星辰)이 불과 고명광치(高明光彩)할 다름이지, 엇지 그 빙졍요랴(氷貞裊那)[32]ᄒᆞ며 빅티구비(百態具備)함의 비하며,

죠운모우(朝雲暮雨)와 남악(南岳) 진진(眞眞)을 션ᄋᆞ션희(仙兒仙姬)라 ᄒᆞ여스나, 긔난 픠모(誖眊)한 ᄌᆞ최을 셰인이 보지 못ᄒᆞ난 것시니, 엇지 그 죠셕ᄉᆞᆼᄃᆡ(朝夕相對)ᄒᆞ난 여빈여소(如嚬如笑)[33]로 진실한ᄃᆡ 비ᄒᆞ며,

ᄯᅩ난 망국ᄒᆞ난 요물이라 함인ᄒᆞ난 굴함이라 ᄒᆞ나, 기역(其亦) 속ᄌᆞ(俗子)의 우언이라. 주불취인인ᄌᆞ취(酒不醉人人自醉)라 ᄉᆡᆨ불미인이ᄌᆞ미(色不迷人人自迷)을 가인 미희의 홀노 함이 안이라.

위(衛) ᄌᆞᆼ강(莊姜) 반쳡여(班婕妤)난 만고 가인이나 쳔ᄌᆡ(千載)의 풍유(風流)로ᄃᆡ, 그 집을 업치미 업스니, 엇지 미인과 가ᄋᆞ(佳兒)을 탓할리요. 왕망(王莽) 동탁(董卓)과 ᄎᆡ경(蔡京) 진희(秦檜) 등이 미ᄉᆡᆨ(迷色)되여 한숑(漢宋)을 망케 ᄒᆞ여스며, 난영(欒盈) 지ᄇᆡᆨ(智伯)과 이ᄉᆞ(李斯) 죠고(趙高)등이 다 가ᄋᆞ로 몸이 망ᄒᆞ엿난가.

흥망셩쇠와 공명현달이 다 ᄯᅢ가 이스니, 엇지 져의을 탓ᄒᆞ리요. 이러무로 호긔과 ᄌᆞᆼ부의 호화을 도을 다름이니라. 이러무로 쳔ᄒᆞ디보(天下至寶)난 미ᄉᆡᆨ인가 ᄒᆞ노라.

---

31) **소쇄경개** 깨끗하며 밝은.

32) **빙정요라** 절개는 얼음처럼 굳으면서 몸은 부드럽게 간들거리는.

33) **여빈여소** 찡그린 듯 웃는 듯. 미인을 가리키는 말인 듯. 혹 여빈여우(如賓如友)의 오기일 수도 있겠다. 여빈여우는 손님 같고 친구 같은 부부를 나타내는 말이다. 이화(李華)의 「조고전장문弔古戰場文」에 나온다.

기생의 몸

늙는 것의 슬픔이여

원제 수ᄉᆞᆷ(數三) 셩ᄎᆞᆼ(成娼)이 회양한당(會養閑堂)ᄒᆞ여 탄화로졉불ᄂᆡ(歎花老蝶不來)라.

가련ᄒᆞ다, 너의 모양, 중춘(仲春)의 시ᄉᆡᆼ(始生)ᄒᆞ여, 녹음(綠陰) 젼(前) 쇠잔ᄒᆞ니, ᄶᅡ로난 나뷔 벌도 무연이 지나가고, 오ᄉᆡᆨ(五色)의 쟉약(綽約)한 벗 덧업시 아니 온다. 츈광(春光)의 득의(得意)ᄒᆞ미 십일을 못 지ᄂᆡ니, 어이한 너의 긔슈(氣數) 그다지 가련한냐.

닙 피고 ᄭᅩᆺ 머을 졔, 악풍(惡風)의 ᄉᆡᆼ할셰라, 폭우의 지칠셰라, 남그로 고여 주며 ᄎᆞ면(遮面)ᄒᆞ여 가리오고, 아젹 젼 연물(軟水)을 주어 잡풀 ᄆᆡ여 비양ᄒᆞ이, 그 불과 ᄋᆡ셕이라.

쵸목은 무심ᄒᆞ나 ᄯᆡ을 ᄯᅡ라 포헝(飄零)커든, 하물며 ᄉᆞ람 되여 ᄇᆡᆨ우(百憂)난 감심(感心)ᄒᆞ여, 만ᄉᆞ(萬事)은 뇌형(勞形)ᄒᆞ니, 이연흑ᄌᆞ셩셩(黟然黑者星星)이요 악연단ᄌᆞ고목(渥然丹者槁木)이라.[34] 인ᄉᆞ을 ᄉᆡᆼ각ᄒᆞ면, 상수(上壽)난 일ᄇᆡᆨ이요, 중수(中壽)난 팔십이요, ᄒᆞ수(下壽)난 육십이라. 셰강속박ᄒᆞ여, 중수도 못 다 ᄉᆞ라, 인간칠십고릐희(人間七十古來希)라. ᄇᆡᆨ셰을 긔약ᄒᆞ며 ᄇᆡᆨ셰을

34) 이 문장은 구양수(歐陽修)의 「추성부秋聲賦」에서 따왔다. "초목은 무정물이지만 때때로 흩날려 움직이고, 사람은 동물이 되어 그 영혼이 온갖 일을 근심하며 만사로 몸을 괴롭히니, 마음이 흔들리면 그 바탕까지 흔들린다. 거기다 자기 힘이 미치지 못하는 것까지 염려하고, 자기 지혜로 할 수 없는 일까지 근심하니, 어느새 불그레한 얼굴이 마른 나무처럼 되고 까만 머리 백발 됨이 당연하다草木無情 有時飄零 人爲動物 惟物之靈 百憂感其心 萬事勞其形 有動於中 必搖其精 而況思其力之所不及 憂其智之所不能 宜其渥然丹者爲槁木 黟然黑者爲星星"

산다 ᄒᆞ나, 주ᄉᆡᆼ야ᄉᆞ(晝生夜死) ᄉᆡᆼ각ᄒᆞ면 미만(未滿) 오십 세ᄉᆞᆼ이라. 하물며 미ᄇᆡᆨ연(未百年)을 그 더욱이 일을 것가. 한번 죽어 도라가면 명춘(明春)이나 바랄ᄉᆞᆫ가.

더욱이 우리 모양 솟세 비한 모양이라. 이십 이젼 곱든 양ᄌᆞ(樣姿) ᄒᆡ마다 무ᄉᆡᆨ(無色)ᄒᆞ여, 양뉴(楊柳) 갓치 가는 허리 고목을 이웃ᄒᆞ고, ᄇᆡᆨ옥 갓치 흰 얼골은 유ᄌᆞ피(柚子皮)와 일반이라. 원ᄉᆞᆫ(遠山) ᄋᆡ미(蛾眉)난 가울 풀이 황양(荒涼)ᄒᆞ고, 효셩(曉星) 쌍안(雙眼)은 연무(煙霧)의 ᄌᆞᆷ겨난 듯, 불근 ᄋᆡᆼ순(櫻脣)은 덧업시 흐여지고, 졔ᄑᆡ(齊貝)[35] 치아(齒牙)은 간간이 황ᄐᆡ(黃苔)로다. ᄋᆡᆼ셩연어(鶯聲軟語)난 ᄌᆞ연이 둔미(鈍微)ᄒᆞ고, 알운청가(戞雲淸歌)난 반나마 담셩(痰聲)이라. 보들압고 곱든 졋슨 ᄶᅡ라 먹은 연감이요, 수졍 갓치 막든 살은 불의 걸닌 등걸이라. 불가형언(不可形言) 그것신들 옛 갓튼 줄을 어이 알이.

형산(荊山)의 무화옥(驚華玉)도 바아지니 쓸 ᄃᆡ 업고, 갑니(匣裏)의 들든 칼도 늘거지면 무졍커든, 하물며 우리 ᄒᆡᆼ종 ᄉᆡᆨ(色)으로 ᄉᆞ인(事人)이라,[36] 이모(二毛) 이젼(以前) 지ᄂᆡ든 일 어제른 듯 ᄭᅮᆷ이로다. 다졍튼 임 범범ᄒᆞ고, 간졀튼 이 ᄂᆡᆼ낙ᄒᆞ니, 미망(未忘) 졍인(情人) 무엇신고. ᄋᆡ부(愛夫) 역시 가ᄉᆞᆸ롭다.

인ᄉᆡᆼᄉᆞ셰(人生斯世) 혜알이니, 이팔 이후 ᄉᆞᆷ십젼이 불과 ᄉᆞᆷ연(三年) ᄂᆡ외ᄉᆞ(內外事)라. 쵸로(草露) 풍등(風燈) 이 셰ᄉᆞᆼ이 덧업시 가련ᄒᆞ다. 공경(公卿) ᄌᆡᄉᆞᆼ(宰相) 귀한 이도 품 속의 ᄉᆞ랑ᄒᆞ고, 일셰 호ᄀᆡᆨ 유졍ᄌᆞ도 무릅 우의 기롱커날, 여화여옥 고은 양ᄌᆞ ᄆᆡ양(每樣)이만 역여더니, 탕문군(卓文君)의 ᄇᆡᆨ두음(白頭吟)을 덧업시 ᄂᆡ 당컷다.

시졔문ᄌᆞ(始制文字) 뉘 하신지, ᄉᆞ셔오경(四書五經) ᄇᆡᆨ가어(百家語)의 늘글 노ᄌᆞ(老字) 한이로다. 인ᄉᆡᆼ부득항소년(人生不得恒少年)[37]을 가ᄉᆞ(歌詞) 중

35) **제패** 가지런한 조개껍질. 『장자』「도척」편에 "가지런한 조개껍질 같은 치아齒如齊貝"라는 말이 있다.

36) **색으로 사인이라** 곧 이색사인(以色事人). 기생을 뜻하는 말. 전출.

37) **인생부득항소년** 인생이 언제나 젊은 시절일 수는 없다.

의 을펴더니, 일월여류노ᄌᆞᆼ지(日月如流老將至)[38] 난 나을 짐짓 이름인 듯, 문젼이 ᄂᆡᆼ낙ᄒᆞ니 ᄎᆞ즈리 뉘 이스리.

비취금이 쳐량ᄒᆞ고 원앙침이 무ᄉᆡᆨ이요, 연지분이 가증(可憎)ᄒᆞ니 화류(花柳) 쳬경(體鏡) 씔 ᄃᆡ 업다. 일모쳥ᄉᆞᆫ(日暮靑山) 져문 날의 밤 되난 것 민망ᄒᆞ고, 고등(孤燈) 잔월(殘月) 요젹 시의 쳑영(隻影) ᄉᆞᆼ죠(相照) 가련ᄒᆞ다.

화류 득의(得意) 소연(少年)더라, ᄆᆡ양인 줄 밋지 마라. 우리도 너의 ᄒᆡᆼ낙(行樂) 어졔른 듯 간 ᄃᆡ 업고, 지난 바 허다ᄉᆞ(許多事)가 일ᄌᆞᆼ춘몽(一場春夢) 가쇼(可笑)롭다.

ᄯᅩ 인난 쳬 ᄆᆡ물ᄒᆞ고 도고(道高)한 쳬 ᄂᆡᆼ낙ᄒᆞ여, 지셩으로 간졀ᄒᆞ 니 과련(翹然)이 물니치고, ᄌᆡ물노 달ᄂᆡ난 이 가쇼롭게 아라드니, 지금 신셰 ᄉᆡᆼ각ᄒᆞ니 후회막급(後悔莫及) 씔ᄃᆡ업고, 야속ᄒᆞ게 괄셰(恝視)ᄒᆞ 니 다시 보니 무ᄉᆡᆨᄒᆞ다. 동원도리편시춘(東園桃李片時春)을 ᄆᆡ양으로 미들손가. 유수광음(流水光陰)이 셰ᄉᆞᆼ의 부유(蜉蝣) 갓튼 우리 인ᄉᆡᆼ, 아젹 이슬 일반이라. ᄉᆞ지여ᄎᆞ(思之如此) ᄎᆞᆼ망(悵惘)ᄒᆞ고, 염지여피(念之如彼) 가련(可憐)ᄒᆞ다.

실능군(信陵君) 무덤 우의 논을 풀고 밧슬 가니, ᄎᆞᆼᄎᆞᆼ(蒼蒼) 낙일(落日) 져문 날의 ᄀᆡᆼ소연(更少年)을 바라오며, 옥노화잔(玉露和間) 덧업스니 ᄉᆞᆷ화양ᄉᆞ(三瓦兩舍) 무리 중에 유졍ᄌᆞ을 만날손가. ᄉᆞ라 ᄉᆡᆼ젼 이 셰ᄉᆞᆼ을 이별 업시 지ᄂᆡ다가 죽어 ᄉᆞ후(死後) 한게 가ᄌᆞ 졀옥투향(竊玉偸香) 오입ᄀᆡᆨ을 어림 업시 미어더니, 지금 도라 ᄉᆡᆼ각ᄒᆞ니 진실한 이 바이 업고, 무비광ᄀᆡᆨ(無非狂客) 외수로다.

무겁잔인 ᄀᆡ물(棄物)이요, 본젼 업난 ᄌᆞᆼᄉᆞ러니, 헛 ᄌᆞᆼᄀᆡ한 ᄌᆡ물 되여, 유젼ᄌᆞ(有錢者)가 도라셔니, 쳔일(千日) 죠은 ᄉᆞ람 업고 십일(十日) 불근 ᄭᅩᆺ시 업다. 일ᄉᆡᆼ(一生) 일일 ᄯᅴ 이스니, 비가강ᄀᆡ(悲歌慷慨) 무익(無益)이요, 염나국

---

38) **일월여류노장지** 세월이 금방 흘러 늙음이 찾아왔다는 뜻. 말을 타고 돌아다니지 않고, 놀고먹다보니 허벅지에 살만 올랐다고 한탄하는 구절 속에 이 말이 있다. 『삼국지』에서 유비가 한 말이다. 비육지탄(髀肉之嘆)이라는 고사성어가 여기서 나왔다.

39) **왕사성** 억울하게 죽어 원귀가 된, 이른바 왕사귀(枉死鬼)가 사는 곳.

(閻羅國) 왕ᄉᆞ셩(枉死城)[39]이 나의 향할 곳이로다. 시호시호부ᄌᆡᄂᆡ(時乎時乎不再來)[40]라. 진황춍(秦皇塚) 한무릉(漢武陵)을 그 뉘러 면(免)할손가. ᄎᆞᄎᆞ혜(此嗟兮)여 부ᄎᆞ혜(復嗟兮)라. 가련한 ᄂᆡ 신원(伸寃)을 셔불진긔(書不盡記) 근치노라.

춤추는 기생의 자태

원제 찬일도미ᄋᆡ(讚一道美兒)타가, 탄미문감탄셩(歎未聞感歎聲)이라

션연ᄒᆞ다 미ᄐᆡ도(美態度)야, 아로ᄉᆡᆨ인 옥이로다. ᄌᆞᆼ단(長短)이 젹즁(的中)ᄒᆞ고, 쳬지(體肢)가 합도(合道)로다.

달 갓치 둥근 낫슨 복ᄃᆡ(福地)가 완연(完然)ᄒᆞ고, 쟉약(綽約)한 고은 모양 ᄇᆡᆨᄐᆡ가 구비로다.

일과녹발(一顆綠髮)은 흑운(黑雲)이 푸이난 듯, 팔ᄌᆞ빈모(八字鬢毛)난 청ᄉᆞᆫ이 버렷난 듯, 효셩(曉星) 갓치 말근 눈은 가울 물이 잔황(潺湲)이라. ᄇᆡᆨ옥 갓치 ᄒᆞᆫ 귓봉은 은고리가 걸엿난 듯, 잉도 갓튼 입수알은 단ᄉᆞ(丹砂)을 먹음어고, ᄉᆞᆷ십육 ᄒᆞᆫ 잇ᄉᆡᆨ은 졔ᄆᆡ(齊貝)을 셰워도다.

십지셤수(十指纖手)난 죽순이 고와 잇고, 셰치 금연(金蓮)은 봉두(鳳頭)가 놉파쏘다.[41] 요요(嫋嫋) 셤요(纖腰)난 바람 밧게 버들이요, 단아(端雅) 포셕(布席)은 눈 가운ᄃᆡ ᄆᆡ화로다. 보리(步履) 경쳡(輕捷)은 금누(金樓) 반비(班妃)요, 무수(舞袖) 젼젼(輾轉)은 한궁(漢宮) 비련(飛燕)이라.

가셩(歌聲)은 쳥아(淸雅)ᄒᆞ여 단구(丹丘)의 봉(鳳)이 울고, 어음(語音)은

40) **시호시호부재래** 『사기』「회음후전」에 "공은 이루기 어렵고 패하기 쉬우며, 때는 얻기 어렵고 잃기 쉬우니라. 때여 때여 다시 두 번 오지 않으리時乎時乎不再來"라고 하였다.

41) 금연은 발 또는 신발을 가리킨다. 봉두는 신발의 앞머리. 중국에서 작은 발을 미인의 상징으로 여겼기에 이런 비유가 생겼다.

징징(琤琤)ᄒᆞ여 옥반(玉盤)을 울니난 듯, 추파을 일젼(一轉)ᄒᆞ면 ᄌᆞㅇ부가 질식(窒塞)ᄒᆞ고, 향구(香口)을 잠기(暫開)ᄒᆞ면 호걸이 낙박(落薄)[42]이라. 죠화옹(造化翁)의 신통으로 구긔(九氣)을 타고 난다, 용면긔ᄉᆞ(龍綿綺絲) 순단으로 오ᄉᆡᆨ(五色)이 져러ᄒᆞᆫ다.

거짓 안여 춤일진던 평오핑월(平吳覇越)[43]을 셔씨(西施)의게 ᄉᆡ양ᄒᆞ며, 춤이 안여 거짓시나 평셩(平城)의 어인 흉노(匈奴) 네 응당 풀이로다.

42) **낙박** 낙백(落魄)과 같다.

43) **평오패월** 오나라를 평정하고 월나라의 패권을 잡은 일. 범려는 서시를 이용하여 패권을 장악할 수 있었다.

《 제4부 | 기생과 편지 》

그리워하다 죽어버려라

남자의 편지

원제 ᄃᆡ가정(亭) ᄉᆡᄌᆞᄒᆞ여 작구압가인셔(作舊狎佳人書)라

ᄒᆡᆼᄆᆡ(行媒)[1] 의혼(議婚)ᄒᆞ여 여피위여[2]난 만복의 근원이나, 노류ᄌᆞᆼ화(路柳墻花)로 인ᄀᆡ가졀(人皆可折)은 호ᄀᆡᆨ의 ᄉᆞᆼᄉᆞ(常事)로다. ᄉᆞᆷ연을 경영ᄒᆞ여 화괴량(花魁娘) 득졈키난, 경원화(鄭元和)의 진심이라.[3]

고금이 ᄉᆡ 다른ᄃᆡ 어이ᄒᆞ여 한게 나며, 쳔지가 ᄌᆞᆸ잔인ᄃᆡ 어이ᄒᆞ여 동거(同居)ᄒᆞᆫ고. ᄉᆞ리을 헤랴리면 무심튼 아니ᄒᆞᆫ 듯, 유의한 게와 ᄂᆡ가 무심ᄒᆞ미 한이로다.

그ᄃᆡ의 ᄂᆡᆼ낙한 뜻세셔 어이한 ᄂᆡ 언변의 발뵈기을 바라숀가.

여화여옥(如花如玉) 그 얼골은 보잔이나 ᄉᆞᆷᄉᆞᆷᄒᆞ고, 징징(琤琤)한 그 셩음은 듯잔이나 수작(酬酌)인 듯.

ᄒᆡ당일지(海棠一枝) 고은 ᄭᅩᆺ시 함ᄐᆡ(含態) 토양(吐揚)[4] 하난 것도 게가 나을 반긔난 듯, 츄쳔명월(秋天明月) 발근 달이 ᄎᆞᆼ젼(蒼天)의 교교(皎皎)함도 게가 ᄂᆡ게 빗치난 듯, ᄂᆡᆼ낙 한쳔(寒天) 깁픈 밤의 벗 부로난 홍안셩(鴻雁聲)도

1) **행매** 중매인.

2) 미상. 결혼을 뜻하는 말인 듯.

3) 여기 정원화는 매유랑(賣油郎)으로 해야 옳다.

4) **토양** 토기양미(吐氣揚眉)에서 나온 말. 억제된 심정을 펼쳐냄으로써 감정이 시원스레 바뀌는 것을 형용한 것이다.

계가 나을 부르난 듯, 요요연연(搖搖連連) 느린 실이 춘풍의 표영(漂泳)함도 계가 나게 부치난 듯, 말뇌구젹(萬籟俱寂) 무인 졔의 추공(秋空) 측측 ᄒᆞ난 것도 계가 나을 ᄭᅵ이난 듯, 여빈여소(如嚬如笑) 일동일졍(一動一靜) 심두(心頭)의 어릉키여, ᄉᆡᆼ각 마ᄌᆞ ᄉᆡᆼ각이요, 이져 마ᄌᆞ 못 이즈니, 어이한 그ᄃᆡ 모양 불ᄉᆞᄌᆞᄉᆞ(不思自思) ᄉᆡᆼ각인고.

옥빈홍안(玉鬢紅顔) 묘한 ᄐᆡ도 ᄂᆡ 간ᄌᆞᆼ(肝腸)의 칼이 되고, 화안셩모(花顔星眸)[5] 말근 죠격(調格) 미혼하난 약(藥)이른 듯. 금옥(金玉) 졀기(節槪) 잠굴(暫屈)ᄒᆞ여 양ᄃᆡ운우(陽臺雲雨) 허락ᄒᆞ면, 비취금 원앙침의 옥비(玉臂)을 한게 ᄒᆞ고 향신을 졉할진ᄃᆡᆫ 함수추향(含羞秋香)[6]과 옥쇼(玉簫) ᄌᆡ셰연(再世緣)을 ᄂᆡ 역시 우실연만, 일표(逸飄)한 그 셩경의 난봉(鸞鳳) 오작(烏鵲) 혐의ᄒᆞ여 ᄂᆡᆼ연이 물일진ᄃᆡᆫ, 춘풍(春風) 호졉(胡蝶)이 실시(失時)ᄒᆞ미 이슬여 듯.

하물며 그ᄃᆡ ᄉᆞ렴(思念)이 갈ᄉᆞ록 분심(分心) 갈망(渴望)ᄒᆞ여, 병 안인 병이 일신의 ᄉᆞ모ᄎᆞ고, 수심 아닌 수심이 구곡의 얼키여, 이즈려 잇지 못ᄒᆞ고 ᄉᆡᆼ각지 아니려 안이치 못ᄒᆞ여, 젼젼한 마음과 요요(搖搖)한 심ᄉᆞ가, ᄌᆞ고져 ᄌᆞᆷ을 이르지 못ᄒᆞ고, 먹고져 음식의 맛슬 모르니, 얼마 안인 이 인ᄉᆡᆼ이 셕목(石木)이 아니라, 의형(儀形) 이 날노 쇼삭(消索)ᄒᆞ여 ᄌᆞᆸ든 의복 널너 가고, 형용은 시시로 환탈(換奪)ᄒᆞ여, 고ᄉᆞ(高師) 갓튼 모양은 촉누(髑髏)을 이웃ᄒᆞ고, 실낫갓치 가난 목숨 죠로(朝露)와 일반이라. 만일 오호지탄(嗚呼之嘆)이 이실진ᄃᆡᆫ, 계로 말ᄆᆡ아마 죽난 나도 ᄂᆡ연이와, ᄇᆡᆨ인(伯仁)이 유아ᄉᆞ(由我死)로, 일분인 인졍이 이슬진ᄃᆡᆫ, 항여 후회ᄒᆞ난 마음이 업지 아니할 듯, ᄉᆞᄌᆞ(死者)난 불가부ᄉᆡᆼ(不可復生)이라, 불ᄒᆡᆼ이 셰ᄉᆞᆼ을 바릴진ᄃᆡᆫ 추회(追悔)ᄒᆞ면 무엇ᄒᆞ나.

ᄃᆡ져 나의 ᄉᆞᄉᆡᆼ죤망(死生存亡)은 월인(越人) 편국(扁鵲)[7]과 황혼(黃昏)[8]

---

5) **화안성모** 꽃 같은 얼굴과 맑고 밝은 눈빛.

6) **함수추향** 부끄럼을 머금은 듯한 미녀의 모습을 가리키는 말이다. 곧 기생 추향.

7) **편작** 편국은 편작의 오기로 보인다. 노나라의 명의(名醫).

8) **황혼** 약초의 이름. 이것을 넣은 황혼탕은 폐옹병(肺癰病)을 다스리는 데 쓴다.

감노(甘露)[9]라도 효음(效驗)이 업슬 터이요, 다만 그ᄃᆡ에 희희(稀稀)한 수단의 잇긔로, 병심(病心)을 강잉ᄒᆞ며 졍신을 수십(收拾)ᄒᆞ여, 경위 업고 둔한 말을 ᄃᆡ강 긔록ᄒᆞ니, 항여 반가온 말노 유곡(幽谷)의 향춘(香春)을 발(發)ᄒᆞ여 병심을 위로할넌지.

긔생의 답장

원제 답ᄌᆞᆼ

ᄌᆞᆨ야(昨夜) 청등(靑燈)[10]의 존(尊)이 ᄆᆡ치고, 금죠(今朝) 화지(花枝)의 희ᄌᆞᆨ(喜鵲)이 죠죠트니, 씃 아닌 금옥(金玉) 화한(華翰)[11]이 요젹한 ᄉᆞ람의 심회을 위로ᄒᆞ여, 위ᄌᆞ(慰藉)ᄒᆞ신 말솜은 ᄋᆡ분의 붓그럽고, ᄉᆞᆼᄉᆞᄒᆞ신 졍회은 다감다ᄉᆞ(多感多謝) ᄒᆞ건이와, 다시 도라 ᄉᆡᆼ각ᄒᆞ오니, 이 불과 ᄉᆞ람을 ᄆᆡᆨ바드며 긔롱(欺弄)ᄒᆞ신 말솜인 듯.

지셩소도(至誠素禱)의 쳔필감지(天必感之)라 ᄒᆞ여스니, 진실노 얼마 졍셩과 진심이 이셔스면, 엇지 날 갓튼 노화(老化)한 일ᄀᆡ 안여ᄌᆞ로 ᄉᆞᆼ심ᄉᆞᆼᄉᆞ ᄒᆞ은 지경의 이르며, ᄆᆡ류랑(賣油郎) 졍원화(鄭元和)을 일너스나, 진약(眞若) ᄆᆡ류랑 갓치 본졍을 긔우리면 졍원화 갓치 준마를 쥭일진된 단심(丹心)이 쳔신(賤身)을 격동ᄒᆞ려던. ᄒᆞ물며 장낭부이랑쳐 ᄒᆞ난 긔물(妓物)를 염예(念慮)ᄒᆞ여 말솜이 이갓치 번거시오.

이 불과 말솜을 치례ᄒᆞ시며, ᄉᆞ경(事情)을 거즛 ᄭᅮ며, 어림 업난 ᄉᆞ람을 감동케 ᄒᆞ며, 편협한 소견을 농낙ᄒᆞ시난 글 갓습.

ᄂᆡ 긔ᄉᆡᆼ 얼골은 공편한 거울를 붓그리고, 어음(語音)은 환우(喚友)하난

---

9) **감로** 단 이슬. 신령(神靈)의 정기(精氣)로 받아들여졌다.

10) **청등** 청등홍가(靑燈紅街)는 화류계를 가리킨다. 그러므로 여기서는 기생방의 등불.

11) **화한** 상대방 편지를 높여 이르는 말.

괴 쇠리를 부러ᄒᆞ거든, 무엇시 안젼(眼前)의 ᄉᆞᆷᄉᆞᆷᄒᆞ시며, 어ᄂᆡ 것시 이변(耳邊)의 징징(琤琤)ᄒᆞ여 ᄒᆞ신 말ᄉᆞᆷ이며, 덕우나 십니명ᄉᆞ(十里明沙) 아니여든 어이 ᄒᆡ당화를 일너스며, 옥토(玉兎) 단계(檀桂) 아니여든 어이 추월광명(秋月光明)일너스며, 금풍(金風) 추동(秋冬) 아니여던 어이 ᄉᆞᆯᄉᆞᆯ셩(蟀蟀聲)를 일너스며, 소ᄉᆞᆼ(瀟湘) 동졍(洞庭) 아니여던 어이 홍안셩(鴻雁聲)을 일너스며, ᄂᆡ 용천틔아(龍泉太阿)을 아니 가져거든 ᄂᆡ ᄌᆞᆼ위(腸胃)을 ᄊᆞ난다 ᄒᆞ여스며, ᄂᆡ 갈홍(葛洪)의 연단술(鍊丹術)이 업스니 어이 남의 혼을 흐일 것시라 호리(狐狸) 이각[12]의 비ᄒᆞ여스며, ᄉᆞᄉᆡᆼ죤망(死生存亡)이 ᄂᆡ 수단의 잇다 ᄒᆞ여스나, ᄂᆡ 긔ᄉᆞ회ᄉᆡᆼ지술(起死回生之術)과 틔을(太乙) 환혼(還魂)이 업거든 ᄂᆡ 어이 남의 ᄉᆞᄉᆡᆼ을 구졔할 술이 이스며,

ᄃᆡ져 수국(隋國) 양소(楊素)난 왕공(王公)의 위염(威嚴)으로 홍불긔(紅拂妓)을 머무지 못ᄒᆞ고, 강남ᄃᆡᄉᆞᆼ(江南大商) 손ᄃᆡ랑(孫大郎)은 쳔금(千金)으로 두십낭(杜十娘)을 구치 못ᄒᆞ여거든, ᄎᆞᆼ긔라 ᄉᆞ람을 이갓치 수이 아라 노류ᄌᆞᆼ화(路柳墻花)라 ᄒᆞ엿난지. 나을 ᄂᆡ 굿ᄒᆞ여 ᄎᆞᆼ여(娼女) 아니라 ᄒᆞ리 업시리, 굿ᄒᆞ여 거지을 거지라 ᄒᆞ여든 공편한 거시 아니여날, 노류라 ᄌᆞᆼ화라 지명한 거슨 무엇슬 위ᄒᆞ며 누구을 잇겨 ᄒᆞ신 말ᄉᆞᆷ이신지.

ᄂᆡ 풍유(風流) 반셰(半世)의 이붓치 간특한 말ᄉᆞᆷ을 쳐음 드롬이 아니로되, 쳐음은 그런가 역여더니, 조금 ᄒᆞ여 지ᄂᆡ 보니, 이 불과 여풍과이(如風過耳)라. 굿ᄒᆞ여 죽난 이도 못 보옵고, 굿ᄒᆞ여 치병(治病)ᄒᆞ신 이도 못 보와ᄉᆞ온 즉, 죠련(卒然)이 그 양반 말ᄉᆞᆷ이라 진실한 줄을 어이 졍ᄒᆞ오며,

옥빈홍안이라 화안셩모라 ᄒᆞ신 말ᄉᆞᆷ은 지쳘ᄎᆞᆼ금(指鐵稱金)이 아니면, 이셕비옥(以石比玉)이온 듯, ᄎᆞᆷ이 불안ᄒᆞ오며, 긔산(岐山)이 아니여든 무ᄉᆞᆷ 봉황(鳳凰)이라 오즉(烏鵲)이라 말ᄉᆞᆷ은 과이 황송ᄒᆞ오며, ᄂᆡ 추ᄌᆞ(鄒子)의 율(律)이 업거든 엇지 유곡(幽谷)의 향춘(香春)을 발ᄒᆞ며,[13] ᄉᆞ자불가부ᄉᆡᆼ(死者不可

12) **이각** 미상. 이매(魑魅) 곧 도깨비와 관련된 말로 보인다.

復生)이라 ᄒᆞ여스니 그난 그러ᄒᆞ건이와, ᄇᆡᆨ인(伯仁)이 유아ᄉᆞ(由我死)란 말ᄉᆞᆷ은 진실노 우실 말ᄉᆞᆷ이요,

게 죽으면 죽을 다름이요 죽난 그 ᄉᆞ람이나 스ᄉᆞ로 불ᄉᆡᆼᄒᆞ엿지 형젹(形迹) 업난 일의 무엇시 ᄂᆡ게 치ᄎᆡᆨ(治責)이 이슬이라 언연(偃然)이 ᄉᆞ람을 공동(恐動)ᄒᆞ여 게시며, 진실노 말ᄆᆡ아마 쥭난다 ᄒᆞ여든, ᄌᆞᆼ부의 긔십(氣習)으로 인병치ᄉᆞ(因病致死)란 말ᄉᆞᆷ이 비록 ᄉᆞ훗(死後)라도 임마의 ᄲᅡᆷ이 나려든, 무엇시 빗난 말ᄉᆞᆷ이라 이갓치 쇠담(笑談)을 필지(筆紙) 어겨 ᄒᆞ엿난지.

ᄂᆡ 역시 구구한 죠로(朝露) 셰ᄉᆞᆼ에 마음이 소연(蕭然)할 ᄲᅮᆫ 아니오라, 진실한 지ᄌᆞ 업시미 평ᄉᆡᆼ 유한이오니, ᄎᆞᆷ으로 나을 위ᄒᆞ여 죽난 ᄉᆞ람이 이슬진된 ᄂᆡ 비록 소소한 안여ᄌᆞ나 남을 홀노 죽게 할 것시 아니오라, 츅영ᄃᆡ(祝英臺)의 옛일을 효측(效則)ᄒᆞ여 여류잔명(如縷殘命)을 홍노(鴻毛) 갓치 여기렷만, 무릉여(茂陵女)로 말ᄆᆡ암아 탁문군(卓文君)의 ᄇᆡᆨ두음(白頭吟)의 ᄉᆞᆼ여에 무신(無信)이요, ᄉᆞᆫᄃᆡ랑(孫大郎)의 박졍(薄情)이라.

고금을 혜아리면 남ᄌᆞ의 ᄉᆞᆷ 갓튼 말 미들 것시 무엇시요, 셰강쇽ᄇᆡᆨ(世降俗薄) 이 셰ᄉᆞᆼ의 유졍낭이 그 뉘시요. 지넌 셰ᄉᆞᆼ ᄉᆡᆼ각ᄒᆞ니 김씨니씨(金氏李氏) 일반인 듯, 번거한 이ᄂᆡ 말ᄉᆞᆷ 박졍타 칙지 말고 유졍ᄌᆞ(有情者)로 감(鑑)ᄒᆞ시면 ᄌᆞᆼᄃᆡ(長大)히 느즌 봄이 ᄉᆞ람마다 늣기슬 듯.

13) **추자** 중국 전국시대 제나라 사람 추연(鄒衍). 『전등신화剪燈新話』 「등목취유취경원기滕穆醉遊聚景園記」에는 "추자의 피리를 불어 골짜기에 따뜻한 봄이 오길 바라노라願吹鄒子律 幽谷發陽春"라는 구절이 있다.

날 데려가주오

청주 기생의 청혼

원제 청농가인한ᄎᆞᆼ가(青龍佳人寒窓歌)

기생이 되다

홍몽(鴻濛)이 쵸분(初分)ᄒᆞ니, ᄌᆞ회(子回)에 ᄉᆡᆼ쳔(生天)ᄒᆞ고, 츅회(丑回)에 ᄉᆡᆼ지(生地)로다. 만물이 졔졔(齊齊)ᄒᆞ여 인회(寅回)에 ᄉᆡᆼ인(生人)ᄒᆞ니, 고ᄅᆡ(古來) 영웅이 몟몟샌 아니로다. 월(越)나라 범쇼ᄇᆡᆨ(范少伯)은 평오ᄑᆡ월(平吳霸越)ᄒᆞ연 후에 편쥬유어오호(片舟遊於五湖)ᄒᆞ고, 긔식쵸모(寄食漂母) 훈신(韓信)이난 쵸국봉왕(楚國封王) ᄒᆞ여 잇고, 나무 비는 쥬ᄆᆡ신(朱買臣)은 호계ᄐᆡ슈(會稽太守) ᄒᆞ엿난ᄃᆡ, 이ᄂᆡ 몸 어이ᄒᆞ여 남ᄌᆞ난 마다 ᄒᆞ고 일ᄀᆡ 여ᄌᆞ 되여 나며, 운건시괴(運蹇時乖)[14]하미 가지록 비ᄉᆡᆨ(丕塞)ᄒᆞ여, 십셰를 다 못 지나 쳔붕(天崩)코 지함(地陷)ᄒᆞ니, 가련한 이ᄂᆡ 인ᄉᆡᆼ 바라 리 뉘 이스리.

ᄉᆞᆼᄒᆞ(上下)예 무친(無親)이요 좌우(左右)에 무형졔(無兄弟)라. 고독한 이ᄂᆡ 일신 의지할 곳 어ᄃᆡ메니. 광ᄃᆡ한 이 쳔지에 한 몸 의지 어렵도다. ᄉᆞᆫᄉᆞ(山寺)의 북을 듯고, 야졈(野店)에 ᄂᆡ ᄎᆞ즈니, 표락(飄落)한 이ᄂᆡ 신셰, 오ᄌᆞ셔(伍子胥)에 조상(弔喪)인 듯. 가련헌 슉낭ᄌᆞ(淑娘子)가 노젼(蘆田)을 지나난 듯. 유셩구도ᄒᆡᆼ팔도(流星九道行八道)에 날 갓트니 뉘 이스리. 실낫 갓치 가는 목슘 보젼ᄒᆞ기 난망ᄒᆞ다. 바람에 불인 터럭 지박(止泊)ᄒᆞᆯ 곳 그 어ᄃᆡ니. 신셰가 약ᄎᆞ(若此)ᄒᆞ니 무엇슬 ᄉᆞ양(辭讓)ᄒᆞ리.

남취여가(男娶女嫁)함도 셩인애 예졀이요, 한 지아비 죵신(終身)키난 만복에 근원이라. 나에 ᄒᆡᆼᄉᆞ ᄉᆡᆼ각ᄒᆞ니 졀통코 가련ᄒᆞ다. 금슈위인(禽獸爲人) 아니

---

14) **운건시괴** 시운이 좋지 않아 역경에 처함.

여든 진실 질계(節槪) 이러할가. 그릇 투신(投身)한 타시라. 아셩공(亞聖公) 밍부ᄌᆞ(孟夫子)도 슴쳔교(三遷敎) 바드시고, 쵸한(楚漢) 시(時) 진유ᄌᆞ(陣孺子)[15]도 ㅂㅣ함추명(排陷醜名)ᄒᆞ여스니, 이닉 일 이리 됨도 ᄎᆞ 역시 팔ᄌᆞ로다. 강남(江南)에 죠흔 귤도 강북(江北)의 올마오면 변ᄒᆞ여 기(枳)가 되고,[16] 죵ᄌᆞ(種子)난 일반이나 토리(土理) 그른 탓시로다. 지닌 바 허다 고쵸 ᄎᆞ마 어이 긔록ᄒᆞ리.

유슈광음(流水光陰) 흘너가니 그리져리 이팔(二八)이라. 져탁(沮澤)에 고인 물도 인도(引導)ᄒᆞ기 달녀 잇고, 월인(越人)에 단발문신(斷髮文身) ᄎᆞ 역시 풍쇽이라. 실신(失身)한 이닉 허물 쥬야에 한이로다.

쇼쇼한 일기 여ᄌᆞ ᄌᆞ힝ᄌᆞ젼(自行自專) 어이 ᄒᆞ며, 이목(耳目)이 불광(不廣)ᄒᆞ고 지식(智識)이 암미(暗昧)ᄒᆞ니, 유시(有時) 호걸(豪傑) 엇지 알니. 고인을 싱각ᄒᆞ면 ᄒᆞ북(河北)에 젹낭ᄌᆞ(狄娘子)와 쥬국(隋國)에 홍불기(紅拂妓)로 영웅을 만나고져. ᄎᆞᆼ가 ᄌᆞ미(自賣) ᄒᆞ여스니, 월인(月人)[17]이 업슨 후야 합의인(合意人) 만날숀가.

세상을 떠돌다

북그림 무릅쓰고 일도(一道)를 쳘환(轍環)ᄒᆞ니, 안셩(安城)이 무련(無緣)ᄒᆞ여 옛손을 ᄎᆞᄌᆞ 가나, 청ᄎᆞᆼ(廳窓)에 부난 바람 약질(弱質)에 병이 날가 온양(溫陽)을 향ᄒᆞ난가. 우슌풍됴(雨順風調)ᄒᆞ니 ᄒᆡ마다 연풍(延豊)이요, 일신(一身)이 한가ᄒᆞ니 간 곳 마다 쳔안(天安)이라. 단양(丹陽)에 불근 ᄭᅩᆺ슨 츈ᄒᆞ츄동 영츈(永春)이요, 월촌(月村)에 쥭은 혼은 지금ᄭᅡ지 청쥬(淸州)로다. 졔쳔(堤川)이 막아스니 ᄇᆡᆨ일(白日)에도 음셩(陰城)이요, 쇼ᄇᆡᆨ손(小白山) 흐른 ᄆᆡᆨ(脈)은 곳곳지 괴손(槐山)일다. 평퇵(平澤)에 고인 물은 흘너간니 남포(藍浦) 되고,

---

15) **진유자** 진평(陳平).

16) 곧 귤화위지(橘化爲枳).

17) **월인** 월하노인(月下老人)의 줄인 말.

당진(唐津)을 도라보니 히미(海美)에 즈겻도다. 닉포(乃浦)를 도라드니 예로 잇난 신충(新昌)이요, 그 즁 너른 홍쥬(洪州)로다. 임쳔(林川)이 어딕멘고, 뫼마다 셔슨(瑞山)일다. 빅마강(白馬江) 것너셔니 규연한 놉푼 집은 쇼졍망(蘇定方)에 죠롱딕(釣龍臺)요, 부여(扶餘)를 도라드니 홍파녹쥬(紅波綠洲) 흐른 물은 낙화암(落花巖)이 쳬량(凄凉)ᄒᆞ다. 셕셩(石城)을 지나셔니 가도록 연순(連山)이요, 금강슈(錦江水) 닉린 물은 곳곳지 강경(江景)이라. 즁츈(仲春)이 지나가니 곳곳지 쳥냥(靑陽)이요, 인심이 슌후(淳厚)ᄒᆞ니 간 곳마다 덕순(德山)일다. 물외(物外)의 깁푼 뜻을 노셩(老聖)에 뭇즙고져 연긔(燕岐)로 길를 이여, 황간(黃澗)에 물든 틔끌 옥쳔(沃川)에 몸을 말켜, 쳥쥬(淸州)로 도라드니, 하셔지딕도회(河西之大都會)요, 아국지양쥬(我國之楊州)로다.

고젹(古跡)을 심망(尋望)ᄒᆞ니, 셔문외(西門外) 승젼비(勝戰碑)는 죠즁봉(趙重峯)애 유젹(遺跡)이요, 북문(北門) 안 숨츙ᄉᆞ(三忠祠)는 빅셰(百世)예 유젼(遺傳)이라. 이닉 일 싱각ᄒᆞ니 간 곳마다 붓그럽다. 쵸로(草露) 풍진(風塵) 지닉 셰숭, 합의인 바의 업고 비위 역한 쇨일너니.

님을 만나다

월노(月老)가 인도(引導)ᄒᆞ고 죠물(造物)이 유의(留意)ᄒᆞ여, 도원[18] 중춘(仲春) 망염간(望念間)의 우연이 맛난 임이, 뜻셰 마즐 샌 아니라 나의 진짓 소원이라. ᄉᆞ라 싱젼 이 셰숭의 이별 업시 지닉고져, 일신의 실닌 허물 결신(潔身)ᄒᆞ여 셤긔고져. 거안졔미 비란(非難)ᄒᆞ나 치쳘비봉(採掇非逢)[19] 한이로다.

쳘중(鐵中)의도 징징(錚錚)이요, 념주(念珠)도 목목(穆穆)이라. 노류장화 웃지 마오 뇌봉젼별(雷逢電別) 한이 깁쏘. 무식한 이닉 몸을 금(金) 가치 귀

---

18) 뒤에 나오는 남자의 답장을 보면 만난 해를 “황원(黃猿)이 태세(太歲)를 차지하고”라고 말하고 있다. 황원은 오행의 색과 동물의 띠를 합친 연도 표기법으로, 무신년을 가리킨다.

19) **채철비봉** 채철은 곧 채납(采納). 다시 말해서 혼례를 이루지 못했음을 뜻한다.

(貴)이 보고 쏫 갓치 ᄉ랑하니, 초목(草木)이 안닌 후 가문(過分)ᄒ물 모를 쇤가.

마봉빅낙시(馬逢伯樂始)[20]요 ᄉ위지긔ᄉ(士爲知己死)[21]라. 지빅지신(智伯之臣) 예양(豫讓)이난 범중힝씨(范中行氏) 신ᄒ(臣下)로셔 탄탄위아(呑炭爲啞) ᄒ여 잇고, 관공(關公) 타든 젹토마(赤兎馬)난 화용졀ᄉ(華容節死) ᄒ여스니, 미물도 져러커든 ᄒ물며 ᄉ람되여 졀의를 모를손가.

쳔금ᄉᆼ죵(天琴相從) 탁문군(卓文君)도 ᄉ마ᄉᆼ여(司馬相如) 죵노(終老)ᄒ고, 님안부(臨安府) 화괴랑(花魁娘)도 미유랑(賣油郎)을 쏫ᄎ나니, 지졍식취(知情識趣) 이러커든 봉친합에(逢親合意) 이를손가.

일국인(一國人) 만만중(萬萬衆)의 어이 지금 맛난난고. 유연쳘니능ᄉᆼ회(有緣千里能相會)요 무연비면불ᄉᆼ견(無緣拜面不相見)[22]은 예로부터 잇건만은, 닉 곳 지어(至於) 님의 고지 불과 빅니 닉외(內外)여날, ᄉ오이십 허다 연(年)의 어이 지금 맛난난고. 쳔금(千金)이라 ᄒ올진뒨 가셕(可惜)이라 ᄒ련이와, 닉밋 드러 남 뵈기로 말은 맛치 안커니와.

헤어지다

헤어보고 싱각ᄒ오. 일호(一毫) 거짓 헛말 될가. 어드면 다 어드며 임이면 다 졍일가. 동방화촉(洞房華燭) 이ᄉᆷ야(二三夜)의 무ᄉᆷ 졍이 이러ᄒ오. 닉 일 닉 모르오. 졍이 아녀 곳 병인 듯. 광풍(狂風)의 불닌 낙화(洛花) 어닉 고를 향한난지. 총망이 ᄒ직할 졔,

---

20) **마봉백낙시** 말은 백락을 만나야 비로소 재주를 발휘할 수 있다는 뜻. 백락은 중국 춘추시대 진나라 목공 때 말을 잘 알았던 사람.

21) **사위지기사** 『사기』「자객열전」에 나오는 자객 예양의 말이다. "선비는 자기를 알아주는 사람을 위하여 죽고, 여자는 자기를 기쁘게 해주는 자를 위하여 화장한다士爲知己者死女爲說己者容"

22) **유연천리능상회 무연배면불상견** 인연이 있으면 천리가 떨어져도 만날 수 있고, 인연이 없으면 얼굴을 마주해도 서로를 진정으로 볼 수 없다.

잘 잇거라.

보중ᄒᆞ오.

셜마 다시 못 보랴. 이별인 듯 ᄒᆞ직인 듯, 놉흔 ᄒᆞ날 무너지고 구든 ᄯᅡ이 ᄭᅥ지난 듯, 임 위ᄒᆞ여 듯난 눈물 경신이 아득ᄒᆞ고 훌훌이 가난 심ᄉᆞ 압길이 막막이라. 가난 쳡 가게 두고 잇난 님 잇게 ᄒᆞ니 가고 십어 ᄂᆡ 가오며 보ᄂᆡ고져 보ᄂᆡ시요. ᄉᆞ세 부득 그러ᄒᆞ니 피ᄎᆞ ᄉᆞᆼ심 일반이라. 장부의 허한 마음 헌신가치 알오련만, 녀ᄌᆞ의 약한 ᄌᆞᆼ위(腸胃) ᄆᆡ듸ᄆᆡ듸 ᄭᅳᆫ쳐지고, 명옥(明目)이 요감(欲暗)이라.

상사곡

네가 비록 미물이나 네 역시 부럽ᄯᅩ다. 붓터 가난 져 원낭(鴛鴦)야 너도 무ᄉᆞᆷ 한(恨) 잇난야. ᄂᆡ 이별 가져다가 네에 모양 비겨보니, 가ᄉᆞᆷ 쳐 울고 본 듯 흉금(胸襟)이 막키것다. 가련한 이ᄂᆡ 몸이 마음으로 못 ᄒᆞ난 줄 임은 응당 아ᄅᆞ슬 듯. 님도 나와 갓트슬가. 나 혼ᄌᆞ 이러한가. ᄉᆞᆷ화양ᄉᆞ(三瓦兩舍) 연화(煙火) 중의 오입 ᄎᆞ슨 님의 경을 ᄂᆡ 역시 짐작것만, 눈 ᄯᅳᆺ고 몽압이요, 알고 지난 시릅이라. 견물ᄉᆡᆼ심 이ᄂᆡ 정회(情懷) 무비단ᄌᆞᆼᄉᆞᆼ심쳐(無非斷腸傷心處)라. ᄎᆞᆫ원ᄌᆞᆼ제(草原長堤) 긴 언덕의 목동의 졋 쇼릐도 님이 쳡을 부르난 듯, 산음(山陰)으로 가난 홍안(鴻雁) 벗 부르난 소릐 우난 것도 님이 쳡을 ᄎᆞ즙난 듯, 춘풍(春風)의 불인 양유(楊柳) 벗가지의 감긴 것도 님이 쳡게 부치난 듯, 일무황혼(日暮黃昏) 져문 날의 밤 되난 것 미상(微傷)ᄒᆞ고 ᄀᆡᆨᄎᆞᆼ고등(客窓孤燈) 요적시의 좀 못 이러 병이 될 듯, 하로 한 씩 아인 ᄋᆡ을 엇지 셕여 ᄉᆞᆯ나난지. 죽어 경영 볼 줄 알면 웃고 죽어 ᄯᅡ로련만, ᄉᆞᄌᆞ불가부ᄉᆡᆼ(死者不可復生)이라. 유명(幽明)이 길 다르이 뵈옵긔을 긔약할가. ᄉᆞᆼᄉᆞ곡(相思曲) 노릐할 제 그 닷 ᄒᆞ랴 ᄒᆞ여드니, ᄂᆡ 지금 ᄉᆡᆼ각ᄒᆞ니 오이러 셔운도다.

쵸ᄒᆡᆼ노숙(草行露宿) 이ᄂᆡ 거동 무엇 위한 ᄂᆡ 길인가. 유산도수(踰山渡水) ᄎᆞᄌᆞ 간들 님이 그 곳 게시올가. 말염(萬念)이 ᄉᆞ라지고 ᄇᆡᆨᄉᆞ(百事)의 ᄯᅳᆺ시 업셔 식음이 다 존으니 일신이 무겁도다. 임의 주신 ᄉᆡᆼ각이요 가져 가신 좀일넌지 ᄌᆞ고져 좀 못 들고 이져마ᄌᆞ 못 이즈니 노르미 무엇시며 좁가가 무엇시오. 주난 것시 무엇시며 반난 거시 고이ᄒᆞ오. 광치젼ᄌᆞᆼ(廣置田莊) ᄒᆞ려난가. ᄌᆞ손길을 위ᄒᆞ난가. ᄉᆞᆷ쳑(三尺) 안의 드난 ᄂᆡ 몸 먹다셔 얼마 되며 입다셔 얼마 입소. 비단 의복 귀치안코 하로 한 ᄭᅵ 못 먹어도 경읫 님만 싸로고져.

어림 업난 이ᄂᆡ ᄉᆡᆼ각 임이 항여 오셧난가. 수풀 갓치 바다 갓치 ᄉᆞ면(四面)으로 버린 ᄉᆞ람 핑핑 도라 졸나 보니 왕통양총 모ᄌᆞ의 푸른 ᄎᆞᆼ의(氅衣) 간ᄃᆡ 업고 봉두난발(蓬頭亂髮) 그 모양이 무비잡유파락호(無非雜類破落戶)라. 우리 임이 게 게시면 나을 보고 오작할가.

나든 우슴 주러지고 심화(心火)가 절노 나니 금시 죽어 모르고져. 밧치난이 적담(赤痰)이요 흐르난이 혈누로다. 이것시 무엇시요 ᄉᆞ난 것시 귀치안코, 죽을 마음 ᄉᆡᆫ이로다. 호천이쳔불이(號天而天不貽)요, 고지이지불승셩(告地而地不成)을. 답답한 나의 심ᄉᆞ 뉘게다가 신원ᄒᆞ며 어ᄃᆡ 가셔 포ᄇᆡᆨ(表白)할가. ᄌᆞ수ᄌᆞ쳐(自水自處) ᄒᆞ올 마음 한 시(時)의도 ᄆᆡᆺ번인지 ᄎᆞᆷ아 절통(切痛) 셔른지고. 남의게 ᄆᆡ인 몸이 ᄌᆞᄒᆡᆼᄌᆞ지(自行自止) 할 길 업고 일시(一時) 민망(憫惘) 지리(支離)ᄒᆞ요. 낙일(落日) 오경(五更)의 ᄉᆞ로난이 간ᄌᆞᆼ이요, 무인정야(無人靜夜)의 수이난이 한숨이라. 밥 못 먹고 좀 못 ᄌᆞ니 정신은 흐미ᄒᆞ여 연무(烟霧)의 잠겻난 듯, 마음은 젼젼(輾轉)ᄒᆞ여 기름 ᄉᆞᆺ테 ᄊᆞᆯ이난 듯, 혼몽(昏懜) 중 눈감무이 의희(依俙)이 션단임(先達任)이 완연이 지치거늘 방욕(房褥) 탐의 붓드다가, ᄉᆡ벽 셔리 찬 바람의 홍안셩(鴻雁聲)의 놀나 ᄭᆡ니, 경읫 임 간ᄃᆡ 업고 셔(西)로 지난 달빗슨 ᄀᆡᆨᄎᆞᆼ(客窓)의 빗쳐도다.

십연합안(霎然合眼) 보이시고 경오ᄀᆡ쳡(驚悟開睫) 아니시니,[23] 유ᄉᆞ유몽

23) 『구운몽』 제1회에 주인공 성진이 한번 만난 팔선녀를 방에 돌아와 잊지 못해 시름하는 장면이 있는데, 거기에 "잠시 눈을 감은즉 팔선녀가 앞에 늘어서고 깜짝 놀라 눈을 뜨면 이미 보이지 않도다霎然合眼 則八仙女忽羅列於前矣 驚悟開睫 已不可見矣"라는 구절이 있다.

(有思有夢) 그려한 지 임이 어이 오셔슬이요. 하로도 밋번인지 인비목셕(人非木石)이라. 병 안인 병이 되고 ᄉᆞ지 못할 증세(症勢)른 듯. ᄒᆡ음 업난 찬 눈물은 홍엽(紅頬)에 연면(連綿)ᄒᆞ고, 오ᄌᆞᆼ의 이난 화난 연긔 업난 불이로다.

임이 주신 큰칼담뷔 곰방ᄃᆡ의 주여 물고, 한ᄎᆞᆼ(寒窓)를 밀쳐 여러 졍중(庭中)의 븨회ᄒᆞ며, 쳔ᄋᆡ(天涯)를 바라보니 은하(銀河)은 셩셩(星星)ᄒᆞ고, ᄉᆞᆷ셩(參星)은 ᄌᆡ동(在東)이라. 쇠잔(衰殘)한 달 그림ᄌᆞ 쳑영(隻影)이 ᄉᆞᆼ의(相依)로다. 신불이형(神不離形) 나와 갓치 우리 임을 ᄯᅡ로고져. 북두(北斗)을 짐작ᄒᆞ니, 져 ᄒᆞ날 져 ᄋᆡ러은 임이 응당 게실연만, 그 얼마 멀고 멀러 나 못 가고 임 못 오노.

ᄭᆡ엿난가 지무시나 ᄉᆡᆼ각난가 이졋셧난가. 바이 무졍(無情) 아니시면 젼여 잇든 안여슬 듯. 좌ᄉᆞ우ᄉᆞᆼ(左思右想) ᄉᆡᆼ각ᄒᆞ니 심화난 두긔(斗起)ᄒᆞ고 졍신은 혼혼이라. ᄉᆡ벽 셔리 찬 바람은 병든 ᄊᆡ를 ᄯᅮ로난 듯. 말뇌구젹(萬籟俱寂) 고요한ᄃᆡ 쵹ᄇᆡᆨ셩(蜀魄聲)[24]이 단ᄌᆞᆼ회(斷腸悕)라. 오날리 어졔른 듯 ᄂᆡ일인들 다을숀가. 미ᄇᆡᆨ연(未百年) 이 인ᄉᆞᆼ이 가련도 가련할ᄉᆞ.

여ᄌᆞ의 일ᄉᆡᆼ고락(一生苦樂) ᄌᆞᆼ부의게 달여긔로 한(漢)나라 탁문군(卓文君)도 유장촌혈(踰墻鑽穴) ᄒᆞ여 잇고, 월왕궁(越王宮) 홍불긔(紅拂妓)난 쳘니마(千里馬) 도긔(盜騎)ᄒᆞ고 이위공(李衛公) ᄯᅡ라스니, 지식 잇난 쇼견이야 고금(古今)이 다를숀가. 일시일각(一時一刻)이 젼(前) 업시 민망코 가련ᄒᆞ다. ᄉᆞᆷ촌셜인(三寸雪刃) 들개 가라 여류잔명(如縷殘命) ᄉᆞᆯ을진ᄃᆡᆫ, 쇼고(溯考)한 만반슈(萬般愁)를 ᄉᆞᆱ 가치 이즐엿만, ᄎᆞ마 그리 못ᄒᆞ기난 우리 님 다시 만나이 ᄉᆡᆼ젼 이 셰ᄉᆞᆼ에 쇼원 갓치 이리 되여 일촌간ᄌᆞᆼ(一寸肝腸) ᄊᆞ인 한과 구곡(九曲)에 억ᄆᆡᆫ 졍을 하로 아젹 다 홀진ᄃᆡᆫ, 그 날 쥭다 한을 ᄒᆞ면 쳔신(天神)이 벌를 줄 듯.

24) **촉백성** 두견새 소리.

날 데려가주오

힝답인(行踏人) 아지 마오, 수불역신(事不逆信) 이닉 마음. 순천(山川)이 불임ᄒᆞ고 귀신이 질졍(質正)이라. 셔진시(西晉時) 셕가(石家) 녹쥬(綠珠) 금곡(金谷)에 더져 죽고, 딕숑시(大宋時) 두십낭(杜十娘)은 투강익수(投江溺死)ᄒᆞ엿나니, 쇼쇼한 일녀ᄌᆞ(一女子)나 피아간(彼我間) 일반이라.

션단님(先達任) 궐녁(權力)으로 닉 한 몸을 못 건질가. 쳔금(千金)이 쉼 쇽이라 시타(是他)를 싱각훌가. 고당딕ᄒᆞ(高堂大廈) 뜻시 업고 금의옥식(錦衣玉食) 싱각존소. 가시빈여 비치마로 일신을 가리오고, 나물국죽 토ᄌᆞᆼ(土醬)으로 ᄒᆞ로 한 씩 연명(延命)ᄒᆞ나, 우리 님 뫼옵고셔 빅년히로(百年偕老) 지닐진딘, 연국부인(汧國夫人) 이아션(李亞仙)을 닉 아니 원할엿만. ᄌᆞᆼ부에 굿은 마음 쳡에 졍을 아로시나.

남이 알가 고이하여 나는 한슘 싱켜 쉬고, 셔방 볼가 염예ᄒᆞ여 솟난 눈물 슘겨 우니, 이것시 무엇시요, 졍이 안여 큰 원슈요, 원슈란 말 실말이요, 일국인(一國人) 허다 즁의, 임이 어이 원수 되오. 악에 계워 이 말이요. 모르고 나 그러한가.

싱각존코 이즈실 줄 닉 졍영이 알것마는, 긔표형(其表形) 나 버린 거동, 눈에 암암 샌이로다. 일부함원(一婦含怨) 오월비ᄉᆞᆼ(五月飛霜), 님도 더러 싱각ᄒᆞ오. 잇지 안코 싱각노라, 듯기 죠케 ᄒᆞ련이와, 잇잔난 것 무엇시오, 싱각난 것 무엇신가.

갓득이 시른 밥을 좀 못 즌이 맛시 업고, 볼닉 쇼존(所存) 체증(滯症)으로 이수로이 더ᄒᆞ도다. 살트리 그리울 졔 정신이 아득ᄒᆞ고, 숀발이 지릿지릿 금셕(金石) 아니 죠로인싱(朝露人生) 얼마 안여 촉눈(髑髏) 될지, 의형(儀形)은 날노 환탈(換奪)ᄒᆞ여 좁든 의복 널너 가고, 얼골은 시로 쇼삭(消索)ᄒᆞ여 희든 양ᄌᆞ(樣姿) 거머지니, 이 탓시 뉘 탓이요 닉 탓시요 임 탓시요. 쳔쳔인(千千人) 만만중(萬萬衆)의 졔 병의 졔 죽어도 죽난 것시 가련커든, 하물며 이닉 인싱 임 그려 ᄉᆞᆼᄉᆞ타가, ᄉᆞᆼᄉᆞ로 말믹아 ᄉᆞᆼᄉᆞ질(相思疾)의 병이 나셔, ᄉᆞᆼᄉᆞ불견(相思不

見) 임을 두고 ᄉᆞᆼᄉᆞ질에 죽을진ᄃᆡ, ᄉᆞ라 ᄉᆞᆼᄉᆞᄉᆞᆼ심(相思傷心)이요, 죽어 ᄉᆞ후(死後) ᄉᆞᆼᄉᆞ귀(相思鬼)라. 죽난 나도 ᄂᆡ연이와 ᄇᆡᆨ인(伯仁)이 유아ᄉᆞ(由我死)로 남인들 평안ᄒᆞ며, 왕ᄉᆞ셩(枉死城) 허다 원귀(寃鬼) 가련ᄒᆞᆯᄉᆞ ᄉᆞᆼᄉᆞ귀(相思鬼)라.

음혼질ᄇᆡᆨ(陰魂櫛魄) 에지(豫智) 업고,[25] 쳔음우습(天陰雨濕) ᄒᆞ린 날에 월낙솜횡(月落參橫)[26] 요젹 시에, 임 계신 ᄉᆞᄎᆞᆼ(紗窓) 젼(前)에 ᄋᆡᄋᆡ 실셩(失性) 우을진ᄃᆡ, 단명(短命)ᄒᆞ여 죽다 ᄒᆞᆯ가. ᄉᆞᄌᆞ불가부ᄉᆡᆼ(死者不可復生)이요, 후회막급(後悔莫及) 쓸 ᄃᆡ 업다.

ᄯᆡ 역시 공교ᄒᆞ여 츈화(春花)는 경명(更明)ᄒᆞ고, 알뉴(薛柳)난 의의(依依)ᄒᆞ니, 평안한 ᄉᆞ람들도 마음이 동ᄒᆞ려든, ᄒᆞ물며 이ᄂᆡ 간ᄌᆞᆼ 이울고져 ᄉᆞᆫ이고져. 임 그려 병든 마음 뇌심쵸ᄉᆞ(勞心焦思) ᄉᆞᆯ난 심ᄉᆞ 이리 헤고 져리 헤나 신원(伸寃)할 곳 바이 업고 죽어 이져 몰오고져. 죽어도 달이 말고 ᄉᆞᆼ당ᄉᆞᆫ(上黨山) 놉푼 봉의 ᄃᆡ굴ᄃᆡ굴 구러ᄂᆞ려 솜ᄇᆡᆨ 육십 ᄉᆡᆺ미ᄃᆡ가 가로 갓치 ᄇᆞ와져셔 동주셩ᄃᆡ 임의 곳의 ᄇᆡᆨ셜 갓치 ᄊᆡ리고져.

가고져 갈 길 업고 피코져 못 피ᄒᆞ니, ᄉᆞ셔오경(四書五經) ᄇᆡᆨ가어(百家語)의 두 글ᄌᆞ만 골나 ᄂᆡ여, 이즐 망ᄌᆞ(忘字) 나 가지고 ᄉᆡᆼ각 ᄉᆞᄌᆞ(思字) 임게 들여, ᄂᆡ 임 그려 ᄉᆞᆫ든 ᄋᆡ을 임 날 그려 ᄉᆞᆫ을진ᄃᆡ, 못 잇든 쳡의 간ᄌᆞᆼ 일분이나 이을연만, 건곤(乾坤)의 마련한 ᄇᆡ 음양(陰陽)을 박굴숀가.

금강(錦江)으로 ᄒᆞ른 물은 청주(淸州)를 지나슬 듯, 물이 본ᄃᆡ 무심ᄒᆞ나 여울여울 우난 쇼ᄅᆡ, 나의 신셰 죠ᄉᆞᆼ(弔喪)난 듯. 일야쵸로(一夜草露) 이ᄂᆡ ᄒᆡᆼᄉᆞ 우리 임게 들리고져. 훼쳑골입(毁瘠骨立) 이ᄂᆡ 모양 우리 임게 뵈이고져. 홍상관 ᄯᅳᆫ 기럭아, 니 ᄂᆡ 신원(身元) 가져다가 청주셩남(淸州城南) 우리 임게 마듸마듸 젼ᄒᆞ여라. 함호결쵸(陷湖結草)[27] 못ᄒᆞ여도 잇지 안코 보은(報恩)ᄒᆞ마. 피눈물의 먹를 가니 먹 빗치 반홍(半紅) 되고, 여윈 숀의 붓 좁오니 중산쵸녹

---

25) 미상.

26) **월락삼횡** 달이 서쪽으로 떨어지며 삼성(參星)이 동으로 드리울 때. 새벽을 가리킨다.

(中山抄錄)[28] 무겁도다. 흐리 정신 수십ᄒᆞ여 ᄃᆡ강 추어 기록이요. 구곡의 씌인 신원 다ᄒᆞ여 적으련만, 남ᄉᆞᆫ죽(南山竹)이 부죡ᄒᆞ고 금강 물이 다 마를 듯.

시조로 부른 상사곡

원제 단ᄎᆞᆼ(短唱)이라

그 말이 거즛말이 날 ᄉᆞ랑이 거즛말니
ᄉᆞᆱ의 보와 반긔단 말 그 더욱이 거진 말이
아마도 날 갓치 좀 못 이르면 무ᄉᆞᆷ ᄉᆞᆱ을

임도 날를 ᄉᆡᆼ각난가 나 홀노 ᄉᆡᆼ각난가
임이 나와 갓트시면 죽어 무한(無恨)을연만
아마도 최탄ᄉᆞ난 그 인심인가

임 이별 ᄒᆞ든 날의 나 어이 못 죽은고
ᄉᆞ라스면 뵈올연이 죽어지면 못 보련이
아마도 지금 ᄉᆡᆼ각ᄒᆞ니 못 죽언 거시

---

27) **함호결초** 결초는 결초보은(結草報恩)에서 나온 말. 함호는 명확하지 않으나, 『수신기 搜神記』에 있는 다음 이야기와 연관되는 듯하다. 공도현(邛都縣)의 한 노부인이 식사 때마다 뱀에게 먹을 것을 주었는데, 나중에 뱀이 몸집이 커져 마을 현령의 준마까지 삼켰다. 화난 현령은 노부인을 죽였고, 그날 이후 뱀이 그 마을은 물론 주변 사십여 리까지 모두 꺼지게 해 호수로 만들어버렸다. 그래서 마을 사람들은 이곳을 함호라 부른다고 한다.

28) **중산초록** 중산은 붓으로 유명한 지역이며, 여기서 나는 토끼털로 만든 붓을 중산호(中山毫)라고 한다. 중산호는 좋은 붓의 대명사이다.

남자의 답장

원제 답(答)이라

슬픈 자기 심정

ᄉᆞᆼᄉᆞ시(相思詩)난 뉘 지으며, 이별가(離別歌)난 뉘 부른고. ᄃᆡ월셔ᄉᆞᆼ(待月西廂) 글을 지여 ᄌᆞᆼ군셔(張君瑞)의 ᄋᆡ ᄉᆞ롬은 최잉잉(崔鶯鶯)의 ᄉᆞᆼᄉᆞ시요. 장ᄉᆞ일거불부환(壯士一去不復還)은 형ᄌᆞᆼ군(荊將軍)의 이별가라. ᄉᆞᆼᄉᆞ불견(相思不見) ᄋᆡ ᄉᆞ로고. 후회무디(後悔無地) ᄋᆡ여키가 ᄂᆡ 이별의 비길숀가. 구곡(九曲)의 걸인 한과 심두(心頭)의 ᄆᆡᆺ친 셔롬, 난ᄉᆞ(亂絲) 갓치 두러 ᄂᆡ여 ᄉᆞ곡(私曲) 절기(節概) 긔록ᄒᆞ여, 보지경지(寶之敬之) 적어ᄂᆡ니 ᄌᆞᄌᆞ(字字)마다 눈물이요 귀귀(句句)마다 한숨이라.

인ᄉᆡᆼᄉᆞ셰(人生斯世) ᄉᆡᆼ각ᄒᆞ니, ᄒᆞ올 이리 무엇시오. 글을 ᄒᆞᄌᆞ ᄒᆞ나 인간식ᄌᆞ유한(人間識者遺患)이라, 만고문ᄌᆞᆼ(萬古文章) ᄉᆞ마쳔도 불면궁형(不免宮刑)ᄒᆞ여 잇고. 벼ᄉᆞ을 ᄒᆞᄌᆞ ᄒᆞ나 오두미(五斗米)의 절효(節孝)ᄒᆞ문 옛 ᄉᆞ람의 경계 되고,[29] ᄉᆞᆼ고(商賈) 위업(爲業) ᄒᆞᄌᆞ ᄒᆞ나 십일지이시일지(什一之利是一志)[30]라. 양젹(陽翟) ᄃᆡ고(大賈) 여불위(呂不韋)도 이영영여[31] ᄒᆞ여 잇고 함양(咸陽) 오ᄉᆞ(誤死)ᄒᆞ니, 셰강쇽박(世降俗薄) 이 쳔지의 ᄒᆞ올 이리 무엇시리. ᄉᆡᆼ산(生産) 약업(約業) 다 버라고 허황ᄒᆞᆫ 이ᄂᆡ 마음 ᄡᅡ로난 곳 그 어ᄃᆡ니. 숌마양ᄉᆞ(三瓦兩舍) 연화(煙火) 중의 십여 춘추 지ᄂᆡᆺ마난, 합의인 바이 업고 무비산계야목(無比山鷄野鶩)[32]이라.

---

29) 오두미는 관리의 적은 녹봉을 가리킨다. 진나라 도잠(陶潛)이 팽택령(彭澤令)이 된 지 팔십 여 일 되었을 때, 군에서 감독관을 파견하였는데, 아전들이 감독관은 관복을 입고 뵈어야 한다고 하자, 도잠이 "내가 어찌 오두미 때문에 향리 무리에게 허리를 굽힌단 말이냐" 하고 그날로 관직을 버리고 「귀거래사」를 읊으며 돌아갔다고 한다.

30) **십일지리시일지** '십일지리'는 상인들이 추구하는 십분지일의 작은 이익을 가리킨다. 장사는 그것을 뜻으로 삼는다는 말이다.

31) 미상.

운명적 만남

ᄂᆡ 긔ᄉᆞᆼ이 양ᄉᆞᆫᄇᆡᆨ(梁山伯)을 흠모(欽慕)ᄒᆞ며 두십낭을 잇긔더니, 황원(黃猿)이 ᄐᆡ세(太歲)을 ᄎᆞ지ᄒᆞ고 월건(月建)이 중춘(仲春)의 다다르ᄆᆡ,[33] 월노(月老)가 연분을 ᄉᆞᆼ고(詳考)ᄒᆞ고 죠물(造物)이 압기를 인도ᄒᆞ여, 보림ᄉᆞ 중의 ᄭᅩᆺ기름ᄌᆞ가 동ᄒᆞ고,[34] 남교(藍橋) 월ᄒᆞ(月下)의 옥져(玉杵)가 신(信)이 되여, ᄒᆡᆼ아(姮娥)난 셤궁(蟾宮)을 ᄒᆞ즉(下直)ᄒᆞ고, 쥬여난 쳐지의 ᄂᆡ리여[35] 복파영중(伏波營中)의 월영(月影)이 빗치이고, 옥문관(玉門關)의 춘ᄉᆡᆨ(春色)이 도라와 향신(香身)을 졉ᄒᆞ며 옥비(玉臂)을 연(連)ᄒᆞ니, 유안(劉阮) 쳔ᄐᆡ봉션(天台逢仙)과 쵸왕(楚王) 양ᄃᆡ운우(陽臺雲雨)로 엇지 즐기름의 비ᄒᆞ리요. 무로녹은 마음과 흐린 정신은 괴암남국(槐安南國)[36]의 춘몽이 비로셔 ᄭᆡ이고, 흑감향(黑甜鄕) 중의 금ᄌᆞᆼ(錦帳)을 ᄇᆡ야으로 취ᄒᆞ민 듯. 지금 만나물 느졋다 이를진ᄃᆡᆫ, 이십구연(二十九年) 허다 춘추 어이 홀노 지ᄂᆡ시며, 진넌 세ᄉᆞᆼ(世上)을 가셕(可惜)다 이을진ᄃᆡᆫ, 미만(未滿) 인ᄉᆡᆼ이 무엇스로 압날 위로할난지.

님의 자태

ᄃᆡ져 보며 드른 거스로 아올진ᄃᆡᆫ, ᄆᆡ희(妹喜) 달긔(妲己)와 포ᄉᆞ(褒姒) 하희

---

32) **무비산계야목** 산계야목은 산에 사는 꿩이나 들에 사는 오리처럼 길들여지지 않은 사람을 뜻한다. 그런 사람과 다를 바 없다는 뜻.

33) 태세는 간지를 가리킨다. '황(黃)'은 무(戊)와 기(己)를 나타내는 천간(天干)의 색이며, '원(猿)' 곧 원숭이는 신(申)을 나타내는 지지(地支)의 띠이다. 즉 '무신년'을 가리킨다. 여기서 무신년은 1868년으로 추정된다.

34) 미상. 『서상기』의 남녀 주인공 장군서와 최앵앵이 만난 장소는 보구사(普救寺)이다. 첫 만남 이후 최앵앵은 창밖에 꽃그림자만 흔들려도 님이 왔나 의심한다. 이와 유사한 이야기에서 따온 것으로 짐작된다.

35) 미상.

36) **괴안남국** 당나라의 순우분(淳于棼)이 낮에 괴수(槐樹)나무 아래에서 낮잠을 자다가, 꿈에 괴안국(槐安國)에서 놀며 공주와 결혼하여 남가군(南柯郡)의 태수가 되는 등 지극히 영달하였다가, 꿈에서 깨었다는 이야기가 있다. 남가지몽(南柯之夢)이라는 말로 널리 알려져 있다.

(夏姬)난 비록 유ᄉᆡᆨ(有色)다 ᄒᆞ여시나, 졔 불과 요물이요. 문군(文君) 문희(文姬)을 가인(佳人)이라 ᄒᆞ여스나, 졔 불과 실졀(失節) 음부(淫婦)요. 금곡(金谷) 녹주(綠珠)와 번경(繁京) 심낭(十娘)을 졀의(節義)라 ᄒᆞ여스나, 졔 불과 죠로(朝露)[37] ᄒᆞ엿고, 한궁(漢宮) 비련(飛燕)은 경쳡(輕捷)ᄒᆞ미 부죡(不足)ᄒᆞ고, 화쳥구비(華淸宮妃)[38]난 살진 거시 흠이 된 듯.

ᄭᅩᆺ세 비ᄒᆞ려 ᄒᆞ나 ᄭᅩᆺ시 불과 불그면 불고 희면 희고, ᄯᅩ난 츈ᄉᆡᆼ추ᄉᆞ(春生秋死)ᄒᆞ니, 엇지 ᄉᆞ시가졀(四時佳節)의 쇼쇄경ᄀᆡ(瀟灑耿介)한 너의 ᄉᆡᆨ(色)의 비(比)ᄒᆞ며. 옥(玉)의 비ᄒᆞ려 ᄒᆞ나 옥이 말그면 말고 ᄎᆞ면 ᄎᆞᆯ 다름이지, 엇지 너의 온유(溫柔) ᄌᆞ발(自發)한 쳔향(天香) 구비의 비ᄒᆞ며. 금이 귀타 ᄒᆞ나, 불과 산을 ᄉᆡ여 어드면 경강(硬强)할 다름이지, 능유능강(能柔能强)한 너의 션ᄐᆡ아질(鮮態雅質)의 비ᄒᆞ며.

ᄃᆡ져 죵긔(鐘氣)할 바 건곤(乾坤)이 유의(留意)ᄒᆞ고, 픔수(稟受)ᄒᆞᆫ 바 션ᄉᆡᆼ(先生)을 모습(模襲)ᄒᆞ여, 한 우음 터럭은 흑운(黑雲)이 푸이난 듯, 여옥ᄇᆡᆨ안(如玉白顔)은 죵옹(造翁)이 공교(工巧)이 탁마(琢磨)ᄒᆞ고, 팔ᄌᆞ빈모(八字鬢毛)난 청산(青山)이 버렷난 듯, 푸른 눈셥은 유엽(柳葉)이 걸여 잇고, 효셩쌍안(曉星雙眼)은 가울 물이 잔왕(潺湲)이라. 죠신(操身) ᄒᆡᆼ금(行禁)은 수ᄉᆞᆼ부용(水上芙蓉)이요, 함홍쌍순(含紅雙脣)은 ᄋᆡᆼ도(櫻桃)의 ᄇᆡ승(倍勝)이라.

말근 정신은 추월광명(秋月光明)이요, 셤셤ᄌᆞᄐᆡ(纖纖姿態)은 월궁(月宮) 젹션(謫仙)이라. 십지셤수(十指纖手)난 죽순(竹筍)이 고와 잇고, 셰치 금면(金蓮)은 거름마다 연화(蓮花)로다. 가난 허리난 춘풍셰류(春風細柳)요, 단아(端雅) 표셕(布席)은 셜중ᄆᆡ화(雪中梅花)로다. 보리(步履) 경쳡(輕捷)은 금누(金樓) 반비(班妃)요, 무수(舞袖) 편편(翩翩)은 한궁(漢宮) 비련(飛燕)이라. 가셩(歌聲)은 쳥아(淸雅)ᄒᆞ여 단구(丹丘)의 봉(鳳)이 울고, 어음(語音)은 징징

37) **조로** '일찍 죽었다' 는 뜻.
38) **화청궁비** 화청궁에 산 왕비, 곧 양귀비.

(琤琤)ᄒᆞ여 옥반(玉盤)을 ᄯᅡ리난 듯, 일쇼(一笑)의 경인국(傾人國)이요 일고(一顧)의 경인셩(傾人城)이라.

함인항(陷人巷)은 ᄂᆡ 몰나도 미혼진(迷魂陣)이 네로구나. 도지요요(桃之夭夭)[39] 시을 지여 졔노(齊魯)을 어지린 듯, 졔(齊) 문강(文姜)이 네 아닌가. 주림(株林)의 은거(隱居)ᄒᆞ여 진국(陳國)을 난(亂)케ᄒᆞ던 하희(夏姬)가 네 안인가. 고쇼ᄃᆡ(姑蘇臺) 향셜낭(響屧廊)[40]의 오왕(吳王) 부차(夫差) 망케ᄒᆞ든 셔시(西施)가 네 안인가. 구리산(九里山) ᄆᆡ복(埋伏) 중 ᄑᆡ왕(霸王)이 낙누(落淚)ᄒᆞ든 우미인(虞美人)이 네 안인가.

ᄃᆡ당시(大唐時) 쳔ᄒᆞ명긔 금강(錦江) 셜도(薛濤) 네 안인가. 셕교ᄉᆞᆼ(石橋上) 봄 바람의 셩진ᄉᆞᆼ화(性眞和尙) 파(破)케 ᄒᆞ든 팔션여(八仙女)가 네 안인가. 공주(公主)을 ᄃᆡ신ᄒᆞ여 흉노(匈奴)을 화친(和親)ᄒᆞ든 왕쇼군(王昭君)이 네 안인가. 봉구황(鳳求凰) 한 곡죠의 ᄉᆞ마ᄉᆞᆼ여(司馬相如) ᄯᅡᄅᆞ가든 탁문군(卓文君)이 네 안인가. 월왕궁(越王宮) 마다ᄒᆞ고 이위공(李衛公) ᄯᅡ라가든 홍불긔(紅拂妓)가 네 안인가. 육군분ᄃᆡ(六宮粉黛) 탈종(脫種)ᄒᆞ여 명왕(明王)이 향쵹(香燭)ᄒᆞ든 양ᄐᆡ진(楊太眞)이 네 안인가. 십연공부(十年工夫) 간ᄃᆡ 업시 망셕중 후려ᄃᆡ든 향진이(黃眞伊)가 네 안인가. 남원부ᄉᆞ(南原府使) ᄯᅩᆼ ᄊᆞ이고 운봉영ᄌᆞᆼ(雲峰營長) 도망ᄒᆞ든 춘향(春香)이가 네 안인가.

산쳔수긔(山川秀氣) 일월정화(日月精華) 네 홀노 타고난가. 오도ᄌᆞ(吳道子)의 수단으로 오ᄉᆡᆨ이 져러한가. 그짓 아여 ᄎᆞᆷ일진된 육궁분ᄃᆡ무안ᄉᆡᆨ(六宮粉黛無顔色)이 네 업셔 그리 된고. ᄎᆞᆷ이 안여 거즛시면 ᄇᆡᆨ치회(百彩繪)로 쵸혼(招魂)ᄒᆞ던 남악진진(南岳眞眞) 네 안인가. 영웅(英雄) 열ᄉᆞ(烈士) 업ᄒᆞ미 나

39) **도지요요** '도지요요'는 복숭아나무가 아리땁다는 뜻으로 예쁜 처녀를 가리킨다. 『시경』「주남」에 나오는 말이다.

40) **고소대 향섭랑** 고소대는 오왕 부차가 세웠다는 궁전의 이름이며, 향섭랑은 그곳의 회랑 이름이다. 땅 위에 공간을 두고 위에 판자를 깔아, 서시 등의 미인이 그곳을 지나가면 아름다운 소리가 나게 했다고 한다.

을 두고 이름인 듯. 막던 졍신 간ᄃᆡ 업고 업던 졍이 억ᄆᆡ이니, ᄋᆡ물인가 업원(業冤)인야.

상사의 노래

화촉동방(華燭洞房) 일이야(一二夜)의 술트리 ᄯᆡ인 ᄉᆞ랑, 만(萬)의 일(一) 다 못ᄒᆞ여, ᄉᆡᆼ각 밧 이 이별이 나의 ᄎᆞᆼᄌᆞ 써으난 듯, ᄇᆡᆨᄉᆞ(百事)의 무심ᄒᆞ고 셰간(世間)의 쁫시 업다. 은졍이 끈치미여, ᄒᆞᆫ날이 막막ᄒᆞ고. ᄋᆡ원이 ᄆᆡ치미여, 구름이 흔흔(昏昏)이라. 옥빈홍안 듯난 눈물 ᄂᆡ 가슴의 칼이로다. 울고져 울여 ᄒᆞ나 네 마음 더 ᄉᆞᆼ할 듯, ᄎᆞᆷ고져 ᄎᆞᆷ으려니 심곡으로 ᄉᆞᆺ난 눈물 ᄎᆞ마 어이 금(禁)찬 말고.

잘 잇거라.

잘 게시요.

가라난 곳 그 어ᄃᆡ며, 무슴 일노 못 ᄯᅡ르나.

위운위우(爲雲爲雨) 몸이 되여 쵸양왕(楚襄王) 만나려고 양ᄃᆡ(陽臺)로 향ᄒᆞ난가. 가춘운(賈春雲) 몸이 되여 ᄌᆞ각봉(紫閣峯) 화류 중의 양할임(楊翰林) 보려 가나. 네난 가고 나 못가니 션범(仙凡)이 가리엿나.

가난 너난 ᄐᆡ연ᄒᆞ나 잇난 나난 엇지 ᄒᆞ리. 낙ᄎᆞᆼ(樂昌)의 파(破)한 거울 언졔 다시 두련ᄒᆞ며, 풍숑(豐城)의 노인 금(劍)이 어ᄂᆡ ᄯᆡ의 합할난지. 일촌중(一寸長) ᄊᆡ이 수심 ᄉᆞ랑 그릴 단ᄌᆞᆼ취(斷腸草)[41]라. 귀운낙일황혼시(歸雲落日黃昏時)의 ᄉᆞ로난이 간ᄌᆞᆼ이요, 월운슴횡(月暈參橫) 밤듯 ᄯᆡ의 수이 난이 한숨이라. 웃난 듯 쏭기난 듯 나을 보고 반기난 듯, 무롭 우의 안긔난 듯 억ᄀᆡ의 걸치난 듯, 출솜 갓치 연ᄒᆞᆫ ᄉᆞᆫ을 엽폐 즘간 지로난 듯, 수졍(水晶) 갓치 말근 살노 몸의 찬찬 감긔난 듯, 쳔ᄐᆡ만광(千態萬象) 네 모양이 눈의 암암 귀의 징징

41) **단장초** 단장초는 상사초(相思草)의 다른 이름으로, 수부초(愁婦草), 상초(孀草), 과부사(寡婦莎) 등으로도 불린다.

(琤琤), 십오야 발근 달이 여울 물의 빗치난 듯, 잇고져 이즈련이 밋친 졍을 어이 ᄒᆞ리.

조금만 기다려주오

네 ᄎᆞᆼ가(唱歌)을 폐보고 ᄂᆡ 신원 젹어 ᄂᆡ니 피ᄎᆞ ᄉᆞᆼ심 일반이라. 네 졍이 그러ᄒᆞ고 ᄂᆡ 마음이 이러ᄒᆞ니, 유지ᄌᆞᄉᆞ경셩(有志者事竟成)[42]은 예로븟터 일너난니, 부질 업시 심염(心念)ᄒᆞ여 화용옥질(花容玉質) ᄉᆞᆼ치 말고, 셔셔이 도모ᄒᆞ여 월ᄒᆞ연(月下緣) 다시 밋고 ᄭᅳᆫ칠 줄를 모를진ᄃᆡᆫ, 오날 ᄉᆞ라 이 수심이 일ᄌᆞᆼ춘몽(一場春夢) 간 ᄃᆡ 업고 옥쇼(玉簫)의 ᄌᆡ세이연(再世因緣) ᄂᆡ 안이 불어할 듯, ᄒᆞ로 한 시 안인 간ᄌᆞᆼ 엇지 셕여 ᄀᆡᄃᆡ일지. ᄯᅩᄯᅩ치 ᄂᆡ 마음을 네 졍만 못ᄒᆞ다니 역지ᄉᆞ지(易地思之) ᄉᆡᆼ각ᄒᆞ면 난형난졔(難兄難弟) 두 마음이 피ᄎᆞ단ᄌᆞᆼ(彼此斷腸) 일반이라. 쇼회을 다 ᄒᆞ고져 심시(心身)이 요란ᄒᆞ여 ᄃᆡ강 추워 ᄀᆡ록노라.

벼락처럼 만나고 번개처럼 헤어지다

원제 쳥누긔우긔(青樓奇遇記)라

외로운 타향에서의 만남

죠화옹의 유의한 ᄇᆡ 공교함도 공교할ᄉᆞ, 고향의 ᄯᅳᆺ슬 일고 막북(漠北)[43]의 더진 몸이 졍마원(征馬院)[44] 설의 잇싸의 유락(流落)ᄒᆞ니, 신셰을 ᄌᆞ탄ᄒᆞ며 부명(賦命)을 원망터니, 홍엽이 ᄆᆡᄑᆡ(媒婆)되고 월노(月老)가 인도ᄒᆞ여, 무ᄉᆞᆫ

42) **유지자사경성** 뜻한 바가 있으면 이루어진다.
43) **막북** 몽골 고원 대사막 이북의 지역. 한국에서는 북쪽 대체로 함경도를 가리킨다.
44) 미상.

(巫山)의 구름이 이러나고 보림사의 ᄭᅩᆾ ᄀᆡ름ᄌᆞ가 동ᄒᆞ니, 이 짐짓 남교ᄇᆡ힝(藍橋裴航)[45]이요, 동정낙셕(洞庭落夕)이라. 유한(劉阮)의 쳔ᄐᆡ봉션(天台逢仙)과 됴완(趙顔)의 그린 계집이 어이 이의셔 더ᄒᆞ며 나의 부러할 ᄇᆡ리요.

만남의 기쁨

쳡쳡 수한(愁恨)은 춘셜(春雪)이 ᄐᆡ양을 만난 듯, 연면(連綿) 질병은 일신(一身)의 감노(甘露)을 ᄲᅮ려ᄯᅩ다. ᄂᆡ ᄀᆡᄉᆞᆼ의 ᄌᆞᆼ흥가(蔣興哥)의 진주삼(珍珠衫)이 두 번 모이고 셔덕원(徐德言)의 거울이 다시 합ᄒᆞ믈 쳔고의 희한한 일노 알라드니, ᄂᆡ 지금 ᄉᆡᆼ각ᄒᆞ니 셰ᄉᆞᆼ의 공교한 ᄀᆡ봉호ᄉᆞ(奇逢好事)가 ᄎᆞᆷ이 ᄉᆞ람의 예탁(豫度)할 것시 아니라, 죠물의 유의한 ᄇᆡ 동셔남북이 격졀(隔絶)ᄒᆞ다 할 거시 아닌 듯.

쳔리운산(千里雲山)이 머지 아니ᄒᆞ되 우연한 ᄀᆡ봉(奇逢)이 원노(月老)의 인도ᄒᆞ미 되엿난지, 외론 ᄀᆡ름ᄌᆞ난 그ᄃᆡ로 ᄶᆞᆨ을 이로고 친합(親合) 업난 안목(眼目)은 ᄉᆡ로 고단(孤單)ᄒᆞ믈 면ᄒᆞ니, 셕가(石家) 금옥(金玉)의 ᄀᆡ린(麒麟)을 존치ᄒᆞ미 아니면 이만(臨安) 화류(花柳)의 ᄆᆡ류랑(賣油郎)을 죵양난 듯, 젹막 보림은 죠련이 ᄌᆞᆼᄃᆡ(粧臺) 화류(花柳)을 ᄃᆡ신ᄒᆞ고 여ᄎᆞᆼ고동(女唱鼓動)은 졍이 복파영중(伏波營中)의 월ᄉᆡᆨ(月色)이 비치난 듯,

ᄂᆡ 쇼ᄉᆞ(簫史)의 ᄉᆡᆼ(笙)이 업시셔 진누(秦樓)의 옥쇼(玉簫)을 ᄶᆞᆨᄒᆞ고 ᄂᆡ ᄉᆞᆼ영(相如)의 거문고을 업시 봉혜(鳳兮)을 노ᄅᆡᄒᆞ니, 와우계당(瓦玗桂塘)[46]은 명경(明鏡)을 ᄃᆡ신ᄒᆞ고 청즁 셩읍(盛邑)은 임공(臨邛)[47]이 올마온 듯, ᄂᆡ ᄆᆡ유량(賣油郎)의 경ᄌᆡ(傾財)ᄒᆞ미 업시셔 엇지 왕미아(王美兒)의 ᄌᆞ쇽(自贖)을 ᄯᅳᆺᄒᆞ여스며 ᄂᆡ 두목(杜牧)의 풍치가 업시셔 엇지 금귤(金橘) 더지믈 바라슬

---

45) **남교배항** 남교에서의 배항과 운영의 만남.

46) **와우계당** 와우는 술그릇. 계당은 계수나무가 있는 못. 깨끗한 그릇 또는 물이 거울을 대신한다는 뜻.

47) **임공** 임공은 사마상여가 탁문군을 만난 곳. 둘은 그곳에서 술장사를 했다.

이요마난, 월노(月老)의 ᄆᆡ즌 노를 그 뉘러 ᄭᅳᆫ으며, 만고(萬古)의 인도(引導)ᄒᆞ난 거름을 그 뉘러 막을이요.

영원한 이별

ᄃᆡ져 ᄉᆞᄉᆞ(事事)의 득의 호ᄀᆡᆨ도 ᄉᆞ랑이 그 엇더ᄒᆞᆫ지 ᄉᆞᆼᄉᆞ시를 지여거던, ᄒᆞ물며 쳘니 타향에 다슈다병(多愁多病)한 ᄀᆡᆨ이 어ᄂᆡ 곳을 ᄉᆡᆼ각ᄒᆞ며 어ᄂᆡ 닐에 마음을 붓칠난지, 심두(心頭)에 얼킨 거슨 다만 그ᄃᆡ ᄉᆡᆼ각이요 안젼(眼前)에 버린 것신 다만 그ᄃᆡ 형용이라.

일시(一時)을 이별ᄒᆞ며 일각(一刻)을 ᄯᅥ나은 것슨 가련코 졀통ᄒᆞ려든, ᄒᆞ물며 쳔ᄋᆡ일벽의 거음 업난 이별을 당ᄒᆞ니, 쳔ᄒᆞᄉᆞ(天下事) 비록 ᄯᅥ나면 합ᄒᆞ고 합ᄒᆞ면 ᄯᅥ나난 거시 ᄌᆞ연한 이긔(理氣)연이와, 뇌봉젼별(雷逢電別)이 유속여ᄉᆞ(流俗餘事)라.

도라가난 거름이 ᄲᅡ로지 안일 ᄇᆡ 아니로되, ᄌᆞ연 지이(遲夷)ᄒᆞ미 유졍ᄌᆞ(有情者)의 면치 못할 ᄇᆡ요. 보ᄂᆡ난 ᄉᆞ람의 졍이 유유(幽幽)치 아니ᄒᆞ미 아니로되, 부득 요죠치(繞朝鞭)[48]을 아니 주지 못할 시졀을 당ᄒᆞ니, 인ᄉᆡᆼᄉᆞ셰(人生斯世)의 멧 번이나 일을 지ᄂᆡ여 공산(空山) 넛거온 혼ᄇᆡᆨ이 될난지.

말코져 말 가온ᄃᆡ 말이 업지 아니ᄒᆞ고 한 밧게 한이 무궁ᄒᆞ여, 다만 흐르난 눈물과 수이 난 한숨이 뉘가 더ᄒᆞ며 뉘가 못하물 분별치 못ᄒᆞ니, 눈물을 비류난 간ᄌᆞᆼ과 한숨을 이로난 마음이 ᄯᅩ 역시 얼마 다로지 아니 할 듯

두고 가난 마음이 간졀할진ᄃᆡ ᄎᆞ마 바리고 가랴.

ᄒᆞ면 가난 ᄉᆞ람의 말이

---

48) **요조채** 요조의 말채찍. 진(秦)나라의 대부(大夫) 요조(繞朝)는 진(晉)나라 대부 사회(士會)와 친한 사이임에도 불구하고 진나라에 온 사회를 그냥 돌려보내면 안 된다고 진나라 강공에게 간언했다. 그런데 강공이 반대하여 어쩔 수 없이 사회를 그냥 돌려보내게 되었는데, 사회와 이별할 때 요조는 채찍을 주면서 내가 '당신을 죽이라' 고 임금께 간했음을 말하면서, 다만 진(秦)나라에 인재가 없지 않음만은 명심하라고 했다. 사회는 무사히 돌아간 다음 두 나라의 화평을 위해 노력하였다. 요조채는 이별의 상징물이다.

보닉고 잇난 마음이 얼마 진실할진딕 ᄎᆞ마 보닉고 이슬야.

ᄒᆞ련이와 가고져 가난 길이 아니로되 아니 가고져 아니 가지 못할 터이요, 잇고져 잇난 몸이 아니로되 ᄊᆞ로고져 ᄊᆞ로지 못할 ᄉᆞ셰(事勢)라. 다만 ᄉᆡᆼ이ᄉᆞ별(生而辭別)의 흐르난 눈물은 옷 깃셰 문치(紋彩)을 이르오고, ᄒᆡᆷ음 업시 나난 한숨은 북쳔(北天)의 도라가난 구름을 보털 다름이라.

의심컨딘 홍ᄉᆞ(紅絲)[49] 중의 쳥조(靑鳥) 인도(引導)ᄒᆞ미 업시니 엇지 젹ᄒᆞ(謫下)한 항아(姮娥)을 만나스며, ᄉᆞᆼᄉᆞ(相思)ᄒᆞ려 ᄒᆞ나 위고(韋皐)의셔 쳔봉명의(天逢明矣)[50] 아니니 엇지 여교셔(女校書)을 만나슬이요. 진실노 호졉지ᄌᆞᆼ주(胡蝶之莊周)와 ᄌᆞᆼ주지호졉(莊周之胡蝶)을 닉 역시 분별(分別)치 못할 듯.

시조로 나눈 사랑

사랑 낸 사람이 원수

원제 단충 화답(短唱和答)이라

엇그졔 남일러니 오날 보니 임이로다
무심타 그딕 일신 어이 이닷 못잇난고
아마도 ᄉᆞ랑 닉인 ᄉᆞ람 날과 원수

49) **홍사** 중국 당나라 때 곽원진(郭元振)을 사위로 들이고 싶었던 재상 장가정(張嘉貞)이 다섯 딸에게 실을 하나씩 잡게 하고 곽원진으로 하여금 실을 뽑게 하였다. 곽원진은 붉은 실을 뽑았는데 바로 셋째 딸이었으며, 후에 그 딸은 남편을 따라 몹시 귀하게 되었다. 또한 유명한 월하노인의 이야기도 적승(赤繩)으로 맺어졌으니, 붉은 실이나 붉은 끈이나 부부간의 인연을 상징한다고 할 수 있다.

50) 미상.

가고가고 또 다시 가도 오고오고 또 그져오니
계 나 되여 싱각ᄒᆞ면 날을 응당 한ᄒᆞ렷만
아마도 세싱ᄉᆞ 쓰 갓지 못ᄒᆞ니 그를 셔러

흡천정 흐른 물이 봉임단화(逢臨丹花) 불거스니
무심한 너 그럴 졔 유졍인(有情人) 그 엇더ᄒᆞ리
아마도 임 그려 듯난 눈물이미 졈졈 낙화(洛花)

풍우 ᄃᆡ작(大作)ᄒᆞ니 가고져 갈 길 업다
ᄃᆡ한 칠년의도 삼ᄃᆡ지치(三代之治) 되여것만
엇지타 무익한 비가 ᄂᆡ 간장을 ᄉᆞ르나니

ᄉᆞ랑도 쳠 아니요 이별도 쳠 아니나
어이흔 이 이별이 쳠 아니요 또 못 볼 듯
아마도 이러고 져러기가 유무졍인가

간다 셜워 마오 셜마 다시 또 못 볼가
낙ᄎᆞᆼ(樂昌)의 파흔 거울 둥굴 쥴 모르난가
진실노 깅ᄉᆞᆼ봉(更相逢)되면 그 마음 알 듯

그이 갈 길이요 아니 가든 못할리라
허다 장졍(長亭)의 두고가는 ᄂᆞ도 잇ᄂᆡ
진실노 면면(綿綿)한 졍이 그 너쁜 되랴

누가 끄랴, 마음의 불

원제 답죠라

보와 반가온 님이 못 보와 병 아니 될가
못 보와 병 되난 졍이 보와 반길 ᄲᅳᆫ 아니라
아마도 연리지(連理枝) 되기 젼은 ᄌᆞᆼ시름 될가

ᄉᆡᆼ각 업시 잇고 잇난 임을 기ᄃᆡ리기 더욱 슬웨
잇고져 잇치량이면 임그려 병 되도록 할가
아마도 ᄂᆡ 유졍님 무심ᄒᆞ니 그 더욱 졀통

쥭어 잇치량이면 이 간ᄌᆞᆼ 셕이고 할니나 살가
쥭어 못 잇난 양ᄒᆞ여 쳥능ᄃᆡ(青陵臺) ᄒᆞ에 연리지 갓치
아마도 ᄉᆡᆼᄉᆞ난망(生死難望)이ᄆᆡ 그 더욱 셔러

비와 못 오시고 바람 부러 못 오시면
ᄉᆞᆷᄇᆡᆨ육십 일에 오실 날이 멧날리오
아마도 님에 졍 ᄂᆡ 씃만 못ᄒᆞ니 그를 셔려

가ᄉᆞᆷ에셔 불이 나니 오ᄌᆞᆼ이 다 타것다
헌원씨(軒轅氏) ᄭᅮᆷ에 만나 불 ᄭᅳᆯ 약 뭇ᄌᆞ오니
아마도 졍화(情火)로 난 병이ᄆᆡ ᄭᅳᆯ 약 업셔

그 말이 거즛말이 ᄯᅩ 오만 말 거즛말이
고당(高堂)에 ᄇᆡᆨ발(白髮)이요 당ᄒᆞ(堂下)에 쳐ᄌᆞ(妻子)로다
아마도 고등잔월(孤燈殘月)에 낙누단ᄌᆞᆼ(落淚斷腸)은 나 ᄲᅳᆫ 될가

| 보론 |

『조선의 기생』

기생 연구는 이능화의 『조선해어화사朝鮮解語花史』(1927)에서 시작되었다. 이후의 주목할 만한 성과로는 김동욱의 「이조기녀사서설李朝妓女史序說」(1966)과 조광국의 『기녀담 기녀등장소설 연구』(2000) 정도를 거론할 수 있다. 최근 가와무라 미나토川村湊의 『말하는 꽃, 기생』(2001), 이경민의 『기생은 어떻게 만들어졌는가』(2005), 신현규의 『파란만장한 일제강점기 기생인물 생활사—꽃을 잡고』(2005) 등 기생 관련서가 쏟아져나오고 있으나, 이들은 대개 근대 기생에 초점을 맞춘 것일 뿐만 아니라 또한 본격적인 기생 연구서라고 볼 수도 없다. 이 글은 선행 연구를 보완하며 특히 조선 후기 기생을 좀더 잘 이해할 수 있도록 마련하였다.

제도

기생을 부르는 다른 말로는 기녀妓女가 있다. 기생은 거의 한국에서만 쓰는 말이고, 기녀는 한자어권에서 두루 통용되는 말이다. 이밖에 기생은 여기女妓, 창기娼妓, 창녀娼女 등으로 표현되기도 하며, 미인美人이나 신선神仙의 이름으로 불리기도 한다. 그런데 기생을 칭하는 말에 많이 나오는 '기妓'나 '창娼'의 어원은 음악, 예술 등 기예技藝와 연관되어 있다. 곧 기예는 기생의 필요조건이라 할 수 있다. 기생에게 기예가 없다면 몸을 파는 창녀지 기생이 아니다.

하지만 현실적으로 조선의 기생들은 그 역할이 성적 서비스에서 그리 자유로울 수 없었다. '기'와 '창'의 뜻풀이가 조선시대 사전에 각각 '갈보'와 '노는 계집'으로 나온 것에서도 쉽게 알 수 있다. 기생은 많은 사람들에게 이 남자 저 남자와 쉽게 사랑을 나누는 여자로 인식되고 있었던 것이다. 넓게 보면 기생은 여악女樂 즉 음악 예술에 종사하는 여자와, 창녀 곧 성적 서비스를 제공하는 여자 전체를 포괄할 수 있지만, 통상적인 기생 범주에 떠돌이 연예패인 여사당이나 그저 몸만 파는 매춘 유녀遊女는 제외되므로, 대개 일정한 거소를 가지고 기예를 선보이는 여자를 기생이라고 할 수 있다.

그런데 조선의 경우 기생의 범주는 거의 관기官妓와 상통한다. 중국, 일본의 학자들은 기생의 종류를 궁기宮妓, 관기官妓, 가기家妓, 민기民妓 등으로 나누는데, 조선에서는 궁중의 궁기 역시 관기들 가운데 뽑혀온 자들이고, 개인이 소유한 가기와 민간에서 독자적으로 영업하는 민기는 없거나 미미해서, 실제로 기생은 거의 관기를 가리킨다고 볼 수 있다. 조선의 기생은 대개 관청에 소속된 관기였던 것이다.

관기는 관창官娼이라고도 불리며, 관비官婢의 일종이다. 관기는 두말할 나위 없이 관청의 공식적인 필요에 의해 두었던 것이다. 물론 관청의 공식적 수요가 남성의 욕구나 충족시키는 매음일 리 없다. 국가 공식 행사의 연예를 맡기기 위하여, 또 국내외 사신을 접대할 수 있도록, 그리고 변방 군사의 안정된 근무를 위해 두었던 것이다. 따라서 원칙적으로 관기와의 사통私通은 용인될 수 없었다.

하지만 힘이 약한 기생에게 원칙은 그들을 지켜주지 못했다. 생계를 위해서건 강요에 의해서건 성적 봉사는 드물지 않게 일어나는 일이었다. 원칙적으로는 '겉수청'만 허용되었지만, 실제로는 '살수청'까지 들 수밖에 없었던 것이다.[1] 이 때문에 기생을 매음을 직업으로 삼는 창녀들과 혼동하기도 하지만 다시 말하지만 기생을 결코 창녀와 함께 묶을 수 없다. 이들은 관비라는 노비 신분에 매여 있을 뿐만 아니라, 연예와 접대라는 공적 직무에 걸려 있어서 그랬을 뿐, 어디까지나 매음이 본업은 아니기 때문이다.

---

1) '겉수청' '살수청'에 대해서는 김화진, 『오백년기담일화』(동국문화사, 1959), 401쪽 참조.

주탕과 기생

관기는 관비의 일종이다. 관비는 일에 따라 몇 부류로 나뉜다. 정약용의 『목민심서』에 의하면, 허드렛일을 하는 여종 곧 무자이라고도 불리는 가장 천시받는 수급비水汲婢와 그 윗길에 주탕비酒湯婢가 있다고 한다.

그런데 주탕은 관기와 그 의미 범주가 상당히 겹친다. 주탕은 아주 오래 전부터 널리 쓰인 말은 아닌 듯하다. 『연산군일기』에 평안도에서는 자색이 있는 관비를 주탕이라고 부른다고 했다. 16세기만 해도 주탕은 평안도 지역에 한정된 말이었던 셈이다. 그러던 것이 17세기에 이르면 서울 등 다른 남쪽 지역에서 두루 사용되고 있음을 볼 수 있다. 송시열의 『송자대전』이나 박취문1617~1690의 『부북일기』 등에 나온다.

기생과 주탕의 관계에 대해서는 최규서崔奎瑞, 1650~1735의 「병후만록病後漫錄」에서 좀더 명확히 알 수 있다. 최규서가 금산에 갔더니, 금산에는 기생은 없고 주탕만 여덟 아홉 명 있더라고 했다. 고을에 따라서 기생을 둔 고을이 있고, 기생 없이 주탕만 있는 고을도 있는 것이다.

이런 사정은 시조에서도 확인된다. "댁들에 묶음 수저 사오"와 "언덕 무너뜨려"로 시작하는 사설시조에 "대목관大牧官 여기女妓 소각관小各官 주탕" 등 기생을 열거하는 구절이 있다. 여기서 대목관은 부주목府州牧처럼 큰 행정단위를 가리키고, 소각관은 군현郡縣처럼 작은 단위를 뜻한다. 이에 따르면 대개 큰 지역 또는 관아에는 정식의 기생을 두었고, 작은 지역 또는 관아에서는 주탕이 기생의 역할을 맡았음을 알 수 있다.

또한 "한송정자寒松亭子 긴솔 버혀"라는 시조를 보면 "강릉 여기女妓 삼척 주탕酒湯년 다 몰속 싣고 달 밝은 밤에 경포대에 가서"라는 구절이 있다. 강릉처럼 큰 고을에는 기생이 있었지만 삼척 같은 작은 고을에는 기생은 없고 주탕만 있었던 것이다. 『부북일기』에서도 박취문은 강릉에서는 '기생' 연춘을 만났고, 삼척에서는 '주탕' 예현을 만났음을 기록하고 있다. 삼척시립박물관에는 아직도 삼척의 주탕 명부인 「주탕안酒湯案」이 보관되어 있는데, '기妓 아무개' 처럼 주탕의 이름 앞에 기생이라는 접두사가 있다. 말하자면 주탕은 작은 고을에서는 기생인 셈이다.

기생 명부

관기는 '관물官物' 이기에 관리용 명부가 있다. 이를 기생안妓生案이라 한다. 기생안은 『주탕안』처럼 따로 작성된 것도 있지만, 대개 관노들과 함께 엮인 『관안官案』이라 한 것 속에 있다. 『관안』 가운데 가장 이른 시기의 것은 1705년에 작성된 『이도관안吏都官案』이다. 이 밖에 『노비안奴婢案』 『관노비관안官奴婢官案』 『영노비관안營奴婢官案』 『관노기비안官奴妓婢案』 『아전관안衙前官案』 등의 표제를 단 책 속에 기생안이 있는데, 서울대학교 규장각, 일본 천리대학 도서관 등에 소장되어 있다.

기생안에 기생은 수급비 또는 주탕과 구별하여 등재되어 있는데, 동기童妓를 따로 구분한 것도 있다. 천리대학 도서관의 『관노기비안』이 그렇다.[2] 이 기생안을 보면 도망간 기생도 있고, 소장을 올려 기안에서 이름을 뺀 기생도 있으며, 납대納代로 빠진 기생도 있다. 납대란 자기 대신 다른 사람을 채워 넣고 빠진 것을 말하는데, 여기서는 동기로 채워져 있다. 또 동기가 기생이 되면 '가관加冠'이라 하여 동기에서 빼 기생으로 이름을 올린다. 한편 다른 기생안을 보면 수급비 가운데 자색姿色이 있으면 주탕이나 기생으로 승진하기도 하고, 의녀로 선상選上된 기생도 있으며, 관에다 양곡이나 돈을 바쳐서 기적에서 몸을 뺀 기생도 있다.

기생의 수

이유원1814~1888의 『임하필기林下筆記』에 따르면, 함경도 북청에서는 딸 셋을 낳으면, 하나는 농가에 시집보내고, 하나는 교방敎坊에 집어넣고, 하나는 무당

2) 『거관잡록 외7종』, 서벽외사해외수일본19, 아세아문화사, 1985.

에게 판다고 한다. 교방이란 기생이 기예를 배우는 학교다. 딸 셋 가운데 하나는 기생을 만든다는 뜻이다. 그래서 함경도 북청만큼 교방이 성한 곳이 없으며, 북청 기생의 수는 거의 삼사백 명에 이르는데, 이 수는 서울 교방보다도 많은 것이라 하였다. 이유원은 함경도 관찰사를 지냈으니 정확한 정보라 할 것이다.

그런데 18세기 말 인구 자료인 『호구총수』에는 당시 북청 인구를 사만천 명 남짓으로 적고 있다. 같은 자료에 서울 인구가 십구만 명 가까이로 나오니, 서울 인구의 오분의 일 정도인 셈이다. 지방이라는 한계와 적은 인구에도 불구하고, 북청의 기생 수는 서울보다 많았던 것이다. 『조선해어화사』에서 이능화는, 본인의 경험을 바탕으로 이를 재차 확인하면서, 북청에는 북병영北兵營과 부아府衙에 각각 병영기兵營妓와 본부기本府妓가 있어서 그렇다고 설명하고 있다.

사만 명 가운데 사백 명이라면 일 퍼센트이다. 이는 또 여자들 중에서는 이 퍼센트다. 숫자상으로는 그리 높은 비중이라고 할 수 없지만, 실제 기생으로 활동하는 연령층이 제한적임을 감안하면, 젊은 여자들 가운데 상당수라 할 수 있고, 그 가운데도 생계가 어려운 서민층만 생각하면 일반 백성의 집에서 여러 딸 가운데 하나를 기생으로 만든다는 말이 허언이 아님을 짐작할 수 있다.

전국에서 기생이 제일 많은 지역으로 꼽히는 북청은 물론 극단적인 예이지만 이런 현실이 아주 특수하다고만 볼 수는 없다. 『조선해어화사』 제8장에서는 19세기 말 서울로 뽑혀온 지방 기생 가운데 평양 기생이 가장 많았고, 그 다음이 진주, 대구, 해주의 순이라고 하였는데, 이들 대도회 역시 북청에 필적할 만한 기생이 있었던 것으로 보이기 때문이다.

그렇다면 다른 지방의 기생 수는 얼마나 될까? 얼마간 전하는 기생안과 각 지방 읍지邑誌에 간간이 보이는 기생 수를 통하여 전국 관아의 기생 수를 짐작할 수 있는데, 그 수는 의외로 많지 않다. 기생안의 경우, 1885년 전주부 『관안』에는 기생이 세 명뿐이고, 기생안 가운데 가장 많은 수를 보여주고 있는 1750년 전라 감영의 경우도 서른두 명에 불과하다.

한편 읍지의 경우, 김동욱이 「이조기녀사서설」에서 각 지역 읍지를 살펴 평균을 내었다면서, 다음의 숫자를 제시하고 있는데, "현에 스무 명, 군에 마흔 명, 목과 부에 육십~팔십 명, 감영에 일이백 명"이다. 이 숫자는 수급비까지 포함한 것이라고 하니, 기생을 수급비와 함께 등재하고 있는 다른 관안이나 읍지와 견주어볼 때, 순수 기생의 수는 대략 이들 숫자의 절반에 못 미치는 것으로 볼 수 있을 듯하다.

실제로 서울대학교 규장각 등에 소장된 각 지역 지방지를 보면, 1590년 편찬된 『평양지平壤誌』에 백팔십 명이 올라 있고, 기타 조선 후기 읍지에 전주부 서른다섯 명, 나주목 스물두 명, 순천도호부 스물다섯 명, 남원도호부 열다섯 명(동기 네 명은 별도), 영광군 스물세 명, 진도 네 명, 충주목 열다섯 명, 공주목 중영中營에 한 명 등으로 나온다. 대체로 기생안보다 읍지에 등재된 기생 수가 많다.

이로써 보면 북청에는 다른 군보다 무려 열 배 이상의 기생이 있었던 셈이다. 다른 지역과의 차이가 너무 크다 하지 않을 수 없다. 그렇다면 이 차이는 어디서 오는 것일까? 북청 기사를 오기로 간주하기에는 유사한 기록이 한둘이 아니다. 몇 가지 예를 더 들어보자.

신광수申光洙의 「관서악부關西樂府」에는 "영제교 앞 삼백 명의 기생들이 황삼 차림으로 두 줄로 갈라서서 환영하도다永濟橋頭三百妓 黃衫分作兩行迎"라는 부분이 있다. 채제공이 평안감사로 부임하는 장면을 묘사한 것으로, 1774년의 일이다. 또 『교방가요敎坊歌謠』(1872)에 있는 의암별제義巖別祭 가무의 노랫말에는 "삼백 명 여기女妓들이 정성으로 치제致祭하니"라는 말이 있다. 진주 기생 논개를 추모하는 제사인 의암별제에 참석한 진주 기생이 무려 삼백 명이나 된다는 말이다. 『교방가요』의 작자는 진주목사를 지낸 정현석이다. 마지막은 총명함으로 유명한 임원준1423~1500의 이야기에 나오는 밀양 기생 오백 명에 대한 언급이다. 임원준이 밀양으로 귀양 갔을 때 경상도 관찰사 박공朴公이 유명한 그의 기억력을 시험하기 위해 기적妓籍을 한번 보게 한 후 차례대로 기생을 불러들이게 했는데, 임원준은 무려 오백 명이나 되는 기생을 한치의 어긋남도 없이 차례로 불러들여 관찰사를 놀라게 했다고 한다.[3] 경상도 감영의 기생이 무려 오백 명이나 되었다는 것이다. 이능화는 『조선해어화사』 제12장에서 감영 기생의 수를 대개 사오백 명으로 추산하고 있다.

기생안 또는 읍지에 나오는 기생 수와 다른 기록에 나오는 기생 수가 이렇게 큰 차이를 보이는 까닭은 무엇인가? 이들 숫자 차이와 관련하여 『삼선기三仙記』는 소설, 그것도 1918년 간행본만 전하는 후대적 소설이지만, 참고가 된다. 『삼선기』의 주인공 이춘풍은 서울 명문가의 자손으로 단정한 선비다. 그런데 거금을 내고 기적妓籍에서 이름을 빼 서울로 올라온 두 기생, 홍도화와 류지연의 유혹에 빠져, 평양으로 가서 두 기생의 '말뚝서방'이 되고 또 스물네 교방의 '모갑이' 즉 우두머리가 된다. 그런데 이춘풍은 수통인首通引 노영철과 흉특음란하여 교방에 끼지 못한 '은군자' 즉 이류 기생 옥경선의 꾐에 빠져 경상도 장기로 귀양을 간다. 그러다 마침 관찰사의 생일을 당하여, 관찰사가 인근 각읍의 수령을 불러 잔치를 여는데, 여기 홍도화 류지연은 물론 옥경선도 참석한다. 그런데 잔치중에 별안간 퉁소 소리가 들리자 '삼백 명' 평양 기생들이 모두 하던 일을 멈추고 소리나는 곳으로 간다. 퉁소 소리는 유배에서 풀려난 이춘풍이 평양으로 들어오며 부는 것이었다. 관찰사는 이춘풍의 풍모를 보고 또 그의 억울한 사연을 이해하고 다시 그에게 평양 교방을 맡긴다.

『삼선기』를 그대로 믿는다면, 평양에는 스물네 개의 교방이 있고, 거기에 들지 못하는 이류 기생이 있는데, 일류 기생과 이류 기생, 그리고 인근 각읍 기생까지 포함한 평양 기생의 수가 삼백 명이라는 것이다. 이렇게 보면 기생안 또는 읍지와 여타 기록의 차이는 기생 등급과 소속 문제로 인한 것임을 짐작할 수 있다. 다시 말해 기생안에는 관청에 공식적으로 등록된 기생만 있고, 읍지에는 이름은 오르지 않아도 실질적으로 부릴 수 있는 기생까지 포괄하며,

---

3) 『양강잡화陽江雜話』, 『조선해어화사』 제19장에서 재인용.

기타 기록은 이류 기생 및 인근 각읍의 기생까지 포함한 숫자가 아닌가 생각해볼 수 있는 것이다. 이는 어디까지나 하나의 억측에 불과하다. 이후의 정밀한 연구를 기다린다.

기생의 등급

이능화는 『조선해어화사』에서 기생의 등급을 설명하기에 앞서 기생보다 넓은 개념 범주로 '갈보'를 제시한다. 남자의 피를 빨아먹는다는 뜻에서 갈보라 부른 것인데, 이들에는 화랑유녀花郎遊女, 여사당패女社堂牌, 색주가色酒家 또는 작부 외에 삼패三牌의 유녀遊女가 있어서 모두 여섯 부류라고 했다. 그런데 삼패는 서울에만 있는 것으로, 여기에는 일패로 기생이 있고, 이패로 은근짜殷勤者, 삼패로 탑앙모리搭仰謀利가 있다고 했다.

갈보 가운데 앞의 세 패는 아예 성격이 크게 달라서, 기생 근처에도 올 수 없지만, 뒤의 세 패는 서로 통하는 면이 있어서 넓은 범주의 기생에는 모두 포함된다고 할 수 있다. 여기서 일패 기생은 관기다. 그리고 이패는 일패 출신으로, 일선에서 물러난 자이거나 일패보다는 한 급수 낮은 기생을 가리킨다. 『삼선기』의 옥경선과 같은 자들이라 할 수 있다. 마지막으로 삼패는 일,이패와 달리 가무보다 매음에 더 큰 비중을 둔 창녀들이다. 삼패들이 손님에게 베푸는 연예라고는 기껏해야 잡가다. 기예와 교양의 수준이 한 급 떨어지는 것이다.

그러나 이능화의 말처럼 기생의 등급 구분은 서울에만 있는 것이었다. 지방은 삼패로까지 분화될 만큼 저변이 넓지 않았기 때문이다. 기껏해야 『삼선기』에 나오는 평양의 경우처럼 일류와 이류 정도가 나뉘지 않았을까 한다.

그렇다면 서울의 기생 등급은 언제부터 생겼을까? 장한종1768~1815이 엮은 이야기책 『어수신화禦睡新話』에 실린 「네 어미 이름을 쓰라乃寫汝母」를 보면 18세기 중반에도 이미 그런 구분이 어느 정도 존재했음을 짐작할 수 있다. 이야기는 서울 부자가 겪은 기생에 관한 것이다.

서울 부자는 풍류를 즐기는 사람이었다. 죽기 전에 자식들을 불러놓고 자신이 평생 상대한 기생들을 쭉 불러주며 적게 했다. 어차피 자식들도 보고 배운 것이라곤 그것밖에 없으니 기왕 풍류를 즐길 바에는 알고 즐기라는 뜻이었다.

서울 부자는 먼저 '내의원'을 제목으로 삼아 그 아래에 '의녀' 이름을 적게 했다. 의녀의 수가 '사오십 명'에 이르렀다. 다음으로 '상의원'을 제목으로 삼아 '침선비' '칠팔십 명'의 이름을 적었다. 다음으로는 '공조' '혜민서' 등의 제목을 붙여 '수백 명'이 넘는 이름을 적었고, 또 '중부' '서부' 등 '오부'를 제목으로 삼아 '주탕酒湯' '은창隱娼'의 이름 '몇백 개'를 적게 했다. 또 '형조' '경조부'를 제목으로 '하전下典'의 이름 '수백 개'를 적게 했다.

이렇게 나열하던 부자는 여기에 이르러 말을 멈추고 한참 있더니, 소속이 분명치 못한 여자 명단未考居注秩을 적게 했는데, 가운데 단에는 여자를 소개한 자를 적고, 그 아래에 여자 이름을 작은 글씨로 적게 했다. 이 역시 '수백 명'이었다.

그러고는 이제 팔도로 넘어가 도 아래에 읍명을 적게 하고 그 아래 작은 글씨로 여자 이름을 적게 했다. 부지기수不知其數였다.

이 일을 부잣집의 집안일을 도와주던 가난뱅이가 쭉 지켜보았다. 그는 부자의 호의호식은 부럽지 않으나 수천 명 '여기女妓'와 놀며 지낸 인생은 참으로 부럽다고 했다.

부자가 죽은 지 오륙 년 후 가난뱅이도 죽게 되었다. 가난뱅이는 부자를 흉내내어 아들을 불렀다. 그러고는 자신이 평생 상대한 창기를 마땅히 기록해두고 알아야 할 것이라며, 자기가 불러주는 것을 받아적게 했다. 종이와 붓이 오자 가난뱅이는 한참 입을 다물고 있다가 오랜 후에 비로소 입을 열었다.

"광통교 가에서 날 돌아본 여자."

아들이 받아적었다. 다시 한참이 지났다.

"네 어미."

"이게 다다."

듣던 사람이 모두 웃다 쓰러졌다.

서울 부자가 창기 각각의 수준을 말하지는 않았지만, 앞의 것이 높고 뒤의 것이 낮다는 점은 분명하다. 일류 기생으로는 내의원內醫院 의녀醫女가 가장 높고, 그 다음이 상의원尙衣院 침선비針線婢, 그 다음이 공조의 기생과 혜민서 의녀의 순서다. 내의원에 속한 기생은 약방藥房 기생, 상의원에 속한 기생은 상방 기생이라 불렸는데, 이들 이른바 양방兩房 기생은 당대의 최일류 기생이었고, 위의 넷을 아울러 기생사처妓生四處라 부르며 일류로 쳤다고 한다.

이들 일류 기생들은 원래부터 서울 기생이 아니라 대개 지방 관아에 속한 자들로 중앙 정부에 불려온 자들이다. 뽑아올린다고 해서 '선상選上'이라 한다. 관비의 선상이 요구되는 주 업무는 의업醫業, 침선針線과 기업妓業이다. 여성 특히 궁중 여성을 진료할 수 있는 의녀나 궁중 내의 각종 바느질을 담당할 침선비로 부리기 위해서나, 아니면 사신 응대, 국가 공식 의례 등에 쓸 기녀로 부리기 위해서다. 18세기부터는 노비들에게 직접 직역을 지우는 번거로움을 없애고 대신 다른 사람을 세우는 일이 늘어났는데, 이러한 제도 변화에서도 기생은 예외였다. 기생은 전문직이라 다른 사람으로 대치할 수 없었던 것이다.

그 다음 이류 기생으로 오부의 주탕과 은창, 그리고 형조와 경조부의 하전을 들고 있다. 여기서 은창은 이능화가 말한 이급 기생 은군자隱君子 또는 은근짜慇懃者와 상통하는 듯하다. 그리고 마지막에 소속도 없이 포주의 지휘만 받는 창기를 삼급 기생으로 들고 있다. 말하자면 18세기 중반 이전에 이미 일패로서의 사처소 기생, 이패로서의 주탕, 은창 및 하전, 삼패로서의 무소속 창기로 분화되어 있었던 것이다.

이러한 서울 기생의 분화 시기는 구체적으로 알 수 없다. 다만 17세기 후반

이후 조선의 비약적인 경제 성장에 따라 도시문화, 상업문화가 덩달아 발전했음을 감안하면, 이 시기에 유흥문화도 변화하고 이와 함께 기생의 분화도 일어나지 않았을까 추정된다. 배전1843~1899의 『차산필담』「이선략 이야기」에는 효종 숙종 연간에 북벌 계획 수행에 필요한 인재를 구하기 위해 종로에 기생집을 설치했다는 말을 전하고 있으며, 이능화는 또한 효종대 화폐가 유통된 다음에야 서울에 색주가가 등장하였을 것으로 추정하고 있다. 이런 것들을 통해 기생 등급의 분화 시기를 어림짐작할 수 있다.

기생 등급과 근대의 변모

기생의 등급은 외면으로도 현저히 드러난다. 유득공1749~1807의 『경도잡지京都雜志』에 따르면, 일류 가운데도 최일류인 약방 기생은 검정 비단 가리마를 하여, 검정 삼베 가리마를 한 다른 기생들과 구별하였다고 한다. 『경국대전』을 보면 내의원 의녀는 열두 명에 불과하다. 나이 젊고 총명한 관비들 중에 의학 지식에 관해 여러 차례 시험을 보아 선발한 엘리트 중의 엘리트이다. 내의원 의녀란 궁궐의 지존들을 상대하는 자리니 그럴 수밖에 없을 것이다. 그만큼 그들의 자부심은 강하다. 판소리계 소설 『계우사誡友詞』의 주인공 의양이가 바로 평양에서 올라와 내의원에 소속된 약방 기생이다. 의양이는 장안 왈짜들의 인기를 한 몸에 받는다.

삼패 즉 탑앙모리는 더벅머리를 가리킨다. 이창배의 『한국가창대계』(1976)에 보인다. 일패들은 값비싼 큰머리를 할 수 있었지만, 그럴 형편이 못 되는 삼패는 그냥 맨머리일 수밖에 없었던 것이다. 일패와 삼패의 차이는 비단 헤어스타일에 그치지 않았다.[4] 박제형의 『근세조선정감』(1886)에 의하면, 일패는 가마를 탔지만 삼패는 탈 수 없었고, 일패는 안경을 쓸 수 있었지만 삼패는

4) 헤어스타일은 기생을 구분하는 중요한 외적 표지이다. 평양에서는 퇴기의 부류를 '코머리'라 불렀다고 한다. 머리 위에 머리를 틀어얹은 모양이 코머리와 닮았기 때문이다. 『조선해어화사』에 나온다.

쓸 수 없었고, 일패는 수놓은 신을 신을 수 있었지만 삼패는 검은 신만 신을 수 있었다고 한다. 또한 기예에 있어서도 일패는 가곡, 가사, 서예, 정재무 이외에는 하지 않았지만, 삼패는 주로 저급의 잡가를 불렀으며,[5] 심지어 일패는 붉은 양산을 들고 삼패는 푸른 양산을 들어야만 했다고도 한다.

이능화는 원래 서울에는 몸을 파는 갈보가 없었는데, 갑오개혁1894 이후 번성했다고 한다. 다시 말해서 그전에는 서울에 내놓고 몸을 파는 창녀가 없었는데, 일제 침략이 시작되고 일본식 유곽이 들어서면서 갈보들이 번성했다는 것이다. 신분제 철폐와 일본식 유곽문화는 일패와 삼패의 구분을 무너뜨렸다. 삼패들이 붉은 양산을 들기 시작했고, 기생들은 교방이 아니라 기생조합 또는 권번의 일원이 되었다. 조합원이 된 기생은 일패를 흉내내고자 했지만, 아무리 따라 해도 삼패 신세를 면할 수 없었다. 시대가 바뀐 것이다.

삶

이운영1722~1794의 「순창가」에는 기생의 삶이 요약되어 있다. 「순창가」는 순창 아전 최윤재가 원님들을 모시고 기생놀음을 갔다가 한눈을 팔다 말에서 떨어져 거의 죽게 되자, 자기가 낙상한 것이 한눈을 팔게 한 기생들 탓이라며 기생을 고발한 상황을 설정하고 있다. 이에 기생들은 원님에게 자기들의 불쌍한 신세를 다음과 같이 변명한다.

> 기생이라 하는 것은 가련한 인생이라

---

5) 시조의 경우, 이창배는 삼패가 부른 것으로 말하고 있지만, 정노식(『조선창극사』, 1940)은 삼패가 부른 시조는 별반 들을 만한 것이 없었다고 하면서, 시조를 가사와 함께 기생의 주된 연창 곡목으로 보고 있다. 정노식은 또한 잡가와 함께 판소리가 기생에게는 절대 금물이었다고 하면서, 기생이 그런 것을 입 밖에 내면 기생의 신분은 아주 파멸이 되고, 사처소 오입쟁이들 입에 오르면 파문이 난다고 했다. 그러면서 순조조, 즉 19세기 이후에는 고창 기생 채선 등 두어 명 기생들이 판소리로 이름을 알렸다고 한다. 그전의 엄격한 경계가 19세기 이후 약간씩 무너지기 시작했다는 것이다.

전답 노비가 어디 있사오며
쌀 한줌 돈 한푼을 뉘라서 줄런가
먹삽고 입삽기를 제 벌어 하옵는데
교방의 가무 연습 오 일마다 대령하고
세누비 쌍침질과 설면자 솜 펴기
관가 분부 맡아 와서 주야로 고초옵고
대소 사신이 오락가락 지나갈 제
차모야 수청이야 구실로 나섰는데
한 벌 의복이나 뒤지지 않으려고
큰머리 노리개를 남만치나 하노라니
기생인 줄 원망터니
가뜩 설운 중에 운수가 고이하여
순사또 분부 내어 벗보기를 금하시니
얼어도 죽게 되고 굶어도 죽게 되어
이제는 할 일 없이 죽을 줄로 아옵더니

기생은 관비라고 해도 따로 제대로 된 월급을 받는 것도 아니다. 제 벌어 제 살아야 하는 빠듯한 삶인데, 그 와중에 관가에서는 오 일마다 가무 연습을 시키고, 관청의 온갖 바느질을 맡기고, 대소 사신들이 지날 때는 음식을 준비하고 잠자리 수발까지 들어야 한다. 행사나 잔치에 입을 옷이나 장신구까지 스스로 장만해야 하는데, 복장이 좋지 않으면 벌을 받기도 한다. 형편이 이런데도, 속 모르는 관찰사는 풍속을 해친다며 '벗 보기', 즉 기생 영업도 못 하게 하니, 얼어 죽거나 굶어 죽거나 죽지 않을 도리가 없다는 것이다.

기생의 고단한 형편은 이기李墍, 1522~1600의 『간옹우묵』에 나오는 한 공주 기생의 하소연에서 더욱 절실하다. 신보상辛輔商이 공주의 통판通判으로 있을 때 마침 서울 손님이 와서, 한 기생에게 서울 손님을 모시도록 했다. 그런데 그 기생은 한밤중에 도망치고 말았다. 다음날 아침 서울 손님은 기생이 관의 명령을 어기고 사사로이 자기 서방에게 갔다며 신보상에게 벌을 주도록 청했다. 이에 신보상이 기생을 불러 죄를 따지니 기생이 다음과 같이 답했다.

> 우리 고을은 서울에서 남쪽으로 내려가는 길목에 있어서 오르내리는 손님이 끊이질 않습니다. 그런데 상방上房과 하방下房을 출입하는 수청 기생을 제하고 나면 몇 명 안 되는 못난 우리들이 지나가는 손님들을 전부 모시게 됩니다. 그러니 한 달에 집으로 돌아가는 날은 이삼 일밖에 안 됩니다. 게다가 우리들이 모시는 손님들은 집을 떠난 지 오랜 남자들이라, 밤새 잠을 못 자게 하면서 저희들을 데리고 노니, 저희들은 짐승 같은 느낌이 들 뿐 아무런 감흥도 일어나지 않습니다. 그래서 도망하여 하룻밤 잠이나 푹 자려고 한 것입니다. 결코 사사로이 서방에게 가지 않았습니다.

기생 되기

신세가 고단하다 하여 피할 수는 없다. 그것이 기생의 길이다. 관비의 딸로 태어나 기생이 될 수도 있고, 부모를 잃고 의지할 데 없어 기생이 되기도 하며, 양갓집 딸로 가난 때문에 기생으로 팔려올 수도 있다. 이런 고단한 상황에도 불구하고 어떤 이들에게 기생은 희망이었다. 백성들의 처지는 그만큼 열악했던 것이다.

기생이 되면 먼저 교방에 들어가 기생 교육을 받아야 한다. 교방은 기생에게 음악과 무용 등 기예를 가르치는 곳이다. 기생청이라고도 한다. 교방에는 관노인 악공이 있고 관비인 기생이 있다.[6] 교방에서 무엇을 가르치고 배웠는지는 『교방가요』를 통해 살펴볼 수 있는데, 가곡, 가사, 시조, 잡가 등의 노래와

---

6) 장악원 제조 이중우가 "악사는 일찍이 악공을 거쳐서 되는데, 악공은 곧 관노이다"고 말했다(『정조실록』 2년). 지방 관아에서 기생의 명령 관리 체계는 수령-호방戶房-수노首奴-행수기생-기생으로 이어진다.

각종 악기, 그리고 육화대, 연화대, 헌선도, 고무鼓舞, 포구락, 검무劍舞, 선악船樂, 항장무, 처용무處容舞, 승무僧舞 등의 춤을 배웠다. 여기에다 서예나 그림 등 일반 교양을 약간씩 더 익혔다. 교방에 들어가 기생으로 시사時仕하는 시기는 사람들마다 다르다. 이르면 오륙 세, 늦더라도 십오, 십륙 세이다.

기생의 사랑과 소망

열 살 미만의 동기들이야 너무 어려 남자와 육체관계를 맺을 수 없지만, 미천한 신분이기에 기생은 십여 세만 지나도 남자를 받아야 하는 참변을 겪기 일쑤였다. 「기생 명선 자술가」의 해주기생 명선은 십이 세에 성인成人했다고 하고, 연암 박지원은 안의 현감을 지낼 때 자기 고을을 찾아온 박제가에게 열세 살 난 기생을 데리고 자게 했다고 한다. 이렇듯 남자들은 어린 기생과의 잠자리를 대수롭지 않게 여겼지만, 기생들은 그렇지 않았다. 명선이나 앞에 나온 공주 기생이나 모두 스스로를 짐승으로 여길 정도로 정신적 상처를 입었다.

어려서 받은 수치와 모욕은 기생이 일생 동안 지고 가야 할 무거운 짐이었다. 기방妓房에서 기생은 인간으로서 견디기 힘든 모욕을 계속 겪는다. 기방에 처음 나온 기생에게 남자들은 온갖 짓궂은 장난을 한다. 일종의 신고식이다. 자기 소개를 하면서 기생은 자신의 비밀스런 부위까지 보여주어야 한다. 손목 한번 잡히는 것만으로도 정절을 잃은 것처럼 죽음까지 생각하는 엄격한 유교 사회에서 이런 치욕은 스스로 인간이기를 포기하게 만든다. 그런데도 남자들은 기생에게 이런 모욕을 자주 주어 기방에 쉽게 적응하게 했다고 한다.

『계서야담』에 실린 평양 기생이 평생 잊지 못하는 두 남자 이야기는 기생의 인격이 어떻게 형성될지 그 실마리를 제공한다. 평양 기생이 못 잊는 두 남자는 각각 미남과 추남이다. 미남이야 그럴 수 있다 하겠지만, 추남 이야기는 좀 특별하다. 추남은 어떤 곳의 마름으로, 못생겼을 뿐만 아니라 더러워서 비위가 상할 정도였다. 그런데 그가 평안 감사에게 자기 평생소원이 예쁜 기생과 잠자리를 하는 것이라고 부탁하니, 감사가 감영 기생 가운데 하나를 골라 보라고 한다. 추남이 기생들에게 달려들자 기생들은 모두 놀라 도망쳤다. 추남이 기생을 잡으려고 감영을 뛰어다니는데, 하나를 잡고는 못생겼다고 놓아주고, 다른 하나를 잡고는 살졌다고 놓아주고 하다가, 급기야 한 기생을 잡고는 쓸 만하다고 하면서 담장 구석으로 가서 강제로 욕을 보였다. 기생은 죽고 싶어도 죽을 수 없어서 당하고 말았는데, 이후 아무리 몸을 씻어도 비위가 뒤집혀서 며칠 동안 밥을 먹을 수 없었다고 한다.

일상적으로 되풀이되는 모욕, 잊을 수 없는 수치를 통해 기생의 인격은 왜곡되지 않을 수 없다. 스스로를 짐승이라고 여기지 않을 수 없었던 상황인 만큼, 스스로를 인간이라고 생각해서는 살아가기 힘든 환경이었다.

길들여진 모욕과 강요된 성관계는 기생에게 사랑의 의미를 명확하게 한다. 기생에게 사랑은 육체 접촉에 불과하다. 정신의 교감과 정서의 교류는 육체 접촉의 긴장감과 환상성을 고조시키는 수단에 불과하다. 더욱이 사랑과 성관계가 모욕과 강요 속에 이루어지고, 그것이 되풀이 되다 보니, 기생에게 사랑은 모욕과 강요의 다른 이름일 수 없다.

하지만 간간이 끓어오르는 사랑을 바로 모욕과 강요로 치환할 수만은 없기에 기생은 사랑의 모순 속을 헤매게 된다. 자신을 짐승으로 여기지만 마냥 짐승이라고만도 할 수 없고, 사랑이 그저 욕정인 듯하지만 때론 그것이 진정한 사랑으로 여겨지기도 하는 모순이다.

이런 모멸과 모순의 시간 속에서 기생은 자기 삶에 순응해 가는데 그것은 바로 자기 합리화의 과정이다. 여자로 태어난 것, 그것도 미천하고 가난한 여자로 태어난 것, 원치 않았는데도 기생이 될 수밖에 없었던 것. 그 모두를 받아들이는 것이다. 다른 모든 생물처럼 자기 의지와 상관없이 태어났으니, 유독 혼자 억울할 것은 아니다. 그렇다고 자기가 책임질 일도 아니다. 오로지 운명일 뿐이다.

자기도 못 믿고 사랑도 못 믿으니 기생이 믿을 것이라고는 돈밖에 없다. 기생에겐 인간의 가치를 가장 잘 드러내는 사랑조차 일에 불과하다. 사랑이 일이 되니 사랑은 보상물을 찾게 되고, 돈으로 보상된 사랑은 돈처럼 거래된다. 그러니 기생에게 남는 것이라곤 돈밖에 없다.

그런데 사랑의 금전적 보상은 몇 냥, 많아야 몇십 냥이다.[7] 이 액수가 적은 액수는 아니지만 기생이 자기의 장래를 걸 정도는 못 된다. 가장 큰 보상이라면 아예 평생을 보장받는 것이다. 바로 결혼이다. 한번 안아보려고 애가 단 이 도령에게 춘향이 요구한 것이 육례六禮다. 자기를 정식 부인으로 맞으라는 요구다. 정식 혼례를 올린 정식 부인이란 바로 처妻다. 첩이 아니라 어엿한 정실 부인인 처다. 기생에게 처란 당치 않은 말이다. 춘향은 사랑을 무기로 이도령에게 가장 큰 거래를 요구한 것이다.

춘향의 요구는 비현실적이다. 기생이 세도가 당당한 양반의 처가 되기를 요구하다니 있을 수 없는 일이다. 그러기에 소설이다. 상황을 좀더 극적으로 만들기 위해 그랬을 것이다. 기생의 현실적 바람은 부자나 권력자의 첩이 되는 것이다.

권력이 실제로는 바지가 아니라 치마 속에서 나온 것이야 비일비재이지만, 유명한 예로는 나합羅閤을 들 수 있다. 나합은 나주 기생으로 19세기 안동 김씨 세도가로 유명한 김좌근의 첩이 되었다. 김좌근은 나합에게 빠져 나합의 말이라면 다 들어주었다. 그래서 나합의 손에서 감사도 나오고 고을 수령도 나왔다. 심지어 나합이 화가 나 김좌근의 뺨을 때리기도 했다는 소문이 있을 정도였다. 그런 상황인지라 그를 미워하는 사람들이 나주 정승이라는 뜻에서 나합이라는 별명을 붙였다. 정승들은 흔히 자기가 사는 마을 이름에다가 존경의 뜻을 나타내는 '합閤'을 붙여 불린다. 『근세조선정감』 등에 나온다.

이렇듯 기생은 권력의 최상층부에 이를 수도 있지만, 이는 아무나 될 수 있는 일이 아니며, 설령 권력자의 첩이 된다고 해도 그것이 바로 행복을 보장하는 것은 아니다. 남편이 자신을 사랑하지 않는다면 첩은 아무 것도 아니기 때

---

7) 『근세조선정감』에서는 대원군이 기생의 전두(纏頭) 곧 머리 올리는 값을 백이십 냥으로 정했다고 한다. 이 백이십 냥은 최고 수준의 기생 값일 것이다.

문이다. 기생첩은 그 집의 안주인이 될 수 없다. 안주인은커녕 집안을 망치려고 들어온 여우로 취급된다. 조선 후기 양반집 가훈을 보면, 첩을 조심하라는 말로 가득 차 있다. 낯선 집에서 포용하고 배려해도 쉽지 않을 터인데, 사갈시하고 있으니 마음인들 편하며 몸인들 편하겠는가. 결국 기생은 자신을 돌봐줄 수 있는 능력 있는 남편을 만나 사랑받고 사는 것이 최고 인생이라 할 수 있다.

퇴기의 길

첩 신세가 불쌍하지만, 첩 못 된 기생 역시 불쌍하긴 마찬가지다. 나이 들수록 얼굴은 얽고 몸은 볼품없어진다. 얼마간 기예가 있다고 해도 초라한 예인을 찾는 경우는 드물다. 찾아오는 사람이 주니 수입도 줄고 결국 생계조차 막막하다.

하던 일을 계속하려면 이패 기생인 은근짜를 면할 수 없고, 그렇지 않으면 주막이라도 열어 목구멍에 풀칠이라도 해야 한다. 이렇게까지 되면 본래 미천한 데에다 추락의 아픔까지 더해 더욱 비참하다. 현명한 기생이라면 미리 노후를 준비하고 착실히 돈을 모을 일이다. 믿을 것은 돈밖에 없다.

정조 말년에 유명한 기생으로 제주도의 만덕萬德이 있다. 만덕은 제주도에 대기근이 들었을 때 자신의 막대한 재산 가운데 일부를 떼 굶주린 백성을 구휼하였다. 제주도민에게 천사 같은 존재였다.

임금은 물론 조야에서 칭찬이 자자하였고, 여러 사람이 그의 이야기를 글로 남겼다. 그런데 칭찬 일색의 평가 가운데서 심노숭1762~1837의 만덕에 대한 평가는 좀 색다르다. 심노숭은 「계섬전桂纖傳」 말미에다 만덕을 음흉하고 인색한 사람으로 소개하고 있다. 심노숭은 제주 목사인 아버지를 따라 제주에 머물면서 그곳 사람들에게서 만덕에 대한 이야기를 들었노라고 했다.

심노숭에 따르면, 만덕은 돈을 탕진하고 떠나는 남자들에게서 바지저고리까지 빼앗았다고 한다. 그렇게 모은 바지저고리가 수백 벌이나 되었는데, 그것들을 햇볕에 늘어놓고 말릴 때면, 동료 기생들까지 침을 뱉고 욕을 하였다고 한다. 만덕은 이렇게 치부하여 제주도 최고의 부자가 되었고, 제주도 여자는 육지에 갈 수 없다는 국법을 넘어서서, 서울과 금강산 구경을 하기 위해 그렇게 큰 기부를 하였다는 것이다. 만덕의 선행 이유가 자선심이 아니라, 자기 평생소원인 서울과 금강산 구경을 위해서였다는 것이다. 기부자의 기부액에 따라 정부의 보상이 높아지는 것을 이용했다는 것이다.

만덕의 금전 추구가 상도를 넘은 것인지도 모른다. 동료 기생들까지 욕했다니 말이다. 하지만 기생으로서는 가장 현명한 삶을 살았다고 할 수 있다. 기생은 어려서부터 돈 이외에 다른 가치는 찾을 수 없는 상황에 처해 있기 때문이다.

| 참고논저 |

강명관, 『조선 사람들, 혜원의 그림 밖으로 걸어나오다』, 푸른역사, 2001.

_____, 『조선의 뒷골목 풍경』, 푸른역사, 2003.

김려, 『부령을 그리며』, 박혜숙 옮김, 돌베개, 1996.

김영희, 『개화기 대중예술의 꽃, 기생』, 민속원, 2006.

김현룡, 『한국문헌설화』 4, 건국대학교 출판부, 1999.

류준필 엮음, 『소설 판소리 열두 마당』, 들불, 1994.

민속자료간행회 편, 『고금소총』, 1959.

심노숭, 『눈물이란 무엇인가』, 김영진 편역, 태학사, 2001.

유몽인, 『어우야담』, 박명희 외역, 전통문화연구회, 2001.

이능화, 『조선해어화사』, 동양서원 및 한남서림, 1927.

이창배, 『한국가창대계』, 홍인문화사, 1976.

정노식, 『조선창극사』, 조선일보사, 1940.

정민, 『미쳐야 미친다』, 푸른역사, 2004.

정병욱 편저, 『시조문학사전』, 신구문화사, 1966.

정병욱 외, 『판소리 다섯 마당』, 한국브리태니커회사, 1982.

정약용, 『목민심서』, 다산연구회 옮김, 창비, 1985.

정학성, 『(역주) 17세기 한문소설집』, 삼경문화사, 2000.

정현석 편저, 『교방가요』, 성무경 역주, 보고사, 2002.

조광국, 『기녀담 기녀등장소설연구』, 월인, 2000.

지씨, 『하재일기』, 서울시사편찬위원회, 2005.

함동정월 구술, 『물은 건너봐야 알고 사람은 겪어봐야 알거든』, 뿌리깊은나무, 1991.

고순희, 「군산월애원가의 작품세계와 19세기 여성현실」, 『이화어문논집』 14, 1996.

김동욱, 「이조기녀사서설」, 『아세아여성연구』 5, 숙명여자대학교 아세아여성문제연구소, 1966.

김시업, 「북천록 연구」, 『성대문학』 19, 성균관대학교 국어국문학과, 1976.

박혜숙, 「기생의 자기서사 — 기생명선

자술가와 내사랑백석」, 『민족문학사연구』 25, 2004.

서지영, 「식민지 시대 기생 연구III—기생 잡지 장한을 중심으로」, 『대동문화연구』 53, 성균관대학교 동아시아학술원, 2006.

안대회, 「초정 박제가의 인간면모와 일상—소실을 맞는 시문을 중심으로」, 『한국한문학연구』 36, 2005.

_____, 「평양기생의 인생을 묘사한 소품서 녹파잡기 연구」, 『한문학보』 14, 우리한문학회, 2006.

안혜진, 「금루사 연구」, 『이화어문논집』 21, 2003.

이정진, 「군순월이원가고」, 『향토문화연구』 3, 원광대학교, 1986.

장사훈, 「이조의 여악」, 『아세아여성연구』 9, 숙명여자대학교 아세아여성문제연구소, 1970.

홍재휴, 「금루사고」, 『국문학연구』 5, 효성여자대학교, 1976.

王書奴, 『中國娼妓史』, 上海三聯書店, 1933.

鄭志敏, 『細說唐妓』, 文津出版社, 1997.

朝鮮語研究會, 『(月刊雜誌) 朝鮮語』 13號 및 14號, 1926. 10월 및 동년 11월.

大木康, 『中國遊里空間—明清秦淮妓女の世界』, 青土社, 2002.

Ropp, Paul S., Ambiguous Images of Courtesan Culture in Late Imperial China, *Writing Women in Late Imperial China*, Ellen Widmer, Kang-i Sun Chang ed., Stanford University Press, 1997.

| 색인 |

나는 기생이다

1판 1쇄 | 2007년 7월 9일
1판 4쇄 | 2020년 11월 25일

지은이 정병설
펴낸이 염현숙
책임편집 조연주 정은영
마케팅 정민호 박보람 우상욱 안남영
홍보 김희숙 김상만 지문희 김현지 이소정 이미희
제작 강신은 김동욱 임현식 | 제작처 영신사

펴낸곳 (주)문학동네
출판등록 1993년 10월 22일 제406-2003-000045호
주소 10881 경기도 파주시 회동길 210
전자우편 editor@munhak.com | 대표전화 031)955-8888 | 팩스 031)955-8855
문의전화 031) 955-3576(마케팅) 031) 955-8864(편집)
문학동네카페 http://cafe.naver.com/mhdn

ISBN 978-89-546-0342-3 03810

* 이 도서의 국립중앙도서관 출판예정도서목록(CIP)은 서지정보유통지원시스템 홈페이지(http://seoji.nl.go.kr)와 국가자료종합목록 구축시스템(http://kolis-net.nl.go.kr)에서 이용하실 수 있습니다.(CIP제어번호 : CIP2007001970)

잘못된 책은 구입하신 서점에서 교환해드립니다.
기타 교환 문의: 031) 955-2661, 3580

www.munhak.com